罗伯特·哈里斯 作品集

独裁者

DICTATOR

独裁者

［英］罗伯特·哈里斯　作品

汪 潇 译

ROBERT HARRIS

社会科学文献出版社
SOCIAL SCIENCES ACADEMIC PRESS (CHINA)

本书获誉

配得上一部历史小说所能获得的最高赞美：让人一不小心就会以为它是历史。

——《泰晤士报》(*The Times*)

《独裁者》为罗伯特·哈里斯的"西塞罗三部曲"画上了圆满的句号。我自己也写过以罗马共和国最后几年和罗马帝国第一个世纪为背景的小说，但我想说，哈里斯在这一领域独占鳌头。他的西塞罗小说气势恢宏，无人能及。

——《旁观者》杂志(*The Spectator*)，年度图书推荐语

罗伯特·哈里斯基于西塞罗的生平完成了精彩的三部曲。自罗伯特·格雷夫斯的《我，克劳狄乌斯》之后，我再也没有这么享受过罗马历史带来的乐趣了。

——《卫报》(*The Guardian*)，年度图书推荐语

哈里斯很会讲故事。读完此书让我产生了体验美妙事物后总是会出现的那种怅然若失之感。

——《先驱报》(*The Herald*)，年度图书推荐语

哈里斯对政治的痴迷让他把自己渊博的知识铸炼成了这部扣

人心弦的小说。

——《星期日泰晤士报》（*The Sunday Times*），年度图书推荐语

在经历了主人公之死后，我们又将面临另一大惨剧——我们再也无法满怀喜悦地翻开罗伯特·哈里斯关于西塞罗的新小说了。

——《泰晤士报》（*The Times*），年度图书推荐语

力透纸背，令人惊叹。

——《地铁报》（*Metro*），年度图书推荐语

在这种对权力角逐无止境的迷人探索中有很多当代的影子。

——《星期日邮报》（*Mail on Sunday*），年度图书推荐语

哈里斯巧妙地描绘了一个聪明绝顶的弱势角色的世界。

——《BBC 历史杂志》（*BBC History Magazine*），年度图书推荐语

大获全胜……几乎让其他竞争对手都显得简单而浅薄。

——《星期日泰晤士报》（*The Sunday Times*）

这是一部了不起的文学作品……三部曲的完美收官之作，很可能会达到罗伯特·格雷夫斯和玛丽·瑞瑙特的作品的高度，满足人们对古代世界的想象。

——《观察家报》（*The Observer*）

哈里斯通过他自己的巧妙方式，带领我们重温西塞罗面临的个人和政治困境……这部精彩的作品真实地再现了罗马最有趣、

最复杂也最有人情味的政治家。

——《旗帜晚报》（*The Evening Standard*）

这是一个关于谋杀和骚乱的残酷故事，也是学术研究和想象力的结晶……罗伯特·哈里斯讲故事的功力无人能敌。

——《每日快报》（*The Daily Express*）

它不仅剖析了政治权力，还体现了哲学思想在这种权力面前的无能为力，让人爱不释手。

——《星期日邮报》（*Mail on Sunday*）

和前两本书一样，《独裁者》情节曲折，妙趣横生，扣人心弦……为出色的三部曲画上了圆满的句号。

——《地铁报》（*Metro*）

[哈里斯]就没写过一本烂书……他将"三巨头"的阴谋展现得淋漓尽致，干脆利落地描绘了一众角色的惨烈结局。

——《华尔街日报》（*The Wall Street Journal*）

哈里斯笔下的西塞罗才智过人、充满激情又贪慕虚荣……这本小说非常精彩，不容错过。

——《基督教科学箴言报》（*The Christian Science Monitor*）

哈里斯将这场两千年前的风波娓娓道来，让人仿佛在翻阅一本当代回忆录。

——《纽约时报书评》（*The New York Times Book Review*）

太精彩了……这部作品以诙谐的笔调将这段历史生动立体地展现在读者眼前，引起读者共鸣，激发读者想象。

——《芝加哥论坛报》（*Chicago Tribune*）

惊心动魄……哈里斯忠于史实，妙语连珠，文字激扬，明察秋毫，令人印象深刻……狂热又审慎地评价了那些将罗马共和国送上末路的人物。

——《新政治家》（*New Statesman*）

博学而犀利的哈里斯为读者讲述了西塞罗惊心动魄、跌宕起伏的一生……哈里斯似乎对他所展现世界的每个维度和里面的种种冲突都烂熟于心。

——《华盛顿邮报》（*The Washington Post*）

一部精彩绝伦的政治惊险小说……［哈里斯］精确地捕捉了那个阶层的势利、虚情假意、官僚作风和虚张声势。这部作品将罗马政治阴谋幕后的关键时刻展现得淋漓尽致……让人不忍释卷。

——伊迪丝·霍尔（Edith Hall），《卫报》（*The Guardian*）

大师级作品……哈里斯笔下的恺撒遇刺事件令人信服，他以如此高超的叙述技巧演绎了其可怕的后果，读者在读到罗马共和国遭受的背叛和毁灭后，都会忍不住为之落泪……令人深感满足的阅读体验。

——《每日电讯报》（*Daily Telegraph*）

这段历史被哈里斯演绎成了一出仍在播放的惊险电视剧，一轮真实的"权力的游戏"。但就写作技巧而言，本书内容的深度和对历史的忠诚度使他足以与玛格丽特·尤瑟纳尔齐名。

——《纽约杂志》(New York Magazine)

精彩绝伦……通过这部作品可以看出，哈里斯不仅博览群书，而且通晓时事，他借小说证明了太阳底下没有新鲜事，政治斗争总是那么残酷无情。哈里斯不愧是历史惊险小说家和当代惊险小说家中的翘楚。

——《每日邮报》(The Daily Mail)

妙笔生花，引人入胜……哈里斯写了很多出色又扣人心弦的惊险小说……但"西塞罗三部曲"在对人物的塑造……和对历史的感悟上更类似于希拉里·曼特尔的《狼厅》。

——《科克斯书评》(Kirkus Reviews)

《独裁者》真正的成功之处在于它完美地传递了古罗马的绝世魅力：乍一看类似于我们的世界，实则离我们十分遥远。

——《纽约时报书评》(The New York Times Book Review)

《独裁者》不仅构思精巧，而且发人深省……通过扣人心弦的剧情和寓意深刻的主题——民主的脆弱和人类的不可靠，它浓墨重彩地刻画了那个时代和当今社会的冲突矛盾。

——《出版人周刊》(Publishers Weekly)

精彩纷呈，扣人心弦……《独裁者》让罗伯特·哈里斯的"西塞罗三部曲"完美落幕。这三部作品堪称英语世界中古罗马题材小说的典范，处处体现了哈里斯渊博的学识、洞察力、想象力，以及出色的政治触觉和叙事技巧。

——《苏格兰人报》(*The Scotsman*)

哈里斯精彩的故事生动地再现了西方文明发展的一个关键时期，连最严谨的历史学家都不得不为之叹服……即使你在几十年前就摆脱了拉丁文课程的束缚，之后就再没接触过古罗马，你也可以跟着哈里斯的叙述，走进这个伟人生命之书的最后一章，重温他所爱的共和国的最后十年。

——《水牛城新闻报》(*The Buffalo News*)

献给霍利

目　录

作者按

  《独裁者》采用自传的形式，借秘书提罗之口，讲述了罗马政治家西塞罗生命中最后十五年的经历。

  历史上确实有提罗这个人，他也确实写了这样一本书。他是西塞罗的奴隶，比主人小三岁，却活得更久。据圣哲罗姆①称，提罗活到了一百岁。

  公元前50年，西塞罗这样写道："你对我的帮助不可估量，无论是在家还是在外，在罗马还是在异乡，无论是对私事还是对公事，对研究还是对写作……"提罗是第一位能一字不差地记下元老院演讲的人。他的速记法"Notae Tironianae"直到6世纪仍在为教会所用，其中一些用法（符号"&"，以及etc、NB、i.e.和e.g.等缩写）甚至沿用至今。他还有若干关于拉丁文发展的论述。他记录西塞罗生平的多卷本著作得到了1世纪历史学家阿斯库尼乌斯·佩狄亚努斯②的引用，普鲁塔克③也曾引用两次。但就和提罗留下的其他书面记录一样，这部作品也随着罗马帝国的土崩瓦

---

① 圣哲罗姆（Saint Jerome，约340年~420年）是基督教牧师、忏悔者、神学家和历史学家，以研究《圣经》和注释经文而闻名，完成了拉丁文的《圣经》武加大译本。——译者注

② 阿斯库尼乌斯·佩狄亚努斯（Asconius Pedianus，前9年~76年）是罗马历史学家，整理了西塞罗许多未发表的演讲以及提罗记录的西塞罗生平、演讲和信件，但几乎没有留存至今。——译者注

③ 普鲁塔克（Plutarch，约46年~120年）是罗马帝国时期的希腊哲学家、传记作者、散文家和阿波罗神庙的祭司，著有《希腊罗马名人传》。——译者注

解而湮没在历史长河中。

大家不禁好奇：它究竟讲了些什么？西塞罗的一生即使以现代人的眼光来看，也是如此与众不同。与其来自贵族家庭的对手相比，西塞罗出身平平。他对军事事务缺乏兴趣，却凭借出色的演说技巧和智慧在罗马政治体制内平步青云，最后突破重重困难，在四十二岁那年当选执政官，而四十二岁是竞选执政官的最低年龄。

公元前63年，他在任职期间遇到了重重危机：他不得不应对塞尔吉乌斯·喀提林企图推翻罗马共和国的阴谋。为了镇压叛乱，元老院在西塞罗的领导下，下令处死了五个主谋。从此，这起事件成了他政治生涯中无法摆脱的噩梦。

随后，三个罗马最具权势的人物——尤利乌斯·恺撒、庞培和马库斯·克拉苏——结成"三头同盟"，但是西塞罗选择了和他们对立。出于报复，恺撒运用大祭司的权力，转而支持西塞罗的老对手，也就是野心勃勃的贵族政客克洛狄乌斯。这对西塞罗造成了不小的打击。克洛狄乌斯宣布放弃贵族身份，成为平民，并在恺撒的支持下当选了保民官。保民官有权在人前拘捕罗马公民，对其进行骚扰和迫害。西塞罗很快意识到，除了离开罗马，他没有别的选择。绝望的阴影笼罩了他。《独裁者》的故事就是从这里开始的。

我希望能在小说中尽可能准确地讲述西塞罗和提罗在罗马共和国晚期所经历的一切。信函和演讲以及对事件的描述都尽可能地取材于原始史料。

《独裁者》涉及的年代可以说是人类历史上最动荡的（至少在1933～1945年之前是）。书中附有一份主要人物介绍，希望读者在其帮助下不至于迷失在西塞罗所处的那个杂乱而逐渐崩溃的世界里。

罗伯特·哈里斯

2015年6月8日于金特伯里

主要出场人物

卢基乌斯·阿弗拉尼乌斯（Lucius Afranius）：庞培的老乡兼盟友，来自皮西努姆，米特拉达梯战争期间任庞培手下的军事指挥官，于公元前60年出任执政官。

马库斯·维普撒尼乌斯·阿格里帕（Marcus Vipsanius Agrippa）：屋大维最亲近的朋友。

卢基乌斯·多米提乌斯·阿赫诺巴尔布斯（Lucius Domitius Ahenobarbus）：贵人派元老，恺撒的宿敌，于公元前58年出任裁判官，娶了加图的姊妹。

马克·安东尼（马库斯·安东尼乌斯）（Mark Antony/Marcus Antonius）：恺撒出征高卢时手下的勇将，著名演说家和执政官的孙子，被西塞罗处决的喀提林同谋者之一的继子。

提图斯·庞波尼乌斯·阿提库斯（Titus Pomponius Atticus）：西塞罗最亲密的朋友，骑士，伊壁鸠鲁主义者，非常富有，昆图斯·西塞罗的内兄（昆图斯娶了他妹妹庞波尼娅）。

卢基乌斯·科尔内利乌斯·巴尔布斯（Lucius Cornelius Balbus）：西班牙富翁，最初与庞培联姻，后来和恺撒联姻，并在罗马经商。

马库斯·卡尔普尔尼乌斯·毕布路斯（Marcus Calpurnius Bibulus）：恺撒的执政官同事和劲敌，于公元前59年出任执政官。

马库斯·尤尼乌斯·布鲁图斯（Marcus Junius Brutus）：废除罗马国王并于公元前6世纪建立共和国的布鲁图斯的直系后代，

塞维利娅的儿子，加图的外甥，立宪派名誉领袖。

盖乌斯·尤利乌斯·恺撒（Gaius Julius Caesar）：前执政官，与庞培和克拉苏合称"三巨头"，罗马三行省（内高卢、外高卢和比提尼亚）的总督，比西塞罗小六岁；娶了卢基乌斯·卡尔普尔尼乌斯·庇索的女儿卡尔普尔尼娅。

昆图斯·孚非乌斯·卡列努斯（Quintus Fufius Calenus）：克洛狄乌斯和安东尼的老友，恺撒的拥护者，西塞罗的敌人，潘萨的岳父。

盖乌斯·卡西乌斯·郎吉努斯（Gaius Cassius Longinus）：元老，猛将，娶了塞维利娅的女儿尤尼娅·特尔提娅，因此是布鲁图斯的妹夫。

马库斯·波尔基乌斯·加图（Marcus Porcius Cato）：塞维利娅同父异母的兄弟，布鲁图斯的舅舅，斯多葛主义者，共和国传统的坚定捍卫者。

小马库斯·图利乌斯·西塞罗（Junior Marcus Tullius Cicero）：西塞罗的儿子。

昆图斯·图利乌斯·西塞罗（Quintus Tullius Cicero）：西塞罗的弟弟，元老，军人，娶了阿提库斯的妹妹庞波尼娅，于公元前61～前58年任亚细亚行省总督。

小昆图斯·图利乌斯·西塞罗（Junior Quintus Tullius Cicero）：西塞罗的侄子。

克洛狄亚（Clodia）：罗马最声名狼藉的克劳狄家族之女，克洛狄乌斯的姐姐，梅特卢斯·塞勒的遗孀。

普布利乌斯·克洛狄乌斯·普尔喀（Publius Clodius Pulcher）：贵族出身，克劳狄家族的成员，卢基乌斯·鲁库卢斯的前内弟，克洛狄亚的弟弟（与克洛狄亚有乱伦之嫌）。在亵渎罪审判中，西塞罗提供了对他不利的证据，后经恺撒运作成为平民并当选保民官。

马库斯·科尔努图斯（Marcus Cornutus）：恺撒的手下，于公元前44年被任命为城市裁判官。

富里乌斯·克拉西佩斯（Furius Crassipes）：图利娅的第二任丈夫，元老，克拉苏的好友。

马库斯·李锡尼·克拉苏（Marcus Licinius Crassus）：前执政官，"三巨头"之一，残忍地镇压了斯巴达克斯领导的奴隶起义，罗马最富有的人，庞培的死对头。

普布利乌斯·克拉苏（Publius Crassus）：克拉苏的儿子，恺撒出征高卢时的骑兵指挥官，仰慕西塞罗。

德奇姆斯（Decimus）：全名德奇姆斯·尤尼乌斯·布鲁图斯·阿尔比努斯（Decimus Junius Brutus Albinus），年纪轻轻就在高卢担任军事指挥官，恺撒的门生。

普布利乌斯·科尔内利乌斯·多拉贝拉（Publius Cornelius Dolabella）：图利娅的第三任丈夫，恺撒最亲近的副官之一。年轻帅气，稚气未脱，野心勃勃，放荡不羁，残酷霸道。

富尔维娅（Fulvia）：克洛狄乌斯之妻，后嫁给马克·安东尼。

奥卢斯·希尔提乌斯（Aulus Hirtius）：恺撒在高卢作战时的手下，接受了政治方面的训练；著名的老饕、学者，曾协助恺撒完成《战记》。

昆图斯·霍腾西乌斯·霍塔鲁斯（Quintus Hortensius Hortalus）：前执政官；多年来一直是罗马法律界的领军人物，后被西塞罗取代；贵人派领军人物；非常富有；和西塞罗一样是文官而不是军人。

普布利乌斯·塞维利乌斯·瓦提亚·伊索里库斯（Publius Servilius Vatia Isauricus）：贵人派，父亲是元老院资深元老之一，选择辅佐恺撒，于公元前54年当选裁判官。

提图斯·拉比埃努斯（Titus Labienus）：出生于庞培老家皮西努姆的军人和前保民官，恺撒出征高卢时的手下猛将之一。

马库斯·埃米利乌斯·雷必达（Marcus Aemilius Lepidus）：贵人派元老，娶了塞维利娅的女儿，高级祭司团成员。

提图斯·安尼乌斯·米罗（Titus Annius Milo）：强硬的街头政客，手下有一群角斗士。

昆图斯·凯基利乌斯·梅特卢斯·尼波斯（Quintus Caecilius Metellus Nepos）：西塞罗结束流放后的执政官。

盖乌斯·尤利乌斯·恺撒·屋大维（Gaius Julius Caesar Octavian）：恺撒的甥外孙和继承人。

盖乌斯·维比乌斯·潘萨（Gaius Vibius Pansa）：恺撒出征高卢期间的手下军官之一。

卢基乌斯·马尔西乌斯·菲利普斯（Lucius Marcius Philippus）：于西塞罗结束流放回到罗马后不久出任执政官。娶了恺撒的外甥女阿提娅，因此是屋大维的继父。在那不勒斯湾有处庄园，和西塞罗是邻居。

费罗提慕斯（Philotimus）：特伦提娅的经理人，忠诚度存疑。

卢基乌斯·卡尔普尔尼乌斯·庇索（Lucius Calpurnius Piso）：于西塞罗被流放期间任执政官，是西塞罗的敌人和恺撒的岳父。

格涅乌斯·普兰西乌斯（Gnaeus Plancius）：马其顿财务官，其家人和西塞罗一家来自意大利的同一个地区且关系友好。

卢基乌斯·穆纳提乌斯·普兰库斯（Lucius Munatius Plancus）：与恺撒关系亲近的副官，于公元前44年被任命为外高卢总督。

格涅乌斯·庞培（Gnaeus Pompey Magnus）：与西塞罗同龄，多年来一直是罗马最有权势的人，前执政官，常胜将军，举行过两次凯旋式，与恺撒和克拉苏合称"三巨头"，娶了恺撒的女儿尤利娅。

马库斯·凯利乌斯·鲁富斯（Marcus Caelius Rufus）：西塞罗的门生，罗马最年轻的元老，前途无量，野心勃勃，但不可靠。

塞维利娅（Servilia）：加图同父异母的姊妹，野心勃勃，具有政治眼光，当了很久恺撒的情妇，和第一任丈夫育有三个女儿和一个儿子（即布鲁图斯）。

塞维乌斯·苏尔比基乌斯·鲁富斯（Servius Sulpicius Rufus）：西塞罗过去和现在的朋友，被誉为罗马最伟大的法律专家，娶了恺撒的情妇波斯杜米娅。

普布利乌斯·科尔内利乌斯·朗图路斯·司宾提尔（Publius Cornelius Lentulus Spinther）：于西塞罗结束流放归来后担任执政官，克洛狄乌斯的敌人，西塞罗的朋友。

特伦提娅（Terentia）：西塞罗的妻子，比丈夫小十岁，出生于一个富有、高贵的家庭；信仰虔诚，受教育程度不高，政治观点保守；为西塞罗生了两个孩子——图利娅和小马库斯。

提罗（Tiro）：西塞罗最忠实的私人秘书、家奴，比主人小三岁，速记法的开创者。

图利娅（Tullia）：西塞罗的女儿。

普布利乌斯·瓦提尼乌斯（Publius Vatinius）：元老，军人，以相貌丑陋闻名，与恺撒关系亲近的盟友。

在我看来，古代世界比现代世界更加忧郁。两者都或多或少地暗示了一点：黑暗的空洞之上即为永恒。但对于古人而言，"黑洞"本身就代表着无限，永恒的黑暗将逐渐吞没梦想。没有呼喊，没有骚动，只有沉郁的眼神逐渐坚定。从西塞罗到马可·奥勒留的那段历史中，众神已经离去，基督尚未降临，人类孑然傲立于世间。从此，在任何时代都不再能找到如此荣光。

——居斯塔夫·福楼拜，

《致热内特夫人的信》，1861 年

西塞罗在世时能够改变他人的生活，他的书信也是如此，只要他遍布各地的学生不再轻视绝望，而是尝试在那些权势滔天的官员、那些渴望主宰更大世界的群体中生活。

——D. R. 沙克尔顿·贝利，

《西塞罗》，1971 年

第一部分

流放

公元前 58 年 ~ 前 47 年

Nescire autem quid ante quam natus sis acciderit, id est semper esse puerum. Quid enim est aetas hominis, nisi ea memoria rerum veterum cum superiorum aetate contexitur?

对出生前发生的一切一无所知，就永远是一个孩子。若非载入史册，与前人一同千古流芳，人生一世有何可为？

——西塞罗，《演说家》，公元前 46 年

I

夜幕已降临拉提乌姆，但恺撒的军队仍在我们身后紧追不舍。他们发出充满渴望的咆哮，犹如发情的动物。在他们停下后，周围就只剩下鞋底在覆盖薄冰的路面上滑动的声音和急促的喘息声了。

对于不朽的诸神来说，仅仅被支持者唾弃和谩骂是不够的，被迫在半夜背井离乡也不够，甚至在我们逃离罗马后，回头看见自己的房子被火舌吞噬依旧不够。他们认为还要在他的伤口上撒一把盐：他应该听到敌人的军队拔营离开战神广场 ① 的声音。

虽然西塞罗是我们一行人中年纪最大的，但他保持着和我们一样快的步伐。不久前，他还掌控着恺撒的命运，能够像捏碎一个鸡蛋那样摧毁它；但是现在，他们命运的轨迹截然不同了。在西塞罗匆忙逃向南方时，造成这种局面的人却正向北方进军，准备去接管高卢 ②。

西塞罗低着头，一言不发。我想这大概是因为他心中充满了绝望，以至于失去了说话的欲望。直至黎明时分，当我们在伯维拉耶和马匹会合，准备继续逃亡时，他才停在马车前，突然开口

---

① 战神广场（Campus Martius，又译马尔斯原野）是罗马古城西北方向的一个公共区域，位于城墙和台伯河之间，占地约四百九十英亩。——译者注

② 分为内高卢（Near Gaul）和外高卢（Further Gaul）。内高卢指意大利北部的卢比孔河和阿尔卑斯山之间的地区；外高卢指阿尔卑斯山另一侧的地区，大致相当于现在的普罗旺斯和朗格多克。——作者注

问道："你觉得我们该回去吗？"

他的问题打了我个措手不及。"我不知道，"我答道，"我还没想过这事。"

"那你从现在开始想。告诉我：我们为什么要逃离罗马？"

"因为克洛狄乌斯和他的暴徒。"

"那么克洛狄乌斯为什么这么厉害？"

"因为他是保民官①，可以通过或否决你的法案。"

"那又是谁让他当上保民官的？"

我犹豫了一下，说："恺撒。"

"没错，恺撒。你该不会以为他在这个时候前往高卢只是个巧合吧？当然不是！他一直等到他的眼线向他报告我已离开后才下令开拔。为什么？我一直以为他提拔克洛狄乌斯是为了惩罚我和他公开作对。但万一他一直以来的真实目的其实就是把我赶出罗马呢？他到底在耍什么阴谋诡计，让他在离开前一定要先确定我也离开了？"

我本应跟上他的逻辑，劝他回头，但我已经疲惫到无法清晰地思考。说实话，需要担心的事情还有很多。如果克洛狄乌斯的暴徒发现我们重返罗马，他们会做些什么？对此我非常担心。

所以我回应道："这是个好问题，我也不想假装自己有了答案。但是在和所有人道过别以后又突然出现，会不会显得有点优柔寡断？再说，克洛狄乌斯已经烧掉了你的房子，我们还能回哪儿去呢？谁还能收留我们？我觉得你还是应该按原计划行事，离罗马越远越好。"

---

① 保民官（tribune）是平民代表，定员十人，一年一选，通常在夏天选出，并于12月就任，有权提出或否决法律，以及召开平民大会。只有平民才能出任保民官。——作者注

4

他闭眼靠在马车上。在昏暗的灯光下，他经历一夜奔波后的憔悴样吓了我一跳。他穿着一件染黑的托加袍，已经很久没理过头发和胡子了。虽然他才四十九岁，但他的装束让他显得很苍老，就像古代的托钵僧。过了一会儿，他叹了口气："我不知道该怎么办，提罗，也许你是对的。我太久没休息了，已经累得什么都想不明白了。"

就这样，我们在犹豫中铸成大错：在接下来的十二天里，我们继续南行，直到我们认为已经脱离危险。

一路上，我们轻车简从，不事张扬，就带了一个马车夫和三个骑马的奴隶。奴隶们全副武装，一个走在前，两个跟在后。马车座位下藏着一箱金币和银币，这是西塞罗最亲近的朋友阿提库斯为我们准备的旅费。我们只在信任的人的家里过夜，避开所有追捕者认为西塞罗会去的地方，特别是西塞罗在福尔米亚的海边庄园。此外，每年从罗马前来享受冬阳和温泉的人已将那不勒斯湾堵得水泄不通。我们避开这些地方，尽快逃向意大利的最南端。

西塞罗的计划是前往西西里，在那里待到罗马城里反对他的政治风潮平息下来。"那些暴徒会转头对付克洛狄乌斯，"他预测道，"这就是暴徒的天性。别忘了，他会一直是我精神上的敌人，但不会一直是保民官。还有九个月，他的任期就会结束，那时我们就能回去了。"

他相信西西里人会热情地接待自己，因为他曾起诉①他们残暴的前总督维勒斯。那场辉煌的胜利是他政治生涯的开端，尽管那已经是十二年前的事了，而且克洛狄乌斯最近还在西西里当过政务官。我提前去信表明希望得到庇护。在抵达雷吉乌姆的码头后，

---

① 由于罗马共和国没有公诉制度，所有的刑事指控，从贪污到叛国到谋杀，都必须由个人提出。——作者注

我们雇了一艘六桨小船把我们送往海峡对面的墨西拿。

我们在一个晴朗而寒冷的冬日清晨离开了港口。浅蓝的天空和深蓝的大海泾渭分明，有如被刀片划开。从这里到墨西拿只有三罗里①，不到一小时就能到达。我们划得离岸很近，甚至能看到西塞罗的支持者们站在礁石上列队欢迎他。但一艘挂着红绿旗帜的军舰横在我们入港的路上。在我们接近灯塔时，它放下船锚，慢慢驶来拦住我们。那是西西里总督盖乌斯·维吉利乌斯的船，总督本人站在围栏边上，身边围着他的执法吏②。在看到西塞罗的狼狈相时，他招呼了我们一声，西塞罗也友好回应。他们在元老院③已经认识很多年了。

维吉利乌斯问西塞罗有何贵干。

西塞罗表示自己打算上岸。

"和我听说的一样，"维吉利乌斯回复道，"但很遗憾，恕我难以同意。"

"为什么？"

"因为克洛狄乌斯的新法律。"

"哪条新法律？最近的新法律多得数不清。"

维吉利乌斯向一个幕僚示意，后者俯身将一份文件递给我，我又把它递给西塞罗。我至今还记得微风里那份文件像一个活物

---

① 1 罗里合 1.49 公里。——译者注

② 执法吏（lictor）是携带束棒，即一捆用红皮条绑在一起的桦木棒的侍从，束棒是政务官统帅权的象征。执政官可配备十二名执法吏作为护卫，裁判官可配备六名。高级执法吏是距离政务官最近的执法吏，又称近身执法吏（proximate lictor）。——作者注

③ 元老院（Senate）不是罗马共和国的立法机构（只有部落大会才能通过法律），而是某种行政机构，有六百个成员，他们有权就国家大事提出动议，命令执政官采取行动或起草并公示法律。其成员从财务官中推选，一经选中则往往终身都是元老，除非因违反公共道德或破产被监察官开除，因此平均年龄较高［senate 一词就源于 senex（年老）］。——作者注

6

般在他手里飘动的样子。在一片寂静中，它发出了人耳可以听到的唯一声音。他仔细读完文件，一言不发，把它递给我。

克洛狄乌斯关于西塞罗的法令

鉴于马库斯·图利乌斯·西塞罗不经审判便处死罗马公民，且为此伪造元老院的授权和法令，特此下令：禁止西塞罗进入罗马城方圆四百罗里以内；所有人均不得擅自庇护或收留他，违令者死；没收其所有财产；拆毁其在罗马的房产，代之以自由女神利伯塔斯的神庙；凡为其四处活动或以演讲、投票等方式意图召回西塞罗者，将被视为人民公敌；对曾被西塞罗不公正地判处死刑的犯人，应优先予以释放。

这无疑是最沉重的打击了，但他很快恢复镇定，随手把它放到一边。"胡言乱语。"他说，"这是什么时候发布的？"

"听说是八天前在罗马公示的，但昨天才到我手上。"

"那它现在就不是法令，且在三读前都不算。我的秘书会证实这一点。"他转向我。"提罗，告诉总督它最早能通过的时间。"

法案在付诸表决前必须在广场上连续宣读三个集市日。我试着算出答案，但刚才的文件彻底动摇了我的理智，我甚至想不起今天是星期几，更别提哪天是集市日了。"从今天开始往后二十天，"我猜道，"或许是二十五天？"

"听到了吗？"西塞罗喊道，"就算它通过了，我也有三个星期的时间，而且它不可能通过的。"他绷紧腿站在摇晃的船首上，张开双臂请求道："亲爱的维吉利乌斯，看在我们旧日友情的分上，我远道而来，至少让我上岸和支持者们待上一两晚吧。"

7

"不行。我很抱歉，但我不能冒这个险。我问过幕僚，他们说就算你逃到西西里最西边，逃到利利俾，你距离罗马城也不会超过三百五十罗里，克洛狄乌斯肯定会来找我麻烦。"

此言一出，西塞罗脸上的笑意消失了。他语气冰冷："法律没有赋予你阻挠一名罗马公民旅行的权力。"

"但我有权保护西西里的安宁。在这里，你也知道，我的话就是法律……"

西塞罗很过意不去，我敢说他甚至感到尴尬，但在这个问题上他丝毫不肯让步。又一番争吵后，我们别无他法，只能把船划回雷吉乌姆。离开时，岸上传来痛苦的哭泣声。我还是头一次看到西塞罗这么忧心忡忡。维吉利乌斯可是他的朋友。如果这就是朋友的回应，相信很快整个意大利都会把他拒之门外。但返回罗马公然对抗法令又太过冒险。他离开得太晚了。旅途中他可能会遇上危险，法令也几乎肯定会被通过。到那时，我们将被困在距离罗马城超过四百罗里的地区。只有出国才是唯一的出路。高卢显然不在考虑范围内，那里毕竟是恺撒的地盘。我们只能向东走，把目标设为希腊或亚细亚。不幸的是，我们无法从半岛的西岸起航，穿过在入冬后就变得危险的大海。我们必须去东岸，去亚得里亚海边上的布隆迪西乌姆，在那里租一艘适合长途旅行的大船。我们的处境非常糟糕，这也正是恺撒支持克洛狄乌斯的目的。

*

在接下来的两周里，我们经常冒着滂沱大雨，翻山越岭，艰难跋涉。处处都给人以危机四伏之感。途经的原始小城镇倒是很欢迎我们。夜里我们睡在烟熏火燎又冰冷彻骨的小旅馆里，吃着硬面包和肥肉，喝着发酸的酒，它们都算不上美食。西塞罗的情绪在愤怒与绝望间来回转换，他现在清楚地意识到，离开罗马是一个多么严重的错误。他真是疯了才会放任克洛狄乌斯污蔑他"不经审判"便处死罗马公民。但实际上，这五个喀提林的同谋者都曾获准为自己辩护，其死刑也是由元老院宣判的。但他的逃亡等同于认罪。他就应该遵从本能，在听到恺撒出征的号角时回头，第一时间纠正自己的错误。是他的愚蠢和胆怯让妻儿蒙受灾祸，这一事实让他哀痛不已。

然后他又将矛头指向霍腾西乌斯和"贵族余党"。他以卑微的出身攀爬到了执政官①的高度，还成了共和国的救星，而那些人从来没有为此原谅他，他们故意说服他逃走，为的就是毁了他。他本应效仿苏格拉底的做法：若流放，毋宁死。是的，他可以杀了他自己。他从餐桌上抓起一把刀。他要杀了自己！我什么也没说，也没把他的威胁当回事。他都不敢看别人的血，更别说他自己的了。他毕生都在逃避随军征战、角斗表演、公开处决和葬礼，逃避一切会让他想起死亡的事物。如果说疼痛让他害怕，那么死亡带给他的就是恐惧。这才是我们一开始决定逃离罗马的主要原因，虽然我不会唐突到把这一点指出来。

最后我们终于见到了布隆迪西乌姆的城墙。西塞罗不打算冒险进城。港口熙熙攘攘，人来人往，到处都是陌生的面孔，再加上大家都知道这里很可能是他的目的地，西塞罗确信进城就意味着被刺杀。因此，我们选择在不远处的海岸落脚，住在西塞罗的老朋友马库斯·拉尼乌斯·弗拉库斯家中。那天晚上，

---

① 执政官（consul）为罗马共和国最高官职，定员两人，一年一选，通常在 7 月选出，于次年 1 月上任，每月轮流主持元老院会议。——作者注

我们睡了三周以来的头一个好觉。翌日清晨，我们来到海滩。这边的风浪比西西里大得多，呼啸的海风卷起汹涌的海浪，浪头持续拍击着礁石和卵石滩。即使一切顺利，诸事皆宜，西塞罗也很讨厌出海，更不用说这次的情形还很危险。但这是我们唯一的出路——地平线外一百二十罗里的地方就是伊利里库姆的海岸。

弗拉库斯注意到他的表情："打起精神来，西塞罗——法令不一定能通过呢，说不定另一位保民官会否决它呢。罗马肯定还有人愿意支持你，说不定庞培就是。"

西塞罗紧盯着海面，没有回应。几天后，我们听说那个法令终究是通过了，弗拉库斯也因收留被流放的西塞罗而犯下了死罪。即便如此，他仍然劝我们留下，坚称克洛狄乌斯并没有吓到他，但西塞罗拒绝了："老朋友，你的忠诚让我感动。但在法令通过的那一刻，那个怪物肯定就派出了一队士兵来追捕我。我们没有时间了。"

我在布隆迪西乌姆的港口找了艘商船，手头拮据的船主看在巨额报酬的分上，冒险接下了在冬日横渡亚得里亚海的任务。第二天天一亮，趁着周围没人，我们偷偷上了船。船很结实，横梁很宽，载有约二十个船员，原来就主要跑从意大利到狄拉奇乌姆[①]的这条贸易航线。连我这个外行都觉得这船足够安全。船长预计需要一天半的时间，"但我们必须尽快出发，"他说，"现在正好是顺风。"趁着水手们在做开船准备，西塞罗迅速为妻儿留下口信：这是一种美好的生活，一项伟大的事业——没有什么能打倒我。最忠诚的、最好的妻子，我亲爱的特伦提娅，以及我亲爱的女儿图

---

① 狄拉奇乌姆（Dyrrachium）为阿尔巴尼亚港口城市都拉斯的古称。——译者注

利娅和我们最后的希望小马库斯——再见了！我把这些话记下来，交给等在码头的弗拉库斯，后者向我们挥手告别。随后船员解开缆绳，升起船帆。桨手们把我们推离港口的岸壁，让船驶入熹微的晨光中。

*

船最开始速度很快。西塞罗高高地站在舵手平台的甲板上，背靠船尾栏杆，目送布隆迪西乌姆的大灯塔渐渐远去。除了青年时期在罗德岛跟随摩隆学习讲演术和几次前往西西里的经历外，这还是他第一次离开意大利。在我认识的所有人中，西塞罗是最不适应流放的一个。朋友、新闻、消息、谈话、政治、晚宴、戏剧、沐浴、书籍、精美的建筑，这些文明社会的附属物是他生存的依靠，眼睁睁地看着它们消失一定是种折磨。

但他还是失去了一切。在短短的一个小时里，一切都化为乌有。商船乘着风势破浪前进。此情此景不禁让我想起荷马的名句："紫色的浪花拍打着船头"。[①] 但就在上午，船速降了下来。巨大的棕色船帆缓缓垂落，桅杆上的两名舵手神色焦虑，对视了一下。滚滚乌云堆积在地平线上，不到一小时便形成压顶之势。光线开始变暗，温度急剧下降。风又刮起来了，吹散海面上的泡沫，让它们打在人的脸上。商船顺着风浪起伏，冰雹铺天盖地地砸向甲板。

西塞罗全身颤抖，身体前倾，呕吐起来，脸色变得像死人一样灰白。我伸手环住他的肩膀，告诉他我们应该回下层甲板的船舱里去避一避。楼梯下到一半时，一道闪电突然撕开了黑暗，紧

---

① 出自《伊利亚特》。——译者注

接着，我们的耳边响起了爆裂的声音，就像有谁的骨头断裂了或者哪里有树木裂开了一样。那声音震耳欲聋，让人产生一种呕吐的冲动。桅杆肯定倒了，船身突然开始颠簸摇晃。闪闪发光的煤玉高高地堆在四周，在闪烁的雷电中摇摇欲坠。呼啸的风声让人无法交流。我一把将西塞罗推入船舱，自己也跟着摔了进去，然后关上了舱门。

我们挣扎着想站起来，但船身开始倾斜。甲板上的海水没过了脚踝，让人一不小心就会滑倒。地板先斜向一侧，然后是另一侧。黑暗中，我们同零散的工具、酒坛和麦袋一起被甩来甩去，只能紧紧扣住船壁，感觉自己就像不会说话的牲口，即将被送往屠宰场。最后我们缩进船舱角落，随船身一起颠簸，全身湿透，瑟瑟发抖。看来今天我们是在劫难逃了。我闭上眼，祈求海神涅普顿和其他神祇的垂怜。

我们就这样挨了很久——具体多久我说不清，但挨到了第二天。西塞罗似乎完全失去了知觉。为了确定他还活着，我时不时会摸摸他冰冷的脸颊，他每次都用短暂的睁眼作为回应。后来他才告诉我，他已经认命等死了，但晕船的痛苦让他不觉得害怕。相反，他认为仁慈的大自然要让那些身处绝境的人免于承受死亡带来的恐惧，使死亡成为一种令人向往的救赎。在第二天醒来后，他说，他一生中最大的惊喜是，发现风暴已经过去，他可以继续活下去，但"不幸的是，我的处境实在不妙，我几乎马上就感到后悔了"。

一确定风暴已经平息，我们就回到甲板上。水手们正在翻动甲板上的尸体：可怜的家伙，一根晃动的帆桁砸破了他的脑袋。海上风平浪静，亚得里亚海的海水呈现出和天空一样的灰蓝色。尸体落入海中，几乎没有溅起水花。寒风带来一股奇怪的气味，像是有什么东西腐烂变质了一样。我注意到大约一罗里开外的地方有一堵纯黑色的石墙矗立在浪花之中。我以为风又把我们吹回去了，那堵墙应该就是意大利的海岸。但船长嘲笑了我的无知，说那是伊利里库姆，前面的黑墙就是那把守着通向狄拉奇乌姆古城的道路的著名悬崖。

*

西塞罗起初打算前往南边的伊庇鲁斯，阿提库斯在那儿有一处大庄园，里面的村庄戒备森严。那里是最荒凉的地区，至今仍未从过去那场可怕的劫数中恢复过来——一个世纪前，元老院曾以反罗马为由，下令将那里的七十个村庄夷为平地，十五万人全部被卖为奴隶。西塞罗表示并不介意那里的荒凉。但就在我们离开意大利之前，阿提库斯"遗憾地"警告说，西塞罗只能在那儿待一个月，不然会暴露行踪。根据克洛狄乌斯法令的第二条规定，阿提库斯会因为包庇流放犯而被处死。

直到我们在狄拉奇乌姆上了岸，西塞罗还在犹豫该去哪里。是向南到伊庇鲁斯，以那里为临时避难所，还是向东行至马其顿（马其顿总督阿普列乌斯·萨图尼乌斯是他的老朋友），然后再从马其顿前往希腊和雅典？最后有人替他做了决定。一个信使正等在码头上——那是一个非常紧张的年轻人。他环顾四周，见没人注意自己，便急忙将我们带到一座废弃的仓库，拿出一封信。这封信是萨图尼乌斯总督写的。我没能留下这封信——在我大声读出其内容后，西塞罗便一把夺过它，把它撕得粉碎。不过我还记得它的大致内容："很遗憾"（又是这个词！），虽然他们有多年的交情，但萨图尼乌斯不能在家里收留西塞罗，因为"帮助流放犯有损罗

13

马总督的威严"。

这次航行让我们又饿又累，还浑身湿透。西塞罗将碎纸片扔在地上，双手抱头，躺倒在布包上。就在这时，信使紧张地说道："大人，还有封信……"

这封信来自财务官[①] 格涅乌斯·普兰西乌斯，他是总督手下的一名初级政务官。在西塞罗的祖籍地阿尔皮努姆，普兰西乌斯家是西塞罗家的老邻居。普兰西乌斯说这封信是他自己偷偷写下，再请这个可靠的信使送达的。普兰西乌斯反对上司的决定，说能为祖国之父[②] 提供庇护是他的荣幸，但保密工作至关重要。他已经启程前往马其顿边境，准备在那里和西塞罗碰头。与此同时，他还安排了一辆马车送西塞罗离开狄拉奇乌姆。"为了你的人身安全，请不要迟到太久，最好不超过一个小时。见面后再详谈。"

"你相信他吗？"我问。

西塞罗盯着地面，低声回复道："不。但我还有选择吗？"

在信使的帮助下，我将船上的行李搬进财务官的马车——这与其说是马车，倒不如说是装了车轮的牢笼。车上连悬架都没有，光线十分昏暗，车窗外钉着一排金属格栅，车里的"逃犯"可以透过窗户看到外面，但没人能看到他。马车发出哐啷哐啷的声音，从码头驶入城内，汇入埃格纳提亚大道上的车流。沿着这条大道一直走，就可以到达拜占庭。这时外面下起了雨夹雪。几天前这里发生了地震，现在又横遭暴雨。路边有尸体横陈。废墟上搭起了几顶简易帐篷，几个幸存者正簇拥在篝火旁。死亡和绝望的气

---

① 财务官（quaestor）是初级政务官，定员二十人，一年一选，有权进入元老院。财务官候选人必须年满三十岁，并拥有多达一百万赛斯特斯的资产。——作者注
② 祖国之父是由罗马元老院授予的一种头衔。公元前63年，身为执政官的西塞罗因化解喀提林阴谋而获得该头衔。——译者注

味四处弥漫，与我在海上闻到的同出一辙。

　　我们穿过平原，前往覆雪的群山，住进被群山环绕的小村庄。旅馆里很脏，楼下的房间里还养着山羊和鸡。西塞罗吃得很少，什么也没说。在这陌生的不毛之地上，身处一群野蛮人中间，他终于陷入了绝望的深渊。第二天早晨，我费了很大力气才把他从床上拉起来，劝他继续我们的旅程。

　　两天来，道路一直延伸到山里，直到我们抵达湖边。广阔的湖面上零星漂浮着冰块，远处是一座小城，名为莱克尼多斯①，它就在马其顿的边界上。普兰西乌斯就在城里的广场上等着我们。他看上去三十出头，体格健壮，身着军装，身后跟着六个军团②士兵。当他们开始大步向我们走来时，我突然感到一阵恐慌，担心落入了陷阱，但他温暖的拥抱和眼中的泪水立刻让我相信他是真心实意的。

　　他无法掩饰自己对西塞罗状态的震惊。"你需要恢复体力，"他说，"但不幸的是，我们必须马上离开。"随后他和我们说起他不敢在信中写的事：可靠消息显示，之前因参与喀提林阴谋而被西塞罗流放的三个叛徒——奥特洛尼乌斯·帕伊图斯、卡西乌斯·郎吉努斯和马库斯·莱加——都在找西塞罗，发誓要杀了他。

　　西塞罗问："那这个世界上没有安全的地方了。我们该怎么活下去？"

　　"像我说的那样，让我来保护你们。其实就是跟我到我在塞萨洛尼卡③的家里去。我直到去年才卸任军事保民官，而且现在还在

---

①　莱克尼多斯（Lychnidos）即北马其顿共和国西南部城市奥赫里德的古称。——译者注

②　军团（legion）是罗马军队的最大单位，满编的军团有五千人。——作者注

③　塞萨洛尼卡（Thessalonica）是希腊港口城市塞萨洛尼基的古称。——译者注

军队中。只要你们待在马其顿境内，就会有士兵保护你们。我家不大，但足够安全，你们想住多久就住多久。"

西塞罗紧紧盯着普兰西乌斯。除了弗拉库斯的款待外，这是几个星期——实际上是几个月——以来，他得到的第一份真正的帮助。庞培和其他老朋友将他拒之门外，一位几乎素不相识的年轻人却愿意帮助他，这让他大为感动。他张了张嘴，但想说的话哽在喉咙里，于是他只能移开视线。

*

埃格纳提亚大道全长一百五十罗里，穿过马其顿的山区，下行到安法西斯平原，在那儿进入塞萨洛尼卡的港口。我们两个月旅程的终点就在那栋坐落于小城北部、藏在繁忙街道后的宅邸内。

五年前，西塞罗毫无疑问是罗马的统治者，在民众中的声望仅次于伟大的庞培。现在，他失去了一切——名声、地位、家庭、财富、国家，有时甚至还有他的神志。出于安全方面的考虑，他白天都待在室内，闭门不出。他的存在是个秘密。门口有一名士兵站岗。普兰西乌斯告诉他的人，屋里那位不能透露姓名的客人是他的老朋友，正沉浸在强烈的悲痛和忧郁之中。和所有最好的谎言一样，它掺杂了一点真相。西塞罗很少进食或与人交谈，也很少离开他的房间。有时整个屋子里都能听见他的抽泣声。他从不接待访客，他的亲兄弟——在卸任亚细亚总督后顺道前来看望他的昆图斯——也不行。你能见到的不是你过去认识的那个人，西塞罗辩解道，没有一丝相似之处，只是行尸走肉罢了。我尽力安慰他，但没有用。我，一个奴隶，怎么能理解他得而复失的痛苦呢？现在回想起来，我通过哲学安慰他的努力，仅仅是在激怒他而已。有一次，当我试图向他论证斯多葛的论点，证明财产和地位并不重要，因为仅靠美德就可以让人感到幸福时，他抓起个凳子就朝我扔来。

我们是在初春时分到达塞萨洛尼卡的。我承担起给西塞罗的亲友写信的工作，偷偷告知他们西塞罗的藏身之处，请求他们回信并通过普兰西乌斯转交。这些信三周后才送达罗马，我们又过了三周才开始收到回信，但它们带来的并不是什么好消息。特伦提娅描述了大火是怎么把他们在帕拉蒂诺山上的宅子烧成一片废墟的，以及他们是怎么拆除烧焦的墙壁，在原址修建克洛狄乌斯的自由女神神庙的。太讽刺了！不仅如此，暴徒们还洗劫了福尔米亚的庄园，占领了图斯库鲁姆的田庄。邻居们把花园里的一些树都运走了。她无家可归，只能先去维斯塔贞女院的姐妹那里避难。

　　但那个不敬虔的无耻之徒竟敢视神圣的法律为无物！他径直闯入贞女院，把我拖到波西亚巴西利卡 ①，无礼地讨要我的财产！我当然不会答应他。后来他又逼我交出儿子当人质。我指着那幅绘有瓦列里乌斯击败迦太基人的画，告诉他我的祖先参与了那场战役，我的家人从来没有怕过汉尼拔，当然也不会怕他。

儿子的困境让西塞罗非常不安。"一个男人的首要责任就是保护自己的孩子，我对此却无能为力。"小马库斯和特伦提娅现在正躲在西塞罗弟弟家中，他的爱女图利娅则和亲家住在一起。虽然图利娅和其母亲一样，试图在信中轻描淡写地提起她的困境，但从字

---

①　巴西利卡（basilica）是古罗马公共建筑的一种常见形式，平面呈矩形，外侧围有一圈廊柱，通常修建在城镇的广场旁。后来的罗马式天主教堂也采用了这种建筑形式。——译者注

里行间我们很容易看出真相：她正在照顾生病的丈夫、为人温和的弗鲁吉。他一直都不太健康，看起来压力已经压垮了他。噢，我的爱人，我的心之所向！——西塞罗给他妻子回信道——我最亲爱的特伦提娅，所有人曾经的避风港，现在竟如此痛苦！无论白天还是黑夜，你一直在我眼前。再见，我缺席的爱，再见了。

　　西塞罗的政治前景也同样黯淡。克洛狄乌斯和他的支持者们仍占据着广场南角的卡斯托尔神庙。他们把神庙当作大本营，胁迫公民大会投票通过或否决特定的法案。据说有新法令规定，"为了罗马人民的利益"，应吞并塞浦路斯并向其征税（也就是为克洛狄乌斯向公民发放的免费口粮买单），并下令由马库斯·波尔基乌斯·加图实施此等强盗政策。不用说，法令通过了。在向别人征税的同时，自己又能从中获利，试问有谁能拒绝这种好处呢？加图最开始拒绝前往，但克洛狄乌斯威胁他，如果他胆敢违抗法令，自己就会起诉他。加图视宪法的神圣性高于一切事物，因此别无选择，只能遵从。他和他的外甥马库斯·尤尼乌斯·布鲁图斯一道前往塞浦路斯。随着加图的离开，西塞罗失去了自己在罗马的最大助力。

　　面对克洛狄乌斯的威胁，元老院束手无策。伟大的庞培（西塞罗和阿提库斯私下里称他为"法老"）现在开始害怕自己帮恺撒提携的这位专横跋扈的保民官了。有传言说，庞培娶了恺撒的女儿尤利娅，这个年轻的新娘把他迷得神魂颠倒，让他沉湎于颠鸾倒凤，置自己的名声于不顾。阿提库斯在信中写了一些八卦，希望帮助西塞罗振作起来，其中一封有幸留存下来：

　　　　你还记得几年前，法老在帮亚美尼亚国王夺回王位时，
　　　　他把王子带回罗马作为人质，胁迫老国王"守规矩"的事

吗？你离开后不久，庞培嫌王子在家里太碍眼，让他住到新裁判官①卢基乌斯·弗拉维乌斯的家里。我们的小美人（西塞罗给克洛狄乌斯取的外号）很快得知了此事，径自去弗拉维乌斯家中吃饭，要求和王子见一面，还在饭后把那小伙子带走了，就好像他是一块餐巾一样。我知道你想问为什么——因为克洛狄乌斯打算将王子推上亚美尼亚的王位，取代老国王，然后从庞培手中夺走亚美尼亚的所有财政收入，由他自己独享！真令人难以置信，但更有意思的还在后面呢。王子乘船返回亚美尼亚，途中遇上风暴，只能返回港口。庞培命弗拉维乌斯立刻动身前往安提乌姆②夺回人质。但克洛狄乌斯的手下就等在那里。他们在阿庇安大道上发生了激烈的冲突，许多人丧命于此，其中就有庞培的好友马库斯·帕皮里乌斯。

从那时起，对法老而言，情况变得越来越糟。有一天，当他在广场上参加以他的一个支持者为被告的审判（克洛狄乌斯从各种角度起诉他的支持者）时，克洛狄乌斯召集了一帮暴徒走到他的面前。"谁是好色的英白拉多③？谁想找到那个小伙子？"克洛狄乌斯叫道，"谁在用一根手指挠头？"每提出一个问题，克洛狄乌斯就会抖动一下托加袍，向暴徒发出一个信号。然后，暴徒们就像一支训练有素的合唱团，齐声喊出："庞培！"

---

① 裁判官（praetor）是罗马共和国除执政官外的最高官职，定员八人，一年一选，通常在7月选出，于次年1月就任，通过抽签决定自己负责审判案件的种类，如叛国、挪用公款、贪污、重罪等。——作者注
② 安提乌姆（Antium）是意大利城市安齐奥的古称。——译者注
③ 英白拉多（imperator）是士兵对获得胜利后的现役军事指挥官的称呼，只有获得这一称号的将领才有资格举行凯旋式。——作者注

元老院一点忙也不帮，他们认为庞培受到的羞辱完全是
他自找的……

但如果阿提库斯认为这个消息能给西塞罗带来慰藉，那他就
错了。恰恰相反，它只会让西塞罗觉得更加孤立无援。加图离开
了，庞培退缩了，元老院束手无策了，投票人受贿了，立法程序
被克洛狄乌斯的暴徒们控制了。西塞罗对流放令的撤销不抱任何
希望。他对我们的居住条件感到十分恼怒。如果只是在春天小住
一下的话，那么塞萨洛尼卡是个不错的地方。但随着时光的流逝，
夏天来了——一到夏天，塞萨洛尼卡就变成了潮湿而满是蚊子的
地狱。植物枯萎了，空气中没有一丝微风，闷得令人窒息。此外，
由于城墙能够保存热量，晚上甚至比白天还要闷热。我在西塞罗
隔壁的房间里睡觉——更确切的说法是试图入睡。躺在小隔间里，
我感觉自己就像被架在砖石烤炉里的猪，身下的汗水是我融化的
皮肉。我常常在午夜后听到西塞罗在黑暗中跌跌撞撞地打开房门，
光脚走在马赛克瓷砖上。然后我就偷偷跟在他身后，从远处观察
他，确保他的安全。他喜欢坐在院子里的水池边上（池水早已干
涸，喷泉上蒙着一层厚厚的灰尘），抬头凝视满天繁星，似乎想从
星星的排列中得到启示：为什么他的好运会突然抛弃他？

他通常会在第二天把我叫到他的房间。"提罗，"他手指紧扣
我的胳膊，低声说，"我必须离开这个鬼地方，我快疯了。"但我
们能去哪里呢？他想去雅典，罗德岛也行。但普兰西乌斯坚决不
同意，坚称遇刺的风险比之前还要高，因为到处都在流传西塞罗
就在当地的说法。一段时间后，我开始怀疑他是不是很享受这种
将知名人士抓在手中的感觉，所以不愿放我们离开。我向西塞罗
表达了我的怀疑，他安慰我："他既年轻又野心勃勃。可能他以为

罗马的局势会改变，而收留我最终能给他带来一些政治上的好处。如果是这样，他就是在欺骗自己。"

之后的一个傍晚，等白天的暑气稍稍散去后，我拿着一摞寄往罗马的信走入城里。很难说服西塞罗打起精神回信，而且就算他回信了，也是在大倒苦水。我还是困在这里，没人和我说话，没有什么可以引人思考。再也没有比这里更适合在悲伤中承受痛苦的地方了。但他还是回复了。除了找可靠的旅行者当临时信差外，我还通过当地的一个马其顿商人雇用了信使。商人名叫伊比芬尼，在和罗马做进出口生意。

和大多数马其顿人一样，他是个惯于偷懒的骗子。但我觉得，我给他的好处应该足以让他谨慎行事。他在港口的斜坡坡顶有座仓库，它就位于埃格纳提亚门附近的高地上。来往于罗马和拜占庭的车流卷起滚滚尘土，为屋顶罩上一层红灰色的尘雾。要到他的办公室，就必须先穿过一个院子，他的马车就在院子里装卸货物。那天下午，那里有一辆双轮马车——车辕支在石块上，解开挽具的马正埋头在水槽里痛饮。这辆马车和常见的牛车很不一样，于是我停下脚步，走过去想要仔细查看一番。它显然刚被狠狠地使用过，看上去脏兮兮的，让人无法确定它原来的颜色。但它速度很快，很结实，是为战斗准备的——这是一辆战车。我在楼上找到了伊比芬尼，问他这是谁的车。

他狡黠地看了我一眼。"车夫没说他的名字。他只是让我看好它。"

"罗马人？"

"毫无疑问。"

"只有他一个人吗？"

"不，他还有个同伴——可能是个角斗士。两人都很年轻，看上去身强力壮。"

"他们什么时候到的？"

"一个小时前。"

"那他们现在在哪儿？"

"谁知道呢。"他耸了耸肩，露出一口黄牙。

我突然冒出一个可怕的想法。"你拆了我的信？你派人跟踪我？"

"先生，你让我很震惊。真的……"他摊开双手表示无辜，然后环顾四周，就像在朝某个看不见的陪审团无声控诉。"这种事情怎么可能发生呢？"

伊比芬尼！作为一个以说谎为生的人，他显然并不精于此道。我转身跑出房间，冲下台阶，在能够看到我们的住所前一刻也没有停下。街上有两个模样粗野的恶棍。在他们转过头来看向我时，我放慢了脚步。我知道他们是来杀死西塞罗的。其中一人的脸上有道疤痕，它从眉毛一直延伸到了下巴上（伊比芬尼是对的，此人是来自角斗士训练营的战士）。另一人的小腿和手臂鼓起，皮肤被晒得黝黑。他可能是铁匠——他那大摇大摆的样子简直就是伏尔甘[①]本人。他向我喊道："我们正在找西塞罗的住处！"当我声称自己不知道时，他拦住我补充道："告诉他，提图斯·安尼乌斯·米罗从罗马前来向他表达敬意。"

*

西塞罗的房间里一片漆黑，屋里的蜡烛已经烧完了。他侧身

[①] 古罗马神话中的火与工匠之神，天生具有控火能力，能够轻而易举地冶炼出各式各样的武器。——译者注

躺着，面朝墙壁。

"米罗？"他低声重复道，"这是什么名字？他是希腊人还是其他哪里的人？"随后他突然翻过身，用手肘支起身体。"等等——是不是有个叫这个名字的候选人刚当上保民官？"

"就是他。他在这里。"

"但他如果当选了，为什么不待在罗马？三个月内他就得上任了。"

"他说想和你谈谈。"

"从这么大老远跑来就为了谈谈？关于他我们知道些什么？"

"一无所知。"

"或许他是来杀我的？"

"有可能——他还带着个角斗士。"

"更教人放心不下了。"再三考虑后，西塞罗躺了回去。"唉，又有什么关系呢？反正我一不小心就会没命。"

他在房间里躲了太久，以至于当我打开房门时，阳光刺得他只能伸手护住双眼。他手脚僵硬、脸色惨白、饥肠辘辘、头发凌乱、胡子拉碴，看上去就像一具刚从坟墓里爬出来的尸体。怪不得当他（在我的搀扶下）走进房间时，米罗没能一下子认出他来。直到听到熟悉的声音向自己问好，我们的贵客才喘着粗气，把手放在胸口，低下头，宣布这是自己一生中最重要、最荣耀的时刻。米罗曾无数次听到西塞罗在法庭中和演讲台[1]上发言，但从未想过能见到这位祖国之父，与他会面，更不用说为他效力（这是米罗的大胆愿望）……

这样的话米罗还说了很多，最终它们让西塞罗笑了起来——我

---

[1]　演讲台（rostra）是广场上弧形的长平台，十二英尺高，上面雕像林立，供政务官、律师和罗马人民交流。其名字源自敌舰两侧的喙状物（拉丁文中写作 rostra）。——作者注

已经好几个月没见过他的笑容了。"是的，非常好，年轻人，这就够了。我听懂了：你见到我很高兴！过来。"说罢，他向前迈出一步，张开双臂和米罗抱在一起。

在接下来的几年里，外界一直对他们之间的友谊颇有微词。确实，这个年轻的保民官不仅任性、凶狠，还很鲁莽。但在某些情况下——比如说此刻——这些品质远比冷静和小心谨慎更加珍贵。此外，米罗能不远千里前来拜访他，这让西塞罗非常感动，觉得自己还有救。他请米罗留下来吃晚饭，有什么事饭后再说。他甚至为此稍微拾掇了一下自己，梳了梳头，换了套没那么严肃的衣服。

普兰西乌斯去陶里亚纳参加巡回审判去了，所以只有我们三个人一起吃饭。（与米罗一起来的那个名为比里亚的角斗士在厨房用餐——就连西塞罗这样一个随和到偶尔会允许演员和他同桌的人，也会与角斗士保持距离。）我们躺在花园中用来阻隔蚊虫的细网帐篷里。在接下来的几个钟头里，我们对米罗这个人，以及他为什么要不辞辛劳地走上七百罗里，有了些许了解。他说他来自一个拮据的贵族家庭。尽管他有幸被外祖父收养，但他家里没多少钱。为了养活自己，他不得不在坎帕尼亚开了个角斗士训练营，为罗马的葬礼竞技输送角斗士。（"难怪之前没听说过他的名字。"西塞罗后来对我说道。）这份工作需要米罗经常进城。他声称克洛狄乌斯引发的暴力事件和构成的威胁让他心惊肉跳。看到西塞罗被骚扰、被嘲弄，最后还被赶出罗马，他痛哭了一场。考虑到他工作的性质，他自认可在秩序恢复中发挥某种独特的作用，并通过中间人向庞培提出了一项交易。

"接下来我要透露的事情属于绝对机密，"说着，他斜睨了我一眼，"除了今天在场的人，不能再有第四个人知道。"

"我会跟谁说？"西塞罗驳斥道，"为我倒夜壶的奴隶，还是给我带饭的厨子？我向你保证我谁都见不着。"

"很好。"米罗回应道。接着，他告知了我们他和庞培的交易内容：他会带两百个训练有素的战士夺回罗马的中心区域，结束克洛狄乌斯对立法会议的控制，条件是庞培要承担部分费用，还要支持他当选保民官。"我不能以普通公民的身份这样做，你懂的——他们会起诉我的。我告诉庞培我需要这个位置来保护自己。"

西塞罗仔细地打量他。他几乎没碰过食物。"然后庞培是怎么说的？"

"刚开始他让我碰了一鼻子灰，只是说会考虑我的提议。但后来出了亚美尼亚王子那码子事，当时克洛狄乌斯的手下把帕皮里乌斯杀了。你听说了吗？"

"听说了一些。"

"嗯，朋友的死似乎让庞培多考虑了那么一下，因为在帕皮里乌斯火化的后一天，他把我叫到了他家里。'你想当保民官的那件事，就按你说的办吧。'"

"克洛狄乌斯对你的当选是什么反应？他肯定猜到你的想法了。"

"所以我才会来找你。有件事你肯定不知道，因为它刚发生我就离开罗马了，肯定没有信使比我先到。"说到这里他停了下来，推出杯子又要了点酒。他赶了很远的路来讲他的故事，而且他显然是个擅长讲故事的人，有他自己的讲述节奏。"那件事发生在大约两周前，选举才结束不久。庞培正在广场上办事，突然间就撞上克洛狄乌斯那帮人，双方当场就推搡起来，一把匕首从其中一人身上掉了出来。很多人都看到了这一幕，接着就有人大喊他们要谋杀庞培。庞培的随从迅速把他带出广场，送回住处，把他护在屋里。在那里，据我所知，他仍然和夫人尤利娅待在一起。"

西塞罗非常惊讶："伟大的庞培被关在了他自己家里？"

"如果你觉得这很可笑，也没关系。谁不这样觉得呢？庞培自己也知道。事实上他对我说，他这一生中最大的错误，就是让克洛狄乌斯把你赶出罗马。"

"他真的这么说了？"

"所以我才几乎不吃不喝、不眠不休地一路穿过三个国家，前来告诉你，他将竭尽所能地撤销你的流放令。他已经怒不可遏了。他想让你回到罗马。你、我、他，我们三人将并肩作战，从克洛狄乌斯那帮人手中拯救共和国！你怎么看？"

他就像条在主人脚边放下猎物的狗；如果他有尾巴，它可能已经在沙发布上甩得砰砰响了。但如果米罗以为西塞罗会为此高兴，会感激涕零，他就肯定会失望。西塞罗虽然看上去情绪低落、形容落魄，但一眼就看透了问题的核心。他晃了晃杯子里的葡萄酒，皱着眉头开了口。

"恺撒同意了吗？"

"噢，"米罗在沙发上稍微挪了一下身体，"搞定恺撒是你的事。庞培会发挥他的作用，但你也必须发挥你的。如果恺撒坚决反对，庞培就很难做出能把带你回罗马的动作。"

"所以他想让我和恺撒和解？"

"庞培的原话是：安抚他。"

说着说着，天就黑了。家奴们点亮了花园四周的灯，它们的微光因飞蛾而开始摇曳。然而桌上没有点灯，所以我看不清西塞罗的表情。他沉默了很长时间。今天像往常一样热得不行。我听到马其顿夜间的声音——蝉鸣蚊嘤，偶尔有几声狗吠，还有街上的当地人奇怪、刺耳、带着外国口音的说话声。不知道西塞罗是不是和我想到一块儿去了——在这样的地方再待上一年会要了他的命。或许他想到了，因为最后他无奈地叹了口气，说道："那我该用什么措辞去'安抚'他呢？"

"这就要看你的了，如果有谁知道该如何措辞，那就是你。不过，恺撒已明确向庞培表示，在重新考虑他的立场前，他想看点儿书面的东西。"

"那我是不是该给你份文件，让你带回罗马？"

"不，这部分工作必须由你和恺撒自己处理。庞培的建议是，你最好派自己的密使去高卢——找一个你信任的人，他可以亲自把某种形式的书面承诺交到恺撒手中。"

恺撒——似乎最终一切都回到他身上去了。我又一次想起他从战神广场开拔时响起的号角。在令人窒息的暮光中，我感觉到——而不是看到——两人双双转过头来看向我。

II

　　对那些没有参与公共事务的人来说，嘲笑他人做出的让步是一件多么容易的事啊。两年来，西塞罗一直坚持着自己的原则，拒绝加入恺撒、庞培和克拉苏的"三头同盟"。他公开谴责他们的罪行；作为报复，他们把克洛狄乌斯推上了保民官的位子。后来恺撒邀请西塞罗出任高卢的军团长，这一职位能让西塞罗在法律层面免受克洛狄乌斯的攻击，但他拒绝了，因为接受它会让他成为恺撒的傀儡。

　　但坚持原则的代价是流放、贫穷和悲伤。米罗已经上床歇息了，只剩下我俩继续讨论庞培的提议。"我让自己变得弱小无力，"他对我说，"这样做又有什么好处？如果后半辈子我都要被困在这样的地方，那我对我的家庭、我的原则又有什么用呢？噢，毫无疑问，将来某天我会成为某种光辉的榜样，被用来教育无聊的学生：这人曾拒绝放弃他的良心。也许在为我盖棺论定后，他们会在演讲台后面竖立一座我的雕像。但我不想成为纪念碑。我擅长的是治国，而这需要活生生的我待在罗马。"他停了一下，"话又说回来，一想到得向恺撒卑躬屈膝，我就受不了。在经历了这一切后，还要像学乖了的狗一样爬回他的身边……"

　　直到就寝时，他还没拿定主意。第二天早上米罗前来问他应该怎么回复庞培，我完全没法预测他会给出什么答案。"你可以这样告诉他，"西塞罗回答道，"我一生都致力于为国效力，如果国家要求我与敌人和解，那我就会去和解。"

米罗拥抱了西塞罗，随后立即坐上战车向海边进发，他的角斗士站在他的身边——这两头野兽都渴望着一场能让整个罗马为之颤抖的战斗，渴望着那些注定要洒下的鲜血。

*

最后我们决定，由我在夏末军事活动季刚结束时离开塞萨洛尼卡去见恺撒。在那之前出发毫无意义，毕竟恺撒和他的军团已深入高卢内部，他的急行军习惯让人说不准他可能在哪儿。

西塞罗花了好几个小时写信。多年以后，在他去世后，政府把我们手中这封信的副本以及西塞罗和恺撒间的所有其他信件都没收了。他们这样做可能是因为害怕其内容和官方历史——独裁官①是个天才，所有反对他的人都是愚蠢、贪得无厌、忘恩负义、目光短浅的反动分子——产生矛盾。我猜这封信被销毁了，至少从那以后我再也没有听人说起它。但我还留着我的速记，它记录了我在为西塞罗工作的三十六年里所经历的大多数事情。这些记录文字量极大且晦涩难懂，因此在洗劫由我保管的文件时，那些愚昧无知的密探一口咬定它们只是无害的胡言乱语，这让它们得以幸免于难。正是依靠这些"胡言乱语"，我才能在这本回忆录中重现大量对话、演讲和书信的内容——包括那个夏天他对恺撒的屈辱恳求。

塞萨洛尼卡

马库斯·西塞罗致盖乌斯·恺撒总督：

---

① 独裁官（dictator）指被元老院赋予绝对权力的政务官，负责管理民事和军事事务，通常是一个战时职位。——作者注

祝好。

这些年来，我们之间不幸地产生了许多误会。其中有一个误会——如果它的确存在的话——是我十分希望消除的。我一直很欣赏你的智慧和谋略，一直很佩服你的爱国精神和活力，一直很看好你的掌控能力。你理应在共和国获得崇高地位，我希望并相信你在战场上和公共事务中的努力都会获得回报。

你还记得吗，恺撒？当我还是执政官的时候，我们曾在元老院辩论应如何惩罚那五个阴谋推翻共和国（对我的谋杀也是这个阴谋的一部分）的叛徒。当时元老院的气氛十分焦灼，冲突一触即发。每个人都陷入了猜疑。他们甚至怀疑到了你的头上，这真是令人震惊。如果我没有插手，你的荣耀之花可能在盛开前就被人摘走了。你知道我所言为真——或者你敢发誓说你不知道吗？

命运之轮现在对调了我们的位置，但有一点不同：我现在不是一个年轻人，不像你当年那样有光明的前景。我的职业生涯走到头了。如果罗马人民投票让我结束流放返回国内，我不会再谋求任何官职。我不会再成为任何党派的领头羊，特别是那些有损你利益的党派。我不会再尝试推翻任何在你任期内颁布的法律。在我所剩不多的日子里，我将致力于让我可怜的家人重获财富，在法院里为友人提供支持，为共和国的福祉效力。对此你大可放心。

现派机要秘书马库斯·提罗（你可能还记得此人）送呈此信，望秘密回复为盼。

"喏，就这样吧，"西塞罗写完信后说道，"可耻的文件，但如

30

果哪天要在庭上宣读，我也不认为它会让我丢人丢到哪儿去。"他小心地把内容抄下来，把信封好递给我。"把眼睛放亮点，提罗。好好观察他的反应，留心他身边的人。我要准确的描述。如果他问起我的状况，先犹豫，然后不情愿地开口，表示我已身心俱疲。他越肯定我完蛋了，就越可能放我回去。"

在这封信写完的时候，我们的处境实际上变得更加岌岌可危了。在罗马，资深执政官卢基乌斯·卡尔普尔尼乌斯·庇索，同时也是恺撒的岳父和西塞罗的仇敌，经克洛狄乌斯对公众投票的操纵，被送上马其顿总督的位置。新的一年开始后他就会履新；而他的部分幕僚已经先行一步，预计不久后就会到达马其顿。如果他们抓住西塞罗，可能当场就会杀了他。这条路快行不通了，我的行期不能再拖了。

我害怕离别之情，并且知道西塞罗也一样，因此我们心照不宣地避开了这个话题。在我离开前的那个晚上，我们一起吃完晚餐后，他就假装很累，早早上床休息去了。我向他保证会在早上叫醒他，以便和他道别，但事实上我在黎明前就悄悄溜走了。当时屋子里一片黑暗，鸦雀无声，正如他本来希望的那样。

普兰西乌斯安排了一支护卫队带我翻山回到狄拉奇乌姆，从那里我坐上了前去意大利的船——这次不是直接去布隆迪西乌姆，而是前往西北方向的安科纳。走这样的路线需要花更长的时间，差不多要一周，但还是比走陆路快，至少在途中撞不上克洛狄乌斯的走狗。我从来没有一个人走这么远的经历，更不用说坐船前往了。我惧怕大海的原因和西塞罗不同——他怕的是沉船和溺亡，而我怕的是白天那广袤空旷的视野和晚上那璀璨冷漠的浩瀚宇宙。那时我四十六岁，意识到我们正在进入一片空茫；坐在外面的甲板上时，我经常想到死亡。我见证了太多悲欢；我的肉体正在老去，但我精神上的老化速度比肉体还要快。我从没想过事实上我的人生旅途还没走到一半，注定还要目睹一些事情，而且这些事情会把过去所有的奇迹和戏剧性经历都衬得苍白而渺小。

天气很好，我们在安科纳顺利靠岸。从那里我一路向北，于两天后渡过卢比孔河，正式进入了内高卢。这是我熟悉的地方：六年前我和西塞罗来过这里，当时他正在竞选执政官，沿着艾米利亚大道游说各城镇的居民。路边的葡萄园几周前就已经完成采摘，现在葡萄藤正在接受冬季的修剪。凡我目光所及之处，植物燃烧，白烟如柱，直上云霄，就像有支撤退的军队烧焦了身后的土地。

我在过夜的小城克拉特纳得知，总督下了阿尔卑斯山，在普拉森提亚①设立了冬季指挥部。他和从前一样精力充沛，甚至已经开始巡游乡村，主持巡回审判。第二天他应该会到邻近的穆提那②。我早早出发，于中午到达那里，穿过有重兵把守的城墙，走向广场上的巴西利卡。可证明他就在这里的唯一线索是入口处的一队军团士兵。他们没有问我来意为何就直接放我进去了。一道冷冷的阳光穿过高窗，照在一群为请愿而安静排队的公民身上。队伍的那头离我很远，一个我看不清脸的人正坐在两根柱子间的政务官座椅上给出判决。他穿着一身白袍，在当地人单调的冬装中显得格外抢眼。他就是恺撒。

我不知道该如何接近他，不知不觉地就加入了请愿者的队伍。恺撒做判决的速度是如此之快，以至于我们几乎在不停向前移动。走近后，我看到他同时在做好几件事——倾听每位公民的诉求，阅

① 普拉森提亚（Placentia）为意大利城市皮亚琴察的古称。——译者注
② 穆提那（Mutina）为意大利城市摩德纳的古称。——译者注

读秘书递给他的文件，与一位摘下头盔、俯身在他耳边低语的军官商谈。我拿出西塞罗的信，准备随时递出它。但我突然想到，这也许不是递交请求的合适场合：把前执政官的请求与这里所有农人和商人的家长里短（当然它们都自有其价值）相提并论，实在是有损前执政官的尊严。军官结束报告，站直身子，从我身边走过，向门口走去，同时把头盔戴好。这时他无意间瞥到了我，惊讶地停下脚步："提罗？"

我一时叫不出他的名字，但从他身上看到了他父亲的影子。那是马库斯·克拉苏的儿子普布利乌斯，他现在是恺撒麾下的骑兵指挥官。和他父亲不同，他是一个有教养、有风度、品质高尚的人，还是西塞罗的崇拜者，过去总是希望陪伴在西塞罗身边。他热情地招呼我："你怎么来穆提那了？"听完我的解释后，他立刻自告奋勇，说要替我安排与恺撒的私人会面，并坚持要我和他一起去总督和其随从所在的庄园。

"很高兴见到你，"我们一边走，他一边说道，"因为我经常想起西塞罗，还有他遭受的不公待遇。我和父亲谈过，劝他不要反对西塞罗的回归。此外庞培——你知道的——也支持让西塞罗回归。上个星期，庞培还派出了保民官候选人塞斯提乌斯来这里向恺撒申辩。"

我不禁感叹道："看来现在一切事情都得仰仗恺撒啊。"

"你得明白他的立场是什么。他与你的主人并无私怨——事实几乎完全相反。但不像我父亲和庞培，他没法在罗马为自己辩护。他担心会在不知情的时候失去政治支持，在完成这里的工作前就被召回。他把西塞罗视为对自己地位的头号威胁。进来吧——我想给你看点东西。"

我们经过哨兵，进了屋子。普布利乌斯带我穿过拥挤的公共房间，来到一间小书房。在那里，他从一个象牙小匣中取出一叠黑色封边、紫色封套的文件，它们以朱红色的"战记"二字作为标题。

"这些是恺撒的手稿，"普布利乌斯解释道，小心地捧起它们，"他无论到哪里都会带上它们，它们记录了他在高卢作战的经过。他决定定期把它们寄到罗马张贴。他打算之后把所有手稿结集出版。这可真是太棒了。你自己看看吧。"

说罢，他抽出一卷给我看：

> 索恩河流经埃杜维人和塞广尼人的领地，汇入罗讷河。水流极缓，凭肉眼很难辨别其走向。赫尔维蒂人便将木筏和小船捆在一起涉水渡河。当密探将情况汇报给恺撒时，赫尔维蒂人的军队已有 3/4 完成渡河，只剩约 1/4 还在索恩河东岸。恺撒率领三个军团离开营寨。身负重荷的赫尔维蒂人被恺撒杀了个措手不及，死伤大半……

我说："他写自己的时候带着一种超然的态度。"

"是的。因为他不想让人觉得他在自吹自擂。恰到好处很重要。"

我问他可否让我抄一部分拿去给西塞罗看："他很想念罗马的日常新闻。我们只能得知一些零零散散的'旧闻'。"

"当然可以——这些都是公开的。我会让你见恺撒一面的。你会发现他心情非常好。"

说完他便离开了，留我一人在屋里抄写。

即使《战记》的用语有点夸张，从中也可以明显看出，恺撒在战场上攻无不克、战无不胜、无可匹敌。他最初的任务是阻止赫尔维蒂人和其他四个部族向西穿过高卢，这些人想要在大西洋沿岸寻找新的领土。在这支迁徙大军中不仅有赫尔维蒂战士，还有老幼妇孺。恺撒新召集了五个军团，紧紧跟在这些人后面，最后把他们引到比布拉克特附近交战。恺撒把马匹都送到大后方，和步兵一起步行作战，这样军官和士兵就能生死与共，绝对不会临阵脱逃。最后，根据恺撒的说法，他不仅完成了阻止迁徙的任务，还杀死了很多赫尔维蒂人。有人后来在敌军的营地发现了一份名册，上面详细记录了这支迁徙队伍中有多少人能拿起武器作战：

赫尔维蒂人	26.3 万
图林吉人	3.6 万
拉多比契人	1.4 万
劳拉契人	2.3 万
波依人	3.2 万
	36.8 万

根据恺撒统计的数据，这里面只有十一万人活着回到故土。

接下来——而这是其他人不会想要尝试的——他率领疲惫不堪的军团再次穿过高卢，与十二万日耳曼人对峙，这些人趁赫尔维蒂人迁徙时闯入了罗马控制下的领土。双方激战了七个小时。小克拉苏率领骑兵加入了战斗。到最后，日耳曼人溃不成军，一路奔逃。几乎没有人能活着泅水渡河，这是莱茵河第一次成为罗马的天然屏障。因此，如果恺撒的记录可信，那么就有三十多万人在那个夏天丢掉性命或下落不明。年末，恺撒把军团带进了设在原外高卢边境以北整整一百罗里处的冬季营寨。

等我完成抄写时，天色已暗淡下来，但这处宅子里依然热闹非凡、人声鼎沸——到处都是希望约见总督的士兵和平民，信使从他们身边匆匆经过。我无法在这样的光线下继续书写，于是收拾好纸笔，坐在黑暗中。我想知道，如果西塞罗在罗马，他会如何看待这一切。谴责胜利会显得不爱国，但这种未经元老院授权的大规模人口清洗和边境调整又是非法的。我也想了想普布利乌斯·克拉苏的话：恺撒担心西塞罗出现在罗马会让他"在完成这里的工作前就被召回"。"完成"是什么意思？这个词给人一种不祥的预感。

一位年轻的军官把我从沉思中唤醒。他看上去不到三十岁，有一头金色的短卷发，身上的制服整洁得令人难以置信。他自我介绍说他叫奥卢斯·希尔提乌斯，是恺撒的副官。他说他知道我有一封西塞罗给总督的信，如果我能交给他，他就会把它转交给恺撒。我回答说，我得到的命令是，必须亲手把它交给恺撒。他反驳道这是不可能的。我说，如果是这样的话，我就会一直跟着总督走村串镇，直到我有机会和他接触。希尔提乌斯瞪了我一眼，跺了跺穿着干净靴子的脚，然后又回去了。一个小时后，他又来了，唐突地要求我跟上他。

尽管现在已是晚上，宅子的公共区域仍然挤满了访客。我们走过一条走廊，穿过一扇结实的房门，走进一个温暖的房间。灯火通明的房间内燃着上百根蜡烛，空气中弥漫着浓郁的香气，地上铺着厚厚的地毯。恺撒全身赤裸，正仰面平躺在房间正中的桌子上，一个黑人按摩师在往他身上抹油。他瞥了我一眼，伸出手。我将信交给希尔提乌斯，后者拆开封口递给恺撒。我将视线移向地面以示尊敬。

恺撒问我："路上怎么样？"

我答道:"很好,大人。谢谢。"

"有人照顾你吗?"

"有的,谢谢。"

这是我第一次壮起胆子仔细打量他。他肌肉发达,身体油光发亮,身上的毛发已被全数除去——这种状态让战斗在他身上留下的无数伤疤看上去更明显了。不可否认,他长得很俊俏——棱角分明的脸上嵌着一双漆黑锐利的眼睛。他是一个智慧和意志力都很突出的人。这就是为什么男女都很容易被他迷住。当时他才四十三岁。

他朝我侧过身子(我注意到他没有一丝赘肉,腹部平坦坚实),用肘部支撑起上半身。他向希尔提乌斯招招手,后者便递了个墨水瓶过去。

他问道:"西塞罗身体怎么样?"

"恐怕很糟。"

他笑了出来:"噢,不,我一个字都不信! 他会活得比我们都长——至少比我长。"

他给笔蘸上墨,在信上潦草地写了几下,然后把信纸递给希尔提乌斯。希尔提乌斯把沙撒在未干的墨迹上,然后吹走残沙,重新卷好文件,面无表情地递给我。

恺撒补充道:"如果你在这里有什么需要,一定要告诉我。"说罢,他又仰面躺下,按摩师重新开始揉捏。

我犹豫了。我跑了这么大老远才来到这里。我觉得为了回去后对西塞罗有个好交代,我还应该再做点什么。但希尔提乌斯碰了碰我的胳膊,朝门口扬了扬下巴。

当我走到门口时,恺撒叫住我:"你还在练习你的速记吗?"

"是的。"

他没有再说话。门关上了，我跟着希尔提乌斯回到走廊上。我心口怦怦直跳，就像刚从一次突然的坠落中活了下来。直到希尔提乌斯把我带到过夜的房间，我才想起要看一下恺撒在信上写了什么。也许出于一种言简意赅，也许出于他一贯的傲慢——这取决于你如何解读——信中只有两个词：同意，恺撒。

*

第二天早上我起床时，房子里一片寂静。恺撒已经带着随从赶往下一个城镇。我完成了任务，也踏上了漫长的旅途。

我一赶到安科纳的港口，就收到了西塞罗的信：庞索的首批士兵刚刚抵达塞萨洛尼卡。因此，以防万一，他准备即刻动身前往狄拉奇乌姆——它位于伊利里库姆，而庞索的手还伸不到那么远。西塞罗希望在那儿和我碰面。我们将根据恺撒的回复和罗马的事态发展确定下一个落脚点：就像卡利斯托①，我们似乎注定要流浪，直到永远。

我等了整整十天才等来顺风，到农神节时才到达狄拉奇乌姆。市里的官员将西塞罗安置在山上一栋防守严密的房子里，房里的人可以俯瞰大海。我在那里找到他时，他正在凝视亚得里亚海。察觉到有人靠近，他转过身来。我几乎忘记了流放生活让他苍老了多少。我的沮丧肯定全都写在了脸上，因为他一看到我，脸就沉了下来，语气苦涩："看来他的回答是'不行'？"

"正相反。"

---

① 神话中宙斯（罗马神话中是朱庇特）钟情的女子，在受到赫拉（罗马神话中是朱诺）嫉恨后被她变成一只熊，终日在深山老林里东躲西藏，再也没有了往日的安宁。——译者注

我把原信递给他看，信的空白处有恺撒字迹潦草的回复。他伸手接过，仔细研究了一会儿。

"'同意，恺撒'，"他说，"看到了吗？'同意，恺撒'！他在做他不情愿做的事，还像个小孩一样在生闷气。"

他坐在伞松下的长凳上，让我详细讲述我的穆提那之行，然后他看了我抄的《战记》节选。看完后，他评价道："他写得很好，这文字反映了他的无情，有一种需要用一定技巧才能传达出来的朴实——这会增加他的名望。但接下来他将何去何从？他可以变得很强——非常强。如果庞培再不加以注意，等他一觉醒来就会发现，恺撒已经长成了怪物。"

*

除了等待，现在我们别无选择。每当我想起此时的西塞罗，脑海中总会浮现出这样的画面：他斜靠在阳台的栏杆上，手中攥着一封记载了罗马最新消息的信，眼睛严肃地盯着地平线，就好像他全靠意志力就能一直看顾意大利，就能参与各类大事。

我们先是从阿提库斯那里听说了新保民官宣誓就职的消息，其中八人是西塞罗的支持者，只有两人宣称自己是他的敌人——但两人就足以否决任何撤销流放令的法案。后来我们又从西塞罗的弟弟昆图斯那里得知，米罗凭借保民官的身份，以暴力和恐吓的罪名起诉了克洛狄乌斯。出于反击，克洛狄乌斯命令手下的恶徒袭击了米罗的住所。除此之外，两位新执政官将在新年那天上任。其中一位是朗图路斯·司宾提尔，他是西塞罗的坚定拥护者；另一位则是西塞罗的老对头梅特卢斯·尼波斯。但一定有人跟尼波斯打过招呼，因为他在元老院的就职辩论中表示，虽然他个人并不喜欢西塞罗，但不会反对将西塞罗召回。两天后，一项由庞培起草的取消西塞罗流放令的动议，被元老院呈现在众人面前。

在那个时候，大家都认为西塞罗的流放很快就能结束，我也开始为我们的回归做精心的准备。但克洛狄乌斯是一个诡计多端且报复心极强的敌人。投票日前夕，他和他的支持者们闯入广场，冲进行军会场①，占领了演讲台——总之控制了共和国的立法中心——并在西塞罗的朋友和盟友前来投票时毫不留情地攻击他们。两名保民官——法布里奇乌斯和契斯庇乌斯——遭到袭击，其随从被杀，尸体被扔进台伯河。当昆图斯试图登上演讲台时，他们把他拖下来打得半死，他全靠装死才逃过一劫。米罗派出了自己的角斗士队伍作为回应。罗马的中心区域很快沦为战场，战斗持续了数日之久。然而，尽管克洛狄乌斯第一次受到了严重打击，但并没有被完全击垮，仍然成功逼迫两位保民官投下反对票。召回西塞罗的法令就这样被搁置了。

阿提库斯在信中讲述了这一连串事件，西塞罗被此噩耗重新拖进了他在塞萨洛尼卡经历过的绝望。你的来信和事情本身，他在回信中写道，让我知道我完了。如果我的家人需要你的帮助，求你不要让他们失望，不要在他们陷入水深火热之中时袖手旁观。

但政治上一直有这样一种说法：没有什么是静止的。如果说做人的苦恼在于幸福随时会被夺走，那么做人的乐趣就在于它总会在不经意间回来。像大自然一样，每个人都要遵循兴衰更替的法则，再狡猾的政客也无法幸免于此。如果克洛狄乌斯不是那么傲慢，那么鲁莽，那么野心勃勃，他就不能达到现在的高度。但这些特质，

---

① 行军会场（comitium）是古罗马广场上直径约三百尺的圆形区域，位于元老院会堂和演讲台之间，通常是决定法令通过与否的投票之地，也是很多法庭做出裁决的地方。——作者注

再加上上述政治法则，注定了他将贪功冒进，最终被人扳倒。

花神节期间，罗马挤满了来自意大利各地的访客。克洛狄乌斯的暴徒此时发现，反对其霸道手段的普通公民在人数上已经超过了他们自己。克洛狄乌斯本人则在剧场前受到了众人讥讽。他之前只获得过铺天盖地的吹捧与奉承，从未被人如此对待。按照阿提库斯的说法，克洛狄乌斯当时环顾四周，愕然发现周围的人都在慢悠悠地鼓掌，嘴里发出嘲讽的嘘声，同时做出下流的手势。那一刻，他终于意识到众人可能会对他施以私刑，但为时已晚。他仓皇逃走，从此他对罗马的支配开始走向终结。元老院现在已经知道打败他的方法了：越过平民中的领头人，直接获取广大民众的支持。

司宾提尔适时地提出一项动议：他呼吁把共和国的全体公民召集起来，让他们组成一百九十三个百人团①，再让由一百九十三个百人团构成的权威机构来为西塞罗的命运一锤定音。元老院以413∶1的结果通过了这项动议，那唯一的否决票来自克洛狄乌斯本人。元老院进一步商定，召回西塞罗的投票应该与夏季选举同期举行，因为百人团会议那时将在战神广场上召开。

听到这个决定的那一刻，西塞罗就确信自己有了喘息之机，并安排了一场向神明献祭的仪式。对他的事业来说，来自意大利各地的上万普通公民是坚实而又明智的后盾，他相信他们不会让他失望。他命人带信让妻子和家人到布隆迪西乌姆和他碰面，并决定在投票当天启航回家，而不是在伊利里库姆多待两周等待结果。"要顺应潮流，抓住时机。如果我表现得很自信，也可以让你们脸上有光。"

---

① 罗马人以百人团会议（comitia centuriata）的形式在战神广场为执政官和裁判官选举投票，该体系对社会的富裕阶层有利。——译者注

"可如果投票结果对你不利，回意大利就是违法的啊。"

"结果不会不利。罗马人民绝对不会投票让我流亡国外，不然事情就不会这样发展了。难道不是这样吗？"

时隔十五个月，我们再次来到狄拉奇乌姆的港口，踏上归家的旅程。出发那天，西塞罗刮了胡子，剪了头发，穿了一件白色托加袍，上面装饰有象征元老的紫边。无巧不成书，我们返程时正好坐上了来时的那艘商船，但这两段旅途截然不同。这一次，我们乘着顺风，在平静的海面上行驶了一整天，然后在外面的露天甲板上睡了一晚。等到第二天早上，布隆迪西乌姆的轮廓便出现在我们眼前。意大利最大的港口向我们敞开了大门。我们穿过水栅，驶进熙熙攘攘的码头，觉得自己就像被一位久违的挚友紧紧拥入怀中。全城的人可能都来了，他们盛装打扮、吹笛打鼓，年轻的姑娘手捧鲜花，小伙子则挥舞着系有彩带的树枝。

我以为他们是为西塞罗而来，一激动就想说出心里话，但他阻止了我，让我不要犯傻："他们怎么知道我们要来？再说，你难道什么都忘了吗？今天是布隆迪西乌姆殖民地成立的周年纪念日，因此也是当地的节日。早在我参加竞选的时候，你应该就知道这件事。"

尽管如此，还是有人注意到了他身上的元老托加长袍，并很快意识到了他是谁。消息不胫而走。不久后，有一大群人开始呼喊他的名字。我们的船缓缓驶向泊位，西塞罗站在上层甲板上，抬手向众人致意，然后转向另一边，让所有人都能看到他。我在人群中认出了他的女儿图利娅，她正和其他人一起朝他挥手呼喊，甚至还在人群中上蹿下跳，想引起他的注意。但西塞罗正沉浸在掌声中。他眯着眼，就像一个走出地牢来到阳光下的囚犯。在一片嘈杂中，他没有看到她。

III

虽然西塞罗没能认出他唯一的女儿，但这件事其实并没有那么不可思议。在我们离开的这段时间里，她变了很多，简直称得上和过去判若两人。她那曾经属于少女的丰满脸庞和手臂如今已变得消瘦而苍白，那一头美丽的金发也被黑色的头巾遮住了。我们到达的那天正好是她二十岁的生日，但说来惭愧，我把这事给忘了，所以也没有提醒西塞罗。

走下跳板后，他做的第一件事是跪下亲吻大地。在这一爱国之举引起热烈欢呼后，他才抬起头，注意到女儿正看着他，身上穿着寡妇的丧服。他呆呆地望着她，突然大哭起来，因为他真的爱她，也爱她的丈夫。但她裙子的颜色和样式无一不在表明一个事实：她的丈夫已经去世了。

在一片欢呼声中，他把她搂在怀里。过了良久，他终于松开手，退后一步，上下打量她，说："我最亲爱的孩子，你无法想象我有多么渴望这一刻。"他拉着图利娅的手，目光投向她身后，急切地寻找熟悉的脸庞。"你妈妈还有小马库斯，他们来了吗？"

"没有，爸爸，他们在罗马。"

这并不奇怪——从罗马到布隆迪西乌姆要走上两三个星期，在偏远地区还有被抢劫的风险。这是一段艰苦的旅程，对于一个女人来说尤其如此。要说有什么奇怪的地方，那就是图利娅居然来了，而且是自己一个人来的。但西塞罗脸上的失望显而易见，尽管他试图掩饰这一点。

"好吧，没关系——完全不用在意。你来了，这才是最重要的事。"

"你也来了——在我生日当天。"

"今天是你生日？"他给了我一个谴责的眼神，"我差点忘了，当然是今天。今晚得好好庆祝一下！"说罢，他拉起图利娅的胳膊，把她带离港口。

因为还不能肯定他的流放已经被撤销了，所以我们决定在得到正式确认前，暂时不启程前往罗马。拉尼乌斯·弗拉库斯再次邀请我们入住他位于布隆迪西乌姆城外的庄园。为了确保西塞罗的安全，庄园附近有武装人员驻守。接下来几天里的大部分时间，西塞罗陪图利娅在花园里和海滩上散步，听她亲口讲述在他被流放时她的生活有多么艰难。她讲述了她的丈夫弗鲁吉在准备代表西塞罗发言时，如何遭到了克洛狄乌斯的狗腿子的袭击——他们扒光他的衣服，朝他扔掷污物，把他赶出广场。之后，他的心跳就变得不正常了；几个月后，他死在了她的怀里。她讲述了因为没有孩子，她只分到几件首饰和原本属于她的嫁妆，然后就被扫地出门了。她把它们都交给了特伦提娅，帮助母亲偿还家里的债务。她讲述了特伦提娅不得不卖掉自己的大部分妆奁，甚至硬着头皮恳求克洛狄亚帮忙向其弟弟克洛狄乌斯求情，请他对自己和孩子们网开一面，结果克洛狄亚不仅奚落了特伦提娅一番，还吹嘘说西塞罗想和自己私通。她讲述了他们一直视为朋友的那几家人惊恐地将他们拒之门外，以及其他诸如此类的事情。

一天晚上，在图利娅上床睡觉之后，西塞罗难过地告诉了我这一切："难怪特伦提娅不在这儿。看来她想尽量避免在公共场合露面，宁愿把自己关在我弟弟家里。至于图利娅，我们得尽快给她找个新的丈夫。她现在还年轻，还能平平安安地生下孩子。"他揉了揉太阳穴，每当他感到有压力时就会这样做。"我以为回到意大利标志着麻烦的终结。现在看来，这仅仅是一个开始。"

在我们住下的第六天，昆图斯差人来报：尽管直到最后一刻，克洛狄乌斯及其暴徒仍在示威，但百人团还是一致投票同意恢复西塞罗的全部公民权利，他恢复了自由之身。奇怪的是，这个消息似乎并没有给他带来多少快乐。我问为什么他的反应这么冷淡，他反问道："我为什么要高兴？我不过是把本来不该被抢走的东西拿回来了。若非如此，我会比之前还要软弱无能。"

第二天，我们踏上去罗马的旅程。那时，他恢复自由身的消息已经在布隆迪西乌姆传开了，有好几百人聚集在庄园门口为他送行。他从和图利娅共乘的马车上走下来，同每一个热情的送行者握手问好，发表了一通简短的讲话，然后我们继续赶路。但我们刚走不到五罗里，就在下个村落遇上了另一大群人，他们也都嚷嚷着要和他握手。他再次同意了。在那天，还有接下来的日子里，我们不断遇见慕名前来者，并且随着西塞罗要经过的消息越传越远，我们遇到的人也越来越多。很快就有人从数罗里之外的地方赶来，他们甚至走到山下，站在路边。我们到达贝尼温图姆①时，当地已有数千人在等他。在卡普亚，街道也被堵得水泄不通。

面对这种不加掩饰的爱戴，西塞罗先是感动，然后是高兴，接着是不解，最后若有所思。他在想一个问题：有没有什么办法能把自己在意大利普通民众中的这种惊人声望，转化为在罗马的政治影响力？但他也知道，名声和权力往往不可兼得。一个国家中最有权势的人走在街上通常无人能识，最有名的人却因为无能为力而享受着他人的追捧。

---

① 贝尼温图姆（Beneventum）是意大利南部城市贝内文托的古称。——译者注

在离开坎帕尼亚后不久，我们便体会到了这一点。当时西塞罗决定先去福尔米亚看看他的海边庄园。他早就从特伦提娅和阿提库斯那里得知了庄园遭袭的消息，做好了面对一片废墟的心理准备。事实上，当马车驶离阿庇安大道进入庭院时，出现在我们面前的是一座门窗紧闭但看起来完好无损的宅邸，不知所终的只有里面的希腊雕塑。经过精心打理的花园里，孔雀仍在昂首阔步。从远处还传来了海浪起伏的声音。马车缓缓停下，西塞罗从车厢里钻了出来。宅邸里的仆人陆续现身，他们之前似乎都躲起来了。再次见到主人让他们如释重负，趴在地上哭了起来。但当他准备向前门走去时，几个仆人试图拦住他，央求他不要进去。他示意他们让开，让他们打开前门。

门一打开，一股气味就扑鼻而来，那是一种混杂着粉尘、潮气和人类排泄物的味道。接着我们听见了某种空洞的声音，它不断回响，偶尔被脚踩在石膏和陶片上的嘎吱声和房椽间鸽子的咕咕叫声打断。百叶窗已经脱落了一些，夏日午后的阳光直直照进空荡荡的房间。图利娅捂住嘴，面露惊恐，西塞罗温和地劝她去马车里等着。我们继续向屋子的深处走去。所有的家具——包括所有的画和固定装置——都不见了。天花板的碎片掉得到处都是，就连马赛克地板都被撬起来运走了。地上杂草丛生，布满了鸟屎和人粪。被大火烧焦的墙壁上满是下流的图案和涂鸦，红色的涂料在墙面上留下了向下流淌的痕迹。

餐厅里，一只老鼠沿着墙角迅速爬过，一溜烟就钻进了洞里。西塞罗看着它消失在角落，一脸厌恶。接着，他大步走出屋子，重新爬进马车，命令车夫把车赶回阿庇安大道。之后他沉默了至少一个小时。

两天后，我们到达了罗马城郊外的伯维拉耶。

*

　　第二天早上醒来，我们发现又有一群人等着护送我们进城。踏进夏日清晨的热浪时，我的心里十分不安：福尔米亚庄园的状况让我心里发慌。那天是罗马竞技大会的前夕，是一个公共假日。我们进城后又将面对万人空巷之景象，而且我们已经收到消息说面包短缺引起了暴乱。我敢肯定克洛狄乌斯会借着这种混乱暗算我们。但西塞罗很冷静。他相信民众会保护他。他要求掀开马车车顶，图利娅打着阳伞坐在他身边，我则坐在车夫旁边的长凳上。就这样，我们出发了。

　　可以毫不夸张地说，阿庇安大道上的每一寸土地都挤满了前来围观的民众。在近两个小时的时间里，如潮水般经久不息的掌声推着我们向北走去。道路与阿尔莫涅河交会的地方是大母神库柏勒的神庙，那里的人站成了三四排。再往前走，密密麻麻的围观者占领了战神神庙的台阶，就像站在竞技场看台上的观众那样。城墙外侧与沟渠平行的那段道路上，小伙子们或是晃晃悠悠地坐在拱顶上，或是紧紧攀着沿路的棕榈树。他们挥手致意，西塞罗也向他们挥手。车外一片喧嚣，热浪袭人，沙尘蔽日。我们最后被迫在卡佩纳门的外侧停了下来，因为道路太过拥挤，人们互相推搡，我们无法继续前进。

　　我跳下马车，想要打开车门。我企图挤到马车旁，但情绪高涨的围观者拼命接近西塞罗，我被他们牢牢困住，不能移动，也不能呼吸。马车开始倾斜，眼看着就要翻倒。如果不是他弟弟昆图斯那时带着十几个随从突然从城门那头出现，把人群往后推，为他腾出下车的地方，过多的爱意就会在离罗马仅十步之遥的地方把他害死。

47

距离他们上次见面已经过去四年了，昆图斯也不再是当年的那个小弟弟了。之前在广场上的冲突中，有人打断了他的鼻子。他显然喝了不少，看起来就像一个失意的老拳击手。他向西塞罗伸出双臂，两人紧紧相拥，激动得说不出话来，只能沉默地互拍后背，泪流满面。

拥抱结束后，昆图斯对西塞罗讲了他的安排，然后我们步行进城。西塞罗和昆图斯手拉手走在前面，我和图利娅跟在他们身后，左右两侧各有一队随从。昆图斯做过西塞罗的竞选助手，现在他选定了一条能让更多支持者见到他哥哥的路线。我们路过了马克西穆斯竞技场①，场内旗帜飘扬，估计今天要举行活动。我们继续沿着帕拉蒂诺山和西里欧山之间的山谷缓慢前进。山谷内人头攒动，就好像西塞罗在法庭上代表过的人、接受过他帮助的人，甚至选举期间和他握过手的人全都来迎接他了。尽管如此，我也注意到并不是所有人都在欢呼，总有那么一小群愤愤不平的平民，他们要么怒视着我们，要么背过身子。他们主要聚集在克洛狄乌斯的大本营卡斯托尔神庙周围。神庙的墙上有几句刚涂上的口号，和福尔米亚庄园中用的是同一种红色颜料：**马库斯·西塞罗偷走了人民的面包；当人民挨饿时，他们知道谁该受到谴责**。有个人朝我们吐口水，另一个人偷偷拉开短袍，向我展示他的匕首。西塞罗假装没看到他们。

在数千人的欢呼声中，我们一路走过广场，沿着卡比托利欧山的山道拾级而上，走到朱庇特神庙前方，有人在那里为我们准备了一头漂亮的祭祀用白色公牛。我每时每刻都在担心有人会袭击西塞罗，尽管理智告诉我，如果有谁胆敢这样做，他就是在自

① 马克西穆斯竞技场（Circus Maximus）位于阿文提诺山与帕拉蒂诺山之间，是古罗马规模最大的竞技场之一。——译者注

寻死路：就算他和西塞罗的距离近到足以让他发起攻击，西塞罗的支持者也能把他撕碎。不过我更希望我们能进入一个有墙有门的地方，但那是不可能的：在这一天，西塞罗属于罗马。首先，祭司吟诵了祷文。接下来，西塞罗低下头，走上前，向神献上他的祭品，然后退到一旁，等待祭司宰杀祭牲，查看其内脏，宣布有利的占卜结果。[1] 接着他走进神庙，把祭品放在一小尊密涅瓦像的脚下，在被流放之前他把这尊神像放到了这里。最后，他重新出现在公众的视线中，这时，以执政官朗图路斯·司宾提尔为首的元老院成员——塞斯提乌斯、克斯提利乌斯、库尔提乌斯、契斯庇乌斯兄弟，等等——立刻上前将他团团围住。他们曾为西塞罗的回归四处奔走、竭尽所能，每一个人都值得单独感谢。他们泪流满面，互相亲吻。他一直到正午过了很久后才得以脱身，准备步行回家。司宾提尔和其他人甚至坚持要送他回去。在我们没有注意到的时候，图利娅已经走到前面去了。

当然，他回的"家"并不是他自己在帕拉蒂诺山斜坡上的大宅：我一抬头就能看到它被彻底拆除了，好给克洛狄乌斯的自由女神神庙腾出空地。在西塞罗能够收回这块土地并重建府邸之前，我们都要寄住在位置低一些的昆图斯的家里。这条街上也挤满了前来献上祝福的人，西塞罗不得不奋力挤到门口。门后，他的妻子正在庭院的阴凉处等他。

我知道——因为他经常提起——他有多期待这一刻。但我还是有些尴尬，想要遮住我的脸。特伦提娅身着华冠丽服，显然已经等了好几个小时。与此同时，小马库斯感到越来越无聊，变得烦躁不安。"我的丈夫，"特伦提娅的脸上带着淡淡的微笑，手上粗

---

[1] 罗马人会通过观察牲畜内脏、飞鸟或闪电等来进行占卜，若结果为不利则不能处理任何公共事务。——作者注

暴地拽着那男孩，让他好好站着，"你总算回来了！去和爸爸打个招呼。"她一边说着，一边把小马库斯推上前，但他马上就绕到她身后，躲在她裙子的后面。西塞罗在不远处停下脚步，向男孩伸出双臂，不知所措。最后是图利娅拯救了这尴尬的局面。她向父亲跑去，亲吻他，把他带到母亲面前，轻轻环抱着父母。就这样，这家人终于团聚了。

*

昆图斯的庄园虽然很大，但还没宽敞到能让两大家子人都住得舒舒服服的，结果第一天矛盾就发生了。出于对哥哥的年龄和身份的尊重，昆图斯以他一贯的慷慨大方，坚持让西塞罗和特伦提娅住进主人房。那里本来住的是昆图斯和他的妻子庞波尼娅，她是阿提库斯的妹妹。这一安排显然遭到了她的强烈反对，她几乎没法客气地接待西塞罗。

我不想总说别人闲话，这种做法实在是有失体面。但如果对发生过的事情保持缄默，我就不能恰当地描述西塞罗的生活，因为这就是他不幸的家庭生活的真正开端，而且这种不幸随后影响了他的政治生涯。

他和特伦提娅已经结婚二十多年了。他们经常吵架，但每一次争吵反映的都是夫妻之间的相互尊重。她是个有自己的财富的女人，所以他才娶了她——他当然不是因为她的长相或温柔的性格而和她结婚的。正是靠特伦提娅的妆奁，他才得以进入元老院，而他的成功又提高了她的社会地位。现在他一倒台，这种关系的先天缺陷就暴露出来了。在他离开的时候，她不仅为保护家庭而被迫卖掉了大量嫁妆，还遭到了谩骂和侮辱，沦落到和西塞罗的弟弟与弟妹同住的地步——势利的她曾认为丈夫家的条件远远不及她自己家。是的，西塞罗还活着，而且回到了罗马，我相信她的确也为此感到高兴。但她毫不掩饰她的看法：他大权在握的日子结束了，但他没有看清事实，而是在民众的奉承下觉得自己还在云端之上。

第一天晚上，没人邀请我共进晚餐，但考虑到他们的关系是那么的紧张，我也不太介意。但得知我要住进地窖里的奴隶房，和特伦提娅的管家费罗提慕斯共享一个房间后，我相当失望。费罗提慕斯是个油嘴滑舌、贪得无厌的中年人，我对他没有任何好感，我想他应该也不待见我。但不管怎么说，对金钱的热爱至少让他在管理特伦提娅的财产时十分卖力。看到她的财产日复一日地减少一定让他很痛心。他痛斥西塞罗害她落得如此田地，这让我大为光火。过了一会儿，我直截了当地让他嘴上放尊重点，不然我保证我的主人会抽他一顿。后来，我睁着眼躺在床上，一边听着他的鼾声，一边思考刚才听到的抱怨中，有哪些是他自己想说的，又有哪些是在重复女主人嘴里的话。

因为前一晚在床上辗转反侧了很久，我第二天睡过了头，醒来时感到一阵惊慌。西塞罗原定在那天早上前往元老院对他们的支持正式表示感谢。通常情况下，他会背下自己的演说词，然后做脱稿演讲。但他已经很久没有当众讲话了，他担心演说时会结巴，所以在从布隆迪西乌姆回罗马的途中，我们就完成了这篇演说词的口述和记录。我从公文箱中拿出演说词，把它从头到尾地检查了一遍，然后匆匆上了楼。与此同时，昆图斯的秘书斯塔提乌斯正带着两位访客走进会客室。其中一人是曾在塞萨洛尼卡拜访我们的保民官米罗；另一人是庞培手下的重要将领卢基乌斯·阿弗拉尼乌斯，他在西塞罗之后当了两年的执政官。

斯塔提乌斯对我说:"两位先生想见见你的主人。"

"我去看看他有没有空。"

对此,阿弗拉尼乌斯用一种我不太喜欢的口吻说:"他最好有空!"

我立刻去了主人房的卧室。门是关着的。特伦提娅的女仆把手指竖在唇边,告诉我西塞罗不在里面。她领我沿走廊走到更衣室,西塞罗正在仆人的帮助下穿他的托加袍。当我向他说明有谁来找他时,我看到了他身后那张临时的小床。他注意到我的视线,嘴里咕哝着:"有点不对劲,但她不会告诉我发生了什么。"然后,也许是后悔自己的坦率,他语气生硬,命令我去把昆图斯带来,让昆图斯也能听听访客有什么要说的。

一开始,会谈的气氛还算友好。阿弗拉尼乌斯宣称他带来了伟大的庞培最热情的问候,庞培希望不久后能亲自欢迎西塞罗回到罗马。西塞罗对他的口信表示感谢,并感谢米罗为自己的回归所做的一切。西塞罗描述了他在乡村受到的热烈欢迎,以及前一天前来欢迎他回罗马的热情民众:"我感觉自己开始了全新的生活。希望庞培能来元老院听听我怎么用我笨拙的嘴巴竭尽所能地赞美他。"

"庞培不会出席元老院会议。"阿弗拉尼乌斯一点儿也不客气。

"真遗憾。"

"鉴于即将提出的新法案,他觉得参会不太合适。"说着,阿弗拉尼乌斯打开一个小袋子,从里面拿出一份草案递过来。带着显而易见的惊讶,西塞罗看完了草案并把它交给昆图斯,后者又把它递给了我。

鉴于罗马人民无法获得充足的粮食供应,而这种情况在一定程度上对国家的福祉和安全构成了严重威胁，此外考虑到全体罗马公民有权每天享用至少一块免费面包的原则，特此宣布：伟大的庞培将被授予粮食供应督办官的职务，有权在世界范围内购买、抢夺或以类似方式获得足够的粮食，以保证城市的充足供应。他将在五年的任期内享有该权力，为协助他完成此项任务，他有权委任十五名副督办官去履行他规定的职责。

阿弗拉尼乌斯说："当然，庞培希望你能够在今天元老院的演讲中提出该法案。"

米罗附和道："我不得不说，这步棋走得很巧妙。在从克洛狄乌斯手中夺回街道后，我们现在要让他无法再用面包去换选票。"

"短缺真的有那么严重吗？严重到都需要紧急法案了？"西塞罗问。他转向了昆图斯。

昆图斯给出了肯定的答复："是真的，没剩多少面包可吃了，而剩下那些的价格都涨到天上去了。"

"即便如此，这也太惊人了。将管理国家食品供应的全部权力交给一个人，这简直闻所未闻。恐怕在发表意见之前，我需要了解更多情况。"

他想把草案还给阿弗拉尼乌斯，但后者拒绝接手。阿弗拉尼乌斯双臂交叉，瞪向西塞罗："我得说，我们以为你会更感激我们——毕竟我们为你做了这么多事。"

"毫无疑问，"米罗补充道，"你会成为十五名副督办官中的一员。"接着他搓了搓手指，表明这项任命有利可图。

接下来我们陷入了令人不安的沉默。最后阿弗拉尼乌斯说："好了，我们把草案留给你，非常期待你即将在元老院发表的演讲。"

他们走后，昆图斯先开了口："至少现在我们知道他们开出的价码是什么了。"

"不，"西塞罗沉着脸，"这并不是他们开出的全部价码，而只是第一部分。在他们眼中，这是一笔永远无法还清的债务，不管我给了他们多少。"

"那你要怎么办？"

"怎么选都是错，不是吗？如果提出法案，所有人都会说我是庞培的走狗；如果什么都不说，他就会和我翻脸。不管我做什么，我都输了。"

像往常一样，当我们动身去元老院时，他仍没决定好该如何选择。他总喜欢在演讲前先感受感受议事厅的温度，就像医生在看病时会先听听病人的心跳一样。那个陪同米罗到访马其顿的疤脸角斗士比里亚和另外三个角斗士一起充当西塞罗的护卫。另外，我估计起码还有二三十个西塞罗的委托人充当"人体盾牌"，这让我们感到很安全。我们一边走，比里亚一边向我夸耀他们的力量。他说，有两百个米罗和庞培的角斗士在战神广场上的军营里待命，如果克洛狄乌斯敢要花样，他们随时可以采取行动。

我们到达元老院会堂时，我把西塞罗的演说词交给他。一进门，他就抚摸着那古老的门柱，环顾着他口中这个"世界上最伟大的房间"，自己居然还能活着见到它这个事实让他既惊讶又庆幸。他走近过去常坐的位子（位于离执政官演讲台最近的那一排），坐在一旁的元老立马起身和他握手。这次出席会议的人不多——我注意到缺席者不仅有庞培，还有克洛狄乌斯和马库斯·克拉苏，而克拉苏与庞培和恺撒结成的联盟仍然是共和国里最大的势力。我不明白他们为什么没来。

那天主持元老院会议的执政官是西塞罗的宿敌梅特卢斯·尼波

斯，但他们现在已经公开达成和解了，尽管是在大多数元老的施压下勉强达成的。尼波斯并没有和西塞罗打招呼，而是起身宣布，他们刚收到恺撒从外高卢发来的信件。在他读信的时候，室内鸦雀无声，元老们都在专心听恺撒的经历：他与名字古怪的蛮族部落——维洛孟都依人、阿德来巴德斯人和纳尔维人——在丛生的密林和湍急的河流中发生了残酷的交战。很显然，恺撒比他之前的任何罗马指挥官都更深入北方，且他的胜利再一次给敌人造成了近乎毁灭性的打击。据说，在组成纳尔维人军队的六万男丁中，只有五百人活了下来。尼波斯念完后，屋里的沉闷氛围一扫而空，这时他才请西塞罗发言。

现在不是发表演讲的好时机，因此西塞罗只向大家表示了感谢。他感谢了执政官，感谢了元老院，感谢了人民，感谢了诸神，感谢了他的弟弟，感谢了除恺撒外的几乎所有人——他完全没有提到恺撒。他特别感谢了庞培（"他的勇气、名望和成就在任何国家或任何时代都无人能及"）和米罗（"这位保民官坚定不移、勇敢无畏地捍卫了我的幸福"）。但他既没有提出粮食短缺的问题，也没有提出授予庞培更多权力的建议。他刚坐下，阿弗拉尼乌斯和米罗就起身离开了会堂。

后来我们朝昆图斯家走去的时候，我注意到比里亚和他的角斗士没再跟着我们，这让我感到奇怪，因为危险还没有消失。有许多乞丐在熙熙攘攘的街头游荡，或许是我看错了，但我确实觉得西塞罗吸引了更多敌视的目光和不友好的手势。

安全到家后，西塞罗说："我做不到。我怎么能在一无所知的情况下带头开始辩论？再说了，当时又不是什么提建议的好时机。每个人都在谈论恺撒，恺撒，恺撒。也许现在他们会让我自己单独待会儿。"

白天漫长而晴朗，西塞罗大部分时间待在花园里，要么看书，要么和家里一条叫米亚的小狗玩投球，它滑稽的动作大大逗乐了小马库斯和他九岁的堂弟小昆图斯（昆图斯和庞波尼娅的独子）。小马库斯是个可爱、坦率的小伙子，小昆图斯却被他妈妈宠坏了，有点讨人厌。但他们在一起玩得很开心。从远处的山谷不时传来马克西穆斯竞技场内观众的欢呼声。那是十万人的齐声呼喊或叹息，是一种令人既兴奋又不寒而栗的声音，就像老虎的低吼，让我脖子和手臂上的汗毛全都竖了起来。半下午的时候，昆图斯提出，或许西塞罗应该去趟竞技场，和观众见上一面，至少看一场比赛。但西塞罗宁愿待在原地："我厌倦了向陌生人展示自己。"

　　因为孩子们都不想睡觉，而且西塞罗——在离开罗马这么久之后——想要纵容他们，所以以晚饭吃得很晚。这一次，他邀请我加入他们。看得出来，庞波尼娅对他的做法很是恼火。她不赞成让奴隶和主人一起用餐，而且理所当然地认为，决定谁能上桌吃饭的特权属于她，而不是丈夫的哥哥——毕竟这是她的桌子。结果我们有六个人一起用餐：西塞罗和特伦提娅坐在一张沙发上，昆图斯和庞波尼娅坐另一张，我和图利娅则坐在第三张上。庞波尼娅的哥哥阿提库斯通常会加入我们。他是西塞罗最亲密的朋友。但就在西塞罗回到这里的一周前，他突然离开了罗马，去了他在伊庇鲁斯的庄园。他给的理由是有急事要处理，但我怀疑他提前预见到了一触即发的家庭纠纷。他一直喜欢平静的生活。

　　黄昏时分，一群奴隶正往屋里拿用来点灯和点燃蜡烛的火煤，突然从外面某个地方传来一阵既刺耳又嘈杂的声音，口哨声、鼓声、号角声和呼喊声混在了一起。我们起先没在意，认为一支与竞技活动有关的游行队伍或许正从附近经过。但噪声的源头似乎就在我们的门外，并一直停留在那里。

最后特伦提娅问："外面到底在搞什么鬼？"

"你知道吗，"西塞罗用一种学者般的好奇语气回答道，"我觉得这可能是'索要'①。稀奇的习俗！提罗，你能去看一看吗？"

我想现在应该没有这种习俗了，但在共和国时期，大众可以自由表达观点，而那些心存不满但穷得打不起官司的公民有权使用这种手段，在他们认定的应该负责任者的房子外面集会示威。今晚的目标是西塞罗。我能从他们的喊叫中辨出他的名字。打开门后，我完全听清了他们的口号：

贱人西塞罗，面包去哪儿了？

贱人西塞罗，你把面包全偷了！

百来号人把狭窄的街道堵得水泄不通，一遍又一遍地重复同样的话，偶尔把"贱人"换成更下流的词。在注意到我正看着他们后，人群中爆发出了震耳欲聋的嘲笑声。我关上门，拉上门闩，回到餐厅向众人汇报情况。

庞波尼娅惊慌得坐直了身体："我们该怎么办？"

"什么都别做。"西塞罗语气平静，"他们有权制造噪声。让他们痛快喊出来就是了，等到喊累了他们就会离开。"

特伦提娅追问："但他们为什么要指控你偷了他们的面包？"

昆图斯答道："克洛狄乌斯把面包短缺的责任都推到了前来罗马向你丈夫表示支持的民众身上。"

---

① 在古罗马，"索要"（flagitatio）是一种解决欠债等民事纠纷的手段，常见形式是：维权的一方纠集一批人（朋友或游民）前往另一方家中，或是在公共场合拦截另一方并将其围住，以高声喧嚷甚至辱骂的方式让公众知晓对方的理亏之处，从而迫使对方就范。——译者注

"但这些人不是来支持我丈夫的——他们是来看比赛的。"

"你还是一如既往的心直口快。"西塞罗表示赞同,"即便他们真的是为我而来,据我所知,这座城市也从没在哪个节日里缺过食物。"

"那现在为什么缺了?"

"我想有人破坏了供应。"

"谁会干这种事?"

"克洛狄乌斯,为了败坏我的名声;甚至可能是庞培,为了找个借口接管分配。不管怎样,我们都无能为力。所以,我的建议是无视他们,继续吃饭。"

然而,尽管我们想假装什么事都没发生,甚至还开起了玩笑,我们的谈话却非常不自然。每当对话中出现沉默,我们就能听到外面愤怒的呼喊:

狗杂种西塞罗把面包全偷了!

狗杂种西塞罗把面包全吃了!

庞波尼娅终于忍不住问:"他们会这样闹一整晚吗?"

西塞罗回答:"有可能。"

"但这条街道一直都很安静、体面。你肯定能做些什么来阻止他们吧?"

"不见得,这是他们的权利。"

"他们的权利!"

"我相信人民的权利,如果你还记得的话。"

"真了不起。但我要怎么睡觉?"

西塞罗最终耐心告馨。"夫人,为什么不往尊耳里塞点儿蜡?"

他提出建议，接着低声补充道："如果娶了你的是我，那我肯定会往我的耳朵里放蜡。"

昆图斯在一旁喝得醉醺醺的，竭力不发出笑声。庞波尼娅立刻把矛头对准自己的丈夫："你就任他这样和我说话？"

"亲爱的，这只是个玩笑。"

庞波尼娅放下餐巾，不卑不亢地从沙发上起身，宣布要去看看孩子。特伦提娅狠狠瞪了西塞罗一眼，表示要和庞波尼娅一起，并示意图利娅跟上。

女人们走了以后，西塞罗对昆图斯说："对不起，我不该那样说的。我会去找她道歉的。而且她说得一点儿都没错：我给你的房子惹来了麻烦。我们明早就搬出去。"

"不用搬。我才是这里的主人，只要我还活着，我的家就是你的家。我才不管那帮暴民的辱骂。"

我们又听见了喊声。

垃圾西塞罗，面包去哪儿了？

垃圾西塞罗，你把面包全卖了！

西塞罗接着说："非常灵活，这点我得承认。我想知道他们还能想出多少种变体。"

"你知道我们随时可以给米罗传话。庞培的角斗士很快就能把人赶出大街。"

"然后欠下更多人情？我可不想这样。"

我们各自回房睡觉去了，虽然我怀疑没人能睡着。外面的人并没有像西塞罗预测的那样消停下来；恰恰相反，第二天早上，不仅示威者人数增加了，其行为也变得越来越暴力——暴徒从道路

59

上挖出鹅卵石，猛地朝墙上掷去，或者把它们抛过护墙，让它们啪的一声落在中庭或花园里。毫无疑问，我们的处境变得更加危险了。妇女和儿童都躲在屋里，我、西塞罗和昆图斯则爬上房顶，以便评估情况的危险性。我们越过屋脊上的瓦片，一眼就望到了广场深处。众多克洛狄乌斯的暴徒正试图占领广场。去议事厅参加每日会议的元老都要遭受围攻和大声辱骂。伴随着炊具的敲击，暴徒们的话从下方传来：

> 面包去哪儿了？
>
> 面包去哪儿了？
>
> 面包去哪儿了？

一声尖叫突然从楼下传出。我们手忙脚乱地下了屋顶，正好看见中庭的一个奴隶从蓄水池里捞出了某种黑白相间的物体，它有点像个小袋或小包，刚从屋顶的缺口掉进来。那是米亚——家里的狗——的尸体。两个男孩蹲在中庭的角落，双手捂着耳朵，害怕得哭了起来。沉重的石头砸在木门上。这时，特伦提娅突然冲着西塞罗咒骂起来，声音中带着以前我从未听过的痛苦："固执的人！固执！愚蠢！你到底能不能做点什么来保护你的家人？还是说我得再跪着爬出去一次，恳求那些人渣不要伤害我们？"

面对她的愤怒，西塞罗的身子向后晃了一下。就在这时，孩子们又开始了新一轮的抽泣。他循声望去，看到图利娅正在那边安慰她的弟弟和堂弟。他俩的问题似乎解决了。西塞罗问昆图斯："你看能从后面的窗户偷偷送一个奴隶出去吗？"

"当然可以。"

"实际上最好送两个，免得一个人无法突破重围。让他们去米罗在战神广场上的营帐，告诉那些角斗士我们需要帮助，让他们尽快出发。"

信使出发了，与此同时，西塞罗走到孩子们跟前，伸手搂住他们的肩膀，向他们讲述共和国英雄的英勇事迹，以此来分散他们的注意力。仿佛过了很久后（对木门的攻击在这段时间变得更加猛烈了），我们听到街上传来新的一波怒吼，紧接着是一连串尖叫。米罗和庞培手下的角斗士终于来了，西塞罗一家就这样得救了。我相信，要是克洛狄乌斯的人发现没有人前来阻拦他们，完全有可能闯进屋子，把我们都杀了。实际情况是，在经历短暂的巷战后，围攻者便发现自己装备不够精良，训练也不够有素，然后纷纷逃命去了。

在确定街上没人后，西塞罗、昆图斯和我又爬上屋顶，看着战火蔓延到广场上。一队队角斗士从两侧跑了过来，开始用刀背攻击暴徒。暴徒四散奔逃，但没有被彻底击溃。卡斯托尔神庙和维斯塔树林间竖起了一道由附近商店的板桌、条凳和百叶窗搭成的路障，暴徒守住了这道防线。有一次我还看见了克洛狄乌斯指挥战斗的身影，只见他顶着一头金发，在托加袍外套了一副胸甲，手中挥舞着一根长铁钉。我知道那就是他，因为他的妻子富尔维娅就在旁边，这女人像男人一样凶猛、残忍且喜欢暴力。火烧得到处都是，烟雾在夏日的高温中缓缓升起，让混战的局面变得更乱了。我数了一下，有七人倒在地上，不知是死是伤。

过了一会儿，西塞罗不忍心再看下去了。离开屋顶后，他平静地说："这是共和国的末日。"

我们在家里待了一整天，因为广场上的小规模冲突仍在继续。现在最让我震惊的是，在这段时间里，在离这里不到一罗里的地方，竞技大会完全没有中断，就好像一切如常，暴力俨然成了政治中的常态。夜幕降临，一切都恢复了平静，但是出于谨慎，西塞罗决定在明天早晨米罗的角斗士护送他和昆图斯前往元老院之前，都不再冒险踏出家门一步。现在广场上挤满了支持庞培的公民。他们要求西塞罗请庞培出山来解决危机，确保他们能再次吃上面包。西塞罗尽管身上就带着推选庞培出任粮食供应督办官的法案，但没有给出任何回应。

　　这次的元老院会议还是没有多少参与者。受骚乱影响，半数以上的元老都没有出席。除了西塞罗以外，唯二坐在前座的是前执政官阿弗拉尼乌斯和马库斯·瓦列里乌斯·梅萨拉。主持会议的执政官梅特卢斯·尼波斯在昨天穿过广场时被石头砸中，现在身上还缠着绷带。他把粮食暴乱作为议程的第一项提出，几位政务官建议由西塞罗本人掌控城市供给，但西塞罗做了个谦让的手势，摇了摇头。

　　尼波斯不情愿地开口："马库斯·西塞罗，你有什么想说的吗？"

　　西塞罗点点头，站了起来。"我们谁也不会忘记，"他开口道，"昨天发生在这座城市中的恐怖暴力事件，尤其是英勇的尼波斯，而这次暴力事件的本质是面包这一人类最基本必需品的匮乏。我们中的一些人认为，如果让我们的公民从一开始就得到免费的粮食，那就太糟了，因为'升米养恩，斗米养仇'是人类的天性。这就是我们现在要面对的问题。我并不是说我们应该废除克洛狄乌斯的法律——已经太晚了，公众的道德观念已经败坏了。毫无疑问，他是故意的。然而，如果要维持社会秩序，我们最起码得确保面包的持续供应。而在我们的国家，只有一个人有这样的权力和能力去组织、去确保这件事，那就是伟大的庞培。因此，我提议……"

　　这里他宣读了我之前引用过的法案，庞培的副将们欢呼着站起身来。其余的人要么表情严肃，坐在原地，要么怒容满面，嘴里不满地嘟囔着。他们一直害怕庞培对权力的渴望。欢呼声传到了屋外，连等在广场上的人都听到了。得知新法案是由西塞罗提出的，他们便开始大声呼喊着要他上演讲台发表演说，所有保民官——除了两个克洛狄乌斯的支持者——都正式邀请他发言。当元老院宣读这项邀请时，西塞罗抗议说他还没有准备好接受这份荣誉。（事实上我身上就带着一篇他早就写好的演讲稿，可以在他走上台阶前交给他。）

迎接他的是众人热烈的掌声，他花了相当长的一段时间才让他们听到自己的声音。掌声平息后，他便开始了演讲。没想到刚刚讲到感谢人民支持的那段（我如果只经历过平静的安宁，就会错过现在的欣喜若狂，而它是由你们的善良带给我的），庞培就突然出现在人群的边缘。他一个人招摇地站在那里（广场上全是他的角斗士，所以他并不需要护卫），假装自己只是一个来听西塞罗演说的普通公民。但大家当然不允许他就这么站着，所以他放任众人将他推上演讲台，并在上面拥抱了西塞罗。我差点就忘了他的身材有多高大。他有魁梧的身躯和勃发的男子气概，那绺浓密得出了名的额发就像战舰的船首一样高高立在他宽大英俊的脸上。

这是个需要奉承的时刻，于是西塞罗开口了。"就是这个人，"说着，他抬起庞培的手臂，"从过去到现在再到未来，无人能在德行、才智和名望上与他匹敌。他给了我他曾给予共和国的一切——安全、保障和尊严，其他任何一个人都不会为其私人朋友做到这个地步。同胞们，我欠了他一笔债，而在大多数情况下，欠债是不合法的。"

掌声经久不息，庞培的脸上洋溢着喜悦的笑容，像太阳一般和煦温暖。

之后，他同意和西塞罗一道回昆图斯家喝一杯。庞培没有提起西塞罗的流放，没有问候他的健康，没有为几年前未能帮助他对抗克洛狄乌斯道歉，而当初正是这件事打开了这场灾难的大门。庞培只谈到了自己和未来，像小孩子一样热切地期望获得粮食供应督办官的职位，期待它能带来的旅行机会和庇护。"当然，我亲爱的西塞罗，你一定会是我十五位副督办官中的一员——无论你想去哪里。是去撒丁岛、西西里、埃及，还是去阿非利加？"

"谢谢，"西塞罗回答道，"你的好意我心领了，但恕我必须拒绝。现在我的重心是家庭——拿回我们的产业，安抚我的妻儿，向我们的敌人报仇，以及试着找回我们的财富。"

"我向你保证，没有比粮食生意来钱更快的办法了。"

"即便如此，我也必须留在罗马。"

庞培拉下了脸。"我很失望，而且我无法假装不失望。我希望西塞罗这个姓能出现在名单上，为任命增加分量。你呢？"他转向昆图斯，"我想你能做到。"

可怜的昆图斯！他在亚细亚度过了两个服役期，回来后，他最不想经历的事情就是再次出国，和农民、粮食商人、船舶代理打交道。他窘迫不安，抗议说自己不能胜任这项职务。他指望西塞罗支持他，但西塞罗很难拒绝庞培的第二个请求，所以这次什么也没说。

"好了，就这么定了。"庞培用手拍了拍椅子的扶手，表明事情已经解决了。接着他站起身，费劲地嘟哝了一声。我注意到他越来越胖了。他是五十岁的人了，和西塞罗一样。"我们的共和国正处于最艰难的时期，"他一边说着，一边伸手搂住两兄弟的肩膀，"但我们会挺过去的，就像过去那样，我知道你们两个都会扮演好自己的角色。"他紧紧抱住两人，把他们按在他宽阔的胸膛前。

IV

 第二天一早，西塞罗和我就上山去看他宅邸的废墟了。这栋他曾投入这么多财富、使用这么多特权才建起来的宏伟建筑已经被彻底拆掉。其曾经所在的大块土地上布满了杂草和碎石，几乎让人无法从缠结的蔓草中辨认出墙体原有的布局。西塞罗弯腰从地上捡起一块烧焦的砖头。"在这地方被归还给我之前，我们将完全听命于别人——没有钱，没有尊严，没有自由……每次出门，我都要抬头看向这里，想起自己受到的羞辱。"砖块的边缘在他手中化为齑粉，红色的粉末从他指间漏下，就像干涸的血液。

 在这片土地的尽头，一个高大的底座上摆放着一尊年轻女子的雕像，底座周围堆满了民众献上的鲜花。在将这里祝圣为自由女神利伯塔斯的神庙后，克洛狄乌斯相信此地已经不可亵渎，因此西塞罗是不可能收回它的。这座大理石雕像在晨光中展现出优美的轮廓：她有一头长发，身上薄如蝉翼的长裙滑了下来，让她的胸脯暴露在空气中。西塞罗双手叉腰，上下打量她。最后他问道："一直以来，利伯塔斯的形象都是戴着帽子的妇人吧？"我表示同意。"那么请问，这个贱人是谁？连我都比她更像自由女神！"

 在这之前他还一直闷闷不乐，但现在他笑了起来。我们回到昆图斯家后，他派我去打听克洛狄乌斯是从哪儿得到的这座雕像。

当日，他以祝圣不当为由，要求高级祭司团①归还他的房产。听证会定于月末召开，它将传唤克洛狄乌斯为自己的行为辩护。

听证会当天，西塞罗承认自己准备不足，辩论技巧也有些生疏。因为他的藏书被收管起来了，他没能查到所有必备的法律依据。而且我敢肯定，想到要和克洛狄乌斯当面对峙，他心里也很紧张。在街头斗殴中落败是一回事，但在法律纠纷中败北就是另一回事了——那将无异于一场灾难。

当时高级祭司公署设在老雷吉亚，据说那是城里最古老的建筑。和现在的雷吉亚一样，它矗立在圣道②和广场的交接处，但它又厚又高且没有窗户的墙壁将广场的喧嚣和繁忙彻底隔绝在了外面。室内昏暗的烛光让人忘了室外明媚的阳光。屋里空气阴冷且死气沉沉，但透出了一种神圣的感觉，仿佛在过去的六百多年里从未被尘世污染。

十五位祭司中有十四位坐在拥挤的议事厅尽头，等待着我们的到来。唯一缺席的是他们的大祭司③恺撒，他的座位——比其他座位都气派——是空着的。其中几个祭司是我再熟悉不过的老面孔：有执政官司宾提尔，有卢基乌斯将军（据说他最近疯了，被关在了罗马城外的大宅里）的兄弟马库斯·鲁库卢斯，有两位年轻有为的贵族昆图斯·西庇阿·纳西卡和马库斯·埃米利乌斯·雷必达。我还看到了"三巨头"中的第三人克拉苏。祭司必戴的怪异的圆锥形毛皮帽让他失去了最显眼的特征——他的秃顶。他狡猾的

---

① 高级祭司团（Pontificies）是掌管宗教仪式的组织，兼管历法和记录重大军政事件。——译者注

② 圣道（Via Sacra）是罗马最古老、最出名的街道，通往萨图尔诺农神庙。——译者注

③ 大祭司（pontifex maximus）是罗马国教的首席祭司、十五人祭司团的团长。大祭司的官邸位于圣道上。——作者注

脸上带着非常冷漠的表情。

西塞罗面对他们坐了下来，我则坐在他背后的椅子上，准备随时递上他需要的任何文件。我们的身后是包括庞培在内的一众杰出公民。哪里都没有克洛狄乌斯的身影。人群中窃窃私语的声音渐渐停止了，议事厅陷入一阵令人压抑的静默。他在哪儿？也许他不会来。没人能看透克洛狄乌斯。但最后他还是大摇大摆地走了进来，一看到这个给我们造成极大伤害的男人，我就觉得浑身发冷。西塞罗以前总是叫他"小美人"，但随着他步入中年，这种侮辱已经不适合他了。他那头浓密的金色卷发现在被剪短了，就像一顶金色的头盔；他丰满的红唇也不再嘟起。他看上去硬朗瘦削，神情倨傲，就像堕落的太阳神。和西塞罗其他不共戴天的死敌一样，克洛狄乌斯最初也是他的朋友。但后来克洛狄乌斯经常违反法律和道德，比如伪装成女人亵渎仁慈女神的神圣仪式。当时西塞罗提供了不利于他的证据，克洛狄乌斯发誓总有一天要复仇。他坐在离西塞罗不到三步远的椅子上，但西塞罗仍凝视着前方，两人一直没有对视。

年龄最大的祭司是普布利乌斯·阿尔比诺瓦努斯，他应该八十多岁了。他用颤抖的声音宣读了争论的要点——"最近在属于马库斯·图利乌斯·西塞罗的土地上修建的自由女神神庙是否依照规定的程序完成了祝圣？"——并请克洛狄乌斯先发言。

为了表明他对整件事的蔑视，克洛狄乌斯过了好一阵子才慢悠悠地站起来。"我很震惊，圣父们，"他用一种不乏俚语的贵族拖腔说道，"也很失望，但并不意外，那个曾在执政期间公然屠杀自由女神的流放犯西塞罗现在又想罪加一等，试图破坏她的神像……"

他提到了所有对西塞罗的诋毁——非法杀害喀提林的同谋（"元老院的批准不是不经审判处死五位罗马公民的借口"），虚荣心太强（"他反对这座神庙主要是出于嫉妒，因为他认为自己才是唯一值得崇拜的神"），在政治上反复无常（"这个人的回归本应帮助元老院恢复权威，他的第一个动作却是背叛元老院，转而去为庞培争取独裁的权力"）。这些话不是一点儿作用也没有；它们能在广场上收到很好的效果，但完全没有说到点子上：神庙的祝圣是否符合规定？

他说了一个小时，然后才轮到西塞罗发言，而西塞罗不得不先发表了一通即兴演讲，解释为什么自己要支持任命庞培为粮食供应督办官，这显示出了克洛狄乌斯的策略有多么成功。在结束了对克洛狄乌斯的回应后，他才提出了主要论点：不能认为那座神庙完成了祝圣，因为克洛狄乌斯在举行落成典礼时，还不是法定意义上的保民官。"你从贵族到平民的身份转变没有得到高级祭司团的批准，完全不符合高级祭司团的规定，必须视之为无效；如果说这种转变是无效的，那么你的保民官职位也缺乏依据。"这是个危险的话题：所有人都知道克洛狄乌斯是在恺撒的安排下成为平民的。我看见克拉苏倾身向前，听得十分专注。可能因为察觉到了危险，或许还想起了自己对恺撒的承诺，西塞罗话锋一转："这是不是意味着恺撒的所有法令都不合法？当然不是，因为除了那些对我个人抱有敌意的法令，它们现在已不会再影响我的利益。"

他转而继续攻击克洛狄乌斯的做法。现在，他准备在演讲台上大展身手。他伸出手臂，手指指向他的敌人，情绪高昂，口若悬河："噢，你是国家的罪恶源头和可耻的公娼！我可怜的妻子哪里对你不起，你为什么要这么残忍，不仅去骚扰她、抢劫她，还要折磨她？我刚失去丈夫的女儿哪里对不起你？我每天晚上都哭得无法入睡的小儿子哪里对不起你了？而且你袭击的不仅仅是我的家人——你对我的墙和门柱也发起了猛烈的攻击！"

但他的致命一击是揭露克洛狄乌斯所设雕像的来源。我找到了立像的工人，从他们口中得知它是由克洛狄乌斯的兄弟阿庇乌斯捐赠的，而后者又是从维奥蒂亚的塔纳格拉把它带回来的，它本来是那里一个著名高级妓女的墓前装饰物。

当西塞罗揭露这一事实时，整个房间的人都大笑起来。"所以这就是他心目中的自由女神——长着妓女的模样，放在异乡人的坟墓前，被窃贼偷走，再经由渎神者之手立于神庙！把我赶出家门的就是她吗？圣父啊，我失去这处房产的原因竟如此令共和国蒙羞。如果你们认为我的回归能让不朽的神明、让元老院、让罗马人民、让意大利上下感到愉悦，就请让我重建家园吧。"

西塞罗坐下来，听着身份高贵的听众发出赞许的低语。我偷偷看了克洛狄乌斯一眼，他正瞪着地板。祭司们凑在一起商讨，似乎大部分时间是克拉苏在发言。我们本以为他们马上就能做出决定。但阿尔比诺瓦努斯坐直身体，宣布高级祭司团需要更多的考虑时间，判决将于次日通过元老院转达。这是个打击。克洛狄乌斯站了起来，在经过西塞罗时俯下身，一脸假笑地用一种我刚好能听见的音量对他说："在那地方重建前你早就没命了。"接着他便离开了议事厅，没再说一句话。西塞罗假装无事发生。他留下来和众多老朋友聊天，结果我们成了最后离开雷吉亚的人。

议事厅外有一个院子，院子里放着那块著名的白板，按照当时的传统，大祭司会在上面发布国家的官方新闻。这就是恺撒的手下张贴《战记》的地方。我们在白板前看到了克拉苏，他看似在阅读《战记》的最新内容，实则是在等西塞罗。他摘了帽子，有几根棕色的毛发仍顽强地立在他谢顶的脑袋上。

"那么，西塞罗，"他快活的样子令人不安，"你对你演讲的效果还满意吗？"

"还好吧，谢谢。但我的意见毫无价值，做决定的毕竟是你和你的同僚。"

"啊，我觉得它非常有效。唯一的遗憾是恺撒没来听你演讲。"

"我会给他寄一份讲稿的。"

"是的，请一定要寄。要知道，阅读是非常有益的。但对这个问题，他会怎么表决呢？这就是我要做出的决定。"

"那你为什么要来决定这个呢？"

"因为他希望由我来充当他的代理人，掂量着把票投了。很多同僚都会跟着我走。我必须做出正确选择。"

他咧嘴一笑，露出满嘴黄牙。

"我相信你会的。再见，克拉苏。"

"再见，西塞罗。"

在西塞罗低低的咒骂声中，我们走出了大门。我们还没走几步，就又听到克拉苏突然叫住他，匆匆追了上来。"最后一件事，"克拉苏说，"考虑到恺撒在高卢取得了重大胜利，元老院将提议拿一段时间为他举办公开庆祝活动。不知你能否对此表示支持？"

"我的支持有这么重要吗？"

"很显然，考虑到你过去和恺撒的关系，你的支持更能证明这项提议是正确的。大家会注意到这一点的。此外，对你来说，这也是一件高尚的事。我相信恺撒会十分感激你的。"

"庆祝活动会持续多久？"

"噢……十五天应该就够了。"

"十五天？那差不多是庞培征服西班牙的庆祝时间的两倍。"

"是的，当然也可以说就重要性而言，恺撒在高卢取得的胜利是庞培那次的两倍。"

"我觉得庞培可能不会同意。"

"庞培，"克拉苏加重语气反驳道，"他必须明白，'三巨头'是三个人而不是一个人。"

西塞罗咬着牙朝克拉苏鞠了一躬。"我很荣幸。"

克拉苏也向他鞠躬。"我就知道你会答应行此爱国之举。"

*

第二天，司宾提尔向元老院宣读了高级祭司团的判决：除非克洛狄乌斯能提供书面证据，证明他是按照罗马人民的指示祝圣神庙的，否则"将该址归还西塞罗不属于渎圣行为"。

正常人在现在这种情况下都会选择放弃，但克洛狄乌斯不是正常人。虽然他可以假装自己是个平民，但他骨子里仍然流着克劳狄——一个以把敌人逼入死路为荣的家族——的血。他先是在平民的一场会议上撒谎说判决实际上对他有利，号召他们保卫"他们的"神庙。然后，在当选下一任执政官的马塞林努斯提议归还西塞罗的三处房产（分别位于罗马、图斯库鲁姆和福尔米亚），并"提供把它们恢复原状所需的补偿金"时，已经站了三个小时的克洛狄乌斯试图拖延会议。还好元老院内的怒喝声阻止了他，不然他就得逞了。但他的策略并非完全没有效果。让西塞罗失望的是，由于担心引起平民的不满，元老院同意只支付两百万赛斯特斯的赔偿金来重建帕拉蒂诺山上的房子，此外再分别提供五十万和二十五万赛斯特斯，用于修缮图斯库鲁姆和福尔米亚的庄园——都远远低于实际成本。

两年来，罗马的大部分建筑工人和工匠被庞培雇去修建战神广场上的公共建筑了。庞培勉强同意分一百个人给西塞罗（雇用过建筑工人的人会很快认识到，不能让他们离开自己的视线）。帕

71

拉蒂诺山上的修复项目立马就动工了。在开工的那个早上，情绪高昂的西塞罗对着神像的头挥了一斧子，把它砸得粉碎，然后把残骸收好并派人送给了克洛狄乌斯。

我就知道克洛狄乌斯会实施报复。不久后的一个早上，当西塞罗和我在昆图斯的会客室里处理一些法律文件时，我们听到屋顶上传来了某种类似于沉重脚步声的响动。我走到街上，差点就被从天而降的砖头砸中脑袋。惊慌失措的工人一边从拐角处跑过来，一边大喊道，克洛狄乌斯手下的一帮恶棍占领了工地，正在拆除新建的围墙，并把拆下的碎片扔到昆图斯的房子里。就在此时，西塞罗和昆图斯走了出来，想知道究竟发生了什么事。这次他们不得不又派人去米罗那里请求角斗士的帮助。幸亏他们这样做了，因为报信的人刚走，在我们头顶上就亮起一片红光，燃烧的门牌和砖块落在我们的周围。屋顶起火了。一大家子人被吓坏了，不得不从室内撤离，所有人——包括西塞罗和特伦提娅——都被叫去救火：他们一桶又一桶地传递着从街头喷水池里打来的水，试图阻断房子被火烧毁的进程。

克拉苏垄断了这座城市的消防设施，幸运的是，他当时正好就在帕拉蒂诺山上的家里。他听到动静，走到大街上，看到了这一幕。接着，他穿着破旧的短袍和拖鞋就过来了，身后跟着一队前来灭火的奴隶，他们拖着一辆装有水泵和水管的水车。要不是他们，这栋房子早就烧没了。尽管如此，水和烟造成的破坏还是让这个地方变得无法居住，我们不得不在修缮期间搬出去。我们把行李装上马车，并在夜幕降临之时穿过山谷，前往奎里纳莱山，准备在阿提库斯的家里临时避难，而阿提库斯本人此时还在伊庇鲁斯。这处狭小的老房子很适合一位有固定习惯、无不良嗜好的老单身汉居住；但对于两个成员众多、夫妻关系不和睦的家庭来说，它并不是个理想的去处。西塞罗和特伦提娅各自占据了一间卧房。

八天后，当我们走在圣道上时，身后突然传来一阵大喊和急促的跑步声。转过头去，我看见克洛狄乌斯带着十二个挥舞着棍棒——甚至还有剑——的心腹向我们冲来。像往常一样，我们身边跟着米罗派来保护我们的手下。他们把我们推进了最近的一栋房子。慌乱中，西塞罗被推倒在地，头上划了道口子，脚踝也扭伤了，但没有伤到别处。房子的主人名叫泰提乌斯·达米欧。他先是被吓了一跳，然后带我们进去喝了杯酒。西塞罗平静地和他谈论诗歌和哲学，直到袭击者被赶走，危机解除。西塞罗向房主表示了感谢后，我们便继续朝家里走去。

与死神擦肩而过让西塞罗进入了一种亢奋的状态，但他的样子完全是另一码事——一瘸一拐，额头带血，衣服又破又脏。特伦提娅一看到他就惊叫起来。西塞罗坚持说这不算什么，克洛狄乌斯已经被打跑了，他都沦落到了采取这种手段的地步，这反映了他的绝望有多深。但没有用，特伦提娅听不进去。先是围攻，然后大火，现在又出了这种事——她坚持说他们应该立刻离开罗马。

西塞罗温和地回答说："你忘了，特伦提娅，我试过一次，但看看我们后来怎么样了。我们唯一的希望就是留在这里，夺回我们原先的地位。"

"那你准备怎么做呢？大白天走在繁忙的街道上都不再安全了。"

"我会想办法的。"

"此外，我们其他人该怎样生活？"

"正常生活！"西塞罗突然冲她喊道，"我们要靠过正常生活打败他们！首先，我们要像夫妻一样睡在一起。"

我尴尬地移开视线。

特伦提娅回应道:"你想知道为什么我不让你进我房间吗?你自己看吧!"

令西塞罗吃惊的是——当然我也很震惊——这个虔诚到极点的罗马妇人开始松开裙子的腰带,还叫了女仆帮忙。她背对丈夫解开长裙,女仆将它从她的颈背一直拉到脊椎底部,让她那瘦削的双肩和背部的苍白皮肤暴露出来。有什么东西在上面残忍地留下了十几道纵横交错的红痕。

西塞罗盯着她背上的伤疤,呆若木鸡:"谁干的?"

特伦提娅提起裙子,女仆跪在地上为她系腰带。

"谁干的?"西塞罗又轻声问了一遍,"是克洛狄乌斯吗?"

她转过来看向他,眼中没有泪水,而是充满了怒火。"六个月前我找上了他姐姐,想要和她进行女人间的交流,为你求情。但克洛狄亚不是女人,而是复仇女神。她告诉我,我和叛徒没什么两样,还说我的存在玷污了她的房子。她叫来管家,让他把我赶出去。她的身边还有她那些品行不端的朋友。我的耻辱成了他们的嘲笑对象。"

"你的耻辱?"西塞罗喊道,"唯一该感到耻辱的是他们!你应该告诉我的!"

"告诉你?告诉一个不去找自己的妻子,反而跑去向整个罗马城致意的人?"她怒斥道,"如果你想待在城里找死的话请自便,但我要带图利娅和小马库斯去图斯库鲁姆,看能在那里过上怎样的生活。"

第二天早上,她和庞波尼娅带着孩子离开了。几天后,在一行行泪水中,昆图斯也动身去撒丁岛为庞培采买粮食了。西塞罗在空荡荡的房子里来回走动,清楚意识到他们已经离开。他对我说,他感到抽在特伦提娅身上的每一下都像打在他自己的背上一样。他绞尽脑汁想要为她复仇，但束手无策，直到有一天，他竟突然看到了一丝希望。

*

差不多就是在这个时候，著名哲学家亚历山大里亚的狄奥在罗马被人谋杀了，当时他正住在朋友提图斯·科波尼乌斯家中。这次暗杀成了一大丑闻。狄奥率领百名杰出埃及人组成的代表团来到意大利向元老院请愿，反对流亡的法老、"吹笛者"托勒密十二世复位。他本应得到外交保护。

嫌疑自然落在了托勒密身上，他当时正和庞培待在后者位于阿尔巴诺丘陵的庄园里。这位因课税而受到百姓憎恶的法老愿意提供六千塔兰特①金的丰厚报酬，只要罗马帮助他复位。而这次贿赂对元老院来说，就像一个富人向一群饥饿的乞丐扔了几枚硬币一样高尚。护送托勒密回归成了众人竞相争取的荣誉，其中有三个候选人脱颖而出：即将离任的执政官朗图路斯·司宾提尔，他也是奇里乞亚的下任总督，因此拥有对埃及边境军队的合法指挥权；马库斯·克拉苏，他渴望拥有与庞培和恺撒一样多的财富和荣耀；以及庞培本人，他假装对这份差事没兴趣，背地里却是三个人中最积极的一个。

西塞罗本来不想插手此事，涉入其中对他来说没有任何意义。为了回报司宾提尔帮助自己结束流放的努力，西塞罗有义务支持他，在幕后谨慎地为他游说。但当庞培让西塞罗去和法老一起讨论狄奥之死时，西塞罗觉得很难拒绝庞培。

---

① 古希腊 – 罗马世界使用的质量单位。——译者注

我们上次前往庞培的住处差不多是在两年前西塞罗请庞培帮忙抵挡克洛狄乌斯的袭击时。庞培当时假装外出，避而不见。他的懦弱仍令我耿耿于怀，但西塞罗拒绝多谈："因为如果不能放下这件事，我就会变得满腹怨恨，而一个满腹怨恨的人只会伤到自己。我们要向前看。"现在，在我们驱车赶往那处庄园时，我们路过了好几队皮肤呈橄榄色的男人，他们穿着具有异域风情的长袍，正在训练那些深受埃及人喜爱的耳朵竖起的黄色恶犬。

托勒密陪庞培在中庭等待西塞罗。他身材矮小，体形圆润，穿着罗马式的托加袍，和他的朝臣一样肤色黝黑。他的声音很小，必须弯下腰才能听清他在说什么。西塞罗欠身鞠躬，轻吻他的手背，我也照做。他的手指散发着香味，像婴儿的手一样又肥又软，但我注意到他的指甲不仅断了，而且很脏，让人心生厌恶。他的小女儿搂着他的肚子四处张望，神色羞怯。她有一双炭一般黑的大眼睛和一张涂成深红色的嘴——只有十一岁就显现出一副风尘样，至少我现在想来是这样的。但我的回忆也许并不客观，之后发生的事情可能扰乱了我的记忆，毕竟这就是后来造成大麻烦的女法老克利奥帕特拉。

等走完礼仪方面的流程，克利奥帕特拉和女仆们离开之后，庞培就切入正题道："狄奥被杀一事让我和陛下很为难。最糟糕的是，提图斯·科波尼乌斯——狄奥被杀时的东道主——和他的兄弟盖乌斯还提出了谋杀指控。当然，他们的指控整个都很荒谬，但显然很难说服他们。"

"谁是被告？"西塞罗问道。

"普布利乌斯·阿西奇乌斯。"

西塞罗停下来，从记忆中翻出这个名字。"他不是帮你打理庄园的人吗？"

76

"是的，所以才让人为难。"

西塞罗没有问阿西奇乌斯是否有罪，而是单纯从律师的角度来考虑这件事。他对托勒密说："等这件事结束了，我强烈建议陛下您离开罗马，走得越远越好。"

"为什么？"

"因为如果我是科波尼乌斯的兄弟，我要做的第一件事就是传唤你出庭做证。"

"会这样吗？"庞培问道。

"他们可以试试。为免尴尬，我建议陛下您在传票送达时最好走得远远的——如果可能的话，最好离开意大利。"

"那阿西奇乌斯怎么办？"庞培追问道，"如果他被判有罪，那岂不是对我很不利。"

"的确。"

"所以他必须被无罪释放。你会接手这个案子吧？就当卖我个面子。"

这不是西塞罗想要的结果，但庞培一再坚持。最后，像以前一样，西塞罗别无选择，只得同意。在我们离开前，托勒密送了西塞罗一尊古老的狒狒小玉雕以示感谢。他解释说那是埃及的写作之神。我猜它很值钱，但西塞罗无法忍受。"我要他们的原始泥神有什么用？"他后来向我抱怨道。他肯定把它扔了，因为我再也没见过它。

阿西奇乌斯，也就是那个被告，找上了我们。他以前是个军团指挥官，曾和庞培一同出征西班牙和东方，看起来完全有能力杀人。他向西塞罗展示了传票，以下是指控内容：阿西奇乌斯一大早就带着一封伪造的介绍信去了科波尼乌斯家里。正当狄奥准备拆信时，阿西奇乌斯突然抽出藏在袖子里的小刀，刺中老哲学家的脖子。但他没能一击致命。听到叫喊声后，众人纷纷赶来。传票称，阿西奇乌斯在逃出房子之前就被人认出来了。

西塞罗没有询问事情的真相是什么。他只是告诉阿西奇乌斯，如果想要获得无罪释放，他最好找到确凿的不在场证明。需要有人做证谋杀案发生时，阿西奇乌斯和他们在一起——证词越详细，且证人与庞培甚至西塞罗的联系越少，结果就越好。

阿西奇乌斯说："那简单，我正好有个人选，他是出了名的跟你和庞培不和。"

"谁？"

"你以前的门生凯利乌斯·鲁富斯。"

"鲁富斯？他为什么要掺和进来？"

"这重要吗？他会发誓说在老人被杀的时候，我和他在一起。别忘了，他现在已经是元老了——他的话很有分量。"

我以为西塞罗会让阿西奇乌斯另外找个律师，因为他是那么讨厌鲁富斯。但他的回答出乎我的意料："好吧，叫他来见我，我们就让他做证。"

阿西奇乌斯走后，西塞罗问我："鲁富斯不是克洛狄乌斯的好友吗？他不是住在克洛狄乌斯的房子里吗？事实上，克洛狄亚难道不是他的情人吗？"

"她以前确实是。"

"我也这么想。"一提到克洛狄亚，他就变得若有所思。"所以为什么鲁富斯要为庞培的幕僚提供不在场证明？"

当天晚些时候，鲁富斯来了。他以二十五岁之龄成为元老院中最年轻的一员，在法庭上也非常活跃。看到他穿着元老的紫边托加袍，趾高气扬地穿过大门，实在让人感到有些微妙。就在九年前，他还是西塞罗的门生。但后来他背叛了自己的导师。他对

78

希布里达——西塞罗的执政官同事——提出控告，并最终在法庭上打败了西塞罗。西塞罗本来可以原谅鲁富斯的，毕竟他一直希望看到年轻律师的崛起，但鲁富斯和克洛狄乌斯的友谊无疑是对西塞罗极大的背叛。此时他对鲁富斯也很冷淡，并在鲁富斯向我口授证词的时候假装自己在看各种文件。但西塞罗肯定听得很认真，因为当鲁富斯说谋杀案发生时他正在家里招待阿西奇乌斯，并给出了他在埃斯奎利诺的住址时，西塞罗突然抬头问："但你不是从克洛狄乌斯手上租了一套房子，在帕拉蒂诺山？"

"我已经搬出来了。"鲁富斯漫不经心地说道。但他的语气太过敷衍，西塞罗马上就反应过来了。

他用手指着鲁富斯说："你们吵架了。"

"才没有。"

"你和那个魔鬼，还有他那一肚子坏水的姐姐吵架了。所以你才帮庞培这个忙。你一直都学不会撒谎，鲁富斯。你在我面前就像清水一样，我一眼就能看透你。"

鲁富斯笑了起来。他很有魅力，据说他是罗马最英俊的青年男子。"你好像忘了，我不再住在你家里了，马库斯·图利乌斯。我不需要向你汇报我的交友情况。"他轻松地站起来。他的个子很高。"现在我已经按要求为你们的当事人提供了不在场证明，我们的交易算是完成了。"

"完没完成由我说了算。"西塞罗高兴地朝他喊道。他甚至懒得起身。我把鲁富斯送了出去，等我回来时，他仍然面带笑意。"这就是我一直期待的，提罗。我能感觉到。他和那两个怪物闹翻了，如果真是这样，不毁了他，他们绝对不会罢休。我们得在城里好好打听一下。小心点，必要的话，可以给点钱。但我们必须找出他离开那房子的原因！"

*

　　审判开始没多久就结束了。整个案子的焦点说到底就是家奴证词和元老证词的冲突。刚听完鲁富斯的誓证，裁判官就指示陪审团做出把他无罪释放的裁定。这是西塞罗回归后在法庭上取得的第一场胜利。他很快就变得抢手，多数时候在广场上活动，就像他最风光时那样。

　　那段时间，罗马的暴力事件不断升级。有的时候，由于公共安全受到威胁，法院甚至不能开庭。上次在圣道袭击西塞罗之后没几天，克洛狄乌斯和他的支持者又去袭击了米罗的住所，试图把它烧掉。米罗的角斗士赶走了他们，然后作为报复霸占了战神广场上的投票点，想阻止克洛狄乌斯当选市政官 ①，但没有成功。

　　西塞罗从混乱中察觉到了机会。新任保民官之一卡尼乌斯·盖卢斯向公民大会提交了一项法案，称应且仅应委托庞培一人助托勒密复位。克拉苏对此极为愤怒，并出钱让克洛狄乌斯发动民众去对付庞培。克洛狄乌斯在终于当上市政官后，起诉了米罗，并利用政务官之权传召庞培做证。

　　听证会在广场上当着数千群众之面召开了。我和西塞罗也在围观之列。庞培走上演讲台，刚发了几句言，其声音就被克洛狄乌斯的支持者们发出的嘘声和慢吞吞的拍手声淹没了。但庞培只是垂下肩膀，以一种无畏的姿态继续讲下去，即使没有人能听见。就这样过了一个多小时后，克洛狄乌斯站在离演讲台几尺远的地方，开始煽动大家反对他。

---

　　① 　市政官（aedile）经选举产生，定员四人，一年一选，任期一年，负责罗马城里的各项事务，包括法律与秩序、公共建筑、商业法规等。——作者注

"是谁饿死了人民？"他大喊。

"庞培！"他的追随者们高呼道。

"是谁想去亚历山大里亚？"

"庞培！"

"你们想让谁去？"

"克拉苏！"

庞培看上去像是被雷劈了一样。他从来没有受过这样的侮辱。人群像波涛汹涌的大海一般翻腾起来，一方推挤着另一方，双方还不时制造出打斗的涡旋。后面突然冒出几个梯子，它们很快从我们的头顶被传到前面。它们被搭在了演讲台上，一伙暴民（我们后来才知道他们是米罗的人）开始往上爬，爬到后便直奔克洛狄乌斯，一把将他从台上——至少得有十二尺的高度——扔了下去，让他直接落在观众面前。四周爆发出了欢呼和尖叫。我没看到后面发生的事，因为西塞罗的随从把我们推出了广场，让我们离开了这片危险区域。我们后来才知道，克洛狄乌斯毫发未损，成功脱逃。

第二天晚上，西塞罗和庞培一起用了晚餐。回来后，他兴奋得直搓手。"好了，如果我没弄错的话，所谓的'三头政治'已经开始走向终结，至少在庞培看来是这样的。他发誓说他再也不会相信克拉苏了，因为克拉苏在幕后策划了对他的谋杀。他还威胁说恺撒必须在必要时滚回罗马，为其过错——首先是任命克洛狄乌斯，然后是破坏宪法——负责。我从没见他这样生气过。但对我，他就很友好了，还保证无论我做什么，他都会支持我。

"比这更好的是，在喝醉后，他终于告诉了我鲁富斯改变效忠对象的原因。我猜对了：他和克洛狄亚发生了激烈的争吵，以至于她声称他想毒死她！克洛狄乌斯自然站在自家姐姐那边，不仅

81

把鲁富斯赶出家门，还要他还钱，所以鲁富斯不得不向庞培求助，希望搞点埃及黄金来还债。这一切都太棒了，不是吗？"

我同意整件事都很棒，虽然我不知道他为什么这么高兴。

西塞罗嚷道："把裁判官的单子拿来，快！"

我拿来了未来七天法庭计划审理的案件日程。西塞罗让我看看鲁富斯下次出场是什么时候。我仔细翻阅各类法院和案件资料，终于找到他的名字。他计划于五天后在宪法法院就贿赂罪提起公诉。

西塞罗问道："对谁？"

"贝斯蒂亚。"

"贝斯蒂亚！那个恶棍！"

西塞罗躺在沙发上，双手枕在脑后，眼睛盯着天花板，心里盘算着接下来的计划。卢基乌斯·卡尔普尔尼乌斯·贝斯蒂亚是西塞罗的宿敌、喀提林党的保民官，没有和他的五个同谋一起因叛国罪被处死算他走运。然而此刻他仍然活跃在公众生活中，因在近期的裁判官选举中收买选票而受到控告。我想知道为什么贝斯蒂亚勾起了西塞罗的兴趣，但过了很久西塞罗都没有说话，于是我试探着提了问。

他的声音似乎来自很远的地方，就好像我打搅了他做梦似的。"我只是在想，"他慢吞吞地说，"或许我可以主动提出为他辩护。"

V

　　第二天早上，西塞罗带我去拜访贝斯蒂亚。那个老流氓在帕拉蒂诺山上有房子。在将西塞罗请进门时，他的脸上露出了震惊的表情，显得很滑稽。他和他的儿子阿特拉提努斯在一起，那是一个聪明的小伙子，刚穿上象征成人的托加袍，渴望开启自己的事业。当西塞罗宣布希望讨论他即将面临的控诉时，贝斯蒂亚自然以为会收到另一份传票，表情变得十分凶狠。但他儿子对西塞罗十分敬畏，也多亏了阿特拉提努斯出面劝说，贝斯蒂亚才肯坐下来听他的贵客到底要说些什么。

　　西塞罗说："我是来为你辩护的。"

　　贝斯蒂亚目瞪口呆："看在众神的分上，你为什么要这么做？"

　　"我答应了在这个月底代表普布利乌斯·塞斯提乌斯出庭。我被流放的时候，你从广场上的战斗中救了他一命，是吗？"

　　"是的。"

　　"那么，贝斯蒂亚，这一次我和你是站在一边的。如果你让我为你出庭辩护，我就可以详细描述这起事件，进而为塞斯提乌斯的辩护打下基础。你们的案子都是由同一法庭审理的。其他辩护人有谁？"

　　"由赫伦尼乌斯·巴尔布斯打头，我儿子会接上。"

　　"很好。如果你同意的话，我愿意第三个发言并做结案陈词——我个人偏好在最后发言。别担心，我会好好表现的。一两天内我们应该就可以搞定这件事了。"

这时，贝斯蒂亚的态度已经从迟疑不定变成难以置信：罗马最好的辩护律师居然愿意代表自己出庭！几天后，当西塞罗走进法庭时，众人都目瞪口呆，尤其是鲁富斯。偏偏是西塞罗这个贝斯蒂亚曾密谋杀害的人以贝斯蒂亚支持者的姿态出场，这基本上可以确保贝斯蒂亚的无罪释放。事实也确实如此。西塞罗做了一番非常有说服力的陈词，接着陪审团投票，最后贝斯蒂亚被判无罪。

法庭休庭时，鲁富斯朝西塞罗走了过来。这一次，他常有的魅力消失了。他一直以为自己能轻松获胜；相反，他的职业生涯遇到了阻碍。他语气苦涩："我希望你满意了，虽然这样的胜利只会给你带来耻辱。"

"我亲爱的鲁富斯，"西塞罗回应道，"你什么都没学到吗？法律纠纷中没什么荣誉可言，这又不是摔跤比赛。"

"我学到的是你还对我怀恨在心，西塞罗，你为了报复敌人会不择手段。"

"噢，天啊，可怜的孩子，我并没有把你当成敌人。你还没那么重要。我准备钓更大的鱼。"

这番话让鲁富斯大为光火："好吧，你可以告诉你的当事人，既然他坚持要继续当裁判官候选人，那我明天会对他提出第二项指控。下次如果你再为他辩护——如果你还有这个胆子——我就先把话放在这儿了：我们走着瞧！"

鲁富斯说到做到。不久后，贝斯蒂亚和他儿子就带着新传票找上门。贝斯蒂亚满怀希望地问西塞罗："这次你也能为我辩护吗？"

"噢，不，不然就太蠢了。同样的惊人效果不会产生两次。

不，恐怕我不能再做你的辩护律师了。"

"那我该怎么办？"

"我可以告诉你我在这种情况下会做什么。"

"什么？"

"我会对他提起反诉。"

"以什么理由？"

"政治暴力。那比贿选更严重，所以你可以在被他告上法庭前先下手为强。"

贝斯蒂亚和儿子商议了一番。"我们喜欢这个主意，"他宣布，"但我们真的能告他？他真的犯了政治暴力罪？"

"当然。"西塞罗肯定道。"你没听说吗？他和多名埃及特使的谋杀有关。只要到处打听打听，"他补充道，"你就会发现很多人都愿意打小报告。有个人特别值得你去见一见，当然我从来没和你说起过他的名字，说了你就懂了：你应该去和克洛狄乌斯谈谈，最好去和他姐姐谈谈。我听说鲁富斯以前是她的情人，但在激情冷却之后，他想用毒药除掉她。你知道他们家族的情况吧——他们喜欢复仇。你应该主动让他们加入你的诉讼。有克洛狄乌斯在你旁边，你将无人能敌。但请记住——我从来没和你说过这些。"

我和西塞罗共事多年，已经习惯了他的把戏。我以为他再也不能让我吃惊了，但那天发生的事证明我错了。

贝斯蒂亚一再感谢他，发誓会谨慎行事，然后踌躇满志地离开了。几天后，广场上贴了张起诉通知书：贝斯蒂亚和克洛狄乌斯联合指控鲁富斯袭击来自亚历山大里亚的使者并企图谋杀克洛狄亚。该消息引起了轰动。几乎所有人都认为鲁富斯会被判有罪并被处以终身流放，这位罗马最年轻元老的政治生涯就快完了。

当我给西塞罗看起诉书时，他说："噢，天啊，可怜的鲁富斯。他心情肯定很差。我觉得我们应该去看望他，让他振作起来。"

于是我们出发去找鲁富斯租的房子。从五十岁开始，西塞罗在每个寒冷的冬日清晨都会四肢僵硬，因此他坐在肩舆里，我则在一旁步行。鲁富斯住在埃斯奎利诺繁华区之外的一栋房子里，离殡仪馆大门不远。即使在正午时分，这地方也很阴暗，西塞罗不得不让奴隶点燃蜡烛。在昏暗的光线下，我们走上二楼，找到了喝醉的鲁富斯，他正蜷缩着睡在沙发上的一堆毯子下面。他呻吟着翻了个身，求我们让他一个人待着，但西塞罗拖走了他的毯子，叫他站起来。

"有什么意义？我完蛋了！"

"你没有完蛋。恰恰相反：那女人的行动都在我们的计划之中。"

"我们？"鲁富斯重复道，眯起那双充血的眼睛看向西塞罗，"你说'我们'，意思是你是站在我这边的？"

"不仅仅是站在你这边，我亲爱的鲁富斯。事实上我打算当你的辩护律师！"

"等等，"鲁富斯用手轻轻摸了摸额头，就像在检查他的脑袋是否仍完好无损，"等一下。这都是你计划好的？"

"你就当是上了一堂政治课吧。好了，现在让我们把过去一笔勾销，集中精力打败我们共同的敌人。"鲁富斯咒骂起来。西塞罗听了一会儿，打断了他的话："来吧，鲁富斯。这对我俩来说是一桩好买卖，你可以永远摆脱那个泼妇，我也能捍卫我妻子的名誉。"

西塞罗伸出手。一开始鲁富斯退缩了。他噘着嘴，摇了摇头，喃喃自语。但后来他肯定意识到自己别无选择。不管怎样，他最终还是伸出了手，西塞罗则热情地握住它。就这样，西塞罗给克洛狄亚设好了陷阱。

　　开庭时间定于 4 月初，也就是说它会和大母神节的节庆活动——包括著名的阉割圣人的游行①——同时进行。尽管如此，节庆活动的吸引力比不上审判是毋庸置疑的事实，更何况西塞罗会成为鲁富斯的辩护律师。其他律师还有鲁富斯自己和克拉苏——鲁富斯年轻时也在克拉苏家当过门客。我敢肯定克拉苏并不想通过这种方式帮助自己以前提携过的人，尤其考虑到西塞罗就坐在他旁边，但为鲁富斯辩护是庇护制的规定，是他沉重的义务。另一方的律师又是年轻的阿特拉提努斯和赫伦尼乌斯·巴尔布斯。西塞罗两面派的行为惹怒了他们，但他并不在乎他们的看法。此外还有代表自己姐姐的利益的克洛狄乌斯。毫无疑问，他宁愿去参加大母神的庆祝活动。作为市政官，他本来应该去监督庆典的，但此事关乎家族荣誉，他不可能退出审判。

　　我很怀念鲁富斯受审前那几周的西塞罗。那时的他似乎重新抓住了生命的主线，就像他年轻时那样。他活跃于法院和元老院，和朋友出去吃饭，甚至搬回了帕拉蒂诺山上的房子。是的，它还没有完全修好，仍然散发着石灰和油漆的臭味，工人正从花园拉来泥土；但西塞罗并不介意，他很高兴能回到自己家里。家具和书都从仓库里拿出来了，家用神像被放在了祭坛上，特伦提娅也在他的号召下带着图利娅和小马库斯从图斯库鲁姆赶了回来。

　　特伦提娅小心翼翼地走进屋子，在室内走来走去，新鲜石膏的刺鼻气味熏得她皱起了鼻子。她打一开始就不怎么关心这个地

---

　　①　祭司为侍奉女神西布莉而自我阉割是大母神崇拜的一项传统。——译者注

方，现在也没有改变想法。但西塞罗劝她留下来："那个让你这么痛苦的女人再也不会伤害你了。我向你保证，她再敢碰你一下，我就活剥她的皮。"

让他更高兴的是，在两年的分别后，阿提库斯终于从伊庇鲁斯回来了。他刚到城门就赶过来视察西塞罗房子的重建情况。不像昆图斯，阿提库斯一点也没变。像往常一样，他面带笑意，不遗余力地说出恭维话——"提罗，我的老伙计，非常感谢你如此全心全意地照顾我的老朋友"。他的身材像往常一样匀称，一头银发仍然油亮整齐。唯一不同的是，现在他身后跟着一个害羞的小姑娘，看上去比他小至少三十岁，他向西塞罗介绍说这是他的未婚妻。我以为西塞罗会惊得晕过去。她的名字是皮利娅，生于一个名不见经传的家庭，既没有钱也没有惊人的美貌，仅仅是一个安静、朴实的乡下女孩，但阿提库斯被她迷得神魂颠倒。西塞罗起初非常生气。"这太荒谬了，"那对夫妇走后，他向我抱怨道，"他比我还大三岁！他找的是妻子还是保姆？"我猜他生气的主要原因还是在于阿提库斯以前从来没有提起过她，似乎担心她会破坏他们之间轻松亲密的友谊。但阿提库斯是那么的高兴，再加上皮利娅又是那么的谦虚开朗，西塞罗很快便消气了。有时我看到他用一种近乎求而不得的眼神看着皮利娅，特别是在特伦提娅撒泼的时候。

皮利娅很快就成了图利娅的密友和知己。她们年纪相当，性格相似，我经常看见她们手拉着手走在一起。图利娅这时已经守寡一年了，在皮利娅的鼓励下，她宣布自己准备找个新的丈夫。西塞罗为她到处打听，最后看上了富里乌斯·克拉西佩斯。他是一名年轻、富有、英俊的贵族，来自一个古老但已经没落的家族，十分渴望成为元老。他最近还继承了一栋漂亮的房子和一处位于城墙外的庄园。图利娅跑来问我的意见。

　　我回复道："我怎么想不重要，重要的是你喜不喜欢他。"

　　"我觉得我喜欢。"

　　"是觉得你喜欢还是确定你喜欢？"

　　"我确定。"

　　"那就行了。"

　　说实话，我认为克拉西佩斯更喜欢西塞罗这个岳父，而不是图利娅这个妻子，但我没有说出来。婚期定下来了。

　　谁知道他人婚姻背后的秘密？当然不是我。举个例子，西塞罗长期以来一直向我抱怨特伦提娅的乖戾暴躁，抱怨她的爱财如命，抱怨她的迷信、冷淡以及言语粗俗。但他在罗马的中心区域为她精心策划了这场法律盛宴——他通过这种方式来补偿她因他的事业失败而承受的一切委屈。在他们漫长的婚姻中，这是他第一次把他能给出的最好的礼物——他的讲演术——放在她脚边。

　　但并不是她想听，请注意。她很少听他在公共场合讲话，法庭上的发言更是从来没去听过，并且现在也不想听。西塞罗费了不少口舌才终于说服她在他演讲的那天早上到广场去。

　　此时审判已进入第二天。控方陈述完案情，鲁富斯和克拉苏回应了问题，只剩西塞罗还没有演讲了。他不得不坐着听完其他人的演讲，几乎无法掩饰自己的不耐烦——案件的细节与他无关，辩护律师又让他厌烦。阿特拉提努斯用他高亢刺耳的声音，将鲁富斯描绘成一个沉溺享乐、债务缠身的浪荡子，是"永远都在寻找金羊毛的帅小伙伊阿宋"，受托勒密收买去恐吓亚历山大里亚使团并谋杀狄奥。下一个发言的是克洛狄乌斯，他先是描述了他姐姐"这位贞洁尊贵的寡妇"如何上了鲁富斯的当，出于好心给了对方金子——她本以为这笔钱是用来资助公共娱乐活动的，结果鲁富斯却用它来收买狄奥的暗杀者；然后又讲了鲁富斯后来如何让她的奴隶下毒杀死她，以掩盖他的罪过。克拉苏和鲁富斯逐条驳斥了对方的指控，前者的措辞单调乏味，后者则热情洋溢。但综合各种意见来看，控方已经证明了自己的观点，这个年轻的堕落者很可能会被判有罪。西塞罗到达广场时所面临的就是这种情况。

我把特伦提娅带到她的座位上，他则穿过上千观众，走上神庙台阶，走进法庭。这次陪审团共挑选了七十五个成员。他们旁边坐着裁判官多米提乌斯·卡尔维努斯和他的执法吏与抄书吏。左边是控方，控方证人坐在他们身后。前排坐着克洛狄亚，尽管衣着朴素，她仍是众人瞩目的焦点。这位贵妇人年近四十但风韵犹存，一双眼睛又大又黑，仿佛上一秒它们还在邀请你亲近她，下一秒就会威胁谋杀你。众所周知，她与克洛狄乌斯的关系过于密切，以至于他们经常被指控乱伦。我注意到，当西塞罗越过她走向自己的位子时，她的头跟着西塞罗微微转了一下。她的表情轻蔑而冷漠，但她一定在猜想接下来会发生的事情。

西塞罗理了理长袍上的褶皱。他没有带笔记。人群突然变得鸦雀无声。他朝特伦提娅的方位瞥了一眼，接着转向陪审团。"先生们，任何不了解我们的法律和习俗的人都可能会感到奇怪：为什么在公共节日期间，当所有其他法庭都暂停审理时，我们却在这里审判一个勤劳苦干、才华横溢的年轻人？考虑到之后我们将发现，攻击他的不仅有曾被他起诉的人，还有一个交际花，这种疑惑就更强烈了。"

他的话音刚落，广场上就爆发出一阵欢呼，就像在比赛开始后，著名角斗士发起第一次冲刺时大家发出的声音。这才是他们想看的！克洛狄亚直直盯着前方，像是变成了石头。我敢肯定，如果她和克洛狄乌斯知道西塞罗会和他们作对，他们是决计不会起诉的；但现在他们无计可施。

在预告了即将发生的事后，西塞罗开始了他的陈述。他像变戏法似的向我们展示了鲁富斯不为人知的一面——作为一个清醒、勤奋、心系国家的公仆，鲁富斯的一大不幸就是"没有生而不俊"，并因此引起了"帕拉蒂诺的美狄亚"，即克洛狄亚的注意，还搬到了她家附近。西塞罗站在端坐着的鲁富斯的身后，双手握住后者的肩膀。"对这个年轻人来说，搬家正是所有不幸和流言蜚语的根源，因为克洛狄亚尽管出身高贵，但声名狼藉。我待会儿要说的所有话都是为了驳倒指控。"

他顿了顿，众人开始期待起来。"现在，正如你们中的大部分人所知道的，我和这位女士的丈夫有私仇……"他停了下来，打了个响指，神色恼怒，"我是说和她弟弟，我老是犯这种错误。"

他对时机的把握堪称完美，时至今日，即使是那些对西塞罗一无所知的人也还在引用这个笑话。这些年里，几乎所有罗马人都在某个时刻体会过克劳狄家族的傲慢，因此大家都非常想看到他们被奚落。西塞罗的这种做法不仅打动了观众，还打动了陪审团，就连裁判官也乐见其成。

特伦提娅困惑地看向我："为什么大家都在笑？"

我不知道该如何回应。

等法庭恢复秩序后，西塞罗用带有威胁意味的友好态度继续说道："好吧，不得不和这个女人为敌让我感到非常遗憾，尤其是考虑到她还是其他所有男人的朋友。所以我想先问问她，她想我怎么对付她。是喜欢严厉一点的老方法，还是温和一点的现代方式？"

然后，让克洛狄亚惊恐的是，西塞罗竟然真的穿过法庭朝她走去。他微笑着伸出手，邀请她做出选择，就像老虎在玩弄猎物。

在离她只有一步之遥时，他停了下来。

"如果她喜欢老方法，那我就得从那群死人中叫出一个满脸胡须的古人来责备她……"

我经常会想克洛狄亚在这个时候应该怎么做。经过深思熟虑后，我认为她的最佳选择是和西塞罗一起笑——通过某些肢体动作来表明她已经融入这玩笑般的气氛，从而博得观众的同情。但她是克劳狄家族的人。以前从来没有人敢公然嘲笑她，更不用说广场上的普通民众了。她很愤怒，可能也慌了，所以做出了最糟的回应——像个闷闷不乐的孩子一样背对西塞罗。

他耸了耸肩。"好吧，让我从她的家族中挑一个人吧——具体一点，就挑'失明者'阿庇乌斯·克劳狄。他最不容易感到悲伤，因为他根本看不到她。如果他能来，他会这样说……"

西塞罗闭上眼睛，双臂向前平举，开始用幽灵般的声音跟她说话，就连克洛狄乌斯都因此笑了出来。"噢，女士，你与鲁富斯有什么关系？他年轻得可以做你儿子！你为何与他亲近、给他金子，还催生了可以引发投毒事件的嫉妒？为何鲁富斯和你关系如此密切？他是你的亲戚吗？是姻亲吗？是你亡夫的朋友吗？都不是！除了不计后果的激情，你们之间还能有什么关系？噢，可悲！我把水带到罗马，就是为了让你在乱搞关系后使用它吗？我修建阿庇安大道，是为了方便你经常去找其他女人的丈夫的吗？"

这段话说完，老阿庇乌斯·克劳狄的鬼魂消失了，西塞罗再次用正常的声音冲着克洛狄亚的背影发言。"但如果你喜欢更容易相处的亲戚，那我们就用那边你最小的弟弟的声音来和你谈谈，他可是最爱你的人——事实上，他小时候不仅神经质，而且经常在夜里受惊，习惯于和他的大姐姐一起睡觉。想象一下，他对你说——"西塞罗完美模仿了克洛狄乌斯时髦懒散的站姿和平民式的拖腔，"有什么好担心的，姐姐？你不过是喜欢上了一个年轻人，他英俊高大，让你如痴如狂。那又怎么样？你知道你已经老得可以当他的母亲了。但你很有钱。你用钱来买他的感情。这爱意并没有持续太久。来，忘了他吧，再去找一个，或者两个，或者十个。反正你平时都是这么干的。"

克洛狄乌斯笑不出来了。他看着西塞罗，像是要爬过长椅掐住其脖子一样。然而观众笑得很开心。我环顾四周，看到他们把眼泪都笑出来了。共鸣是演说艺术的精髓。西塞罗以此让众人完全站在他那边，他既可以把他们逗得哈哈大笑，也可以在提到谋杀时让他们轻松理解他的愤怒。

"克洛狄亚，我现在暂时不去想你是怎么对待我的。我先把因你承受的痛苦抛诸脑后。对于我不在罗马的时候，你对我家人的残忍行径，我先略过不谈。但我想问你：如果一个已婚女性敞开房门，来者不拒，公然表现得像个交际花，和素不相识的男人在夜间厮混；如果她在罗马，在她位于城墙外的庄园里，在那不勒斯湾的人群中都表现得如此我行我素；如果她的拥抱、她的爱抚、她参加的海边聚会、她的海上之旅和狂欢宴饮都让她看上去不仅像个交际花，还像个无耻拉客的婊子——如果她做了这一切，然后有个年轻人被人发现在和这个女人交往，那么他应该算是腐化者还是被腐化者，诱惑者还是被诱惑者？

"整个指控都来自一个充满敌意、臭名昭著、冷酷无情、罪行累累、色欲熏心的家庭。一个反复无常、性格暴戾的荡妇伪造了这项指控。陪审团的先生们，请不要让马库斯·凯利乌斯·鲁富斯成为她欲望之下的牺牲品。只要把鲁富斯安然无恙地交给我，交给他的家族，交给国家，你们就会发现，他其实是个遵守承诺的人，对你们和你们的孩子一直忠心耿耿。有朝一日，先生们，你们将从他所有的努力和劳动中收获丰硕而长久的成果。"

讲话就这样结束了。有一段时间，当西塞罗站在那里，一只手伸向陪审团，另一只手指向鲁富斯时，法庭中一片寂静。接着一股巨大的暗流似乎从广场下升腾而起。又过了一会儿，人们大叫着表示赞成，几千双脚踩在地上，连周围的空气也颤抖起来。有人开始反复指向克洛狄亚并大喊："婊子！婊子！婊子！"很快我们周围的人也开始挥出手臂，一遍遍叫喊："婊子！婊子！婊子！"

克洛狄亚面无表情，眼中满是难以置信。她越过仇恨的海洋向外看去，似乎没有注意到她弟弟已经穿过法庭，站在了她的旁边。但他后来抓住了她的胳膊肘，似乎把她从幻想中惊醒了。她抬头看了他一眼。经过一番温和的劝说，他最后把她带下演讲台。她离开众人的视线，从此销声匿迹。

*

就这样，西塞罗不仅完成了对克洛狄亚的复仇，而且重新夺回了他在罗马的主导地位。此外鲁富斯还被宣告无罪，这让克洛狄乌斯更加厌恶西塞罗了。"总有一天，"克洛狄乌斯低声说道，"当你转身后，就会发现自己落在了我的手上。我发誓。"西塞罗对这种粗暴的威胁嗤之以鼻，他知道自己很受欢迎，克洛狄乌斯不敢袭击他——起码眼下如此。至于特伦提娅，虽然她强烈谴责西塞罗粗俗的玩笑，暴民的粗鲁也令她大感震惊，但仇人的社会性死亡让她非常高兴。在回家的路上，她挽上了西塞罗的胳膊——这是好几年来，我头一回看到她在公共场合表示爱意。

第二天，西塞罗下山参加元老院会议，普通民众和在议事厅外等待会议开始的数十名元老将他团团围住。在接受同僚的祝贺时，他看上去就和当年大权在握时一模一样；同时我看得出，他十分享受这种追捧。事实上，这是元老院在年度休假前的最后一场会议，空气中充满了激动的元素。在脏卜师①占卜出吉利的结果后，元老们鱼贯而入，准备开始辩论。就在此时，西塞罗示意我过去，然后指向议程表上当天待讨论的主要议题：从国库拨款四千万赛斯特斯给庞培，资助他购买粮食。

"这就很有趣了。"他冲克拉苏点了点头，克拉苏正好溜进议事厅，表情凝重，"我昨天和他谈过这件事。先是埃及，现在又是这个——庞培的狂妄让他非常恼火。小偷们斗得你死我活，提罗，这是捣乱的好机会。"

"小心行事。"我警告他。

"噢，亲爱的，是的，'小心行事'。"他取笑道，卷起议程表敲了敲我的头，"好了，从昨天起我就掌握了一点权力，你知道我总是在说：权力就是拿来用的。"

说完，他兴高采烈地走进元老院会堂。

我本来没打算留下来参加元老院会议，因为我还有很多工作要做——要把西塞罗昨天的演讲整理成册，以备发表。但现在我改变了主意，走到门口站好。主持会议的执政官是科尔内利乌斯·朗图路斯·马塞林努斯，一位敌视克洛狄乌斯、支持西塞罗、怀疑庞培的老派爱国贵族。他设法找了许多反对把这么大一笔钱交给庞培的演讲者。正如有人指出，根本没有可用资金，所有的闲钱都被用来推行恺撒的法律了，而这一法律把坎帕尼亚的土地分给了庞培的旧部和城市里的贫民。屋里吵了起来。庞培的支持者质问反对者，反对者则大声回击。（庞培本人不被允许出席，因为粮食供

---

① 脏卜师（haruspices）是负责观察祭牲内脏，确定一件事是凶是吉的宗教官员。——作者注

应督办官意味着一种统帅权，一种会让其掌握者被禁止进入元老院的权力。）克拉苏对事情的进展很满意。最后，西塞罗表示他想发言。屋内安静下来，元老们倾身向前，想听听他要说什么。

"各位元老，"他说，"你们可还记得，最初正是因为我的提议，庞培才得到了粮食供应督办官的任命，所以我现在不打算反对该议题。我们不能今天让人去干一项工作，明天又拒绝给予他完成工作所需的手段。"庞培的支持者们低声表示同意。西塞罗举起手："然而，正如有人指出，我们的资源是有限的。国库不能为所有支出买单。我们没法做到什么都不求，就从世界各地采买粮食来养活我们的公民，同时还免费给士兵和平民提供农场。就连这么有远见的恺撒在通过法律时，也很难想象这一天会到来且来得这样快：退伍老兵和城市贫民不再需要用来耕种的农场，因为他们可以白白获得粮食。"

"噢！"贵族席响起了欢呼声，"噢！噢！"然后他们指向克拉苏，后者和庞培、恺撒都是土地法的制定者。克拉苏恶狠狠地盯住西塞罗，但他表情冷漠，很难猜出他在想什么。

"考虑到形势的变化，"西塞罗继续说，"由尊贵的元老院重新审视恺撒执政期间通过的法律，会不会不够谨慎？现在显然不是全面讨论这件事的适当时机，这个问题很复杂，我也清楚意识到元老院希望早点休会。因此我提议，在元老院会议重新召开的第一时间就把这个问题提上议程。"

"我附议！"多米提乌斯·阿赫诺巴尔布斯喊道。这位贵族娶了加图的姐妹，非常憎恨恺撒，最近又要求剥夺他在高卢的指挥权。

其他几十位贵族也跳了起来，嚷嚷着表示支持。庞培的手下看上去很困惑，好像没有反应过来。毕竟，西塞罗演讲的目的似乎是支持他们的头领。这确实是西塞罗的一次"小小捣乱"，当他坐下来，顺着过道朝我的方向看来时，我几乎以为他向我眨了眨眼。执政官和抄书吏低声商量了一番，然后宣布，鉴于西塞罗的动议明显赢得了支持，这个问题将于 5 月 15 日得到进一步讨论。说完，元老院休会，元老们向出口走去——走得最快的莫过于克拉苏，急急忙忙的他差点把我撞飞。

*

西塞罗也决定去度个假。在连续不断地操劳了七个月后，他感觉自己应该休假，而且他心中已经有了理想目的地。一个富有的包税人——西塞罗为他处理过许多法律事务——最近去世了，在遗嘱中送了西塞罗一处地产。那是那不勒斯湾城市库迈周边的一座小庄园，位于大海和鲁克林努斯湖之间。（补充一句，辩护律师直接接受报酬在当时是违法的，但可以接受遗产，尽管这条规定并没有得到严格的执行。）西塞罗从来没去过那个地方，但听说那里非常迷人。他建议特伦提娅和他一起去，她同意了，虽然发现我也在随行名单上后，她又生起了气。

"我知道会发生什么，"我无意中听到她向西塞罗抱怨，"到时候你就会和你的公务妻子密谈，把我一个人抛在一边！"

他安慰了她几句，大意是不会发生这种事。我也小心翼翼地避开了她。

出发前夕，西塞罗为他未来的女婿克拉西佩斯办了晚宴。克拉西佩斯和克拉苏走得很近，那天碰巧提起克拉苏于前一天匆匆离开罗马城，没有跟任何人说要去哪里。西塞罗说："毫无疑问，他听说在某个偏远的地方有个老寡妇快死了，想要说服她低价出售她的地产。"

所有人都笑了起来，除了克拉西佩斯，他看上去很拘谨。"我敢肯定他只是在休假，和其他人一样。"

"克拉苏从不休假——休假没有任何好处。"然后西塞罗举起酒杯，提议为克拉西佩斯和图利娅干杯。"祝你们百年好合，早生贵子——我希望至少生三个。"

"父亲！"图利娅惊呼道。她笑了起来，满脸羞红地移开视线。

"怎么了？"西塞罗神情无辜地问道，"我都长白头发了，现在想和我的孙子孙女们待在一起。"

他很早就离席了。在动身去南方前，他想见见庞培。西塞罗特别想为昆图斯求情，希望能助后者辞去撒丁岛的职位，让他回家。西塞罗坐在肩舆上前往庞培家时，命令脚夫走慢一点，这样我就可以跟在旁边，陪他聊聊天。天快黑了。我们得走一罗里左右，要穿过城墙抵达苹丘，庞培在那里新建了一座郊区庄园（或者说宫殿更恰当），它俯视着战神广场上就要完工的神庙和剧场。

这个大人物正和妻子一起用餐，我们只好等他们吃完。门厅里，一群奴隶忙着把成堆的行李转移到停在院子里的六辆马车上——有那么多装衣服和餐具的箱子、地毯、家具甚至雕像，它们给人的感觉就像庞培打算在某处再安一个家。最后庞培夫妇终于出现了，庞培将尤利娅介绍给西塞罗，西塞罗又将我介绍给她。

"我记得你。"她对我说。但我敢肯定她并不记得。她只有十七岁，但很有礼貌。她继承了她父亲的优雅举止，盯着人看的时候也有点他那种洞悉一切的感觉，我的脑海中突然浮现出一幅令人尴尬的画面：在穆提那的指挥部，恺撒赤裸、无毛的躯体斜靠在按摩台上。我不得不闭上眼睛，把它从脑子里撵出去。

她几乎立刻就离开了，推脱说要在第二天出发前睡个好觉。庞培吻了她的手（他对她的忠诚众所皆知），将我们带进书房。他的书房和别人的一栋房子差不多大，塞满了他的战利品，包括一件他坚称属于亚历山大大帝的斗篷。他坐在一张鳄鱼皮制成的沙发上（他说它是托勒密送他的），邀请西塞罗在对面坐下。

西塞罗说："你看起来像是在准备军事远征。"

"这就是和妻子一起旅行的后果。"

"我能不能问问，你们打算去哪儿？"

"撒丁岛。"

"啊，"西塞罗说，"真是太巧了。我正想问你点撒丁岛的事。"接着，西塞罗就弟弟的回归做了一番非常有说服力的陈词，具体列举了三个理由——昆图斯离开太久了，他需要和儿子在一起（小昆图斯快成问题儿童了），还有他更喜欢军队而非文职。

庞培听西塞罗把话讲完，摸了摸下巴，斜靠在他的埃及鳄鱼皮沙发上。"如果这就是你想要的，"他说，"好的，他可以回来。你说得对——他确实不太擅长管理。"

"谢谢。太感谢了，你总是让我感激不尽。"

庞培用狡黠的眼神上下打量西塞罗。"我听说你前几天在元老院引起了轩然大波。"

"我是在为你发声——我只是想为你的任命争取资金。"

"是的，通过挑战恺撒的法律来争取。"他摇了摇手指，脸上写满了不赞同，"你太胡闹了。"

"恺撒不是永远不会犯错的神明，他的法律并不是从奥林匹斯山上传下的神谕。再说了，如果你当时在场，见识到克拉苏在你被围攻时露出的快活神情，我相信你会让我找个办法抹掉他脸上的笑容。而我确实做到了，通过批评恺撒。"

庞培立刻面露喜色。"噢，好吧，我同意你的说法。"

"相信我，和我所做的一切相比，克拉苏的野心和对你的不忠更容易破坏国家的稳定。"

"我完全同意。"

"事实上，如果你和恺撒的同盟受到威胁，那肯定是克拉苏的错。"

"为什么？"

"我无法理解恺撒怎么能置身事外，允许克拉苏用这种方式暗算你，特别是放任他雇用克洛狄乌斯。作为你的岳父，他最该负责的人难道不是你吗？我能预见到，如果放任克拉苏这样继续下去，他就会为你们的关系埋下不和的种子。"

"他肯定会。"庞培点点头，又露出了狡猾的神情，"当然，你是对的。"他站起身，西塞罗也跟着站了起来。他伸出他的那双大手握住西塞罗的手。"谢谢你来看我，我的老朋友。你提出了许多问题，我可以在撒丁岛之旅中好好思考一下。我们必须经常互相写信。你准备去哪里？"

"库迈。"

"啊！真让人羡慕。库迈是意大利最美的地方。"

西塞罗对这一晚的成果很满意。回家路上，他告诉我："他们的'三头同盟'不会长久的。它违背了自然法则。我只需要继续一点一点地动摇它的根基，这栋腐朽的大楼迟早会自己分崩离析的。"

我们一大早就离开了罗马。特伦提娅、图利娅、小马库斯及西塞罗都坐在同一辆马车里，西塞罗心情很好。我们的行进速度很快，先是在图斯库鲁姆停下来过夜（西塞罗很高兴又在那儿找到了适合居住的地方）；接着在阿尔皮努姆的家族庄园停留了一周；最后，我们越过亚平宁山脉的高峰，一路南下到了坎帕尼亚。

随着我们一路前行，冬天的灰云似乎在逐渐散去，天空变得更蓝，温度变得更高，松树和草木的香气也逐渐在空气中弥漫开来。走上滨海大路后，我们感到阵阵微风从海面上吹来。那时的库迈比现在要小很多，也安静得多。在其卫城，我向人描述了我们的目的地，一名祭司将我们带到鲁克林努斯湖东畔的山脚。从那里越过潟湖和狭长的岬角望去，可以看见远方的地中海呈现出斑驳的蓝色。庄园本身又小又破，由六个年老的奴隶照看。风透过墙壁上的豁口吹进来，屋顶也有一部分不见踪影。但有了这美景，一切的不适都是值得的。湖面上，小船在牡蛎苗床间穿梭；从后面的花园望出去，只见维苏威火山巍峨耸立，山上绿意盎然。西塞罗被这景象迷住了，立刻联系当地的建筑工人，制订了一个大规模的翻修和重建计划。小马库斯和他的家庭教师在海滩上玩耍。特伦提娅坐在露台上缝衣服。图利娅在学希腊语。这就是他们已经很久没享受过的家庭假日。

然而，有一个问题。和现在一样，从库迈到普特俄利的海岸线上布满了元老的庄园。西塞罗自然以为，只要他住在这里的消息传开，他就要开始接待访客。但没有人前来。夜里，他站在露台上，目光沿着海岸线仔细逡巡，然后抬头看向群山，抱怨说自己几乎看不到任何灯光。聚会呢？晚宴呢？他在海滩上向着两个方向各走了一罗里，还是没有看见元老的托加袍。

"肯定出什么事了。"他对特伦提娅说，"他们都去哪儿了？"

"我不知道，"她回答道，"但我很高兴这里没人和你讨论政治。"

第五天早上，答案揭晓了。

我当时正在露台上帮西塞罗回复信件，突然注意到有一小队骑马的人离开了滨海大路，经小路朝这庄园赶来。克洛狄乌斯来了！这是我当时的第一反应。我站起身，想看得更清楚，但让我失望的是，我只能看到头盔和胸甲在阳光下闪闪发亮。来了五位骑手。

那天特伦提娅和孩子们不在，他们拜访一位女巫去了，据说她住在库迈一个山洞的罐子里。我跑进室内想提醒西塞罗，但当我找到他的时候（他正在为餐厅挑选配色方案），骑手们已经闯进了院子。队长翻身下马，摘下头盔。他满身尘土，活像个可怕的鬼魂，预示着死亡的降临。他的鼻子和前额很白，脸上其他地方却满是污垢，看上去就像戴了张面具。我认出了他。他是一位元老，虽然平时表现得不太出挑，却是那种少言寡语、默默投票的可靠朋友。他的名字是卢基乌斯·维布利乌斯·鲁富斯。他来自庞培的家乡皮西努姆，很自然地就成了庞培的人。

"我能和你谈谈吗？"他粗声说。

"当然，"西塞罗回答，"都进来吧。先吃点喝点什么。"

维布利乌斯说："我一个人进来就行了，他们需要在外面确保不会有人来打扰我们。"他动作僵硬得就像一尊泥像。

西塞罗问："你们走了多远？你看上去累坏了。"

"我们是从卢卡来的。"

"卢卡？"西塞罗重复道，"那可有三百罗里！"

"接近三百五十吧。我们赶了一周的路。"他俯身坐下，带起一片灰尘。"有场会议和你有关，他们派我来告诉你商讨结果。"他瞥了我一眼。"我需要和你私下谈谈。"

西塞罗非常困惑，怀疑自己是不是在和一个疯子打交道："他是我的秘书。你可以在他面前把你想说的都说出来。什么会议？"

"如你所愿。"维布利乌斯摘下手套，解开一侧的胸甲，伸手从它下面拿出一份文件并小心打开。"我之所以从卢卡过来，是因为庞培、恺撒和克拉苏在那里碰了面。"

西塞罗皱着眉头说："不，这不可能。庞培要去撒丁岛——这是他亲自告诉我的。"

"一个人可以同时做两件事，不是吗？"维布利乌斯语气和善，"他可以先去卢卡，再去撒丁岛。我可以告诉你这到底是怎么一回事。你在元老院的演讲结束后，克拉苏便前往拉韦纳与恺撒见面，告诉他你说了些什么。然后他们横穿意大利，在比萨截住了刚要登船的庞培。他们三人在一起待了几天，讨论了许多事情——其中就有要怎么对付你。"

我突然感到一阵反胃。西塞罗比我坚强："没必要这么无礼。"

"关键就是，管好你的嘴，马库斯·图利乌斯。别在元老院提恺撒的法律了。别在这三个人之间挑事。别再提克拉苏。什么都别说。"

"说完了没有？"西塞罗脸色平静。"需要我提醒你，你是我家的客人吗？"

"还没完，没有。"维布利乌斯停下来翻了翻笔记，继续说，"出席会议的还有撒丁总督阿庇乌斯·克劳狄。他到那里代表他的兄弟做出了某些承诺。最后的结果是，庞培和克洛狄乌斯要公开和解。"

"和解？"西塞罗重复道。现在他的语气听上去很不确定。

"未来他们会联合起来，携手实现国家利益的最大化。庞培希望我告诉你，你让他很不高兴，马库斯·图利乌斯，很不高兴。这就是他的原话。他相信，在将你从流放中召回这件事上，他表现出了极大的诚意。在此期间，他为你之后的行为向恺撒做了个人担保——他提醒你，你还亲自写信向恺撒做了保证。可现在你违反了约定。他很失望。他感到很尴尬。他要求，为了你们之间的友谊，你必须从元老院撤回那项关于恺撒土地法的动议，且不要再对这个问题发表任何意见，除非你亲自请示过他。"

"我是为了庞培的利益才这么说的——"

"他希望你能给他写封信，确认你会按他的要求行事。"维布利乌斯卷起文件，放回胸甲下。"以上是官方的部分。对接下来我将告诉你的内容，你必须严格保密。明白我的意思吗？"

　　西塞罗做了个疲惫的手势。他懂。

　　"庞培希望你能理解这些势力的运作和影响力，这也是为什么其他人允许由他来向你发出通告。今年晚些时候，他和克拉苏都会报名参加执政官选举。"

　　"他们会落选的。"

　　"如果选举像往常一样在夏天举行的话，你可能是对的。但选举怕是要延期了。"

　　"为什么？"

　　"因为罗马的暴乱。"

　　"什么暴乱？"

　　"克洛狄乌斯制造的暴乱。因此，选举要到冬天才能举行，到时候高卢的仗也打完了，所以恺撒可以派出数千退伍老兵到罗马为他的同僚投票，然后他们就能当选。在他们的执政官任期结束后，庞培和克拉苏都会出任地方总督——庞培会去西班牙，克拉苏会去叙利亚。他们的任期将是五年，而不是通常的一年。当然，为了公平起见，恺撒在高卢的总督任期也会再延长五年。"

　　"真是难以置信——"

　　"在这五年任期结束后，恺撒会回到罗马，这次就轮到他当选执政官了——庞培和克拉苏要确保他们的旧部随时可以给他投票。这些就是卢卡协议的内容。它的期限是七年。庞培向恺撒承诺你会遵守它的。"

　　"如果我不呢？"

　　"那他就不会再保障你的安全了。"

VI

"七年，"维布利乌斯带着部下离开后，西塞罗一脸不屑，"政治上的任何事都不能在七年前就计划好。庞培难道真的没意识到吗？难道他不明白，这个约定完全是在与虎谋皮，它照顾的完全是恺撒的利益吗？实际上，他的承诺是他将一直充当恺撒的后盾，直到这位征服者完成对高卢的掠夺，返回罗马，掌控整个共和国——包括庞培自己在内。"

他绝望地瘫坐在露台上。从下面的海岸传来了海鸟孤独的叫声。渔民们将捕获的牡蛎拖上岸。我们现在知道这一带为什么这么冷清了。据维布利乌斯所说，关于卢卡的事，一半的元老都听到了风声，有一百多人已经北上，想要分一杯羹。他们抛弃了坎帕尼亚的阳光，转而沐浴在最温暖的权力的阳光下。

"我太傻了，"西塞罗说，"国家的那头正在决定世界的未来，而我还在这里数浪花。面对现实吧，提罗。我就是个废人。我已经老了，人贵有自知之明。"

那天晚些时候，去拜访库迈女巫的特伦提娅回来了。她注意到地毯和家具上有灰尘，便问有谁来过。西塞罗不情愿地回答了她。

她的眼睛亮了起来。她很兴奋："你居然会告诉我，真难得！女巫对此做出了预言。她说，罗马将迎来三位统治者，然后是两位和一位，最后将没有统治者。"

就连西塞罗——他认为女巫住在罐子里并能预测未来的传说太愚蠢了——都为之动容。"三个人，两个人，一个人，没有人……我们知道这'三个人'是谁——这很明显。我也能猜到'一个人'指的是谁。但'两个人'会是谁呢？她说的'没有人'又是什么意思？她是在暗示某种乱局吗？如果是这样的话，那我同意。如果我们放任恺撒破坏宪法，这就是接下来会发生的事。但就是要了我的命，我也无法阻止他。"

"为什么要你去阻止他？"特伦提娅问道。

"我不知道。但还能有谁？"

"但为什么总是由你来阻止恺撒的野心，庞培作为这个国家最有权势的人却袖手旁观？为什么这是你的责任？"

西塞罗沉默了。最后他回答道："这是个好问题。也许这只是我的自负在作祟。但当直觉告诉我国家正在走向灭亡时，我真的可以问心无愧地置身事外、作壁上观吗？"

"可以！"她激动起来，"可以！完全可以！你因反对恺撒而吃的苦头还不够多吗？这世上还有比你更惨的人吗？为什么不让别人去和他作对？你最后有得到过片刻安宁吗？"然后她又轻声补充道："反正我得到了。"

西塞罗久久没有回应。事实上，我怀疑，从听说卢卡协议的那一刻起，他就打心底里知道，不能继续反对恺撒了，除非他不想活了。他需要的只是有人当面戳破真相，就像特伦提娅刚才做的那样。

最后他叹了口气，神情疲惫，我以前从没见过他这样。"你是对的，我的夫人。至少没有人会因为我没认清恺撒这个人，因为我没能阻止他就责备我。你是对的——我年纪太大了，不想再反抗他了。无论我做什么，我的朋友都会理解我，我的敌人都会谴责我，那我为什么要在乎他们怎么想？我为什么不和家人在阳光下享受难得的闲暇呢？"

他伸手握住她的手。

*

但他还是以妥协为耻。虽然他给身在撒丁岛的庞培写了一封长信——他称之为"翻案诗"——表示他会改变想法，但他不让我看它，也没有留下副本。他也没给阿提库斯看过。与此同时，他还写信给执政官马塞林努斯，称希望撤回他在元老院提出的重新审视恺撒土地法的动议。他没有解释原因，也没有必要解释。所有人都意识到政治风向有所改变，新的结盟对他不利。

我们回到了一个谣言满天飞的罗马。很少有人确切知道庞培和克拉苏在谋划什么，但渐渐有传言称，他们打算以联合候选人的形式竞选执政官，就像过去那样，尽管所有人都知道他们总是互相看不顺眼。然而，"三巨头"目中无人的态度让一些元老决定发起反抗。他们就执政官行省的分配问题安排了一场辩论，还通过了一项动议，要求撤销恺撒在内外高卢的职务。西塞罗知道，只要他出席元老院会议，他们就会询问他的观点。他考虑过离开。但后来他想到，他迟早要公开宣布放弃自己的立场，因此还不如早点把这事说清楚。于是，他开始准备他的演讲。

辩论前夕，在塞浦路斯待了两年多的马库斯·波尔基乌斯·加图终于回到了罗马。他带着一队宝船从奥斯蒂亚出发，沿着台伯河逆流而上，随行的是他的外甥布鲁图斯，一位被寄予厚望的年轻人。整个元老院、所有政务官和祭司，以及罗马城的大多数居民，都前去迎接加图返乡。他本应在装饰有彩色木杆和丝带的浮

107

动码头下船，然后去见执政官，结果却乘着一艘有六排船桨的巨型战舰从前来迎接的人群身边经过。他站在船头，身着一件破旧的黑色短袍，骨瘦如柴的身体面朝前方。一开始，他的专横霸道让众人失望不满，但后来他的宝船开始卸货——运货的牛车一辆接着一辆，货物总价值多达七千塔兰特银，浩浩荡荡的队伍从码头一路走到位于萨图尔诺农神庙的国库。凭借这笔物资，加图扭转了国家的财政状况——它们足够让市民免费享有五年的粮食。元老院立刻召开会议，推选他为荣誉裁判官，并授予他穿特殊紫边托加袍的权利。

当马塞林努斯叫加图就此做出回应时，加图不屑一顾地说这是"腐朽无趣的繁文缛节"："我已经履行了罗马人民赋予我的义务，完成了一项我从未要求且宁愿不去承担的任务。既然已经完成了它，我就不需要用东方式的奉承或华丽的服饰来彰显自己。我知道我已经履行了职责，这对我来说就已经足够了，且对任何人来说都是如此。"

他在第二天回到议事厅，参与关于行省的辩论，就像他从未离开过一样——他坐在从前常坐的那个位子上，像往常一样检查国库的账册，确保公共开支中不存在浪费。直到西塞罗站起来发言时，他才把账册放在一边。

元老院会议已接近尾声，大多数前执政官已经给出了他们的意见。即便如此，西塞罗还是设法把悬念留到了后面。在演讲的第一部分中，他专门攻击了他的宿敌——马其顿总督庇索和叙利亚总督盖比尼乌斯。这时，执政官马尔西乌斯·菲利普斯（此人娶了恺撒的外甥女，和许多人一样开始变得坐立不安）出声打断西塞罗的演讲，质问他为什么一直在攻击那两个傀儡，却放过在幕后提线操纵，最终导致他被罗马流放的恺撒。这正是西塞罗想要的开场。"因为,"他说,"我考虑的是公共福利,而不是我个人的愤懑。正是这种对共和国古老而永恒的忠诚,才使我和盖乌斯·恺撒重归于好。"

"我,"他不得不大声说话,好让大家在一片嘲笑声中听清他的声音,"是不可能与一个为国家做出贡献的人为敌的。在恺撒的领导下,我们在高卢打了一仗。以前我们不过是击退了敌人的进攻。但恺撒不一样,他认为整个高卢都应该归于我们的统治之下。因此,他获得了辉煌的成功,击溃了最凶猛、最强大的日耳曼人和赫尔维蒂人;剩下的部族被他震慑,被他阻止,被他镇压,被迫学会服从罗马人民的统治。

"但我们还没有赢得战争。如果解除恺撒的职位,敌人就会卷土重来。因此,尽管他称得上我的仇人,但我身为元老必须为了国家放下个人恩怨。我怎么能与此人为敌呢?他的战报、他的传闻、他的使者,让我们每天都能听到不同民族、不同人物和不同地点的名字。"

这次表演并不成功,收尾时他还搞砸了——他试图假装自己和恺撒从来都不是真正的敌人,可这番诡辩遭到了众人的嘲笑。但他还是挺过来了。撤掉恺撒的动议被否决了。在会议结束时,最执着的反恺撒分子,例如阿赫诺巴尔布斯和毕布路斯,将他视为路人,毫不掩饰他们的不屑,但西塞罗低着头就朝出口走去。这时,加图拦住了他。因为我当时正等在门口,所以偷听到了他们的全部对话。

加图:"我对你非常失望,马库斯·图利乌斯。你的放弃让我们失去了阻止独裁者的最后机会。"

西塞罗:"我为什么要去阻止一个连战皆捷的人?"

加图:"但他究竟是在为谁战斗?是为了共和国还是为了他自

己？什么时候征服高卢竟然成了国家政策？元老院或人民授权他发动这场战争了吗？"

西塞罗："那你怎么不去提出动议来结束这一切？"

加图："也许我会试试。"

西塞罗："很好——你最后可以走多远，我将拭目以待！顺便说一句，欢迎回家。"

但加图无心寒暄，直接走向了毕布路斯和阿赫诺巴尔布斯。从那时开始，他就成了反恺撒运动的领导者，西塞罗则回到他在帕拉蒂诺山上的宅子里，去过更安宁的生活了。

*

西塞罗的所作所为并不是什么英雄壮举。他意识到这是件丢脸的事情。再见了，我的原则、诚信和荣誉！他在给阿提库斯的信中这样总结道。

即使过了这么多年，即使事后再来看，我也不知道西塞罗当时还能做些什么。反抗恺撒对加图来说更容易。他出身于豪门富户，也不会经常受克洛狄乌斯威胁。

现在，一切都按"三巨头"的计划进行，即便西塞罗愿意拼上性命也无法阻止他们了。首先，克洛狄乌斯和他手下的暴徒打乱了执政官选举的拉票活动，迫使竞选活动中止。接着他们威胁、恐吓其他候选人，直到他们退出竞选。最终选举被迫推迟。只有阿赫诺巴尔布斯在加图的支持下，有勇气继续反对庞培和克拉苏当选执政官。元老院中的多数人敢怒不敢言。

那年冬天，这座城市里第一次挤满了恺撒的旧部。他们酗酒、嫖妓，将首领的雕像放在十字路口，威胁任何拒绝向它敬礼的人。

投票前夕，加图和阿赫诺巴尔布斯借着火把的光走向投票点，想要抢占一个拉票的位置。但他们在途中遭到了袭击——不是克洛狄乌斯的人就是恺撒的人，火把手也被杀死了。加图的右臂被刺伤，尽管他竭力劝说阿赫诺巴尔布斯坚定立场，这名候选人还是逃回家，把门堵住，不肯出来。第二天，庞培和克拉苏当选执政官。之后不久，他们按照卢卡之约，确保自己在任满后可以去想去的行省出任总督：庞培治理西班牙，克拉苏治理叙利亚，两人的任期均为五年，而非通常的一年。与此同时，恺撒继续担任五年高卢行省总督。庞培甚至不用离开罗马，只需要指派手下去管辖西班牙。

自始至终，西塞罗都远远避开了政治。在不需要出庭的日子里，他待在家里监督儿子和侄子学习文法、希腊语和修辞。大多数晚上，他同特伦提娅安静地共进晚餐。他作了诗。他还开始写书，内容是演讲的历史与实践。

"我仍然在流放中，"他对我说，"只不过现在是被流放在罗马。"

恺撒很快就听说了西塞罗在元老院改变立场的事，并立即给他写了一封感谢信。我还记得，当恺撒派出的那个手脚麻利、为人可靠的军队信使将它送来的时候，西塞罗有多吃惊。正如我之前解释过的那样，他们的往来信件几乎都被没收了。但我还记得这封信的开头，因为每次都是一样的：

盖乌斯·恺撒英白拉多致马库斯·西塞罗：

我和军队都很好……

这封信里还有一段话我永远不会忘记：我很高兴能在你心里占据一席之地。对我来说，罗马其他人的意见都没有你的重要。

凡事都可以依靠我。西塞罗在感恩与羞耻、解脱与绝望之间痛苦抉择、左右为难。他把信拿给刚从撒丁岛回来的昆图斯看。

昆图斯说："你这么做是对的。庞培是个善变的朋友。恺撒可能更忠诚。"他又补充了一句："老实说，鉴于当我不在罗马时庞培对我这么轻视，我都在想是不是该去投靠恺撒了。"

"那你打算怎么办？"

"我是个军人，不是吗？也许我可以从他手下讨个官职，或者你可以替我要个职位。"

一开始西塞罗有些犹豫：他不想向恺撒乞求恩惠。但后来他发现，昆图斯在回到罗马后，整天闷闷不乐。当然，他和庞波尼娅不幸的婚姻是一个因素，但不止如此。他不像他哥哥那样是个辩护律师或演说家。法院和元老院对他来说都没什么吸引力。他已经担任过裁判官和亚细亚的总督。他在政治上唯一的出路是出任执政官，但他除非得到幸运女神的眷顾，否则永远不会成功。此外，对他来说，这种机遇只可能出现在战场上……

希望似乎很渺茫，但通过上述论证，兄弟俩深信，他们应该和恺撒站在同一条船上。西塞罗给恺撒写信，想为昆图斯在军队里谋个职位，恺撒立刻回复称他很乐意效劳。不仅如此，他还问西塞罗能否帮忙监督他用来与庞培抗衡的罗马翻修工程。他计划花费数亿塞斯特斯在市中心修一座新广场，并在战神广场上设一条一罗里长的拱廊。作为对西塞罗的回报，恺撒将以市场利率的一半（即2.25%）为西塞罗提供八十万赛斯特斯的贷款。

恺撒就是这样的人。他就像个漩涡，凭借自身的能力和权力吸引他人，直到几乎整个罗马都为之倾倒。每当有人在雷吉亚外张贴他的《战记》，大家就会围聚在那里，花一整天的时间读他的伟绩。那年，他年轻的门生特契莫斯在一场以大西洋为战场的大规模海战中击败了凯尔特人，之后恺撒下令将那一整个民族都卖为奴隶并处死其首领。布列塔尼被他征服，比利牛斯山被他踩在脚下，佛兰德斯被他镇压。每个高卢人都必须缴纳税款，即使他已洗劫了他们的城镇，运走了他们所有的古老珍宝。一支由四十三万乌西彼得斯人和登克德里人组成的庞大日耳曼移民队伍以和平的方式渡过了莱茵河。恺撒假装同意停战，以此麻痹日耳曼人，让他们产生一种虚假的安全感，然后消灭了他们。他的工程师们在莱茵河上架起了一座桥，随后他和他的军团在日耳曼人的领土上横冲直撞。在如此度过十八天之后，他退回高卢，拆毁了桥梁。最后，他似乎仍不知足，决意带着两个军团出海，在蛮族的不列颠海岸登陆——许多罗马人都不相信这个地方的存在，他对这里也几乎茫无所知。他烧毁了几个村庄，俘虏了一些奴隶，然后在被冬天的风暴困住前率军返航。

为了庆祝他的胜利，庞培召开了元老院会议，投票决定是否为岳父再举办一次为期二十日的谢神祭。接下来的一幕我至今仍记忆犹新。元老们接连起身赞扬恺撒，甚至都不需要庞培来请，西塞罗当然也不例外，最后只剩下加图没有动。

"先生们，"加图说，"你们再次失去了理智。按恺撒自己的说法，他屠杀的男女老少多达四十万人，而这些人和我们并无争执，也未和我们交战。此外，这场战役也没有经过元老院或罗马人民投票批准。我想补充两个你们应该考虑的问题：其一，我们不该举办庆典，而应该向诸神献祭，以防他们因恺撒的愚蠢和疯狂而将怒火发泄到罗马和军队身上；其二，恺撒既然已表现出战犯的样子，就理应把他交给日耳曼人的部落，由他们来决定他的命运。"

他的这番话引来了众人的怒吼："卖国贼！""亲高卢分子！"

"日耳曼人！"几个元老跳了起来，推搡加图，让他向后踉跄了几步。但他是个身强体壮的人，很快重新站稳脚跟，像鹰一样瞪着他们。有人提议让执法吏把他直接带到卡塞尔①关起来，关到他道歉为止。但庞培非常精明，不可能眼看着加图成为殉道者。"加图的话对自己的伤害更甚于我们能施加的惩罚。"他宣布，"把他放了。没关系的。他将因口出逆言而永远受到罗马人民谴责。"

我也觉得，在一众立场温和而理智的元老中，加图给自己造成了巨大的伤害。我们回家时，我对西塞罗说起这事。考虑到他近来和恺撒走得较近，我以为他会同意我的看法。但让我意外的是，他摇了摇头："不，你错了。加图是个预言家。他像孩子或疯子一样在不经意间说出了真相。罗马会后悔把自己的命运同恺撒绑在一起。我也会。"

＊

我不敢自诩为哲学家，但也注意到了这样的道理：物极必反，盛极而衰。

"三头同盟"同样如此。它像一根花岗岩独石柱一样高耸于政治舞台上，但它也有缺陷。虽然现在还看不出来，但它们会随着时间的流逝而逐渐暴露，其中最危险的莫过于克拉苏膨胀的野心。

多年来，克拉苏一直被奉为罗马最富有的人，其个人资产高达八千塔兰特，或者近两亿赛斯特斯。但是近段时间，和庞培及恺撒相比，这显得不值一提，那两人都可以支配整个国家的资源。因此克拉苏一心想前往叙利亚，不是为了治理它，而

---

① 卡塞尔（Carcer）是罗马的监狱，位于广场和卡比托利欧山的交界处，处于协和神庙和元老院会堂之间。——作者注

是想以此为基石，为远征帕提亚帝国做准备。但凡对阿拉伯变化无常的沙漠环境和其居民的冷酷残暴有所耳闻的人，都认为这个计划非常危险——至少我敢肯定，庞培是这么认为的。但庞培非常憎恶克拉苏，所以并没有劝阻他。至于恺撒，他鼓励克拉苏这样做。他派克拉苏的儿子普布利乌斯——我在穆提那见过这个年轻人——率领一支由一千个训练有素的骑兵组成的分队从高卢返回罗马，并以副总指挥官的身份与他父亲一同出征。

西塞罗在罗马最鄙视的人就是克拉苏。就连克洛狄乌斯有时都能勉强得到他的尊重，但对克拉苏，西塞罗只觉得这就是个见利忘义、视财如命、刁钻刻薄的人，不过是套着一个油滑虚伪的老好人皮囊。这段时间，西塞罗和克拉苏在元老院发生了激烈的争论。西塞罗谴责即将卸任的叙利亚总督盖比尼乌斯（同时也是他的老仇人）最终接受了托勒密的贿赂，帮法老拿回了埃及王位。而即将接替盖比尼乌斯的克拉苏则为其辩护。西塞罗指责克拉苏把个人利益凌驾于共和国利益之上，克拉苏则嘲笑西塞罗是个流放犯。"一个光荣的流放犯，"西塞罗反驳道，"也好过一个娇生惯养的小偷。"克拉苏怒气冲冲地朝他走来，用力推了一下他的胸口。众人不得不将这两位上了年纪的政治家拉开，以免他们互相攻击。

庞培把西塞罗拉到一边，说他不能容忍自己的执政官同事受到这种侮辱。恺撒则从高卢寄来一封措辞严厉的信，表示攻击克拉苏就等同于侮辱他本人。在我看来，他们担心的是克拉苏不得人心的远征会影响"三头同盟"的权威。加图和他的追随者谴责克拉苏攻打与共和国缔结友好条约的国家的想法，称这既不合法也不道德。他们还通过占卜证明这是对诸神的冒犯，会给罗马带来毁灭。

克拉苏非常担忧，希望和西塞罗公开和解。他通过自己的朋友、西塞罗的女婿富里乌斯·克拉西佩斯找上了西塞罗。克拉西佩斯提议在克拉苏出发前夕为二人举办一次晚宴。拒绝邀请就是不尊重庞培和恺撒，因此西塞罗不得不去赴宴。"但我希望你能在场做个见证，"他对我说，"这个恶棍肯定会把各种话语安在我头上，捏造我从未给予的支持。"

当然，我并没有和他们一起吃晚餐。但我清楚记得那天晚上发生的一些事。克拉西佩斯在城南一罗里外的台伯河畔有一栋漂亮的郊区小屋。西塞罗和特伦提娅到得最早，这样他们就可以先和图利娅待一会儿。她前不久才小产了，因此脸色苍白且身体虚弱。可怜的孩子。我注意到她丈夫对她非常冷淡，批评她在家务上的疏忽，诸如萎蔫的插花和差劲的小点心。一个小时后，克拉苏带着一支名副其实的马车车队出现了，马车哐啷哐啷地停在了院中。和他一起来的是他的妻子特杜拉（一个脸色阴沉的老太太，头顶几乎和他一样秃），以及他们的儿子普布利乌斯和普布利乌斯的新娘科尔内利娅（十七岁，很有礼貌，是西庇阿·纳西卡的女儿，罗马最为抢手的嗣女）。克拉苏还带着一队随从和秘书，他们没有任何作用，只是拿着资料和文件匆忙走动，给人一种事关重大的总体印象。而在主角们都进屋吃饭，河边的人都走了后，他们就懒散地躺在克拉西佩斯的家具上，喝着他的酒。这些闲散人士和恺撒效率高且战斗力强的属下形成了鲜明的对比，让我非常震惊。

饭后，他们走进会客室，开始讨论军事战略——或者更确切地说，克拉苏滔滔不绝，其他人洗耳恭听。他这个时候就已经耳背得厉害了（他已经六十岁了），说话声很大。普布利乌斯很尴尬："没事的，父亲，没必要大喊大叫，我们又不在其他房间。"他向西塞罗瞥了一两眼，扬起双眉致以无声的歉意。克拉苏宣布，他将向东穿过马其顿，然后经过色雷斯、赫勒斯滂①、加拉太以及叙利亚北部，横穿美索不达米亚的沙漠，渡过幼发拉底河，深入帕提亚。

西塞罗问道："他们肯定知道你会过去。你不觉得这样会少了些出其不意之感吗？"

克拉苏讥讽道："我不需要出其不意。我更喜欢确定性。让他们因我们的到来而颤抖吧。"

他早就盯上了沿途的各种丰厚财物——他提到了希拉波利斯②的得耳刻托女神神庙、耶路撒冷的耶和华神庙、提格兰诺塞塔的阿波罗宝石雕像、尼科福留姆③的黄金宙斯以及塞琉西亚④的宝库。西塞罗开玩笑说，这听起来不像一场军事行动，而像一次购物出游，但克拉苏聋得听不见。

聚会结束的时候，这两个宿敌热情地握手言和，对能够消除他们之间可能存在的误解表示非常满意。"这些都只是大家臆造出来的，"说着，西塞罗手指一转，"让我们把它们抛诸脑后。你和我这样的人的命运都落在同一个政治立场上，我希望我们的联盟和友谊将继续为双方的事业增色。你不在的时候，我自当尽心尽力、孜孜不倦地替你处理相关事宜，我所掌握的影响力将完全听候你的差遣。"

"那家伙真是个十足的恶棍。"我们坐上马车准备回家时，西塞罗说道。

---

① 赫勒斯滂（Hellespont）即今天的达达尼尔海峡（土耳其人称之为恰纳卡莱海峡），位于小亚细亚半岛与巴尔干半岛之间。——译者注
② 希拉波利斯（Hierapolis）是古希腊城市，位于现土耳其西南部，靠近代尼兹利。——译者注
③ 尼科福留姆（Nicephorium）即今叙利亚中北部拉卡省省会拉卡市。——译者注
④ 塞琉西亚（Seleucia）位于现伊拉克首都巴格达附近。——译者注

一两天之后，克拉苏肩披红色斗篷，身着现役将军的全套制服，匆匆离开罗马。他的执政官任期还有两个月才结束，但他急于离开。庞培，他的执政官同事，从元老院出来为他送行。保民官阿泰乌斯·卡庇托试图以非法发动战争罪的名义在广场上逮捕克拉苏，却被其副将击倒在一旁。卡庇托又跑到前面去，在城门前放了个火盆。等克拉苏经过时，卡庇托把贡香和祭祀用酒放进火里，诅咒他和他的远征队，嘴里不时吐出陌生、可怕的神祇的名字。迷信的罗马人民惊骇不已，高喊着不让克拉苏离开，但他报以嘲笑。最后，他兴奋地挥了挥手，转过身，策马离开了。

*

西塞罗在这段时间的生活可以这样形容：踮着脚走在国家三大要人之间，努力与他们保持良好的关系，奉他们之命行事，私下里对共和国的未来感到绝望，但仍期待着好日子的到来。

他在书本中寻求慰藉，主要是哲学和历史方面的。在昆图斯前往高卢同恺撒会合不久后的某一天，西塞罗向我宣布他要自己动手写作。他说，在罗马写一篇公开抨击政治现状的文章太危险了。但他可以换一种方式，例如接着柏拉图的《理想国》写下去，描述一个理想的共和国会是什么样子。"谁会反对呢?"我想答案是很多人，但我没有把我的意见说出来。

那部作品的创作花了我们将近三年的时间。纵观我的一生，我对那个时期非常满意。和大多数文学作品一样，它的创作经历了许多心酸和多次不成功的尝试。最初他打算写九卷，后来减少到六卷。他决定把它写成一群历史人物之间的虚构对话，他们中的主角是他的偶像——迦太基征服者西庇阿·埃米利安努斯。他们于某个宗教节日在一个庄园中聚会，讨论政治的本质以及应如何组织社会。西塞罗认为，如果这些危险的观点是从罗马历史上那些传奇人物的嘴里说出来的，就没人会介意。

元老院休会期间，他开始在库迈的新庄园里口述他的新作。他查阅了手上的所有古代文献。在一个特别值得纪念的日子，我们骑马去了福斯图斯·科尔内利乌斯·苏拉的庄园，他是前独裁官的儿子，住在离海岸不远的地方。那一天，西塞罗的盟友、政坛新秀米罗娶了苏拉的孪生姐妹福斯塔。在婚宴上，苏拉对西塞罗发出邀请，欢迎西塞罗随时使用他的书房。那里的藏书在意大利是数一数二的那一档。这些书是独裁官苏拉三十年前从雅典运回来的，令人惊讶的是，里面甚至还有三个世纪前亚里士多德的大部分原始手稿。我一辈子都不会忘记将亚里士多德的八卷《政治学》一一展开的感觉：希腊字母呈纤细的圆柱形；因为多年来一直藏在小亚细亚的洞穴里，手稿边缘因潮湿而略微受损；拿着它们，我觉得自己就像回到了过去，触摸到了神的脸庞。

跑题了。重点在于，西塞罗第一次白纸黑字地写出了他的政治信条，它们可以简单归纳成：政治是最崇高的事业（"人类的美德在任何其他工作中都不能更接近神意"）；"因决心不被恶人统治而参与公共事务"是"最高尚的动机"；任何人或群体的权力都不应过大；政治是种职业，而不是业余爱好者的消遣（最糟糕的事莫过于被"聪明的诗人"统治）；政治家应毕生致力于研究"政治学，以便提前获得将来可能需要用到的所有知识"；应始终分割国家的权力；以及最优越的政体是由君主制、贵族制和民主制这三种类型的政体以适当方式混合而成的，单一的存在只会导致灾难：君主反复无常，贵族自私自利，而"放纵无度的民众拥有比烈焰或大海更可怕的力量"。

现在我经常重温《论共和国》，每次都深受触动，特别是第六卷末尾的那段：西庇阿·埃米利安努斯讲述他的祖父如何出现在他的梦中，将他带入天堂，向他展示与壮丽的银河系（已逝政治家的灵魂如群星般闪耀的地方）相比，尘世有多么渺小。这段文字的灵感来自那不勒斯湾上空广袤、晴朗的夜空：

> 我眺望远方，一切都是那么美丽。那些在地球上看不到的星星比我们想象中的更大。它们的体积远远大于地球。在它们的衬托下，地球看上去如此渺小，更别说我们的帝国了——它仅仅是地球表面上的一个点。

"要是你愿意从高处俯瞰，"老人告诉西庇阿，"并观察这处永恒的家园和安息之地，你就不会再因民众的意见而感到困扰，也不会再把建立事业的希望寄托于人间的奖赏。任何人的名声都无法长存，因为人类的话语会和他们一起离去，终究会因后人的遗忘而消失。"

在那段荒芜、寂寞的日子里，写下这些段落就是西塞罗最大的安慰。但把他的想法付诸实施的可能性看上去实在是太小了。

*

在西塞罗开始创作《论共和国》的三个月后，即罗马建成第七百个年头的夏天，庞培的妻子尤利娅生了个男孩。西塞罗在晨间会客时得知了这消息，然后急忙带着礼物去看望那对幸福的夫妇。这是庞培的儿子、恺撒的外孙，他日后注定会成为一个强大的存在，因此西塞罗想成为第一批道贺的人。

此时天刚亮不久，但气温已经很高了。在庞培家下方的山谷里，隐约可见他新开的剧场，还有它附带的神庙、花园和廊厅，皓洁的大理石在阳光下耀人眼目。西塞罗在几个月前参加了它的落成典礼——那是一场精彩的表演，一场角斗士与五百头狮子、四百头黑豹、十八头大象和罗马有史以来第一头犀牛的搏斗。他觉得这一切都让他恶心，尤其是对大象的屠杀：看到强大的动物把弱小的人类撕碎，或猎枪把高贵的生物刺穿，能给一个有教养的人带来什么乐趣呢？但他没有表现出来。

一走进那栋大房子，我们就感觉到发生了可怕的事情。众元老和庞培的幕僚沉默不语地站在一旁，一副忧心忡忡的样子。有人低声对西塞罗说现在还没有任何消息，但庞培没有现身，早些时候还有人看到尤利娅的几个女仆哭着跑过内庭，这些迹象都暗示了最坏的结果。从屋子里面突然传来一阵骚动，帘子被拉开，庞培在奴隶的簇拥下走了出来。看到这么多人在等着他，他似乎很震惊。他顿住脚步，想找到熟悉的面孔。他的目光落在西塞罗身上。他举起手，在众目睽睽之下向西塞罗走去。一开始他显得很平静，头脑很清晰。但走到老盟友面前之后，他突然失控。他耷拉着脑袋，脸色阴沉，哽咽着喊道："她走了！"

房间里响起一声叹息——带着震惊和悲伤，也带着恐慌。在这些政客面前，一个年轻女人的死实在是无足轻重，尽管这的确是个悲剧。西塞罗含着泪，伸手抱住庞培，试图安慰他。少顷，庞培让他进去看遗体。我知道西塞罗对死亡有多排斥，认为他或许会拒绝。但那是不可能的。他不单单是以朋友的身份受到邀请。此事关乎国家，他将作为正式见证者，代表元老院行动。他拉着庞培离开了，等他回来后，其他人围了过来。

"生完孩子后不久，她又开始流血，"西塞罗说，"血流不止。

她走得很从容，她很勇敢，与她的血统相称。"

"孩子呢？"

"他撑不过今天了。"

更多人发出了叹息，然后大家都离开了，把消息传遍全城。西塞罗对我说："可怜的姑娘，她的脸色比包裹她的床单还要白。那男孩又瞎又瘸。我是真的为恺撒感到难过。她是他唯一的孩子。就好像加图预言的众神之怒开始应验了一样。"

我们回到家里，西塞罗给恺撒写了封慰问信。可惜运气不好，恺撒当时正在一个很难收到信件的地方——他再次西渡去了不列颠，这次带着两万七千人，昆图斯也在这支队伍中。直到几个月后回到高卢，他才发现那几包传递他女儿死讯的信件。据说他无动于衷地回到了住处，一个字也没说，然后在三天公丧期后继续正常工作。我想，他成功的秘诀就在于对死亡漠不关心吧——不管死者是敌人还是朋友，是他唯一的孩子还是他自己。这种冷漠的天性就隐藏在他的个人魅力之下。

庞培则是人类本性的另一个极端。他什么事都写在脸上。他抱着一腔深情（有人说深得过分了）去爱每一任妻子，尤其是尤利娅。在她的葬礼上（虽然加图极力反对，但它还是以国葬的规模在广场上举行），他满眼泪水，说不出悼词，一副精神崩溃的样子。她的骨灰后来被安葬在战神广场上他的一间神庙里。

大概两个月后，他才让西塞罗上门见他，并把刚收到的恺撒来信递给西塞罗。在信中，恺撒先是对他的丧妻之痛表示同情，对他的安慰表示感谢，然后又提出了新的联姻，但这次是双向的：恺撒会将姐姐的外孙女屋大维娅嫁给庞培，庞培则将他的女儿庞培娅嫁给恺撒。

"你怎么看？"庞培问道，"不列颠野蛮的空气肯定搞坏了他的脑子！首先，我的女儿已经被许配给了福斯图斯·苏拉。我该怎么跟苏拉交代？'非常抱歉，苏拉，但有个更重要的人来了'？其次，屋大维娅已经嫁人了——嫁的还不是什么无名小卒，而是盖乌斯·马凯鲁斯。他要是知道我偷了他的妻子会怎么想？该死，恺撒自己也结婚了，娶了那个可怜但乏味的小卡尔普尔尼娅！这些人的生活都要被搅得天翻地覆，而我亲爱的小尤利娅还尸骨未寒！你知道吗？我甚至不忍心扔掉她的发梳。"

西塞罗这次选择为恺撒辩护："我相信他只是为了共和国的稳定。"

但庞培并没有因此冷静下来："我不会这么做的。如果我要结第五次婚，那肯定是和我自己选的女人。至于恺撒，让他另外找个新娘吧。"

西塞罗喜欢谈论八卦，忍不住把恺撒信里的内容分享给了好几个朋友，对方都说会保密。当然，在许下类似的誓言后，每个朋友又分享给了其他朋友，就这样，恺撒的提议传遍了罗马。马凯鲁斯非常愤怒，因为恺撒谈论屋大维娅的语气就像在谈论他的个人财产。听到众人的议论，恺撒感到很尴尬，指责庞培泄露了他的计划。庞培对此毫无歉意，并反过来指责恺撒乱点鸳鸯谱。独石柱上又出现了一条裂痕。

VII

次年的元老院休会期，西塞罗像往常一样准备带家人去库迈，并在那里继续完成他的政治学著作；我也该和往常一样跟着去。我五十岁的生日就快到了。

多数时间，我身体很好。但在我们登上阿尔皮努姆的寒峰时，我开始发抖；第二天早上起来后，我四肢沉重，几乎动弹不得。我本想继续赶路，但晕倒了，只能被人抬上床。西塞罗非常好心。他推迟启程的日子，希望我能康复。但我的发烧加重了。后来有人告诉我，他在我床边待了很久。最后他只能把我留下，叮嘱家奴一定要像照顾他一样照顾我。两天后，他从库迈来信说他派来了他的希腊医生安德里库斯，还派了个厨师：*如果你在乎我的话，那就等你完全康复后再过来吧。到时候再见。*

安德里库斯为我催吐和放血。厨师做的饭菜美味可口，但我因病得太重而无福享用。西塞罗倒是经常给我写信。

你不知道我有多担心你的身体。如果你能让我不再担心，我就会让你彻底放下心。如果你喜欢读我的信，那我就多写点。保护好你自己，保护好你聪明的脑子，对我来说它非常重要。

大约一周后，我退烧了。但那时再去库迈已经太晚了。西塞

124

罗写信告诉我，等他回罗马后，我们在福尔米亚会合。

我希望能在那里见到一个完全康复的提罗。没有你，我（我们）的心血之作一直毫无进展。阿提库斯和我在一起，他的心情很好。他想听我演讲，但我告诉他，如果你不在，我的演说者之舌就完全打结了。准备好迎接我的灵感吧。我会在约定的时间履行我的承诺。现在你只需要保重你的身体，彻底好起来吧。过段时间再见。

我就会让你彻底放下心……我会在约定的时间履行我的承诺……我反复读信，试图弄懂这两句的意思。我猜他一定是在我神志不清的时候对我说过什么，但我完全不记得了。

按照约定，在我五十岁生日那天，也就是 4 月 28 日的下午，我抵达了福尔米亚的庄园。天气寒冷，狂风大作，暴雨如注，让人感觉很不妙。为了躲雨，我拖着虚弱的身子匆匆跑进屋子。这番折腾让我头晕眼花。此地看上去没有人，我怀疑自己走错了路。我从一个房间走到另一个房间，大声呼喊，直到我听见从餐厅里传来一个男孩极力抑制的笑声。我拉开帘子，发现整个餐厅都挤满了人：西塞罗、特伦提娅、图利娅、小马库斯、小昆图斯、所有仆人，（更古怪的是）还有裁判官盖乌斯·马凯鲁斯——就是那个妻子差点被恺撒送给庞培的贵族马凯鲁斯，他在附近有处庄园——和他的执法吏。看到我写满惊讶的脸，他们再也忍不住了，放声大笑起来。接着西塞罗拉起我的手，把我带到房间中央，其他人给我们腾出了空间。我感到双膝发软。

马凯鲁斯问："是谁打算在今天释放这个奴隶？"

西塞罗答道："是我。"

"你是合法所有者吗？"

"是的。"

"释放的理由是什么？"

"他生而为奴，对我们家人，特别是对我，对罗马共和国，都表现出了极大的忠诚，提供了无可挑剔的服务。他性格可靠，配得上自由。"

马凯鲁斯点了点头："你可以继续了。"

执法吏用束棒轻轻点了一下我的头。西塞罗走到我面前，抓住我的肩膀，说出那句简单的法律用语："这个人自由了。"他眼里噙着泪水，我也是。他轻轻把我转过去背对着他，然后放开我，就像父亲放开即将迈出第一步的孩子一样。

我很难用语言描述获得自由的喜悦。昆图斯在从高卢写给我的信中做了很贴切的描述：我实在是太高兴了，亲爱的提罗，相信我。以前你是我们的奴隶，现在你是我们的朋友。表面上看，我的生活没有发生太大的变化。我还是住在西塞罗家里，还是履行着同样的职责。但在内心深处，我已经完全不是过去的我了。我把短袍换成托加袍——它很笨重，穿着也不舒服，但让我感到非常自豪。我第一次开始为自己制订计划。我开始编写关于速记符号和缩写的综合手册及其使用说明。我准备写一本关于拉丁语文法的书。当我有空的时候，我还会翻看成箱的笔记，誊写这些年来西塞罗抛出的妙语。得知我有意写一本表现他聪明才智的书时，他非常赞成。他每说出一句非常精妙的评论，就暂停发言，叮嘱我："记下来，提罗——这是你的素材。"我们逐渐达成共识：如果我活得比他长，我就会为他立传。

有一次我问他，为什么等了这么久才放我自由，还有为什么选在那个时候。他回答道："你知道我是个自私的人，我又很依赖你。我心想:'如果我放他自由,要怎么做才能阻止他离开,阻止他效忠于恺撒、克拉苏或其他人呢? 他们肯定会给他很多钱,因为他知道我的一切。'但你在阿尔皮努姆病倒时,我意识到,让你以奴隶的身份死去太不公平了,于是我对你许下承诺,虽然你当时烧得太厉害,没有理解我的话。如果真的有人配得上自由,那就是你,亲爱的提罗。"他眨了眨眼,又补充道:"而且我现在没有什么值得出卖的秘密。"

虽然我爱他,但我还是想在自己家度过余生。我有些积蓄,现在还有薪水;我一直想在库迈附近买一小块土地,养上几只山羊和鸡,自己种点葡萄和橄榄。但我害怕孤独。我想我可以去奴隶市场给自己买个伴儿,但我否决了这个想法。我知道我想和谁分享这个关于未来生活的梦想:阿加特。她是我在鲁库卢斯家中遇到的希腊女奴,在我和西塞罗流亡在外之前,我曾让阿提库斯帮我替她赎身。阿提库斯承认他已经按我说的做了,她已经自由了。虽然我过问过她的动向,每次经过罗马时也都会留个心眼,但她还是消失在意大利的茫茫人海中了。

*

我没有太多时间在平静中享受我的自由。和其他人一样,我那几个小计划不得不给各种重大事件让路。正如普劳图斯所说:

> 无论心中有何打算
> 未来握于诸神之手

在我恢复自由身后,又过了几周便到了当时被称为五月但现在我们称之为七月的时间。我在圣道上疾行，努力不被新的托加袍绊倒，然后突然看到前面聚集了一群人。他们看上去死气沉沉的，完全没有以前从白板上读到恺撒获胜的消息时所表现出的劲头。我脑子里突然闪现一个念头：他一定遭遇了惨败。我挤进人群，问前面的人发生了什么事。他扭头瞥了我一眼，面露愠色，心不在焉地嘟囔着说："克拉苏死了。"

我留下来打听到了一些细节。然后我赶紧回家，在书房里找到了正在工作的西塞罗，气喘吁吁地和他分享了我的见闻。他迅速起身，好像觉得不应该坐着听这么重大的消息。

"怎么死的？"

"据说死在战斗中——在沙漠里，在美索不达米亚一个叫卡莱 [①] 的小城附近。"

"他的军队呢？"

"败了——全灭。"

西塞罗盯着我看了一会儿。随后他大声叫一个奴隶把他的鞋子拿来，又让另一个奴隶去安排肩舆。我问他要去哪里。"当然是去见庞培。你也来吧。"

这体现了庞培显赫的地位：每当国家发生重大危机，大家总会聚集到他周围——普通公民沉默而警惕地挤在庞培家附近的街道上，资深元老则陆陆续续地乘着肩舆赶过来，被庞培的随从领进密室。当选执政官的卡尔维努斯和梅萨拉碰巧都因受贿而遭到起诉，从而无法就职。因此现在出面的是元老院的非正式领导班子，包括前执政官科塔、霍腾西乌斯和老库里奥，以及年轻有为的阿赫诺巴尔布斯、西庇阿·纳西卡和马库斯·埃米利乌斯·雷必达等

---

① 卡莱（Carrhae）为今土耳其东南部小城哈兰（Harran）的旧称。——译者注

128

人。庞培主持了会议。没有人比他更了解东方的帝国，毕竟它的大部分地方被他征服过。他宣布，克拉苏的军团长盖乌斯·卡西乌斯·郎吉努斯设法从敌国领土逃回了叙利亚，自己刚刚收到了此人发出的急件。如果大家都没意见的话，他现在就把它念出来。

卡西乌斯是个冷漠、严肃的人（恺撒后来抱怨说他"苍白而消瘦"），很少自夸或撒谎，所以大家都对他的信表现出了最大的敬意。据卡西乌斯所说，帕提亚国王奥罗德斯二世在克拉苏发动进攻前的那个晚上派来使臣，说自己同情年迈的克拉苏，允许他平安回到罗马。但克拉苏傲慢地回应道，他将在帕提亚的王城塞琉西亚给出答复。使臣闻声大笑起来，伸出手指着自己的掌心说："克拉苏，你要是能看到塞琉西亚，头发就会从这里长出来！"

七个罗马军团加上八千个骑兵和弓箭手冒着暴风雨从宙格玛横渡了幼发拉底河，这本身就不是一个好兆头。此外，在献上祭品安抚众神时，克拉苏一度让祭牲的内脏掉到了沙地上。尽管他想一笑置之——"人老了就这样，小伙子们，但我还能紧紧抓住我的剑！"——但士兵们发出不满的声音，想起他们离开罗马时受到的诅咒。他们，卡西乌斯写道，已经察觉到灭顶之灾即将到来。

渡过幼发拉底河后［他继续写道］，我们在沙漠里走得越来越深，没有水，也没有明确的路线或目标。这个地方人迹罕至，一览无余，没有活着的树可以用来遮阴。我们好几百人踩着松软的沙地，又渴又热地在沙暴中负重前行了五十罗里，最后终于抵达了巴利苏斯河。在这里，我们的侦察兵第一次发现了河对岸的敌军。奉克拉苏之命，我们于正午渡河追击敌人，但那时敌人已消失得无影无踪。我们又前行了几个小时，走到了荒原上。我们周围突然响起鼓声，然后一大群弓骑兵从四面八方冲了过来，就像是从沙地里冒出来似的。帕提亚指挥官西拉凯的丝质旗帜在他们身后清晰可见。

克拉苏拒绝听取经验丰富的军官的建议，命令军队排成一个中空的大方阵，每条边排十二个大队。随后我们的弓箭手前去迎击敌人。但面对帕提亚人强大的实力和机动性，他们很快被迫撤退。对面不断张弓射出箭矢，而我军阵型排得非常紧密，所以箭雨造成了大量伤亡。但死亡前的痛苦是如此难挨又漫长。中箭后，伤者只能在地上痛得抽搐、翻滚；他们会折断伤处的箭矢，撕裂皮肉，试图拔出刺穿经脉和肌肉的箭镞（上面还有倒钩）。许多人就这样死去了，幸存者也无心继续战斗。他们的双手似乎被绑在了盾牌上，双脚似乎被钉在了地上，既不能逃跑，也不能自卫。我们只能寄希望于如此猛烈的箭雨能耗光敌方的箭矢，但这个希望破灭了：战场上出现了一队骆驼，每只骆驼的背上都载满了箭矢，随时都可为敌方补充火力。

普布利乌斯·克拉苏担心会全军覆没，便向父亲申请率领手下的骑兵，再加上一些步兵和弓箭手直接突围。老克拉苏同意了。这支由六千人组成的突围部队向前推进，帕提亚人迅速撤退。然而，尽管老克拉苏已明确下令不得追击敌人，普布利乌斯还是违抗了命令。他的队伍越追越远，冲到了大部队的视线之外，这时帕提亚人又出现在突围部队身后，迅速包围了他们，于是普布利乌斯将队伍撤到一条狭窄的山脊上，让自己成了活靶子。敌方射手再次大开杀戒。意识到突围无望，又害怕遭到俘虏，普布利乌斯同部下告别，让他们自己注意安全。他的手已经被箭射穿，无法拿起武器，于是他转向持盾侍从，命令侍从用剑刺死他。大部分军官也跟着他自杀了。

帕提亚人一占领罗马人的阵地，就将普布利乌斯的头割下来穿在长矛上。随后他们在我方大部队阵前来回走动，用嘲弄的语言引诱老克拉苏过去看他的儿子。亲眼看到儿子惨死的模样，克拉苏说："罗马人，这场惨剧是我的私事。但罗马的好运和荣耀常存于你们这些四肢仍然健全的人身上。现在，如果你们怜悯我，怜悯一位失去了他最优秀的儿子的父亲，请用直面敌人怒火的方式来对我表达同情。"

遗憾的是，他们没有理会他。恰恰相反，看到这一幕，他们完全丧失了斗志，士气已经降到谷底。战斗再次打响，我们再次面临箭雨的屠杀，如果不是夜幕降临让帕提亚人撤离，我们肯定会全军覆没。他们叫嚣着说愿意给克拉苏一个晚上的时间去哀悼他的儿子，等到第二天早上他们就会回来解决我们。

这给了我们一个机会。克拉苏痛不欲生、满怀绝望，已经无心再下达任何命令。于是我接管了部队，在黑暗的掩护下静静地带兵强行撤退至卡莱，在原地留下了四千个不断哭喊哀求的伤兵。第二天，他们就成了帕提亚人的刀下亡魂或奴隶。

我们在卡莱分了兵。我带着五百人前往叙利亚，克拉苏则带着大部分幸存者前往亚美尼亚的山区。情报显示，他在辛纳卡要塞外遭遇了帕提亚国王的亲信带领的部队，后者提出休战。尽管克拉苏知道这是陷阱，但仍被叛变的罗马士兵硬逼着前去谈判。离开之前，他转身说道："希望在场的罗马军官都能看到我是被迫走上这条路的。你们亲眼见证了加诸我身的可耻暴力，但如果你们能安全逃回家，请告诉他们，克拉苏是死于敌人的欺骗，而不是死在那些把他交给帕提亚人的同胞的手上。"

这就是他的临终遗言。他和他的军团指挥官一起被帕提亚人杀死了。我收到的消息称，后来西拉凯割下了他的头颅，并在《酒神的女信徒》①上演时把它作为舞台上的道具亲手献给帕提亚国王。后来国王把黄金熔成的液体灌入克拉苏的嘴，说道："现在尽情享受你贪求一生的黄金吧。"

静候元老院的命令。

庞培读完这封信后，众人陷入了沉默。

最后西塞罗问："我们知道伤亡人数吗？"

"我估计有三万。"

前来参与密会的元老们发出一阵惊愕的叹息声。有人说，如果这个数字是真的，那么这将是自一百五十年前汉尼拔在坎尼全灭元老院军队以来，共和国所遭受的最大惨败。

"这份文件的内容，"庞培挥动着卡西乌斯的信说，"不能传出去。"

西塞罗表示赞同："我个人十分钦佩卡西乌斯的坦率，但我们必须为公众准备一个不那么耸人听闻的版本，要强调我们军团和指挥官的勇敢。"

普布利乌斯的岳父西庇阿说："是的，他们都英勇赴死——我们必须这么告诉大家。当然，我也会这么告诉我女儿。可怜的孩子，才十九岁就当了寡妇。"

庞培说："请向她转达我的慰问。"

然后霍腾西乌斯开口了。这位前执政官已有六十多岁，处于

---

① 在欧里庇得斯创作的悲剧《酒神的女信徒》中，底比斯王彭休斯与酒神狄奥尼索斯发生冲突，在酒神的操纵之下遭到母亲杀害。——译者注

半退休的状态，但众人还是对他的话洗耳恭听。"接下来会发生什么？想必帕提亚人不会就此作罢。他们知道了我们的弱点，肯定会入侵叙利亚作为报复。我们连召集军团去保卫它都做不到，而且我们没有总督。"

"我建议让卡西乌斯代理总督之职。"庞培接话道，"他是个冷酷无情的人，而这正是处理眼下的紧急情况所需要的品质。至于军队——他必须在当地重新招募并训练一支军队。"

阿赫诺巴尔布斯不会放过任何攻击恺撒的机会："我们最出色的战士都在高卢。恺撒有十个军团——有很多人。我们为什么不命令他送两个军团去叙利亚填补空缺？"

一听到恺撒的名字，房间里就出现了明显的敌对氛围。

"他的那些军团，"庞培指出，"我同意他们在东方会更有用。但他把那些人当成他自己的手下。"

"但他们不是，他需要记住这一点。他们的存在意义是为共和国战斗，而不是为他。"

元老们都神情激动，点头表示同意。西塞罗后来告诉我，直到那一刻他才认识到克拉苏之死的真正意义。"亲爱的提罗，我们在写《论共和国》时学到了什么？权力三分则三方相互制约、保持均势，权力两分则一方迟早会设法控制另一方——这就是自然规律。克拉苏虽然不是个体面人，但他至少维持了庞培和恺撒之间的平衡。可现在他走了，谁还能做到这一点呢？"

*

所以我们渐渐走向了毁灭。西塞罗敏锐地察觉到了这一点。"一部在几百年前为取代君主制而制定的、以公民民兵组织为基础的宪法，能够被用来管理一个规模已超出其制定者想象的帝国吗？或者说，常备军的存在和财富的大量流入必然将破坏我们的民主制度吗？"

其他时候他又会认为这种末日论过于悲观。共和国在过去经历了种种灾难——入侵、革命、内战——而且总是能够侥幸逃过。这次怎么就是例外了呢？

但它是。

那年的选举成了两个人的舞台：克洛狄乌斯希望当选裁判官，米罗则参加了执政官的竞选。整个城市面临着前所未有的暴力和贿选，投票日一次又一次推迟。现在距共和国上次选出合法执政官已经有一年多了。元老院由摄政主持，摄政通常由无足轻重的人出任，且每人轮流任职五天。执政官的束棒被象征性地放在丧葬女神利比蒂娜的神庙里。快回罗马——西塞罗写信给阿提库斯，后者又在外面办事——来看看我们所熟知的真正的老罗马共和国的空壳。

西塞罗把所有希望都寄托在米罗身上，尽管他和米罗完全是两种人：米罗粗俗残忍，没有口才或任何政治手腕，只会靠举办角斗比赛来打动投票人，而这已经没有用了。米罗对庞培来说已经失去了利用价值，后者和他撇清了关系，转头支持他的对手西庇阿·纳西卡和普劳提乌斯·海普萨乌斯去了。但西塞罗仍然需要米罗。我把全部精力、全部时间、全部心思、全部勤奋与思考——简而言之，把我的全身心——都投入到了帮米罗赢得执政官之位这件事中。他把米罗当作盾牌，用来抵御他最恐惧的事：克洛狄乌斯当选执政官。

那段时间，西塞罗经常让我为米罗办一些杂事，如查阅我们的文件，准备老支持者的名单，为拉票做准备。我还安排米罗和西塞罗的委托人在各个部落①的总部会面。我甚至还把西塞罗从富有的捐赠者那里筹集到的钱拿给米罗。

在新一年的某一天，西塞罗请我花点时间帮忙亲自去现场看着米罗的竞选活动。"说白了，我就是担心他会输。你和我都很了解选举。盯着点儿他和投票人，看看能不能做些什么来增加他获胜的概率。如果他输了，克洛狄乌斯赢了，不用说也知道那对我是多可怕的事。"

我没法假装自己很愿意接受这项任务，但我还是照做了。1月18日，我去了米罗家里，那是帕拉蒂诺山上最陡峭的地方，在萨图尔诺农神庙后面。外面聚集了一群无精打采的人，但执政官候选人本人却不知去向。当时我就知道米罗的竞选遇到了麻烦。如果一个人参选了，而且觉得自己有机会获胜，那他每天每时每刻都会投入工作。但米罗直到接近中午时才出现，并且甫一露面，他就把我拉到一边，抱怨庞培居然在那天早上在其位于阿尔巴诺丘陵的乡间宅邸里招待克洛狄乌斯。

"这人怎么能这么忘恩负义！真是让人难以置信！你还记得他以前有多害怕克洛狄乌斯及其手下，直到我带角斗士把他们从街上清走才敢出门吗？现在他把蛇带进屋里，却不肯和我说声早上好！"

我对他表示同情，我们都知道庞培是什么样的人：一个了不起的人，但只关心自己。然后我巧妙地把话题引向竞选。投票日离我们已经不远了。他米罗打算怎么度过最后的宝贵时光？

"今天，"他宣布，"我要去拉努维乌姆，那里是我养父的老家。"

我简直不敢相信。"你要在距实际投票没几天的时候离开罗马？"

---

① 罗马人分为三十五个部落，负责立法投票和选举保民官；与百人团不同，在同一个部落里，富人和穷人的选票有着相同的权重。——作者注

"那里只有二十罗里远。朱诺神庙要任命一位新的祭司。朱诺是市政之神,这意味着这个仪式将会非常盛大——你会在那儿看到上百名投票人。"

"即便如此,但这些选民难道不是因为你和那个小城的家族渊源,而已经确定要给你投票了吗?你难道不该把时间用在那些犹豫不决的选民身上吗?"

但米罗拒绝再讨论下去。事实上,他拒绝得如此坚决,以至于我现在回想起来,仍怀疑他当时已经放弃了通过投票来赢得选举,选择了直接去找碴。毕竟拉努维乌姆也位于阿尔巴诺丘陵,他在去那里时会经过庞培家的大门。他肯定算出了我们会在路上遇到克洛狄乌斯。他就喜欢这种可以打架的机会。

那天下午我们出发的时候,他带上了一大队马车,车上装满了行李和仆人。像往常一样,他还派了一小队手持长剑和标枪的奴隶和角斗士作为护卫。整支队伍来势汹汹,最前头的一辆马车载着米罗和他的妻子福斯塔。他邀请我和他们共乘,但我宁愿在马背上忍受颠簸,也不想和那对因分分合合而臭名昭著的夫妻共乘一车。车队哐啷哐啷地行驶在阿庇安大道上,嚣张地把所有其他的马车都挤到一旁——啊,又是个糟糕的选举策略。走了两个小时后,我们毫不意外地在市郊伯维拉耶碰到了克洛狄乌斯,他正朝反方向走,准备回罗马。

克洛狄乌斯骑着马,带着大约三十个侍从——他们的装备不如米罗一行人精良,人数也少得多。我在车队中间。克洛狄乌斯经过时注意到了我。他很清楚我是西塞罗的秘书,自然狠狠地瞪了我一眼。

其他人跟在他身后。我收回视线,不想惹麻烦。但随后,从我身后传来一声大喊,接着是金属碰撞的声音。我转过身,看到殿后的角斗士和克洛狄乌斯的人打了起来。克洛狄乌斯本人已经沿着大道走出了一小段距离。他勒马转身，就在这时，比里亚——那个偶尔充当西塞罗护卫的角斗士——把标枪朝他掷去。他当时正在转身，所以这一下并没有重伤他，而是击中他的侧面，那个力道差点把他打下马。带倒钩的枪尖深深地扎进他的肉里。他吃惊地看着它，大叫着用双手握住枪身，鲜血把他洁白的托加袍染成了深红色。

他的护卫们驱马前进，将他团团围住。我们的车队停了下来。我注意到附近有个小酒馆——真是奇怪的巧合，西塞罗逃离罗马那晚，我们就是在这里停下备马的。米罗跳下马车，拔出剑，沿路走去想看看发生了什么事。车队的所有人都下了马。这会儿克洛狄乌斯的侍从已经把标枪从他的肋骨处拔了下来，正搀着他走向酒馆。他很清醒，能够在同伴的搀扶下走动。与此同时，一小群人正在路上或路边的野地里肉搏——他们拼命相互劈砍，有些人骑着马，有些人没有。情况非常混乱，我一开始都无法分清我们的人和他们的人。但我渐渐地意识到我们赢了，因为我们的人数是他们的三倍。几个克洛狄乌斯的人发现胜利无望，便举起武器投降或跪倒在地。其他人把武器扔到一边，转身逃窜，或骑马飞奔而去。没人去追击他们。

战斗结束了，米罗双手叉腰，扫视现场，随后示意比里亚和其他几人去酒馆把克洛狄乌斯带出来。

我翻身下马，不知道接下来会发生什么。我朝米罗走去。就在这时，酒馆里传来一声大喊，四个角斗士一人抓着一只胳膊或一条腿，把克洛狄乌斯抬了出来。米罗需要做出决定：是放克洛狄乌斯一条生路并承担后果，还是杀了他一劳永逸？他们把克洛狄乌斯放在米罗脚边，而米罗从身边一人的身上抽出一根标枪，用拇指摸了摸了枪尖，然后把它放在克洛狄乌斯的胸前，抓紧枪杆，用尽全力把它插了进去。鲜血从克洛狄乌斯的口中喷涌而出。之后他们轮流砍向尸体，但我不忍心看下去了。

*

我不是骑兵，但我相信，就连骑兵也会为我飞奔回罗马的速度骄傲。我鞭策筋疲力尽的坐骑爬上帕拉蒂诺山。半年来，这是我第二次不假思索地告诉西塞罗，他的敌人——他最大的敌人——死了。

他没有表现出高兴的迹象。他面无表情地盘算着。他敲了敲手指，然后问："米罗现在在哪儿？"

"我想他应该按原计划到拉努维乌姆参加仪式去了。"

"克洛狄乌斯的尸体呢？"

"我最后一次看到它的时候，它还在路边。"

"米罗就没打算掩饰一下？"

"没有，他说没有意义——目击者太多了。"

"确实，那地方挺热闹的。有很多人看到你吗？"

"应该没有。克洛狄乌斯认出我了，但其他人没有。"

他强扯出一丝笑容："至少我们再也不用担心克洛狄乌斯了。"他又想了想，点了点头说："很好——还好没人注意到你。我想我们最好还是统一一下口径，就说你整个下午都在我这里。"

"为什么？"

"对我来说，和这件事扯上任何关系都是不明智的，即使是间接关系也不行。"

"你觉得这会给你带来麻烦？"

"是的，这是肯定的。问题是：麻烦有多大？"

我们坐下来等待消息传回罗马城。在夕阳的余晖中，我发现很难将克洛狄乌斯的死状从脑海中抹去：他的尸体让人想起一头被宰的猪。我以前也见过死亡，但这是我第一次看到有人就这么死在我的面前。

天黑前一小时左右，从附近某处传来一个女人凄厉的尖叫声。它一直没有中断，是一种可怕的、仿佛来自异界的嚎叫。西塞罗打开了露台的门，想要听得更清楚。"是富尔维娅，"他谨慎地说，"如果我没猜错的话，她应该刚知道自己成了寡妇。"

他派一个仆人上山去看发生了什么事。仆人回来说，元老塞克斯都·特底乌斯在阿庇安大道旁发现了克洛狄乌斯的尸体，便用自己的肩舆把它送回了罗马。尸体被送到了克洛狄乌斯家，富尔维娅收下了它。她肝肠寸断，勃然大怒，当场将尸体上的衣服剥得一干二净，只留下一双凉鞋。现在她正坐在街上，头上燃着熊熊火把，身旁摆着丈夫的尸体，大喊着让大家都来看看他遭受了什么。

西塞罗说道："她想煽动群众。"他下令将夜里的守备力量加强一倍。

第二天早上，我们认为冒险外出对西塞罗或其他重要元老来说都太危险了。我们从露台上看到，富尔维娅带着一大群人将停尸架上的尸体护送到广场，把它放在演讲台上。然后，我们听见克洛狄乌斯的手下把平民的情绪煽动起来，众人勃然大怒。冗长的悼词念完后，哀悼者闯进元老院，把克洛狄乌斯的尸体留在里面，然后又回头穿过广场走到阿尔吉来图姆路，把路上书店里的桌椅和装满书的箱子都拖了出来。我们惊恐地意识到，他们想要搭建一个用来火葬的柴堆。

正午前后，滚滚浓烟从元老院议事厅墙顶的小窗口喷涌而出。橙色火舌卷起书本残页喷向空中，一直有令人胆寒的咆哮声从议事厅里传出，就好像有人打开了通往地狱的大门。一个小时后，整个屋顶都裂开了。成千上万块瓦片和燃烧的木梁无声地从人们的视线中消失了。在这个过程中，现场曾陷入一片古怪的寂静，然后传来一声巨响，它就像一阵热风从我们身边掠过。

罗马城中心区域的上空笼罩着厚厚的烟尘和灰烬，它们多日未散，直到被一场大雨冲刷。普布利乌斯·克洛狄乌斯·普尔喀的遗骸就这样和他骂了一辈子的古老建筑一起从世间消失了。

VIII

　　元老院会堂的倒塌对西塞罗影响很大。第二天，他在严密的保护下来到会堂，拄着一根粗棍，绕依旧冒着青烟的废墟走了一圈。砖墙完全被烧黑了，摸上去还有余温。风呼啸着穿过墙上的豁口，不时有碎片从我们头顶脱落，缓缓坠入积灰。这座建筑已经有六百年的历史了，它见证了罗马历史上最辉煌的时刻，也见证了西塞罗最辉煌的时刻。现在它消失了，只用了不到半个下午的时间。

　　包括西塞罗在内的所有人都以为米罗此时会自行逃到国外，至少会远离罗马，但大家都低估了他的自大。他不仅没去暂避风头，还在当天下午带着更多角斗士重返罗马，回到家里。沉浸在悲痛之中的克洛狄乌斯支持者立刻包围了这栋房子，但很快被弓箭手射退。他们只能去找一个软柿子来宣泄怒火，于是他们找到了摄政马库斯·埃米利乌斯·雷必达。

　　雷必达虽然只有三十六岁，甚至还没成为裁判官，但已经跻身高级祭司之列，而在没有选出执政官的情况下，这足以让他当上临时首席政务官。他的财产并没有遭到太大破坏（闹事的人只毁了他妻子娘家给的婚床和一些织物），但这次袭击挑起了元老院的怒火，引发了恐慌。

　　雷必达意识到这事关他的尊严，便把这件事大肆宣传了一番。事实上，这正是他成名的契机。（西塞罗常说，雷必达是他见过的最幸运的政治家，因为每次他把事情搞得一团糟，都反而会得到丰厚的奖励——"他是个平庸的天才"。）年轻的摄政决定召集元老院会议，它将在城外举行，就在战神广场上庞培新修的剧场里（庞培专门为此祝圣了一间议事大厅）。雷必达还邀请了庞培出席会议。

那是元老院被烧毁后的第三天。

庞培如期从山上的大宅赶来赴约，身边跟着两百个严阵以待的士兵——这种武力展示是完全合法的，因为身为西班牙总督，他拥有统帅权。但自苏拉的时代以来就再没有人做过这种事了。他让他们留在剧场廊厅里保持警戒，自己则走进剧场，谦虚地听他的支持者要求让他当六个月的独裁官，以便他采取恢复秩序的必要措施：召集全意大利的预备役军人，实施宵禁，推迟即将到来的选举，把杀死克洛狄乌斯的凶手绳之以法。

西塞罗立刻意识到了危险。"没有人比我更尊敬庞培，"他起身说道，"但我们必须小心谨慎，不能遂了敌人的心愿。为了捍卫自由而暂停自由，为了保障选举而取消选举，为了不受独裁统治而任命独裁官——这是什么逻辑？选举安排好了，候选人的名字都列好了，拉票也完成了。要表现出对我们体制的信任，最好的方法就是让它正常运转，像古代的祖先教导我们的那样选出政务官。"

庞培点了点头，就好像他自己也想不出更好的解决方式。会议结束时，他装出一副高兴的样子，恭喜西塞罗维护了宪法的权威。但西塞罗没有上当，他看透了庞培到底要做什么。

那天晚上，米罗来找西塞罗商讨对策。保民官凯利乌斯·鲁富斯也来了，他既是米罗的长期支持者，又是其要好的朋友。从山谷深处传来一阵打斗声和犬吠，偶尔夹杂着几声哭喊。一群男人举着火把朝广场对面跑去。但大部分居民不敢冒险外出,只能待在家里,闩上大门。米罗似乎认为执政官之职已是他的囊中之物。毕竟他解决了克洛狄乌斯,大部分贵族对此非常感激。而且,元老院会堂被烧毁和街头暴力把大部分选民吓坏了。

西塞罗说:"如果明天有投票的话,米罗,你很可能会赢。但明天是不会有投票的。庞培会亲自动手。"

"他怎么敢?"

"他会打着竞选的幌子制造恐慌,强迫元老院和众人向他求助,从而让选举终止。"

鲁富斯反驳道:"他在吓唬人。他没那个权力。"

"不,他有,他自己也很清楚。他只需要坐在那儿等鱼主动上钩。"

米罗和鲁富斯都把西塞罗的担心当成老年人的紧张,认为他明天就能打起精神,继续为米罗拉票。但西塞罗是对的:罗马城里的气氛非常紧张,竞选活动无法正常推进,米罗踏入了庞培设好的陷阱。就在他们会面不久后的某天早上,西塞罗收到紧急通知,让他去见庞培。庞培的房子被士兵团团围住,他自己则待在花园高处,身边的护卫比平时多了一倍。与他一起坐在廊厅里的是李锡尼,李锡尼在马克西穆斯竞技场附近开了家饭馆。庞培命李锡尼向西塞罗重复刚才讲过的故事,于是李锡尼绘声绘色地讲述了他是如何无意中在柜台听到米罗的角斗士密谋杀害庞培的,以及发现他在偷听后,他们是如何攻击他,想让他开不了口的。作为证据,他给西塞罗看了他肋骨下面的那点皮肉伤。

当然,就像西塞罗后来告诉我的,整个故事听上去都很荒谬。"首先,有谁听说过这么孱弱的角斗士?他们要想封你的口,就绝对不会失手。"不过这无关紧要。随着饭馆密谋逐渐被人们熟知,关于米罗的其他种种说法也到处流传：有人说他把自己的房子变成了一座军火库，里面全是刀剑、盾牌和标枪；有人说他在城里藏了一大批奴隶，就为了烧掉罗马；有人说他沿着台伯河把武器运到了奥科利库鲁姆[①]的庄园；还有人说谋杀克洛狄乌斯的凶手还会对他在选举中的其他对手下手……

等元老院再次开会时，恺撒做执政官时的同事兼死敌马库斯·毕布路斯提议，按紧急法令任命庞培为唯一执政官。这已经够了不起的了，但加图的反应更是出人意料。他起身时，议事厅里突然一片肃静。"我自己是不会提出这种动议的，"他说，"但既然它已经摆在了我们面前，我提议我们接受它，做出合理的妥协。有政府总比没政府强，唯一执政总比独裁强。此外，与其他人相比，庞培英明治国的可能性更大。"

这种话居然是从加图嘴里说出来的，实在是太令人难以置信了——他生平第一次用了"妥协"这个词。没有人比庞培更震惊。据说庞培后来邀请加图去他家，想亲自表示感谢，并邀请加图以私人顾问的身份与自己共商国是。"不必言谢，"加图回应道，"我只是做了我认为最符合共和国利益的事。如果你想和我单独谈谈，敬请吩咐。但我在其他场合不会说的事，也不会在私下里告诉你，而且我也不会为了取悦你而在公共场合缄口不言。"

这种密切的新关系令西塞罗深感不安。"你以为像加图和毕布路斯这种人为什么会突然和庞培站到一起？你真以为他们会相信这种胡说八道，相信有人要谋杀他？你以为他们是突然改变了对他的看法吗？完全不是！他们给他唯一执政官的权力，是因为他们认为庞培最有希望制约恺撒的野心。我敢肯定庞培知道这一点，

---

① 奥科利库鲁姆（Ocriculum）是意大利翁布里亚大区奥特里科利市的古称。——译者注

而且自信能掌控他们。但他大错特错了。别忘了，我很了解他。虚荣心是他的弱点。他们会奉承他，用权力和荣誉把他压垮，他甚至不会注意到他们在做什么，直到某一天，一切都为时已晚时，他必然会与恺撒发生冲突。到那时我们就要面对战争了。"

元老院会议结束后，西塞罗找上米罗，直截了当地告诉他现在必须放弃竞选执政官。"你在天黑前给庞培发个信，宣布你要为了国家的团结退出竞选，这样你就不会面临起诉。不然你就完蛋了。"

"那如果我被起诉了，"米罗狡猾地回话道，"你会替我辩护吗？"

我本以为西塞罗会拒绝，但他只是叹了口气，用手捋了捋头发。"听我说，米罗——听仔细了。六年前在塞萨洛尼卡，当我处于人生低谷的时候，你是唯一给我希望的人。你大可放心，不管发生什么，我都不会将你拒之门外。但看在老天爷的分上，别让局面发展到那一步。今天就给庞培写信。"

米罗信誓旦旦地说他会考虑一下，但显然他并没有放弃。短短六年时间里，这位野心勃勃的角斗士训练营所有者就已经半只脚踏进了执政官的圈子，在这最后关头，谨慎和理智已经很难约束他了。此外，他还因竞选背了一身债（有人说他欠了七千万赛斯特斯），无论做了什么，他都将面临被流放的命运，现在放弃也捞不到任何好处，因此自然选择继续拉票。庞培也毫不留情，为打倒米罗，他促成了对发生在 1 月 18 日和 19 日的一连串事件——克洛狄乌斯的死亡、元老院会堂里的纵火和雷必达家受到的袭击等——的调查，多米提乌斯·阿赫诺巴尔布斯是这次调查的主导者。为了查清事实真相，他们对米罗和克洛狄乌斯的奴隶严刑拷打。我担心会有哪个可怜的家伙在绝望中想起我也在现场，从而让西塞罗感到为难。但我似乎天生就没有存在感（这也很可能是我能活着写下这部作品的原因），没有人提到我。

讯问结束后，对米罗的审判将于4月初进行，而西塞罗不得不遵守承诺，为米罗辩护。那是我唯一一次见到他表现出战战兢兢的样子。庞培在城市的中心区域部署了大批士兵维持秩序，但他们发挥了完全相反的作用。他们封锁了所有进入广场的通道，把守着主要公共建筑的大门。所有商店都关门了。紧张和恐惧的气氛笼罩了这座城市。庞培以旁听者的身份亲临审判现场，坐在了萨图尔诺农神庙高处的台阶上，周围围着一圈士兵。尽管有士兵维持秩序，但大批克洛狄乌斯的拥趸仍然得以裹挟这场审判。每当米罗和西塞罗想开口说话，这些人都会发出嘲讽的声音，让人很难听清辩方陈词。他们掌控着所有的愤怒和情绪——残忍的罪行、哭泣的寡妇和幼年失怙的孩子。最重要的是，一个政客的职业生涯刚刚走上巅峰就戛然而止，这只会让人在记忆中美化他的形象，无论此人过去有多么不堪。

按照法庭的特别规定，首席辩护律师只有两个小时的发言时间，这对西塞罗来说是一项几乎不可能完成的任务。他很难假装米罗是无辜的，毕竟他总是公然吹嘘自己的所作所为。事实上，米罗的一些支持者，比如鲁富斯，认为西塞罗应该好好利用这种情况，辩称那起谋杀根本不是犯罪，而是一项公益事业。西塞罗不能接受这个辩护理由。"你们在说什么？难道只要符合大多数人的利益，就可以随意动用私刑，置人于死地吗？这是强盗逻辑，鲁富斯，是克洛狄乌斯信奉的道理。我拒绝在罗马的法庭上证明这种观点。"

唯一可行的备选方案是辩称这起谋杀是合乎情理的自卫行为，但这又与克洛狄乌斯被拖出酒馆残忍杀害的证词不符。不过也不是不可以这样做。我知道西塞罗擅长在处于劣势时扭转乾坤，而且他写了一篇精彩的演讲稿。但在计划发表讲话的那天早上，他在极度焦虑中醒来。一开始我没有注意到他的异常。他在做大型演讲前常常表现得很紧张，甚至会拉肚子和呕吐。但这次不一样。他并不是被恐惧支配了——他曾经称恐惧为"冷冰冰的力量"，并学会了如何驾驭它。实际上，他只是生出了逃避的念头，一句话也记不起来了。

米罗建议他坐肩舆前往广场，别让人看到他，在发言前好好冷静一下，养养神。我们也是这么做的。应西塞罗的要求，庞培在审判期间为他提供了护卫，他们封锁了维斯塔树林的一部分，赶走了所有人，而我们的演说家就躺在厚厚的绣花帐下，试图把演讲稿记在脑子里，不时探出身子朝神圣的土地干呕。尽管他看不见人群，但他能听见附近的呼喊和吼叫，这让他感觉更糟了。最后等裁判官的书记员过来接我们的时候，西塞罗已经双腿发软，几乎就要站不住了。当我们走进广场时，喧闹声震耳欲聋，守卫的盔甲和武器发出了令人目眩的寒光。

西塞罗一现身，克劳狄乌斯的支持者就开始嘲笑他。当他想开口说话的时候，嘲笑声更大了。他非常紧张，且在演讲的开头就坦白了这一点——"陪审团的各位，在为最勇敢的人进行辩护时，恐惧是一种不适宜的情绪"。但他把自己的恐惧完全推给了这次审判，称审判受到了操纵："然而我环顾四周，找不到我过去所熟悉的法庭环境和符合传统的法律程序。"

可惜只有知道自己会输的人才会抱怨比赛规则。西塞罗其实提出了一些有力的观点，比如："先生们，如果我只有在克洛狄乌斯又活过来的前提下，才能说服你们判处米罗无罪，那为什么还会有这么多恐惧的眼神？"不过，一场演讲的好坏终究取决于它的效果。陪审团以三十八票对十三票的结果判定米罗有罪，对其处以终身流放。米罗名下的地产以异常低廉的价格被草率拍卖，所

147

得钱款被用来抵债。西塞罗指示特伦提娅的管家费罗提慕斯匿名买下多处地产，方便让米罗日后处理，还把它们的利润交到了米罗的妻子福斯塔手中，而福斯塔已明确表示不会陪丈夫一起流放。一两天之后，米罗兴高采烈地去了南高卢的马西利亚[①]。他知道自己最终会输，便潇洒地转身离开，这样做还让他能保住一条命。为了弥补失误，西塞罗公开了自己的演讲稿，想让人知道如果自己没那么紧张的话，那场演讲原本应该是怎么样的。西塞罗给米罗寄了一份副本，后者在几个月后愉快地回信说，他很高兴西塞罗没有这样演讲，否则我就吃不到这么美味的马西利亚鲱鱼了。

*

米罗离开后不久，庞培邀请西塞罗与自己共进晚餐，以示他们之间并无敌意。西塞罗满腹牢骚地出发，步履蹒跚地回家。他显然处于一种震惊状态，回家后就把我从床上叫醒了。当晚在餐桌上的还有普布利乌斯·克拉苏的遗孀——年轻的科尔内利娅。庞培竟然娶了她！

西塞罗说："我当然向他道了喜——她是个才貌过人的姑娘，即使她的年纪小得可以做他孙女。然后我在闲聊时问他，恺撒对此有何看法。他轻蔑地看着我，说他还没跟恺撒说起这件事：这和恺撒有什么关系？他都五十三岁了，他想娶谁就娶谁！

"我尽可能温和地回答说，也许恺撒会有不同看法——毕竟他之前的联姻提议被拒绝了，新娘的父亲也算不上恺撒的朋友。然后庞培回答道：'噢，不用担心西庇阿，他非常友好。我准备提名

---

① 马西利亚（Massilia）即法国南部港口城市马赛的古称。——译者注

148

他为我的执政官同事！'你不觉得这个人疯了吗？看到罗马现在的状况，恺撒肯定会认为这个地方都被以庞培为首的贵人派占领了。"西塞罗呻吟着闭上眼睛，我猜他喝了不少。"我早就告诉过你会发生这种事。我就是卡桑德拉①——注定要看到未来，也注定永远不被人相信。"

不管西塞罗是不是卡桑德拉，在庞培的特殊任命造成的后果中，有一个是他没能提前预料到的。为了遏制选举腐败，庞培决定改革与行省总督的任命有关的法律。到目前为止，执政官和裁判官都应在卸任后立刻离开罗马，前往某个指定的行省。总督可以从管辖地获取大量财富，于是很多执政官候选人选择预支未来的收入来为自己的竞选活动提供资金支持。庞培曾滥用该制度，却虚伪地决定叫停这种做法。于是执政官卸任后，必须等五年才能接管海外行省。新法令规定，这段时间的职位空缺将由从未担任过总督的裁判官级元老填补，他们通过抽签来决定自己将前往哪个行省。

西塞罗意识到，自己极有可能要被迫去做一件他曾经避之不及的事情：在共和国的某个角落挥汗如雨，为当地人伸张正义。这让他惊恐万分。他请求庞培放过他。他说他的身体状况很差，已经老了。他甚至建议把流放的时间算成任期。

但庞培不同意。事实上，他在说起所有可能落到西塞罗头上的任命以及它们各自的弊端——遥远的路途、难以管教的蛮族、残暴的风俗、恶劣的气候、凶残的野兽、难以通行的道路、无法治愈的地方疾病，等等——时，都似乎带着一种恶毒的快意。在庞培的主导下，元老院举行了特别会议，以抽签决定谁该去哪里。西

---

① 希腊神话中的特洛伊公主、阿波罗的祭司，拥有出色的预言能力，却因抗拒阿波罗而遭受诅咒，无法令他人相信自己的预言。——译者注

塞罗起身从瓮中拿出签交给庞培，后者笑着念出结果："马库斯·图利乌斯抽中了奇里乞亚。"

奇里乞亚！西塞罗几乎掩饰不住自己的失望。这片原始山地位于地中海最东边，是海盗之乡，塞浦路斯岛也在其管辖范围内。它堪称离罗马最远的地方，还和叙利亚接壤，因此如果卡西乌斯不能挡住帕提亚的大军，它就会受到冲击。最糟糕的是，奇里乞亚的现任总督是克洛狄乌斯的兄弟阿庇乌斯·克洛狄·普尔喀，他不会让西塞罗好过的。

我知道他想让我和他一起去，所以拼命找借口留下来。他刚写完《论共和国》。我对他说，我留在罗马会更好，可以监督作品出版。

"胡说，"他反驳道，"阿提库斯会负责的。"

"还有我的身体，"我补充道，"那次在阿尔皮努姆发烧后，我就一直没有完全康复。"

"坐船就行了。"

就这样，我提出的各种借口都遭到了有理有据的反驳。他开始有点生气了。但这次出行让我有种不祥之感。虽然他信誓旦旦，称一年后就会回来，但我感觉离开时间不会这么短。在我看来，罗马已是枯鱼衔索、日薄西山。这或许是因为我每天都要经过元老院的残垣断壁，也可能是因为我意识到庞培和恺撒之间的分歧日益扩大。但不管怎样，一种不知从何而来的恐惧笼罩了我：如果这次我走了，可能就再也回不来了，或者就算我回来了，这座城市也将物是人非。

最后，西塞罗妥协道："好吧，我不能强迫你，毕竟你现在已是自由之身。但我认为这是你欠我的最后一笔人情债。我们做个交易吧：等我们回来，我会出钱为你买下你梦寐以求的那处庄园，而且再也不会逼你为我办事。你的后半辈子都将属于你自己。"

我很难拒绝这样的提议，所以我无视自己的不祥预感，开始帮他规划带去赴任的领导班子。

在出任奇里乞亚行省总督期间，西塞罗将掌管一支约一万四千人的常备军，以应对极有可能爆发的战争。因此，他决定任命两个有从军经历的军团长。其中一人是他的老朋友盖乌斯·彭普提努斯，也是曾帮他逮捕喀提林同谋者的裁判官。另一人则是他的弟弟昆图斯，昆图斯非常渴望离开高卢。起初他在恺撒手下干得如鱼得水，曾随恺撒入侵不列颠，凯旋后获得了军团指挥权。不久之后，高卢大军袭击了军团的冬季营地。那是一场激烈的战斗，十分之九的罗马人负了伤。昆图斯虽然病痛缠身、精疲力竭，但镇定自若、指顾从容，军团在他的指挥下成功抵挡了围攻，等到了恺撒的援军。后来，恺撒在《战记》中特别表扬了昆图斯。

第二年夏天，昆图斯被提拔为新招募的第十四军团的指挥官。但这次他违抗了恺撒的命令。他没有让手下将士都待在营中，而是派出几百个新兵去搜寻食物。在路上，他们遭到日耳曼人的阻击。附近没有任何掩体，新兵们只能不知所措地看向指挥官。在逃跑的过程中，有一半人被围歼。我以前在恺撒那里积累的好感都付诸东流了，在给哥哥的信中，昆图斯沮丧地写道，虽然他当着我的面仍是客客气气的，但我能感觉到他的冷淡。我知道他背着我找我的手下谈话。总之，恐怕我再也不能重获他的信任了。西塞罗写信给恺撒，问他能否让昆图斯和自己一起去奇里乞亚，恺撒欣然同意了。两个月后，昆图斯回到了罗马。

就我所知，西塞罗从没指责过昆图斯，但他们的关系已悄然改变。我相信昆图斯心中肯定充满了挫折感。他本打算去高卢建功立业、实现独立，回来时却声名狼藉、身无分文，比以往的任何时候都更依赖他那出名的兄长。他的婚姻里只剩痛苦。他仍然酗酒度日。而他十五岁的独子小昆图斯就像所有那个年纪的孩子一样，显得阴郁又神秘、傲慢又狡猾。西塞罗认为昆图斯应该多关心孩子，建议昆图斯把儿子一起带去奇里乞亚，和自己的儿子小马库斯做伴。我对这次出行本来就不抱期望，这下更不想离开了。

元老院进入休会期后，我们拖家带口地离开了罗马。西塞罗获得了统帅权，因此不得不带上六名执法吏和一大群帮忙搬运行李的奴隶。特伦提娅和图利娅前来为西塞罗送行，后者刚和克拉西佩斯离婚，比以往任何时候都更愿意亲近她父亲，还在路途中给他朗诵诗歌。但私底下，她的未来让他忧心忡忡：二十五岁，没有孩子，没有丈夫……我们在图斯库鲁姆停下来和阿提库斯道别，西塞罗请他帮忙照看图利娅，最好在他离开期间给她找个新对象。

"当然。"阿提库斯说，"你能也帮我个忙吗？你能不能让昆图斯对我妹妹好点？我知道庞波尼娅是个很难相处的女人，但他从高卢回来后脾气一直很坏，他们天天吵架，这对孩子的成长不好。"

西塞罗答应了，于是当我们在阿尔皮努姆和昆图斯一家碰头时，他把弟弟拉到一边，把阿提库斯说的话重复了一遍。昆图斯答应会尽力而为，但这对于庞波尼娅来说恐怕就太难了。没多久，这对夫妇就开始冷战，更别说同床了。他们非常冷淡地分别了。

特伦提娅和西塞罗之间的关系现在还可以，只有一个雷区需要避开，那就是钱。它也是他们婚后不和的根源。与丈夫不同，特伦提娅很庆幸他被任命为总督，认为这是一个绝佳的发财机会。她甚至还带上了她的管家费罗提慕斯，让他为西塞罗出谋划策并从中牟利。西塞罗一直推三阻四，特伦提娅一直念念叨叨。最后，在分别前的那一天，他终于失去了耐心。

"你对赚钱的执着太不体面了。"

"那也是被你花钱的执着给逼的！"

西塞罗停了一会儿，让自己平静下来，尽量心平气和地做出解释："你好像没搞懂——处在这样的位置上，我不敢行差踏错哪怕一步。我的敌人一直想要抓住我的把柄，随时准备以贪污的名义起诉我。"

"所以你打算成为历史上唯一一个卸任后比上任前更穷的行省总督？"

"我亲爱的妻子，但凡你看过我写下的东西，你都会知道我想出一本关于良政的书。所以我怎么能让自己背上贪污的骂名呢？"

"书！"特伦提娅不屑一顾，"我怎么没见着书里的黄金屋？"

那天晚上，他们终究还是握手言和，一起进餐。为了迁就特伦提娅，西塞罗答应会在来年某些时候听从费罗提慕斯在商业上的建议，但前提是不能违法。

第二天早上，一家人含泪道别，彼此拥抱——西塞罗和十四岁的小马库斯骑马并行，特伦提娅和图利娅站在庄园门口向他们挥手。在道路尽头，我回头看了最后一眼。特伦提娅已经进屋子了，但图利娅还在原地目送我们，她瘦弱的身姿就伫立在巍峨的群山前。

*

我们原定从布隆迪西乌姆出发前往奇里乞亚，但当我们走到韦努西亚①时，西塞罗收到了庞培的邀请。这位要人正在他林敦的

---

① 韦努西亚（Venusia）为今意大利南部巴西利卡大区城市韦诺萨（Venosa）的古称。——译者注

庄园里享受冬日的阳光，他建议西塞罗过去待儿天以便"讨论政治局势"。他林敦离布隆迪西乌姆只有四十罗里，我们的路线差不多也会经过那里，何况庞培并不是一个可以随便拒绝的人，因此，西塞罗别无选择，只能赴约。

庞培和他年轻的新娘沉浸在家庭生活的幸福之中，看上去完全是一对恩爱的夫妇。令人惊讶的是，这房子很简陋；这位西班牙总督身边只带着五十个卫兵，他们都被安顿在附近的屋子里。除此以外，他没有行政权力：他放弃了执政权，赢得了众人的交口称赞。那时他的声望可谓如日中天。很多当地人站在外面，只为一睹他的风采；他偶尔会出去和他们握手，轻拍婴儿的头。他现在愈发臃肿，无论做什么都会气喘吁吁、脸色发紫。科尔内利娅像妈妈一样照顾他，控制他的胃口，鼓励他在海边散步，卫兵就跟在他身后不远处。他无所事事，昏昏欲睡，整天只知道宠爱他的妻子。西塞罗给了他一本《论共和国》。他表示十分高兴，但马上就把它放在一边，我从没见他翻开过。

每当我回首这段为期三天的插曲，都觉得它在我的记忆中似乎分外显眼，就像漆黑广袤的森林中有一块洒满阳光的空地。看着这两位年迈的政治家给小马库斯扔球，或挽起托加袍在岸边打水漂，很难相信有什么阴谋正在酝酿——就算有，也不是什么大事。庞培显得信心十足。

我不知道他和西塞罗谈了些什么，虽然后来西塞罗与我分享了大部分内容。当时的政治局势实际上是这样的：恺撒完全征服了高卢，高卢首领维钦托利投降，被看管起来。敌军被歼灭了。（根据《战记》，在最后一次军事行动中，恺撒攻占了乌克萨洛登纳姆的山顶要塞，抓捕了两千个高卢士兵。恺撒下令砍掉他们的手，然后把他们送回家，好让每个人都知道反抗罗马统治的人会受到什么惩罚。此后就再没出过什么乱子了。）

这么看，现在的问题是如何安排恺撒。他本人希望能够在缺席状态下参加第二年的执政官竞选，这样他在头一年犯下的所有罪行就可免于起诉。至少他想延长任期，继续做高卢的统治者。以加图为首的反对者认为他应该回到罗马，像其他公民一样参加选举，否则他就得放弃他的军队，共和国不能接受一个掌控十一个军团的人坐在意大利边境对元老院发号施令。

"庞培怎么看？"我问道。

"他的看法因时间而异。早上他认为这是完全正确的，他的好朋友恺撒应该被允许在不进入罗马的情况下竞选执政官，他取得了这么大的成就，理应获得如此奖赏。午饭后，他又叹着气想弄清恺撒为什么不直接回家，像其他人一样当面拉票。毕竟他自己当年就是这么做的，这又有哪里不体面了？到了晚上，他——尽管善良的科尔内利娅夫人使出浑身解数劝阻他——喝得满脸通红，开始大声嚷嚷：'让恺撒见鬼去吧！我听腻了恺撒的事！只要他敢带着他该死的军团踏足意大利半步，我就会让他见识到我的厉害——只要我跺一跺脚，就会有十万人起身保护元老院！'"

"你觉得会发生什么？"

"如果那时我在场，我大概会说服他做正确的事，避免内战，避免终极灾难。我担心的是，"他补充道，"在重大决定做出时，我已远在千里之外。"

IX

我并不打算详细介绍西塞罗在奇里乞亚当总督的日子。对于人类历史来说，这段经历只是沧海一粟。即便在当时，西塞罗也是这么认为的。

我们抵达雅典时还是春天。在那里，我们和阿卡德米学园①的首席教授阿里斯图斯共度了十日时光。阿里斯图斯是伊壁鸠鲁学派当时在世的最重要的拥护者。阿里斯图斯和阿提库斯都是忠实的伊壁鸠鲁派，他们从实际和实用的角度来看待快乐生活的关键：健康饮食、适度锻炼、舒适环境、朋友间意趣相投以及远离压力。而作为生活中充满压力的柏拉图派，西塞罗对此表示怀疑。在他看来，伊壁鸠鲁主义实际上是一种反哲学："你们说快乐取决于健康的身体，但能否保持身体健康并不在我们的控制之内。比如说，如果一个人因罹患疾病而生活得很痛苦，或是正在遭受拷打，按照你们的观点，这个人是不可能快乐的。"

"他可能不会非常快乐，"阿里斯图斯退让了一步，"但快乐仍以某种形式存在。"

"不，不，他根本不可能快乐，"西塞罗坚持道，"因为他的快

---

① 阿卡德米学园（Academy）是柏拉图于公元前 387 年开设的学校，公元 529 年被东罗马皇帝查士丁尼一世关闭。后来 academy 成了西方对教育和学术机构的泛称。——译者注

乐完全取决于他的肉体。然而在整个哲学史上，最出色且最卓有成效的哲理只是一句简单的格言：道德之善才是善。由此我们可以证明，道德之善本身就足以成就快乐的生活。从中我们可以得出第三句格言：道德之善乃世间唯一之善。"

"啊，但如果我拷打你，"阿里斯图斯会意一笑，反驳道，"你就会和我一样不快乐。"

但西塞罗非常严肃："不，不，因为只要我能够保持道德之善——这并不简单，但顺便说一下，我已经做到了——无论我有多痛苦，我都会一直保持快乐。甚至当拷打者累到无法站立时，他带来的痛苦也不会超出肉体范畴。"

这些当然都不是原话，他们的讨论要更冗长、更复杂，我在这里进行了简化。但归根结底，这就是这次讨论的结果。西塞罗也就是从那时起打算写下一些哲学作品。这些作品不会堆砌夸张的抽象概念；相反，它们将是帮助人们实现美好生活的指南。

我们从雅典出发沿着海岸线航行，十二艘船组成的舰队横穿爱琴海，从一个海岛驶向下一个海岛。罗德岛人的船庞大笨重且行驶缓慢，它们甚至会在只有小浪的海面上摇摆颠簸，而且无法抵挡风雨。我还记得在经过提洛岛时我在暴雨中颤抖的情形。据称，在那片令人忧郁的土地上，每天都有一万个奴隶被出售。我们每到一处，前来看西塞罗的人总是蜂拥而至，把他团团围住。我敢说，在所有罗马人中，除了庞培和恺撒——可能还要加上加图——不会有人比西塞罗更出名。在以弗所，我们这支由军团长、财务官、执法吏和军事保民官组成的远征队伍带着所有奴隶和行李，换乘牛车和骡车，沿着尘土飞扬的山路深入小亚细亚内部。

我们整整花了五十二天时间，才从意大利走到奇里乞亚行省的第一个小城老底嘉①。西塞罗立即要求开展工作。贫困疲惫的平民陆续来到阴暗的巴西利卡，走上耀眼的白石砌成的广场，慢吞吞地排起长队。他们不停抱怨海关官员和人头税，抱怨腐败、苍蝇、炎热、痢疾，抱怨空气中似乎一直弥漫着山羊和绵羊粪便的刺鼻臭味，抱怨发苦的葡萄酒和油腻辛辣的食物，抱怨自己待着的小城镇缺乏赏心悦目的风景、情节复杂的故事和美味可口的食物。被困在这种地方，西塞罗心中肯定充满怨气！他们在意大利决定世界的命运，他却被排除在外。他决定口述信件，向所有他能想到的在罗马的人求助，请求他们务必将他的任期限制为一年。在这之前，我几乎没有时间取出笔墨。

没过多久，我们就收到了卡西乌斯寄来的急件。帕提亚的王子率领大军入侵了叙利亚，卡西乌斯必须将他的军团撤回安条克要塞。这意味着西塞罗必须立即出发，和卡西乌斯驻扎在托罗斯山脉（这雄伟的山脉是将奇里乞亚和叙利亚分开的天然屏障）脚下的军队会和。昆图斯非常激动。西塞罗很有可能在之后一个月里获得对帝国东翼整条防线的指挥权。但随后我们收到了卡西乌斯寄来的新报告：面对安条克坚不可摧的城墙，帕提亚人落荒而逃。卡西乌斯追上并击败了他们。王子死了，危机解除了。

我不知道西塞罗在得知这个消息后的心情是什么样的——是更轻松，还是更失望？——但他后来还是打了一仗。当地的一些部落趁帕提亚生事之机起兵反抗罗马的统治。其中有个地方名为彭德西乌姆，那里聚集了大量叛军，西塞罗派军包围了那里。

我们在山中的军营里住了两个月，昆图斯像小孩子一样兴高采烈，整日忙于修建坡道和塔楼、挖壕沟以及训练炮兵。我觉得

---

① 老底嘉（Laodicea）为弗里吉亚地区的古代城市，位于今土耳其代尼兹利省附近。——译者注

整个行动都让人很不舒服，我想西塞罗也这样认为，因为叛军根本没有机会获胜。我们日复一日地朝镇里射箭和投掷燃烧弹，直到里面的人向我们投降，我军蜂拥而上，将它洗劫一空。昆图斯处死了带头的人。剩下的反叛者被套上枷锁，带到海边，运往提洛岛，然后被卖为奴隶。西塞罗看着他们离开，神色忧郁。"如果我是恺撒那样伟大的军人，我就会把他们的手全部切掉。这样他们不就能获得安宁了吗？但在用各种文明人的方式把蛮族小屋烧成灰烬时，我的内心难言得到了很大的满足。"尽管如此，西塞罗的部下仍称他为沙场上的英白拉多。后来他让我写了六百封信（每个元老都收到了一封），要求元老院奖励他一场凯旋式[①]。在军营艰苦的环境中，完成这项繁重的工作让我筋疲力尽。

*

冬天到来后，西塞罗把指挥权委托给昆图斯，他自己则回到了老底嘉。他弟弟对镇压叛乱的热衷和对下属的粗暴态度（易怒、粗鲁、粗心——他这样向阿提库斯描述了昆图斯）让他相当震惊。他也不太关心他的侄子，认为他是一个自命不凡的少年。小昆图斯喜欢让所有人都知道自己是谁（光从他的名字就能看出来），而且对当地人非常不屑。但西塞罗还是尽到了一个好伯父的义务：在那年春天的酒神节上，西塞罗代替昆图斯主持了小昆图斯的成人仪式，亲自帮侄子刮了胡子，还亲自帮他换上了第一件托加袍。

---

① 凯旋式（triumph）是一种公开庆功的仪式，是元老院对指挥官的嘉奖，只有拥有军事统帅权的人才有资格获得这项荣誉。由于有军权的人一般来说是禁止进入罗马的，因此想要举行凯旋式的将领必须等在城外，直到元老院授权。——作者注

他自己的儿子小马库斯也让他忧心忡忡。但他的情况和小昆图斯有所不同：这个小伙子性格平易近人，做事粗枝大叶，喜欢运动，但在学业上有点迟钝。相较于学习希腊语和拉丁语，他更喜欢和军官们泡在一起，练习剑术和掷标枪。"我非常爱他，"西塞罗告诉我，"他本质上是个善良的孩子，但有时我会怀疑他是谁的孩子——我看不出来他身上有哪里像我。"

家庭给他带来的烦恼远不止这些。他让图利娅自己和她母亲来决定新丈夫的人选，但他表明他更青睐于安全、可靠、正派的年轻贵族，比如提比略·尼禄，又比如他的老朋友塞维乌斯·苏尔比基乌斯的儿子。但她们看中了西塞罗最看不上的普布利乌斯·科尔内利乌斯·多拉贝拉。他是个声名狼藉的浪荡子，年仅十九岁（比图利娅小七岁），但已经结过一次婚了，前妻是个比他年长很多的女人。

等西塞罗收到来信，得知她们的决定时，已经来不及阻止了。当她们收到他的答复时，婚礼早就举行了——她们肯定知道这点。"我能怎么办呢？"他叹气道，"这就是生活——听天由命吧。我能理解图利娅的选择——他很英俊，很迷人，她应该好好享受生活。但特伦提娅！她在想什么？听上去她自己都快爱上那家伙了。我快搞不懂她了。"

这就是西塞罗最担心的事：特伦提娅明显不太对劲。最近他收到了米罗的来信，字里行间都是责备。米罗想知道，之前西塞罗用低价拍下的他的产业现在到底怎么了——他的妻子福斯塔一分钱也没有拿到。很凑巧的是，代西塞罗打理商业事务的经纪人，也就是特伦提娅的管家费罗提慕斯，仍希望说服西塞罗采纳一些可疑的挣钱计划，因此恰好要来老底嘉和他会面。

西塞罗当着我的面接待了费罗提慕斯，并直截了当地告诉他，他或他的手下及家人不得参与任何见不得人的交易。"省点力气，别白费口舌了，不如我们聊聊米罗那些被变卖的产业。你应该还记得吧？那笔交易当时已经定下来了，你几乎用白给的价格买下了它们，之后我让你把它们卖了，再把卖出的钱交给福斯塔。"

费罗提慕斯比以前胖多了，在炎炎夏日里汗流不止。他面红耳赤，结结巴巴地辩解说自己记不清细节了，那都是一年多前的事了，他得先去查一下账，而账本都在罗马。

西塞罗摊开双手。"别闹了伙计，你肯定记得。这还没过去多久呢。我们说的可是好几万的交易额。到底发生什么了？"

但费罗提慕斯翻来覆去就这么几句话：他很抱歉，他不记得了，他要查一下。

"我现在怀疑你把钱装进自己的口袋了。"

费罗提慕斯否认了。

西塞罗突然说："我妻子知道这事吗？"

西塞罗一提到特伦提娅，费罗提慕斯的态度就变了。他不再坐立不安，而是一言不发，不管西塞罗怎么盘问，都不肯再多说一个字。最后，西塞罗叫他滚出去。在他走后，西塞罗对我说："你注意到他最后有多无礼没？他说应该捍卫一位女士的荣誉，就好像他认为我不配说出自己妻子的名字。"

我承认这很让人在意。

"让人在意——就是这个词。他们一直很亲近，但自从我被流放后……"

他摇了摇头，欲言又止。我没有说话。现在似乎不宜置评。我至今都不知道他的怀疑是否正确。我只能说他对整件事深感不安，还立刻给阿提库斯写信，请他深入调查：我无法用言语表达我的恐惧。

任期还有一个月就要结束时，西塞罗带着我和两个孩子，在执法吏的护送下回到了罗马，留下财政官打理行省事宜。

他知道自己提前离职，把奇里乞亚甩给新手执政官的行为会遭到谴责，但大部分人没空关注这点小事，因为恺撒在高卢的任期即将结束。我们路过罗德岛时，西塞罗想带小昆图斯和小马库斯去看一看。他还想参观阿波罗尼乌斯·摩隆的坟墓。三十年前，他有幸得到这位伟大的讲演术导师的指教，并从此开启了政治生涯。它位于卡尔帕索斯海峡对面的一个岬角上。那是一块简朴的白色大理石墓碑，上面刻着演说家的名字和他最喜欢的一条箴言：没有什么比眼泪干得还快。西塞罗站在那里，久久不肯离去。

不幸的是，绕路到罗德岛大大耽误了我们的行程。那年夏天，从北方吹来的季风异常强劲，我们的小船被困在港口长达三个星期。在此期间，罗马的政治局势急剧恶化。等我们回到以弗所时，一大堆可怕的消息已等在了那里。越是到这种时候，鲁富斯写道，就越显危险。庞培执意不让恺撒参选执政官，除非他交出军队和行省，而恺撒相信离开军队就是死路一条。所以这就是他们那亲密的关系、他们那可耻的联合所带来的结果——不是背后中伤，而是正面交战！

一周后，西塞罗在雅典收到了更多信件，既有庞培的也有恺撒的，信中他们都在抱怨对方并请求他的效忠。我的意见是，他要么当执政官，要么保留军团，庞培写道，两者绝对不可兼得。相信你也同意这句话，也会坚定地同我、同元老院站在一起，就像过去那样。恺撒则写道：我担心庞培高尚的品性会蒙蔽他的双眼，让他无法看清我那些敌人的真实意图。我相信你，亲爱的西塞罗，会告诉他我不可能、不应该，将来也不会眼看着自己变得毫无还手之力。

这两封信让西塞罗陷入极度焦虑的状态。他坐在阿里斯图斯的书房里，把两封信放在面前的书桌上，在它们间来回扫视。我想我遇到了有史以来最激烈的斗争，他在给阿提库斯的信中写道，他们即将展开波及面极大的竞争。他们都把我当作自己人。可是我该做些什么呢？他们会替我声明观点。说出来你可能会笑，但我真希望我还待在奇里乞亚。

那天夜里，尽管雅典很热，我还是躺在床上瑟瑟发抖，把牙齿咬得咯咯作响，做着这样的梦：西塞罗正在向我口授一封信，庞培和恺撒两人都会得到这封信的副本，向他们保证他将提供支持。但想用语言取悦一个人，就会激怒另一个人，顾此失彼是难免的。我惊慌失措，一直试图用中立的态度组织语言。每当我以为我成功了，这些文字都会在我脑子里变得杂乱无章，我只能从头来过。这听上去简直不可理喻，但同时又非常真实。等到早上醒过来的那一瞬间，我意识到自己又发烧了。就像那次在阿尔皮努姆发高烧，这一次我也感到痛苦不堪。

我们计划在我发烧那天乘船前往科林斯。我尽力表现得和往常一样，但我想我看上去一定脸色发黑、眼窝深陷。西塞罗劝我吃点东西，但我一吃就想吐。虽然我靠自己上了船，但在船上我几乎一直处于昏睡状态。当晚我们在科林斯靠岸时，他们不得不把我抬下船并送到床上。

该如何安置我现在成了个问题。我不想被落下，西塞罗也不想丢下我，但他必须回到罗马，一是要尽自己的微薄之力去阻止一触即发的内战，二是要争取一场凯旋式（虽然成功的可能性不大，但他仍抱有一线希望）。他没工夫在希腊等他的秘书康复。回想起来，我就应该留在科林斯，可我们当时赌了一把，想着我说不定能再挺两天，等到了帕特雷就会有船把我们送回意大利。那是个愚蠢的决定。我裹上毯子，在极度不适中坐到马车后部，沿着滨海大路前往目的地。到了帕特雷，我恳求他们把我留在那里，不要带我继续前进。长途航海会要了我的命。西塞罗最后勉为其难地同意了。他们把我安置在港口附近的一处庄园里休息，它属于一个名叫吕索的希腊商人。西塞罗、小马库斯和小昆图斯围在床边和我握手道别。西塞罗流下眼泪。我开了个干巴巴的玩笑，说这场面就像在和苏格拉底做临终道别。然后他们就离开了。

*

第二天，西塞罗给我写了封信，随信一起来的还有他最信任的奴隶马里奥。

> 我以为我能忍受没有你的生活，但说实话我觉得很难。我就不该把你留下。之后等你身体好点儿，吃得下东西时，你可以过来找我，决定权在你手中。用你那聪明的脑袋好好想想吧。我想你，但我也爱你。爱你所以希望你能身体健康，想你所以希望尽快见到你。身体才是最重要的。你最该操心的就是如何把身体养好。你为我做了那么多事，这是我最应感激的一件。

在我养病时，他给我写了很多这样的信，有一次一天就写了三封。我当然也很想他，但我的身体垮了，不能出行。八个月后，我才终于又见到了他，那时他的世界——我们的世界——已经发生了翻天覆地的变化。

吕索是个贴心的东道主，为我请来了他自己的医生，一个名叫阿斯克拉波的希腊人。清肠、发汗、禁食禁水——我们尝试了所有治疗间日疟的标准疗法，可我真正需要的其实只有休息。但西塞罗担心吕索有点随意（所有希腊人都这样），安排我于几天后搬去山上一座更大也更安静的房子里，远离港口的喧嚣。它属于西塞罗的儿时好友马尼乌斯·库里乌斯：我希望你能在库里乌斯那里得到妥善的治疗和足够的重视。他心地善良、为人真诚，你可以放心地把自己交给他。

库里乌斯是个鳏居的银行家，确实和蔼可亲、为人文雅，把我照顾得很好。我得到了一间带阳台的房间，从阳台上可以向西看到大海。后来，当感到身体逐渐好转时，我每天下午都会在阳台上坐一个小时，看着货船进出港口。库里乌斯经常和罗马的各路人马打交道——元老、骑士、包税人、船东。此外，我和西塞罗的通信及帕特雷作为希腊门户城市的地理优势也保证了我们能够以最快的速度了解罗马政局的最新动向。

1月末的一天——距西塞罗离开已过了约三个月——库里乌斯走进我的房间，表情严肃。他问我是否做好了接受坏消息的准备。我点点头，他继续道："恺撒入侵了意大利。"

接下来的好几年里，西塞罗都一直在想，如果我们没在罗德岛上耽搁那三个星期，局势是不是就不会走向战争。他悔恨不已。要是早一个月到罗马就好了！他是少有的在两人面前都说得上话的人，而且就在冲突爆发前不久（不到一个星期前），刚抵达罗马郊外的他告诉我，他正准备进行斡旋，希望促使双方达成如下妥协：恺撒同意放弃高卢，只留下一个兵团，以换取在缺席状态下竞选执政官的机会。但那时已经太迟了。庞培对这项提议持怀疑态度；元老院拒绝了它；而恺撒，西塞罗怀疑他早就决定要动手了，因为他算到了现在正是他势力最强大的时候。总之，我周围都是些战争狂人。

一听到恺撒入侵的消息，西塞罗就直奔庞培在苹丘的住所去向他表示支持。里面挤满了主战派的领军人物，包括加图、阿赫诺巴尔布斯、执政官马塞林努斯和朗图路斯。他们总共有十五到二十人。庞培怒不可遏，同时也惊慌不已。他误以为恺撒带着五万士兵倾巢而出；而事实上，那个疯子放手赌了一把，只带了五千人渡过卢比孔河，凭着一股冲劲震慑敌人。但庞培并不知情，于是他下令弃城，命令所有元老离开罗马，留下来的人都将被视为叛徒。西塞罗提出异议，认为这是个疯狂的策略。庞培把矛头转向他："也包括你，西塞罗！"庞培宣称，这场战争不会在罗马或者在意大利决出胜负，不然就会正中恺撒下怀。这将是一场世界大战，战火将在西班牙、阿非利加、东地中海等地区燃起，海上尤为重要。他会封锁意大利，切断其粮食补给，迫使敌人投降。恺撒只会得到一个藏骸所。

这场战争让我不寒而栗，西塞罗写信给阿提库斯说，它的野蛮程度和波及范围将远超所有人的想象。庞培的敌意也让西塞罗震惊不已。他遵从命令离开罗马，撤到福尔米亚，开始考虑后路。他虽然受命主管坎帕尼亚的海防和募兵工作，但实际上什么也没做。庞培冷冷地提醒他注意他的职责：看在你对国家一片忠心的分上，我强烈建议你到我们这边来，这样大家就可以齐心协力，为我们受苦受难的国家提供帮助和支持。

西塞罗大约就是在这个时候给我写了信，而我在得知战争爆发的三周之后收到了它。

西塞罗致他亲爱的提罗:

　　我的性命、所有正直之人的性命乃至整个国家的命运都危在旦夕。正如你知道的那样,我们离开了家园和故乡,把它们留给了掠夺者和熊熊大火。受某种愚蠢的想法驱使,恺撒忘记了他背负的名字和曾经赢得的荣誉,先是占领了阿里米尼乌姆,接着攻克了皮萨乌鲁姆、安科纳、阿瑞底姆。[①] 所以我们放弃了罗马——没有必要去争论这个决定是否明智或勇敢。走到这一步,我们只能等待神明或意外来解救我们。更让我郁闷的是,我的女婿多拉贝拉竟和恺撒站在一起。

　　我只是想让你知道这些事。别为它们心烦,别让它们耽误你康复。既然你已无法在我最需要你的帮助和忠心时陪在我的身边,就千万不要着急犯傻,不要带病出航。

　　我听从了他的吩咐。在得知罗马共和国的溃败后,我也在房间里病倒了。此后,在我的记忆里,我的病痛和意大利经历的疯狂就永远纠缠在了一起,成了一场发烧时的噩梦。庞培匆忙召集军队,准备从布隆迪西乌姆转移到马其顿,从那里发动他们的世界大战。恺撒紧追不舍。他试图封锁港口,但没有成功。他看着庞培舰队的船帆渐渐消失在远方,随后转身,列队原路返回罗马。他沿着阿庇安大道经过了西塞罗位于福尔米亚的庄园。

---

① 阿里米尼乌姆(Ariminium)、皮萨乌鲁姆(Pisaurum)、阿瑞底姆(Arritium)分别是意大利城市里米尼、佩萨罗和阿雷佐的古称。——译者注

福尔米亚，3月29日

西塞罗致他亲爱的提罗：

所以我终于见到了那个疯子——这是近九年来的第一次，你敢信吗？他看上去没什么变化。也许面部线条更冷硬了，身材更瘦削了，头发更花白了，皱纹也变多了；但我觉得这种强盗生活挺适合他。特伦提娅、图利娅和小马库斯同我待在一起（他们也向你问好）。

事情是这样的。昨天他行军经过我们家门前——那些人看上去十分狂傲，但没有打扰我们。我们正要坐下来吃晚饭，这时门口传来一阵骚动，来了一队骑兵。看看这群随从，看看这可怕的世道！我从未见过如此可怕的暴徒！恺撒本人——人们不禁怀疑他还是不是人类——机警大胆，行色匆匆。他是罗马的将军还是汉尼拔？"我想着来都来了，反正离你这么近，就顺道来看看你。"说的就好像他是个乡下的邻居。在特伦提娅和图利娅面前，他表现得彬彬有礼。他婉拒了我们的款待（"我必须继续行军"），于是我们去书房谈了谈，就我们两人。他单刀直入，表明他将在四天后召集元老院会议。

"凭什么？"

"凭这个。"他拍了拍他的剑，"一起努力争取和平吧。"

"我可以用自己的方式争取吗？"

"当然，我哪里有权给你定规矩？"

"那么，我要说的是，如果你的计划是出兵西班牙或希腊，在那里与共和国的军队交手，元老院是不会同意的。我还会为庞培说很多好话。"

听完这番话，他抗议说这些不是他想从我嘴里听到的。

"所以我想，"我回应道，"这就是我不想到场的原因。我要么离远点儿，要么在那种压力下发言。再说，如果让我待在那儿，我可能会忍不住说些其他事情。"

他变得异常冷淡。他说我实际上是在对他宣判，而且如果我不愿为他效劳，别人也不会愿意。他让我好好考虑一下，之后再把决定告诉他。说完，他起身准备离开。"最后，"他说，"我还是想听听你的建议。但如果你没有，我就去找别人问。我会不惜一切代价达成目的。"

说完他就离开了。毫无疑问，这次会面让他十分不满。我意识到自己不能再待在这里了。苦难真是没完没了。

我不知道该怎么回复，而且我怕信会被人拦截，因为西塞罗发现他周围全是恺撒的眼线。比如说男孩们的家庭教师狄奥尼西乌斯，他还和我们一起去了奇里乞亚，结果是个线人。更令西塞罗震惊的是，在恺撒造访福尔米亚之后，他的侄子小昆图斯直接找上恺撒，告诉对方伯父准备投奔庞培。

当时恺撒正在罗马。他继续推动他和西塞罗提过的计划，召开了元老院会议，但基本没人参加，因为几乎随时都有元老抛弃意大利前往马其顿投奔庞培。但庞培因急于逃跑而犯下了一个让人难以置信的错误：他忘了带走国库里的钱。恺撒率领一群士兵前去抢夺。保民官卢基乌斯·凯基利乌斯·梅特卢斯守在国库大门前，讲了一通法律的尊严。对此，恺撒的回应是："有的时候法律说了算，但有的时候军队说了算。就算你不喜欢眼下我们正在做的这件事，也给我省省口舌，滚到一边去。"梅特卢斯仍拒绝离开，于是恺撒威胁道："让开，否则我就杀了你。要知道，年轻人，我更喜欢直接动手。"听到这话，梅特卢斯立刻让开了。

　　小昆图斯就是向这种人出卖伯父的。几天后，西塞罗收到了一封恺撒的信，恺撒当时正在去西班牙攻打庞培的路上。这封信让西塞罗第一次察觉到了小昆图斯的背叛。

前往马西利亚的途中，4月16日
恺撒英白拉多致西塞罗英白拉多：

　　　　有些传闻让我困惑不已，因此我觉得我该写信给你，希望你看在我们老交情的分上不要鲁莽行事，破坏我们的情谊。对于一个爱好和平的好人和好公民来说，远离内乱是再适合不过的做法。有些人赞成这种做法，但出于对自身安全的担忧没有这样做。然而，你见证了我的事业，我们的友谊也证明了你能做出合理的判断。只要好好考虑一下，你就会发现没有比远离冲突更安全、更高尚的选择了。

　　西塞罗后来告诉我，他是在读到这封信时才决定乘船投奔庞培的——"如有必要，划艇也可以"，因为他无法忍受自己屈从于这种粗暴邪恶的威胁。他把小昆图斯叫到福尔米亚，狠狠斥责了侄子一顿。但西塞罗心里其实非常感激他，还劝弟弟不要太苛责他。"毕竟，除了说出我内心的想法外，他又做了什么呢？是我自己没有勇气在恺撒面前这样做。后来，恺撒给我提供了一处避难所，让我可以袖手旁观，可以在其他人为共和国的事业牺牲性命时，于战火中保全自己。那时，我突然明白了自己的责任所在。"

　　他通过阿提库斯和库里乌斯给我寄了封语意模糊的信，说他正在前往我和你第一次见到米罗和他的角斗士的地方，如果你的健康状况允许，并且你也愿意在那里和我会合，那就再好不过了。

我立刻意识到他指的是塞萨洛尼卡，庞培正在那里集结军队。内战听上去很危险，我不想让自己被卷进去。但另一方面，我忠于西塞罗，支持他的决定。尽管庞培有种种过错，但他至少表现出了愿意遵守法律的样子：在克洛狄乌斯遇害后，他得到了最高权力，随后又把它交了出去。法理是站在他那边的；入侵意大利、摧毁共和国的是恺撒，而不是他。

　　烧退了，身体好转了，我也知道自己该怎么做了。因此，在6月底，我向库里乌斯道别（我们成了好朋友），动身去战争中碰碰运气。

X

海船是我的主要交通工具——我先是向东航行到科林斯湾，再沿爱琴海海岸北上。库里乌斯送了我一个奴隶当男仆，但我更喜欢独自旅行：由于我自己就曾是别人的所有物，主人这个角色让我感到很不自在。橄榄树、牧羊人、神庙和渔民构成一幅古老、幽静的画面，看着它们，我很难想象各地都在发生巨变。直到我们绕过一个岬角，可以看见塞萨洛尼卡的港口时，我们才察觉到异常。上百艘运兵船和补给船把港口堵得严严实实，几乎可以让人脚不沾水地穿过整个海湾。港口内，到处可以见到战争的影子——士兵，骑兵，满载武器、盔甲和帐篷的马车，攻城车。这支整装待发的庞大队伍还有一大群尾随者。

我不知道在这样一片混乱中，自己该去哪儿找西塞罗，但我记得有一个人能找到他。伊比芬尼一开始没认出我，也许是因为我穿了一件托加袍，他也从没想过我会成为罗马公民。我提起我们过去的交易，他大叫一声，抓起我的手，贴在胸口。尽管他在我面前顿足搓手、扼腕叹息，但从他的宝石戒指和沙发上噘着嘴、染了指甲的女奴可以看出，这场战争似乎让他赚得盆满钵满。他说西塞罗回到了我们十年前住过的庄园。"愿诸神保佑你们能够迅速取胜，"他朝我喊道，"但在那之前，我们也许能一起做一笔好买卖。"

再次走过熟悉的道路，踏入那栋熟悉的房子，发现西塞罗正坐在院子里的同一个石凳上，用同样的沮丧表情怔怔望向前方，我心中生出一种奇怪的感觉。他一看到我就跳了起来，张开双臂抱住我。"你太瘦了！"他摸着我突出的肩胛骨和肋骨抗议道，"你又会生病的！我们一定要把你喂胖！"

他叫其他人过来看是谁来了。他们从不同的方向赶来：有他的儿子小马库斯，现在十六岁，身材魁梧，头发蓬松，穿着一件标志成年的托加袍；有他的侄子小昆图斯，看上去略显羞涩，他肯定知道他的伯父会把他恶意告密的事告诉我；然后是昆图斯，他一脸愁闷，笑容一闪即逝。除了小马库斯（他正在接受骑兵训练，喜欢和士兵们待一起）外，这显然是一个不幸的家庭。

"我们的策略真是大错特错。"那天晚上吃饭时西塞罗向我抱怨道，"恺撒在西班牙横冲直撞，我们却束手无策地坐在这里。在我看来，大家都太在意卜兆了——它对平时的政府管理可能有点用，但和领兵作战格格不入。我有时在想，庞培到底是不是大家吹捧的那种军事天才。"

西塞罗不愧是西塞罗，他并没有只在家庭内部表达这种观点，而是让它传遍整个塞萨洛尼卡，让所有愿意听的人听到。没过多久我就意识到，大家都觉得他有点悲观主义。不出所料，庞培几乎没和他碰面，但我想那可能是因为庞培忙于在外面训练新招募的军团。在我到达这里的时候，有将近两百名元老带着他们的幕僚挤在城里，大多上了年纪。他们整天在阿波罗神庙里闲逛，无所事事，彼此争吵。所有战争都很可怕，内战尤其如此。西塞罗有几位好友，如年轻的凯利乌斯·鲁富斯，都在同恺撒作战。他的新女婿多拉贝拉却在亚得里亚海上指挥恺撒的一小队战舰。庞培回城后对西塞罗说的第一句话就是"你的新女婿呢"。这话说得很不客气。西塞罗回答道："和你的老岳父在一起呢。"庞培哼了一声，转身离开了。

我问西塞罗，多拉贝拉是个什么样的人。他翻了个白眼。"一个投机分子，和恺撒那帮人一样；一个流氓、犬儒派，脑子里全是动物本能——我还挺喜欢他的。但我可怜的图利娅！她这次给自己找了个什么丈夫？我亲爱的姑娘在我离开之前刚在库迈生了孩子，但那孩子没能活过一天，再生一胎肯定会要了她的命。此外，多拉贝拉越厌烦她和她的体弱多病——她比他大——她就越爱他。我还没给他剩下的嫁妆。六十万赛斯特斯！我自己都被困在这里了，还能上哪儿去搞到这么大一笔钱？"

那个夏天比西塞罗被流放时还要热，而现在半个罗马都随他一起被流放了。在这座潮湿拥挤的城市里，我们变得萎靡不振。有时候，看到这么多曾经无视西塞罗的警告的人——为了自己能安静地生活，他们曾放任恺撒把西塞罗驱逐出罗马——现在也要背井离乡，因未来的不确定性而感到焦虑，我心中很难不产生一种可怕的满足感。

要是能早点阻止恺撒就好了！每个人都这么说。可现在为时已晚，他占尽了上风。在夏天最炎热的时候，一群信使来到了塞萨洛尼卡：战斗了短短四十天后，元老院的军队就在西班牙向恺撒投降了。这消息引起了极大的恐慌。没过多久，战败的指挥官也回来了，他们是庞培最忠心的副将卢基乌斯·阿弗拉尼乌斯和十四年前在战场上打败喀提林的马库斯·彼得雷乌斯。他们的出现让一众流亡元老大吃一惊。加图站起身，问出大家心中的问题："为什么你们既没战死，又没被关起来？"阿弗拉尼乌斯羞愧地解释道，恺撒赦免了他们，并允许所有为元老院而战的士兵回家。

"赦免你们？"加图怒斥道，"你这话是什么意思？赦免你们？他现在是国王了吗？你们是合法军队的合法指挥官，而他只是个叛徒。你们应该自杀，而不是接受一个叛徒的怜悯！你们连名誉都不要了，还活着干什么？还是说你们现在活着就是为了吃喝拉撒？"

阿弗拉尼乌斯拔出剑，用颤抖的声音宣称没有人能叫他懦夫，加图也不行。要不是众人把他们拉开，他们非得打个你死我活。

西塞罗后来对我说，在恺撒推行的所有举措中，最英明的大概就是他的宽大政策。它和针对乌克萨洛登纳姆守军的砍掉手再送回去，有耐人寻味的相似之处。那些骄傲的人遭到羞辱、受到阉割，悄悄回到队伍，在战友们惊讶的目光中成为恺撒力量的象征。他们的出现打击了整个军队的士气，因为他们的遭遇告诉大家，只要放下武器就能回家。这让庞培怎么劝那些士兵战斗到底？

为此，庞培召开了紧急会议，参会者包括军队和元老院中的领头人。西塞罗目前仍是奇里乞亚的总督，自然也出席了会议。他在执法吏的陪同下去了神庙。他本来想带上昆图斯，但昆图斯被庞培的副官拒之门外。更让人愤怒和尴尬的是，昆图斯不得不和我一起待在外面。我看到的参会者有：阿弗拉尼乌斯，他在西班牙的所作所为得到了庞培的坚定维护；多米提乌斯·阿赫诺巴尔布斯，他在恺撒围攻马西利亚时成功逃离，现在看谁都觉得是叛徒；提图斯·拉比埃努斯，他是庞培的老盟友，曾在恺撒手下出任高卢的二把手，但拒绝跟随恺撒渡过卢比孔河；马库斯·毕布路斯，他是恺撒的前执政官同事，现为元老院舰队指挥官，手下有五百艘军舰；加图，庞培曾答应给加图舰队的指挥权，但后来改了主意，觉得不该把这么大的权力交给一个脾气暴躁的人；马库斯·尤尼乌斯·布鲁图斯，他只有三十六岁，是加图的外甥，但据说庞培对他的到来喜出望外，因为庞培在苏拉时代杀死了布鲁图斯的父亲，双方本来结下了血海深仇。

据西塞罗所说，庞培表现得胸有成竹。他减了体重，开始锻炼身体，看上去比在意大利时年轻了整整十岁。他认为丢了西班牙不是什么大事。"听我说，先生们，听听我一直都在说的话：我们将在海上取得胜利。"根据我方密探从布隆迪西乌姆传来的消息，恺撒手上的军舰不到元老院的一半。这纯粹是个数学问题：恺撒没有足够多的运兵船，不能突破庞培的军团对意大利的包围，因此他被困住了。"我们占尽天时地利。从现在开始，这场战争将由我来主导，按照我的计划推进。"

*

三个月后的某天半夜，一阵猛烈的敲门声把我们吵醒了。我们睡眼惺忪地赶到会客室，几个执法吏和一位来自庞培指挥部的军官已经等在了那里。四天前，恺撒的军队在狄拉奇乌姆附近的伊利里库姆海岸登陆。庞培下令全军在黎明时分出击，这意味着他们要行军三百罗里。

西塞罗问道："恺撒和他的部队在一起吗？"

"我们是这么认为的。"

昆图斯说："但我以为他在西班牙。"

"他确实曾在西班牙，"西塞罗冷淡地回答，"但显然他现在到了这里。真让人难以置信：我还记得有人曾信誓旦旦地保证这种事情是绝对不会发生的，因为他没有足够多的运兵船。"

天一亮我们就朝埃格纳提亚大门走去，想看看能不能在那里有更多的发现。军队的前行让地面开始震动——四万人排成的大

176

纵队正从城中经过。这支队伍据说长达三十罗里，当然我们只能看见其中的一部分。队伍里有负重前行的步兵，标枪闪闪发光的骑兵，带有"元老院与罗马人民"字样的鹰旗，小号手和短号手，弓箭手，投石手，炮手，奴隶，厨师，抄书吏，医生，装满行李的马车，载满帐篷、工具、食物和武器的驮骡，以及拉着弩弓和弩炮的牛马。

我们在接近中午的时候加入了队伍。即便是我这样一个对军事一窍不通的人，也不禁激动起来；就连西塞罗也一度充满信心。至于小马库斯，他仿佛置身天堂，在我们和骑兵之间跑来跑去。我们骑在马背上，前面是拿着高贵束杖的执法吏。我们穿过平原，沿着上坡路走向群山。此时我放眼望去，只见人头攒动，队伍一眼望不到尽头。我们行进时扬起了红褐色的尘土，士兵的头盔或标枪不时在阳光下反射出金属光泽。

夜幕降临，我们来到第一个营地，那里壕沟、土垒、围栅一应俱全。帐篷已经搭好，篝火已经点燃。夜幕降临后，营地里弥漫着食物的香气。我印象最深的是，在茫茫暮霭中，铁匠挥舞着锤子，让整个营地都回荡起叮叮当当的声音；马匹在围栏中走来走去，轻声嘶鸣。数十顶帐篷散发出了皮革的味道，其中最大的一顶被分给了西塞罗，它位于营地中心的十字路口，紧挨着军旗和祭坛。那天晚上，西塞罗主持了一场祭祀战神的传统仪式。他沐浴净身，受膏抹油，吃饱喝足，在清新的空气中安然入睡。第二天早上，我们再次启程。

在接下来的十五天里，我们不断重复这一天的流程，一路穿过马其顿的山地，朝伊利库姆的边界走去。西塞罗迫切地希望能和庞培见上一面，但谁都没有等来。我们甚至不知道我们的最高统帅现在在哪儿，不过西塞罗偶尔也会收到急件，还能大致了解发生了什么。1月4日，恺撒率领一万五千人成功登陆，并出乎意料地夺取了狄拉奇乌姆三十罗里以南的阿波罗尼亚港①。但他只动用了一半的兵力。恺撒选择留守桥头堡，同时派运兵船返回意大利，准备把剩下的那一半带过来。（庞培从没想过他的对手竟敢让军队跑两趟。）但这一次，恺撒的好运到头了。我们的舰队指挥官毕布路斯成功拦截了三十艘运兵船。他放火烧毁了所有船只，船员都被活活烧死。随后他派出大量军舰，防止恺撒的海军卷土重来。

因此，对恺撒来说，目前的局势可谓岌岌可危。他背靠大海，身陷重围，无处获得补给，面临着该怎样过冬的难题，还极有可能要和一支更加强大的军队交手。

就在我们快要结束行军的时候，西塞罗收到了一封来自庞培的急件：

庞培英白拉多致西塞罗英白拉多：

恺撒向我提议开启紧急和平会谈，且双方将于三天内解散军队，发誓重续昔日友谊，然后一起回到意大利。我当然不觉得他心怀好意，这只能证明他处于下风，知道自己赢不了，所以我拒绝了他的提议。我怀疑这是个骗局，相信你也会同意我的看法。

"他说得对吗？"我问他，"你同意吗？"

"不对，"西塞罗回答道，"而且他很清楚我不会同意。我会想尽一切办法阻止这场战争——当然，这就是为什么他从来不征求我

---

① 阿波罗尼亚（Apollonia）是古希腊的重要商港，其遗址位于阿尔巴尼亚，它的大部分已被海水淹没。——译者注

的意见。等待我们的只剩下了屠杀和毁灭。"

就连我也认为西塞罗过于悲观了。庞培在狄拉奇乌姆及其周边部署了大量兵力，而且出乎众人意料，他再次安营扎寨，耐心等待。就连最高战时委员会也挑不出他的毛病：恺撒的力量被日渐削弱；最后可能都不需要战斗，饥饿就会迫使他们投降；进攻的最佳时机是春天，那时的天气没有这么恶劣。

西塞罗一家被安置在狄拉奇乌姆城外一个岬角上的庄园里。那里十分荒凉，可以俯瞰大海。我很难想象恺撒就扎营在三十罗里开外的地方。有时我会将身子探出露台，伸长脖子向南看去，希望可以看到一点他的踪影。当然，我从未成功过。

4月初，一件意想不到的事情发生了。晴朗的天气持续了数日，但是突然之间，一场暴风雨从南方席卷而来。在这无所遮挡的岬角上，狂风在房子四周呼啸，雨点凶猛地砸在天花板上。西塞罗当时正在给阿提库斯回信，后者从罗马来信告诉他图利娅非常缺钱。第一笔嫁妆少了六万赛斯特斯，西塞罗怀疑又是费罗提慕斯在背地里动了手脚。西塞罗刚口述完"你告诉我她什么都缺；求你不要再放任这种事情发生"，小马库斯就跑了进来，说他在海面上看到了很多船，认为双方可能打起来了。

我们披上斗篷，匆匆走进花园。在离岸一罗里或更远的地方确实有一大支舰队，由数百艘船组成，在汹涌的大海中迎着风浪上下颠簸。这让我想起了西塞罗刚被流放时的经历——我们渡海前往狄拉奇乌姆，结果差点遇难。我们观察了一个小时，直到它们都驶出视线。接着第二支船队出现了——此时的天气比刚刚更加恶劣，但它们很明显想追上之前的舰队。我们不知道自己看到的意味着什么。这些灰色的幽灵船是哪方的？海上真的在打仗吗？战况是好还是坏？

第二天早上，西塞罗派小马库斯去庞培的指挥部打探情况。傍晚，小伙子回来了，脸上写满了期待。军队将在黎明时分拔营。情况很混乱。看来是恺撒丢了的那一半军队从意大利"漂"过来了。他们没能在阿波罗尼亚与恺撒会合，一方面是因为受到我方封锁，另一方面是因为这场风暴让他们沿着海岸线向北漂了六十多罗里。我方海军曾试图追捕他们，但没有成功。据称，其人员和物资正从利苏斯的港口登陆。庞培打算在他们和恺撒会合前就干掉他们。

第二天早上，我们和军队会合，继续向北前进。有传言说，我们即将面对的新敌将是恺撒的副手马克·安东尼。西塞罗希望这传言是真的，因为他认识安东尼，那是一个只有三十四岁的年轻人，作风野蛮，毫无纪律性。西塞罗表示，安东尼并没有恺撒那么难对付。然而抵达利苏斯附近后，我们没有找到本该在那里的安东尼，只看见一片废弃的营地，还有数十处冒着青烟的火堆——他把所有带不走的装备都烧掉了。看来他们已经向东前往山地了。

我们连忙掉头，重新整队向南进军。我以为我们会回到狄拉奇乌姆，但我们绕过了它，继续向南推进。四天后，我们在名叫阿普索斯的小城附近安顿下来。现在大家才意识到恺撒是一个多么出色的将领：他不知怎的就已经和穿过山口的安东尼一行会合了。尽管恺撒会师后的兵力也比我方弱，但他仍然能够绝处逢生，转守为攻。他攻占了我军后方的一处定居点，切断了我们和狄拉奇乌姆的联系。这倒是无伤大雅——海岸线仍在庞培的掌控之下，只要天气不太恶劣，我们就可以穿过海滩，从海上得到补给。但这种两面夹攻的形势让人坐立不安。有时我们能看到恺撒的人在远处的山坡上活动，这意味着他占领了制高点。接着他开始推进一项大型工程：砍树木，造木堡，挖沟渠，用挖出的泥土建城墙。

当然，我方指挥官也试图干扰他们工作，其间发生了很多小规模战斗，有时甚至一天就会打四五次。但这项工程持续了好几个月，最后恺撒的军队围着我方阵地修成了一条长达十五罗里的牢固防线，它一直从营地北边的海滩延伸到南边的悬崖。我们也在防线内挖了战壕，双方的战壕间大概有一个宽度为五十到一百步的无人区。攻城车就架在一旁，炮手互相投掷石块和燃烧弹。突袭队在夜里悄悄穿过防线，割开对面战壕里士兵的喉咙。风停时，我们能听见他们说话的声音。他们经常大声辱骂我们，我们也会骂回去。双方剑拔弩张，战局牵动着所有人的神经。

西塞罗患了痢疾，大部分时间在帐篷里看书写信。说是"帐篷"或许不太恰当。他和其他重要元老似乎在相互攀比，看谁住得最奢侈。帐篷里有地毯、沙发、书桌、雕像和从意大利运来的银器，外面还有草皮墙和叶子搭成的凉棚。他们就像在帕拉蒂诺山上一样，一起吃饭，一起洗澡。西塞罗和加图的外甥布鲁图斯走得特别近，布鲁图斯的帐篷就在附近。我们每次见到布鲁图斯，他的手里都拿着一本哲学书。他们会交谈好几个小时，总是聊到深夜。西塞罗欣赏他高尚的品性和丰富的学识，但也担心他的脑子里塞满了各种哲学思想，没心思考虑其实际运用："我有时真的担心他受到的教育已经超出了他的智识能力。"

这种阵地战有一个特点，那就是敌我双方可以友好往来。普通士兵偶尔会在中间的空地上聊天赌博，虽然事后会遭到军官的严惩。信可以从这边传到那边。西塞罗就好几次收到过鲁富斯从罗马寄来的越洋书信，甚至还有多拉贝拉的信——他和恺撒就在不到五罗里远的地方，趁着休战期派来了信使。

望一切安好。我现在很好，图利娅也是。特伦提娅之前身体有恙，现在已经康复了。你的其他家人也都好好的。

你看到庞培的处境了。被赶出意大利，被抢走西班牙，最重要的是，被堵在营地里，而这是罗马将领以前从未受过的耻辱。我想请你做件事：如果他真的成功突出重围，回到舰队，请你好好想想到底什么才是对自己最有利的，谁才是你的朋友。

亲爱的西塞罗，如果庞培又被赶出这个地区，不得不另寻出路，我希望你可以去雅典或其他你心仪的祥和小城安度退休生活。如果你觉得面子上过不去，可以向统帅提出要求，恺撒这么善良的人一定会做出让步的。我相信我的信使会在你那里受到盛情接待，为我带来你的回信。

看到这封非同寻常的信，西塞罗心情复杂，几乎无法抑制自己的情绪。他既为图利娅的近况感到高兴，又为他女婿的厚颜无耻感到愤怒；既为恺撒对自己的宽大政策生出罪恶的解脱感，又担心这封信会落到阿赫诺巴尔布斯那样的狂热分子手中，被拿来作筷子指控他叛国……

他字斟句酌，草草写下几个字，称自己很好，会继续支持元老院的工作，随后便找人护送信使穿过防线。

随着天气逐渐变热，我们的日子开始难过起来。恺撒在筑坝引水上很有天分，所以他才能在法国和西班牙的围歼战中屡挫强敌，而现在他采取同样的策略来对付我们。他控制了从山上流下的河流与小溪，让手下的工程师把它们截断。草木都枯黄了。我们得用上千个双耳瓶从海上运水，还得限量供应。庞培下令禁止元老每日沐浴。更重要的是，马匹开始因脱水和缺乏饲料而生病。

但我们知道恺撒那边的情况更糟——他们不能像我们一样从海上得到补给，而希腊和马其顿都对他们关闭了大门。为了填饱肚子，他们不得不去刨树根吃。但他们早已身经百战，比我们的人更坚强，从他们身上看不出虚弱的迹象。

我不知道这种情况还会持续多久。但在我们到达狄拉奇乌姆的大约四个月后，事情出现了转机。一天，庞培叫西塞罗去营地中心的大帐篷里参加不定期军务会议。几个小时后，西塞罗兴高采烈地回来了。他告诉我们，恺撒军团中的两个高卢雇佣兵因对同袍行窃而被处以鞭刑，后来不知怎么的就逃到我们这边来了。为了保命，他们提供了一些情报。他们说，恺撒的防御工事在靠海的那面有个漏洞，大约有两百步宽：那里的外圈看上去无懈可击，但里面没有第二道防线。庞培警告说，如果他们敢说假话，他就会让他们死无葬身之地。他们发誓说是真的，但恳求他在漏洞被补上前赶紧行动。他没有理由不相信他们，便定下在第二天黎明发动攻击。

当天夜里，我军悄悄摸入对方的阵地。小马库斯现为骑兵军官，也在偷袭队伍中。西塞罗辗转反侧，为儿子的安全焦虑不已，天一亮就和我、执法吏还有昆图斯一道去观战了。庞培纠集了一支大军。我们离得太远，什么都看不到。西塞罗下了马，我们走在海滩上，任海浪拍打脚踝。我军的战船停在离岸四分之一罗里的地方。从前方传来战士们的厮杀声，和海涛声混杂在一起。铺天盖地的箭雨像乌云般遮蔽了天日，不时有燃烧弹照亮天空。海滩上起码有五千人。一位军事保民官拦住我们，称前方危险，不得进入。于是我们找了棵桃金娘树，坐在树下吃了点东西。

中午时分，军团拔营离开，我们小心地跟在后面。恺撒搭建在沙丘上的木堡现在落入了我们手中，数千人正从一旁的空地上匆匆经过。骄阳似火，我们目光所及之处尸横遍野。每具尸体上都插着弓箭和标枪，带着可怕的伤口。右面有几支骑兵中队奔向战场。西塞罗确信自己在这群人里面看到了小马库斯，我们都为他们高声欢呼起来。但后来，昆图斯认出他们挂的是恺撒的旗帜，西塞罗的执法吏便立刻把我们带离战场，一行人随即返回营地。

众所周知，狄拉奇乌姆之战是一场伟大的胜利。我军彻底攻破敌军防线，恺撒则如池鱼幕燕，危在旦夕。事实上，要不是战壕阻挡了我们前进的道路，让我们不得不连夜挖土填埋，我们当天就能彻底打败恺撒了。庞培被手下誉为沙场上的英白拉多。他乘着战车，在护卫的前呼后拥下回到营地，在训练场内绕行，在被火炬照亮的帐篷间穿行，接受士兵的欢呼。

快到第二天中午的时候，在远处恺撒营地的方向，滚滚浓烟腾空而起。与此同时，我方前线各处不断传来报告，称对面的战壕里阒无一人。一开始，我们的士兵小心翼翼、步步为营，但很快就开始在敌人的防御工事上一边四处走动，一边惊叹他们竟然能这么轻易就抛下好几个月的劳动成果。但有一点毫无疑问：恺撒的部队正沿着埃格纳提亚大道向东进军。我们可以看到他们身后的滚滚尘土，带不走的器材在他们身后熊熊燃烧。围攻结束了。

傍晚，庞培召集流亡元老开会，商讨下一步行动。西塞罗叫我和他们兄弟俩一起参会，这样就有人记录商讨的结果了。看到我们走进庞培的帐篷，守在一旁的哨兵纷纷向我点头示意，一句盘问的话也没有。我找了个不起眼的角落，和其他秘书助手站在一旁。帐篷里起码有一百位元老，都坐在长凳上。在人都到齐之后，庞培——他一整天都在外面调查恺撒的去向——才姗姗来迟。众人起立鼓掌欢迎他，他用指挥杖碰了碰那绺出名的额发以示感谢。

他首先就战后两军的形势进行了汇报。敌军损失了大约一千人，有三百人被俘。拉比埃努斯提议立刻处死所有俘虏："我担心他们会用他们大逆不道的思想去影响我们派去看守他们的人。反正他们也没有活下去的资格。"

西塞罗站了起来，面露厌恶："我们已经取得了伟大的胜利，这场战争也即将落下帷幕。现在难道不正是彰显我方的宽宏大量的时候吗？"

"不，"拉比埃努斯反驳道，"必须杀鸡儆猴。"

"杀了这只鸡，猴子只会反扑得更厉害。一旦他们知道了被俘后会遭到怎样的对待，就会更加坚定地战斗。"

"那又怎样？恺撒的宽大政策对我们的战斗精神是种威胁。"他刻意地瞥了阿弗拉尼乌斯一眼，后者低下了头，"如果我们不留俘虏，那恺撒也只能不留。"

庞培态度坚决，一锤定音："我支持拉比埃努斯，更何况恺撒的士兵都是些对同胞兵戈相向的叛徒。他们和我们不是一路人。下一个议题。"

但西塞罗不打算善罢甘休。"等等，但我们不是为了文明的价值理念而战吗？我们难道是野兽吗？他们和我们一样是罗马人。这绝对是一个错误，希望有人能把我的这句话记下来。"

"那我也希望有人能记下，"阿赫诺巴尔布斯说道，"不只是那些公开支持恺撒的人才会被视为叛徒，那些想保持中立、主张和平或者和敌人勾连的人也会。"

众人报以热烈的掌声。西塞罗沉默下来，脸涨得通红。

庞培总结道："那就这么定了。现在我提议，全军——留下来驻守狄拉奇乌姆的十五支中队除外——立刻动身追击恺撒，在第一时间给他们迎头痛击。"

这番声明得到了众人的大力支持。

西塞罗犹豫了一下，向周围看了看，又站了起来。"我发现我一直都在扮演刺儿头的角色，我真的非常抱歉。但为什么要向东追击恺撒？难道我们现在不该趁热打铁，向西前往意大利，夺回对罗马的控制权吗？别忘了，这才是这场战争的目的所在。"

庞培摇了摇头："不，这样做就犯了战略错误。如果我们回到意大利，就没有人能阻止恺撒占领马其顿和希腊了。"

"那就让他占领好了——我宁愿拿马其顿和希腊换意大利和罗马。而且西庇阿麾下还有支军队。"

"西庇阿赢不了恺撒，"庞培反驳道，"只有我能赢。这场战争绝对不会因为我们回到罗马而结束。只有恺撒的死才能终结它。"

*

会议结束后，西塞罗找上庞培，希望庞培让自己留在狄拉奇乌姆，而不是随军参战。但很显然，他刚才的指责使庞培非常恼火。庞培神情轻蔑地上下打量了他一番，点头道："我觉得这是个好主意。"接着，像是对西塞罗避之不及般，他转身离开，去和军官讨论军团第二天出发的先后顺序。西塞罗站在一旁，等着他们结束谈话，大概是想祝庞培好运。但庞培一心扑在行军准备上，或者至少他假装自己很忙，最后西塞罗放弃了，离开了帐篷。

我们离开的时候，昆图斯问西塞罗为什么不想和军队一起走。

西塞罗回答道："庞培的整体战略会让我们在这里被困上好几年。我对此无法苟同，而且老实说，我也不想重走那该死的山路。"

"大家会认为你怕了。"

"老弟，我确实怕了。你也该怕。赢了，我们就会迎来罗马式的大屠杀，你听到拉比埃努斯是怎么说的了；而要是输了……"他沉默了。

回到帐篷后，西塞罗试图劝他儿子也放弃参战，尽管他知道这只是徒劳：小马库斯在狄拉奇乌姆表现得非常勇敢，年纪轻轻就赢得了骑兵中队的指挥权。小马库斯渴望与敌人厮杀。昆图斯的儿子也决心要与敌人厮杀。

西塞罗无奈地说："那好吧，如果你一定要去，那就去吧。我很欣赏你的精神，但我要留在这里。"

"但是父亲，"小马库斯抗议道，"这场伟大的战争将永垂史册、流芳百世。"

"我年纪大了，不敢打，也不敢看别人打。你们三个就是我们家的兵。"西塞罗轻轻抚摸小马库斯的头发，又捏了捏他的脸颊，"我亲爱的孩子，把恺撒的头穿在棍子上带回来，好吗？"接着，他宣布自己需要休息，便背过身去，不让人看到他在流泪。

欢送会定在黎明前一个小时。饱受失眠折磨的我感到自己刚要睡着，就被一连串震耳欲聋的号角声吵醒了。军团的奴隶走了进来，开始拆除我身边的帐篷。一切都严格按照计划进行。此时，太阳还没爬上山头，远方的群山仍隐在阴影中，但在山巅的上方只见晴空万里、霞光万丈。

天刚亮，斥候就出发了。半小时后，比提尼亚人的骑兵分队动身了。又过了半小时，庞培大声打着哈欠，在参谋和护卫的护送下也出发了。我们军团荣幸地被选为先头部队，因此是下一个出发的。西塞罗站在门口，在弟弟和子侄经过时举起手，依次向他们告别。这次他没有掩饰自己的泪水。两个小时后，所有帐篷都被拆除了，废弃物也都被火烧掉了，最后一头驮着行李的骡子摇摇晃晃地离开了被荒弃的营地。

*

军队走后，我们在西塞罗的执法吏的护送下，骑马前往三十罗里外的狄拉奇乌姆。这条路会经过恺撒的旧防线，于是很快我们就来到了拉比埃努斯屠杀俘房的地方，一帮奴隶正把那些被割断喉咙的尸体埋进之前的战壕里。灼灼烈日下，尸体腐烂发臭，秃鹫盘旋于空。如果可以选择，我情愿失去这段记忆。我们挥鞭策马，继续前进，在黄昏前赶到了狄拉奇乌姆。

为了安全起见，我们这次被安置在城里一处远离悬崖的房子中。驻军的指挥权原则上应该属于西塞罗，他不仅是资深的前执政官，而且作为奇里乞亚的总督仍然拥有统帅权。但庞培把这个权力交给了加图，而在此之前，加图最高只做到了裁判官。由此可见庞培根本不信任西塞罗。但西塞罗不以为意。相反，他很高兴能逃避责任：庞培留下的是他最不靠谱的士兵，如果打起仗来，西塞罗很难信任他们的忠诚。

日子过得很慢。那些和西塞罗一样没有随军的元老表现得就像已经取得了最终胜利一样。例如，他们会拟定各种名单，列出哪些人留在了罗马，哪些人会在我们回去后被杀，应该没收哪些人的财产以便为战争买单（阿提库斯就是被他们盯上的其中一人）。然后他们又会为谁能得到哪栋房子而争论不休。还有一些人则为了恺撒及其副手死后会留下的职务和头衔空缺而争得你死我活——我记得司宾提尔曾坚持认为自己应该担任大祭司。西塞罗对我说："比输掉这场战争更糟糕的就是赢得这场战争。"

相比之下，西塞罗显得心事重重、忧虑不已。图利娅还是缺钱，尽管西塞罗已经让特伦提娅变卖部分财产，但她的第二笔嫁妆还是没有着落。特伦提娅和费罗提慕斯的关系及他们对不义之财的热衷让他忧心，这些烦心事再次占据了他的心神。为了向特伦提娅传达他的愤怒和怀疑，他降低写信频率，缩减信件篇幅，语气冷淡，甚至没有称呼她的名字。

但他最担心的还是小马库斯和昆图斯。从他们随庞培出征到现在已经过去了两个月。元老院的军队一直追着恺撒越过山岭，来到塞萨洛尼卡平原，然后向南挺进。这是大家都知道的消息。但没有人知道他们现在的确切位置。恺撒把他们引得越远离狄拉奇乌姆，失去音讯的时间越长，驻军中的气氛就越是不平静。

舰队指挥官盖乌斯·科波尼乌斯是个聪明的元老，但神经绷得很紧。他非常相信预兆，特别是预知梦，还鼓励他的部下和长官分享自己做了什么梦。在大军仍然杳无音讯的一天，盖乌斯前来找西塞罗吃饭。同桌的还有加图和马库斯·特伦提乌斯·瓦罗。身为伟大学者和诗人的瓦罗曾在西班牙指挥一个军团，并和阿弗拉尼乌斯一样得到了恺撒的赦免。

科波尼乌斯说："在来这里之前，我遇到了一件不祥之事。你们知道那艘巨大的罗德岛五层橹船吧？就是那艘停在海边的'欧罗巴'号，我见到了它的桨手，他和我讲了他做的梦。他声称自己梦到了一场可怕的战役，在某个地势较高的希腊平原上，鲜血浸透了尘土，人们四肢无力地瘫倒在地，发出痛苦的呻吟，然后城市被围困，我们所有人都逃到船上，回过头来，看到身后陷入一片火海。"

平时西塞罗只会嘲笑这种阴郁的预言，但这次没有。加图和瓦罗同样神色凝重。加图问："那这个梦的结局是什么呢？"

"对桨手来说，结局非常好——他和他的同伴迅速回到了罗德岛。所以我想它的结局充满希望。"

桌上又是一阵沉默。最后，西塞罗说："可惜这只让我想到我们的罗德岛盟友会抛弃我们。"

码头上开始出现一些征兆，预示着可怕的灾难已经发生。在狄拉奇乌姆以南大约两天航程的地方，有一座名为克基拉①的海岛。几个岛上来的渔民声称，他们路过了一群在海滩上安营扎寨的人，那些人大喊大叫，说自己是庞培军的幸存者。另一艘在同一天进港的商船也传出了类似的故事——一群绝望、饥饿的人涌入小渔村，试图摆脱追赶他们的士兵。

西塞罗安慰自己和其他人说，所有的战争都少不了虚假的谣言，也许他们只是逃兵，或者是哪场小规模战斗的幸存者，和大规模战役无关。但我想他心里清楚，战神是站在恺撒那边的——西塞罗肯定早就预见到了这一点，所以才没有跟庞培一起离开。

第二天晚上的紧急传唤证实了传言。他匆匆赶往加图的指挥部，我也和他一起。当时的气氛十分可怕，充满了恐慌和绝望。一众秘书正在花园里焚烧书信和账本，以免它们落入敌人手中。室内，加图、瓦罗、科波尼乌斯和其他主要元老正严肃地围坐在一个胡子拉碴、浑身脏污、脸上受了重伤的男人身边。这就是曾经不可一世的提图斯·拉比埃努斯，庞培的骑兵指挥官，主张屠杀俘虏的刽子手。在过去十来天里，他每天都和手下翻山越岭，在马背上颠簸，这样的生活让他疲惫不堪。有时他会抓不住主线，忘了自己在说什么，或者打起瞌睡，或者翻来覆去地说同一件事，偶尔还会彻底陷入崩溃，所以我的笔记并不连贯，还是简单说说

---

① 即科孚岛。——作者注

我们最后发现了什么吧。

那场被后世称为法萨罗之战的战役，按照拉比埃努斯的说法，本是不应该失败的。他对庞培的统帅能力很是失望，称其远远不如恺撒。（要知道，在我们后来听到的故事中，其他人都把失败的原因归咎于拉比埃努斯本人。）庞培兵力充沛（双方骑兵实力相差悬殊，兵力之比高达七比一），粮草充足，占据了有利地形，还可以选择战斗的时机。虽然占据了天时、地利与人和，但他迟迟不肯与敌人交手。直到其他指挥官，特别是阿赫诺巴尔布斯，公然指责他胆小懦弱之后，他才召集军队准备作战。拉比埃努斯说："那时我才发现他心不在此。不管他对我们怎么说，但他从来没有能打败恺撒的信心。"双方就这样在广阔的平原上对峙了一阵，最后敌军抓住机会发动了进攻。

显然，恺撒从一开始就知道骑兵是自己最大的弱点，因此在骑兵后侧埋伏了两千余精锐步兵。拉比埃努斯领导的骑兵发起冲锋，成功击溃敌军阵线。在他们乘胜追击，企图包围恺撒军的侧翼时，一支精锐部队突然出现在他们面前。这些凶悍不屈的老兵挥舞着盾牌和标枪，一一化解了我方骑兵的攻势。拉比埃努斯试图重新集结兵力，但士兵们还是在战场上四散溃逃。（他说话的时候我一直在想小马库斯，我敢肯定年轻鲁莽的小马库斯不会成为逃兵。）骑兵逃走后，恺撒的军团向失去保护的弓箭手猛扑过去。接下来就是一场单方面的屠杀，庞培慌乱的步兵已经无法与恺撒纪律严明的精锐部队相抗衡。

加图问："我们损失了多少人？"

"我不知道——上千人吧。"

"那庞培在哪儿？"

"看见这种悲惨的局面，他瘫倒在地，一句话都说不出来，更别说发号施令了。后来他带着护卫逃离战场，回到营地。之后我再也没见过他。"拉比埃努斯用手捂住脸。他平静下来后，又继续说道："听说他一直躺在帐篷里。当恺撒的军队冲破防线时，他带着几人匆匆逃走了。最后一次有人看见他时，他正骑着马向北方的拉里萨逃去。"

"那恺撒呢？"

"没人知道。有人说他带着一支小分队去追庞培了，还有人说他带着军队朝这边奔来了。"

"朝这边奔来了？"

加图对恺撒的强行军早有耳闻，对其部队的行动速度也心知肚明，因此他提议立即撤离狄拉奇乌姆。他非常冷静。出乎西塞罗意料的是，加图承认自己和庞培讨论过这种意外情况。这场战斗如果失败，所有还活着的元老应尽力赶向克基拉——封锁海岛，部署舰队进行防御。

此时，庞培战败的消息已经在整个驻军内部传播开来，这场会议也被士兵抗命的消息打断，抢劫事件层出不穷。经协商，我们将于第二天出发。回屋前，西塞罗把手搭在拉比埃努斯肩上，问他有没有小马库斯或昆图斯的消息。听到这话，拉比埃努斯抬起头，像看疯子一样看向西塞罗。他眼睛里布满血丝，目光呆滞，似乎还未从那场屠杀中回过神来。他喃喃道："他们的消息？我只能告诉你，至少我没看到他们战死。"当西塞罗转身要走时，他又补充道："你是对的——我们应该回罗马去。"

XI

这下罗德岛桨手的预言应验了，第二天我们就从狄拉奇乌姆逃了出来。粮仓被洗劫一空，街道上到处散落着珍贵的谷粒，被我们的脚踩得嘎吱作响。执法吏挥舞着束棒，在慌乱的人群中为西塞罗开出一条通道。但当我们赶到码头时，发现这里也被围得水泄不通。只要是艘能出海的船，周围就有一群人叫价，个个都希望船长能把自己带到安全的地方。这里上演了太多悲欢离合：不少家庭带着全部家当，包括他们的狗和鹦鹉，试图强行登船；女主人从手指上摘下戒指，献上最珍贵的传家宝，以换取简陋小船上的一席之地；还有位母亲在步桥上因受到惊吓而不慎让孩子掉落水中，只留下一具惨白的尸体浮在水面上。

港口被堵得水泄不通。过了好几个小时才有船过来接我们，准备把我们送到军舰上，那时天已经快黑了。那艘五层大橹船已经开走了：正如西塞罗所预料的，罗德岛抛弃了元老院。加图率先上了船，其他人紧随其后。待所有人到齐后，我们立刻起锚出发了——在船长看来，冒险夜航也比留在原地好。在开出一两罗里后，我们转过头，只见天边红光万丈；后来我们才知道，哗变的士兵把港口里的所有船只都点燃了，这样就没人能再强迫他们坐船前往克基拉继续作战。

我们划了整整一夜。平静的海面和岸边的岩石都披着一层银色的月光。四周一片寂静，只有船桨拍打海面的声音和众人在黑暗中的低语声。西塞罗跟加图单独聊了很久。后来西塞罗告诉我，加图行若无事，波澜不惊。"他就是个老斯多葛派。在他看来，他对得起自己的良心，所以就很坦然；他已经完全认命了。他这种人的危险程度不比恺撒和庞培低。"

我问他这是什么意思。他给出了不紧不慢的回答。

"你还记得我在上本书中写了什么吗？回想起来，那简直像是上辈子的事了！'就像航行顺利是舵手的追求，患者健康是医生的追求，国家管理者应该把公民的幸福生活视作自己的追求。'但无论是恺撒还是庞培，他们从未这样设想自己的角色。对于他们来说，一切都只是为了追求个人荣誉。加图也是如此。我和你说，这个人觉得只要自己做了正确的事就够了，当然也是这种原则性把我们送上了这叶扁舟，在异国他乡的月光下孤零零地漂流。"

他对加图已经完全不抱任何幻想了。在登上克基拉岛时，我们发现这座美丽的海岛上挤满了法萨罗之战的幸存者。从他们口中，我们听到了种种令人震惊的事件，混乱与无能是最常出现的词。没有任何关于庞培的消息。说他还活着吧，这段时间以来他又一直杳无音讯；说他死了吧，又没人见过他的尸体。他已经人间蒸发了。在统帅缺席的情况下，加图在位于克基拉岛岬角上的宙斯神庙里召集了元老院会议，以决定未来该怎么作战。曾经人数众多的大会现在只剩下五十多个人了。西塞罗以为能和儿子、弟弟重聚，但他们都不知所终。不过他见到了其他幸存者——梅特卢斯·西庇阿、阿弗拉尼乌斯和庞培的儿子小格涅乌斯，小格涅乌斯坚信父亲失败完全是因为遭到了背叛。我注意到他一直瞪着西塞罗，担心他会对西塞罗造成危险。卡西乌斯也出席了会议。但阿赫诺巴尔布斯缺席了——我们事后得知，这位元老没能逃过敌人的魔掌。室外艳阳高照，室内阴暗凉爽。一尊两人高的宙斯神像冷漠地俯视着这群亡命之徒。

加图首先指出，在庞培已消失的情况下，元老院需要任命一位新的统帅。"按照惯例，应该让我们之中职位最高的前执政官挂帅，我提名西塞罗。"

西塞罗大笑起来，所有人都转头看向他。

"你们认真的吗？"西塞罗的脸上写满了难以置信，"说真的，在发生了这么多事后，你们还认为应该由我来指挥？要是你们真想让我领导，就该早点听我的劝告，那样我们就不会陷入现在这种困境。我拒绝接受这份荣誉。"

他不该说得这么难听。他确实很累，也很紧张，但其他人也一样，有人还受伤了。他的话引得大家心生不满，高声抗议。最后加图不得不出声让大家安静下来："西塞罗的意思是，他认为我们现在已经陷入绝境，他选择求和。"

西塞罗说："是的，一点儿也没错。难道死的好人还不够多，还不能证明你们的观点吗？"

西庇阿反驳道："我们虽然遭受了挫折，但并没有被打败。世界上还有忠于我们的盟友，比如说阿非利加国王祖巴。"

"所以这就是我们的下场？和野蛮的努米底亚人并肩作战，对付我们的罗马同胞？"

"我们还有七只鹰。"①

"要是我们的对手是寒鸦的话，七只鹰倒是还管用。"

"你懂个屁的打仗，"小格涅乌斯·庞培反驳道，"你这个卑鄙的老懦夫。"他拔出剑，向西塞罗扑去。我以为西塞罗死定了，但格涅乌斯凭着自己高超的剑术，在最后一刻收住了攻势，用剑尖

---

① 鹰旗是古罗马军团的标志，因此这里指还有七个军团。——译者注

抵住西塞罗的喉咙。"我建议杀了这个叛徒,请元老院允许我现在就动手。"他一用力,西塞罗就只能使劲把头往后仰,避免气管被刺穿。

"住手,格涅乌斯!"加图喊道,"这样做会让你父亲蒙羞!西塞罗是你父亲的朋友,他不会愿意看到有人这样侮辱西塞罗。别忘了现在你在哪里,把剑放下。"

我怀疑没人能够阻止正在气头上的格涅乌斯。但年轻的莽汉迟疑了片刻,还是收了剑,咒骂一句后便回到了原处,把地面踏得砰砰响。西塞罗站直身子,直视前方,一滴血顺着他的脖子流下,染红了托加袍的前襟。

加图说:"听着,各位,你们知道我的意见。当共和国遇到威胁时,我们有这个权利,也有这个义务去强迫每位公民,包括那些温和派和反对派,去支持我们的事业,保护我们的国家。但现在共和国已经输了……"他停了下来,环顾四周。无人质疑他的说法。"现在共和国已经输了,"他轻声重复了一遍,"就连我也认为,逼迫他人为共和国牺牲不仅残忍,而且毫无人性。希望继续战斗的人可以留在这里,我们将继续讨论未来的战略。想要退出的现在可以离开了——任何人都不要伤害他们。"

起初谁也没有动,然后西塞罗慢慢地站了起来。他冲加图点了点头。他知道加图救了他的命。然后他就转身离开了——离开了神庙,离开了元老院,离开了战争,离开了公共生活。

*

西塞罗担心自己留在岛上会被谋杀——不是被格涅乌斯就是被他的同伙,因此我们当天就离开了。我们不能再回北边,因为海

196

岸可能已经落入敌手。我们一路向南，几天后到达了帕特雷，也就是我生病时待过的港口。船刚靠岸，西塞罗就派执法吏给他的朋友库里乌斯传话，说我们已经到了城里。然后没等到答复，他就雇了脚夫和搬运工把行李运往库里乌斯家。

那个执法吏一定是迷了路，或者没能抵挡帕特雷的酒吧的诱惑（自我们离开奇里乞亚后，六个执法吏在无聊的生活中都养成了酗酒的习惯）。不管怎样，我们比信使先到庄园，却得知库里乌斯已经在两天前离开了。这时，屋里传来熟悉的交谈声。我和西塞罗对视一眼，不敢相信自己的耳朵，然后匆忙从管家身边经过，走进会客室，发现昆图斯、小马库斯和小昆图斯正围坐在一起。他们都转过头来盯着我们，满脸震惊，我顿时感到有几分尴尬。我敢肯定他们一定是在说我们的坏话，或者在说西塞罗的坏话。不过这种尴尬转瞬即逝，因为西塞罗根本没有留意到这一点。我们彼此对视，亲热地又是亲吻又是拥抱。他们憔悴的样子吓了我一跳。他们似乎有些困扰，就像其他法萨罗之战的幸存者一样，但他们努力不把这种情绪表现出来。

昆图斯说："这就是缘分啊！我们雇了艘船，打算明天出发去克基拉，听说元老院正在岛上开会。我们还以为会与你错过呢！发生什么事了？会议提前结束了？"

西塞罗回答道："不，据我所知，会议还在进行。"

"但你没和他们一起？"

"这事等会儿再说。先让我们听听你们的遭遇。"

他们就像接力赛选手一样轮流讲述自己的故事——从最开始对恺撒军队的追击和一路上的小规模冲突，讲到双方主力在法萨罗的决战。决战前夕，庞培梦到自己走进胜利女神维纳斯在罗马的神庙，向女神献上战利品，四周掌声雷动。他心满意足地醒来，认为这是个好兆头。但后来有人指出，恺撒自称是维纳斯的直系后裔，于是庞培立刻改变想法，认为这个梦和自己的愿望相悖。"从那一刻起，"昆图斯继续道，"他似乎就认命了，并采取了相应的行动。"昆图斯父子一直待在二线，避开了最惨烈的战斗，但小马库斯一直冲在前线。他估计自己至少杀了四个敌人——用标枪杀死一人，用剑杀死三人。他一直坚信己方会获胜，直到恺撒第十军团的骑兵如天神般降临战场。"我们的队形被打散了。那就是屠杀，父亲。"他们一路上风餐露宿、东躲西藏，花了一个多月才逃到西海岸。

"那庞培呢？"西塞罗追问道，"有他的消息吗？"

"没有。"昆图斯回答道，"但我可以猜到他去了哪里：东边的莱斯沃斯岛。科尔内利娅正在那里等待他获胜的消息。他如果失败了，肯定会去寻求她的安慰——你知道他和他的妻子在一起时是什么样子的。恺撒肯定也猜到了。他就像猎人追捕猎物一样追杀着庞培。我敢打赌，恺撒将成为胜者。如果恺撒抓到了庞培，或者杀了他，你觉得对战争会有什么影响？"

西塞罗说："噢，不管发生什么，战争都会继续，但这与我无关了。"接着他说了在克基拉发生的事。我相信他并不是故意要说得那么轻浮的。他只是太高兴了，因为家人都活着，而这种轻松的心情影响了他的表述。但当他颇为满意地重复自己关于老鹰和寒鸦的双关，嘲讽加图让自己负责"这项失败事业"的想法，嘲笑小格涅乌斯·庞培的顽钝（"就连他父亲都比他聪明"）时，我看到昆图斯气得直咬牙，甚至小马库斯的脸上也写满了不赞同。

"就这样？"昆图斯语气冷淡，"对这个家来说，一切就这么完了？"

"你不同意吗？"

"我觉得你应该问问我的意见。"

"我怎么问？你又不在那儿。"

"是的，我不在。我怎么可能在？我当时正在打那场你让我打的仗，忙着保住我自己，还有你儿子、你侄子的命！"

西塞罗这才意识到自己的回答有多随便，但为时已晚。"亲爱的弟弟，我向你保证，你的幸福——你们大家的幸福——在我心中才是最重要的。"

"省省吧，马库斯。你心中最重要的明明就是你自己，是你的荣誉、你的事业、你的利益。因此当别的男人去送死时，你可以躲在后面陪着老人和女人，练习你的讲演术和毫无意义的俏皮话！"

"别说了，昆图斯——这话太伤人了，你会后悔的。"

"我唯一后悔的是没早点把想法说出来，所以现在我要把话说明白了。你给我好好坐在那里，听我说完！我这一生不过是你的附庸。在你心中，我不比可怜的提罗重要，他在为你工作时把身体都搞垮了；实际上我确实不如他，毕竟我没他那速记的本事。在我去亚细亚当总督的时候，你骗我在那里待了两年而不是一年，这样你就可以拿我的钱还债。当你流亡在外时，我在罗马城的街头和克洛狄乌斯战斗，还差点死在那儿，而我得到的回报就是被你打包送去撒丁岛，以便安抚庞培。而现在，我在内战中成为战败方也多亏了你，毕竟恺撒曾让我在高卢指挥军团，我本来有机会和他并肩作战，享受胜利者的无上荣光……"

他还说了很多。西塞罗默默忍受着，双手不时抓紧扶手又松开。小马库斯看在眼里，吓得脸色煞白。小昆图斯幸灾乐祸地笑着点了点头。至于我，我渴望离开，却无法挪动双脚——似乎有什么力量将我的脚掌钉在了原地。

昆图斯越说越气，到最后已经气喘吁吁，胸口起伏不定，就像才搬了什么重物。"你不和我商量，不考虑我的利益，就选择放弃元老院的事业。这是最后一次了。记住，我的立场可不像你那样灵活：我在法萨罗打过仗——我已经成了被人追击的猎物。因此我别无选择：不管恺撒在哪里，我都要找到他，恳求他的原谅。相信我，在我见到他时，我一定会把你的情况告诉他。"

说完，他走出房间，他儿子跟在他身后。在短暂的犹豫后，小马库斯也离开了。房间里鸦雀无声，西塞罗纹丝不动。最后我问需不需要帮他拿点儿什么，他还是没有反应，我担心他可能发病了。然后我听到了脚步声，是小马库斯回来了。他在椅子旁边跪了下来。

"我和他们告别了，父亲，我会和你在一起。"

西塞罗默默抓住他的手，我退到外面，留下他们父子单独谈话。

*

接下来的几天里，西塞罗卧病在床，没有离开过房间，把房门紧锁。他拒绝让医生为他诊断——"我的心碎了，希腊的庸医治不好它"。我希望昆图斯能回来，两人能重修旧好。但他说到做到，已经离开了这里。库里乌斯回来后，我尽量措辞谨慎地向他解释了发生了什么。他同意我和小马库斯的意见，建议我们最好趁着天气还算晴朗，租艘船回意大利。这真是个奇怪又矛盾的建议——对西塞罗来说，留在恺撒掌控的国家很可能比待在希腊更安全，因为那些投身于共和国事业的武装分子已经迫不及待地要拿那些被视为叛徒的人开刀了。

等西塞罗收拾好心情，开始重新考虑将来时，他立刻同意了这一计划——"我宁愿死在意大利"。等到海上刮起了东南风，我们就出发了。路上很顺利，四天后，我们看见布隆迪西乌姆的灯塔出现在地平线上。那真是一幅美景。西塞罗离开祖国已有一年半，我则有三年多了。

西塞罗不敢露面，于是我和小马库斯上岸去找住处，把他留在甲板下的船舱里。第一天晚上，我们能找到的最好住处是海边一家嘈杂的旅馆。我们认为西塞罗最好换下他带有紫边的元老托加袍，换上小马库斯的普通长袍，在黄昏时分上岸。还有个问题就是怎么处理他的六个执法吏，他们就像悲剧演出里的合唱队。非常荒谬的是，虽然他完全没有权力，但身为奇里乞亚总督，他理论上还拥有统帅权，而且直到现在也不愿违反法律把执法吏送走；何况他们在拿到报酬前也不会离开西塞罗。所以他们也不得不乔装打扮，用麻袋包住束棒，住进我们租下的房间。

西塞罗觉得这样的生活很丢人。一夜无眠后，他决定第二天去找恺撒在城里最有资历的手下，然后就听天由命了。他让我帮他找出多拉贝拉的那封信——如果你觉得面子上过不去，可以向统帅提出要求，恺撒这么善良的人一定会做出让步的——并带上它去指挥部。

该地区的新指挥官是普布利乌斯·瓦提尼乌斯，他是罗马最丑陋的人，也是西塞罗的老对头。事实上，正是身为保民官的瓦提尼乌斯首先提出了授予恺撒五年高卢统治权和军队指挥权的法律。他曾和他的老上司在狄拉奇乌姆之战中并肩作战，回来后就掌控了整个南意大利。但西塞罗因祸得福，在几年前应恺撒的要求与瓦提尼乌斯和好如初，并在受贿起诉中为后者辩护。在得知我的到来后，他立刻派人把我带到他面前，亲切地招待我。

天啊，他真丑！他双眼斜视，脸和脖子上布满了胎记般的瘰疬。但这又有什么关系呢？我将多拉贝拉的信递给他，他连看都没看一眼，就直接向我保证说，迎接西塞罗回意大利是他的荣幸，他会照顾西塞罗的面子，因为他相信恺撒也希望他这样做，而且在收到罗马来的指示前，他会为西塞罗安排好落脚处。

后面这句话听起来很不妙。"请问这些指示是谁发出的呢？"

"问得好。我们还在努力理顺行政工作。元老院——我们的元老院——任命恺撒为独裁官，为期一年。"他眨了眨眼，又说，"但他还在外面追击你的前统帅，所以他不在时，权力就被交给了骑兵统帅。"

"那是谁？"

"马克·安东尼。"

我的心一沉。

那天，瓦提尼乌斯派了一些士兵将我们和行李护送到城中一处安静的房子里。西塞罗一直坐在一顶包得严严实实的肩舆中，所以没人知道他的存在。

房子又小又破，墙壁很厚，窗户很窄。房外站着个哨兵。一开始，西塞罗如释重负，因为他终于回到意大利了。后来他才渐渐意识到，自己其实是被软禁了。倒不是说他不能离开庄园——他没出过门，所以不知道守卫收到了什么命令。但瓦提尼乌斯在查看西塞罗的安顿情况时曾暗示称，离开庄园不仅是件危险的事情，也是对恺撒款待的不敬。我们生平第一次在一个独裁者手下讨生活：再也没有自由，没有政务官，没有法院，所有人的生死都在他的一念之间。

西塞罗写信给马克·安东尼，申请返回罗马，但并没有对安东尼的回信抱太大希望。虽然西塞罗和安东尼素来相安无事，但两人早有积怨，因为安东尼的继父普布利乌斯·朗图路斯曾是被西塞罗处死的喀提林阴谋的共犯。果不其然，安东尼拒绝了西塞罗的请求。他说，西塞罗的命运应该由恺撒决定，在恺撒做出裁决之前，西塞罗必须留在布隆迪西乌姆。

接下来，西塞罗在这里度过了他一生中最糟糕的几个月，比那次被流放到塞萨洛尼卡还要糟。至少当初还有一个共和国值得他为之奋斗，并且他的奋斗是光荣的，他的家庭是团结的；可现在，这些支撑他奋斗的动力已经消失了，一切都被打上了死亡、耻辱和不和的烙印。有这么多人死了！有这么多老朋友不在人世了！连空气中都弥漫着死亡的气息。我们在布隆迪西乌姆只待了几天，盖乌斯·马蒂乌斯·卡尔维纳就前来拜访。他不仅是富有的骑士[①]，还是恺撒的亲信。他告诉我们，米罗和凯利乌斯·鲁富斯因试图在坎帕尼亚兴风作浪而丢掉了性命：米罗率领一支由角斗士组成的叫花军，在一场战斗中被恺撒的副官斩于马下；鲁富斯则被他想要贿赂的西班牙和高卢骑兵当场处死。鲁富斯去世时只有三十四岁，他的死让西塞罗大受打击，在得知他死讯的那一刻，西塞罗失声痛哭——表现得比后来得知庞培的命运时还要悲痛。

瓦提尼乌斯亲自给我们带来了庞培的消息，他那狰狞的脸上生出了几分悲伤。

西塞罗问："有什么事吗？"

"没事——我这里有封恺撒的急件：他见到了庞培的头颅。"

西塞罗脸色一变，坐了下来。我想象着那颗硕大的头颅，那头浓密的头发和那根粗壮的脖子：肯定得费点劲才能把它砍下来，那场面对恺撒来说肯定是个冲击。

"恺撒看到它时就哭了。"瓦提尼乌斯补充道，仿佛看穿了我的心思。

[①] 骑士阶层（equestrian order）是罗马社会中地位仅次于元老院的团体，拥有自己的官员和特权，并有权获得陪审团三分之一的名额。其成员往往比元老院成员更富有，但不能从政。——作者注

西塞罗问："什么时候的事？"

"两个月前。"

瓦提尼乌斯大声念出恺撒的话。庞培的所作所为果然不出昆图斯所料：庞培从法萨罗逃到莱斯沃斯岛去找科尔内利娅寻求安慰，他最小的儿子塞克斯都也和她在一起。他们一起坐上前往埃及的三桅船，希望说服法老加入他的事业。他在贝鲁西亚海岸抛锚泊船，派人告知埃及人他到达的消息。但埃及人早就听说了法萨罗的惨剧，当然更向着胜利者的一方。他们发现，这是获取恺撒信任的最好机会：他们可以杀了他的敌人，而不仅仅是赶走。庞培应邀上岸，准备和埃及人会谈。前去接应他的有埃及将领阿基拉斯和几位曾在庞培麾下服役，现在负责保护法老的罗马高级军官。

庞培无视妻儿的哀求，径直上了小艇。刺客们一直等他走上岸，然后军事保民官卢基乌斯·塞普蒂米乌斯突然用剑从背后刺穿了庞培的胸膛。阿基拉斯立马拔出匕首朝庞培捅去，另一位罗马军官萨尔维乌斯也不甘落后。

恺撒希望大家知道，庞培选择了英勇赴死。据目击者称，庞培用长袍遮住脸，趴在沙地上。他没有哀求，也没有辩解，只是在他们杀掉他的时候呻吟了一下。科尔内利娅目睹了这起谋杀，她的哭声响彻整个海岸。

恺撒只比庞培晚到三天。等他到达亚历山大里亚时，埃及人献上了庞培的头颅和图章戒指，戒指上面刻着一头狮子，狮爪里握着一把剑。他决定将戒指随信附上，证明这件事的真实性。他在庞培倒下的地方火化了尸体，并下令将骨灰送到庞培遗孀的手上。

瓦提尼乌斯卷起信，递给助手。

"节哀，"说着，他立正敬礼，"他是个优秀的军人。"

"但还不够优秀。"瓦提尼乌斯走后，西塞罗说。

后来他给阿提库斯写信：

> 对于庞培的结局，我从来没有产生任何疑问，因为所有统治者和人民都深信他已经走投无路了，无论他去到哪里，他的结局都已注定。我不禁为他的命运感到悲哀。我知道他是一个品行端正、生活清廉、作风严肃的人。

这就是他要说的全部内容。他从不为失利而哭泣，此后我几乎没再听他提起过庞培。

*

特伦提娅没有提出要去看望西塞罗，他也没有要求见她；恰恰相反，你现在没必要离开，他在给她的信中写道，这一趟路途遥远、危机四伏，而且你来了也没什么用。那年冬天，他坐在火堆旁，心中默默想着他的家人。他的弟弟和侄子还在希腊，用最恶毒的字眼宣传他的事迹，瓦提尼乌斯和阿提库斯都给他看了他们的信件。他的妻子拒绝给他寄生活费，他也不想见她；最后他让阿提库斯找当地的银行家给他预支一些现金，结果发现特伦提娅已经扣下三分之二给自己用。小马库斯成天在外面和当地的士兵喝酒鬼混、不学无术；他渴望战争，毫不掩饰对父亲的轻视。

但西塞罗想得最多的还是他的女儿。

他从阿提库斯那里得知，多拉贝拉在当上保民官后，已经彻底将图利娅抛诸脑后了。他夜夜笙歌，日日风流，最令人津津乐道的就是他和马克·安东尼的妻子安东尼娅的风流韵事。（妻子的不忠让安东尼大发雷霆，尽管他自己就堂而皇之地和身为裸体女演员的情妇伏卢蒙尼娅·赛蕾里斯住在一起；后来他和安东尼娅离婚，娶了克洛狄乌斯的遗孀富尔维娅。）多拉贝拉没有出过生活费，而特伦提娅不顾西塞罗的一再恳求，拒绝替图利娅偿付债务，说那是她丈夫的责任。曾经体面的公众生活和私生活都已荡然无存，西塞罗认为这全是他咎由自取。都是我自找的，他写信给阿提库斯，哪里有什么偶然，都是我咎由自取。但更糟糕的是，这个可怜的姑娘将失去她的父亲，失去她的遗产，失去所有本该属于她的东西……

　　那年春天，恺撒还是没有给出任何消息，据说他还在埃及，和他的新情人女法老克利奥帕特拉待在一起。而西塞罗收到了图利娅的来信，称她打算来布隆迪西乌姆和他一起生活。这让他非常惊讶，她竟敢跋山涉水前来找他。但已经来不及阻止她了——在他收到消息前，她已上路有一阵子了。在终于见到图利娅后，西塞罗脸上的惊恐让我永生难忘。她赶了整整一个月的路，身边只有一个女仆和一个老男奴的陪伴。

　　"我亲爱的姑娘，别告诉我这就是你的全部随从……你母亲怎么会同意？路上可能有劫匪，或者情况更糟。"

　　"现在没必要担心这个，父亲。我现在平安无事，不是吗？风险再大，旅途再坎坷，只要能再见到您，就都是值得的。"

　　就是这么一副瘦弱的身躯，里面却蕴藏着强大的灵魂，她的到来就像蜡烛一般照亮了整个屋子。仆人把房间打扫得干干净净，还把它们装饰一新。屋里摆上了鲜花，饭菜似乎都好吃起来了。就连小马库斯也在她的教导下变得更有教养。但与这些琐事相比，更重要的是西塞罗又振奋了精神。图利娅是个聪明的女孩：如果她是个男人，就一定能成为一名出色的辩护律师。她读了很多诗作和哲学著作，更重要的是她确实能理解它们，甚至能和她父亲侃侃而谈。遇见困难，她从不抱怨，只是淡然处之。她真是旷世奇女子。西塞罗在给阿提库斯的信中写道。

他越是欣赏图利娅，就越不能原谅特伦提娅对待她的态度。他偶尔会向我抱怨："什么样的母亲才会让自己的女儿在没有护卫的情况下走几百里路，或者在债主羞辱她时袖手旁观？"一天晚饭时，他直接问图利娅，特伦提娅为什么要这样做。

图利娅的回答很简单："钱。"

"但这太荒唐了。钱——太丢人了。"

"她知道恺撒需要筹集一大笔钱来弥补战争造成的损失，而他唯一的办法就是没收对手的财产。你首当其冲。"

"就因为这样，她便让你过上穷困潦倒的生活？这是什么逻辑？"

图利娅在回答之前犹豫了一下："父亲，我不想让您徒增烦恼，所以到现在为止，我什么都没说。但现在您看起来好多了，我想您应该知道我为什么要来，以及母亲为什么要阻止我。几个月前——也许几年前——她和费罗提慕斯就在侵吞您的财产，不仅是房屋的租金，还有房屋本身。您可能都认不出它们了——里面的东西都被搬得一干二净。"

西塞罗的第一反应是不信。"这不可能。为什么？她怎么能做出这样的事？"

"她和我说的是：'他自作自受，恕我不能奉陪。'"图利娅顿了顿，轻声补充道，"如果您想听真话，我觉得她是在收回她的嫁妆。"

西塞罗这时才意识到不对劲。"你是说她要跟我离婚？"

"她应该还没有下定决心。她只是以防万一，担心到那个时候您已经没法归还她的嫁妆了。"她从桌上俯过身来抓住西塞罗的手，"请不要生她的气，父亲。金钱是她唯一的出路。她还是很爱您的。"

西塞罗怒不可遏，随即起身离席，走进花园。

*

这些年来，西塞罗经历过各种灾难，承受过许多背叛，但它们都比不上特伦提娅对他的背叛。它是压死骆驼的最后一根稻草。他被这一击打蒙了。更让他难受的是，图利娅求他在和特伦提娅当面对质前不要把这事说出去，否则她的母亲就会知道是她告的密。见面的日子似乎还遥遥无期。后来，当天气热得让人难以忍耐时，西塞罗突然收到了恺撒的来信。

独裁官恺撒致西塞罗英白拉多：

你弟弟给我写了很多信，都在抱怨你对我的不忠，并坚称要不是因为你，他绝对不会与我为敌。我已经把这些信交给巴尔布斯，让他转交给你，你可以随意处置它们。我赦免了他和他儿子。他们可以住在他们想住的任何地方，但我不希望和他重修旧好。我当年在高卢就对他颇有微词，他的所作所为再次印证了我的想法。

我比军队先走一步，将于下月提前返回意大利，在他林敦登陆，希望那时我们能见上一面，一劳永逸地解决关于你未来的问题。

图利娅读到这封信时兴奋极了。她称这是一封"帅气的信"，西塞罗却陷入了困惑。他本来希望能不事声张，悄悄回到罗马。

想到真的要和恺撒见面，他的内心充满了恐惧。独裁官当然会表现得友好亲切，尽管他身边都是些粗鲁无礼的人。但再多的客套也无法掩盖一个基本事实：他西塞罗将向一个僭越宪法的征服者摇尾乞怜。与此同时，阿非利加那边天天都有新消息传来，说加图正在组建一支庞大的新军，准备继续为共和国的事业战斗。

西塞罗在图利娅面前装出一副开心的样子。但在她睡着后，面对良心的谴责，他再次陷入痛苦。"你知道，我一直在扪心自问，后人将如何评判我的行为，并以此鞭策自己在正确的道路上前进。我心中有数，这次后人会怎么说。他们会说，西塞罗没有选择加图，没有为正义的事业而战，因为西塞罗是个懦夫。天啊，提罗，我把事情搞得一团糟！特伦提娅是对的，她应该设法从我这废墟中挽回点儿什么，然后和我离婚。"

不久后，瓦提尼乌斯带来消息说，恺撒已经在他林敦登陆，希望后天能见到西塞罗。

西塞罗问："我们到哪里去见他？"

"他住在庞培的海边庄园里。你知道那儿吗？"

西塞罗点点头。他想起之前和庞培一起踏石踩浪的经历。"我知道。"

尽管西塞罗说他更喜欢轻车简从，但瓦提尼乌斯还是执意要派军队护送我们："不，恐怕不行，乡下太危险了。希望能在更愉快的情况下与你再次相遇。祝恺撒好运。你会发现他其实很亲切，我保证。"

后来，在我送瓦提尼乌斯出去时，他对我说："他看上去不是很高兴。"

"他觉得很丢人。在老上司的故居里卑躬屈膝只会让他更不自在。"

"我应该把这事告诉恺撒。"

第二天一早我们就出发了——十个骑兵在前，他们后面是六个执法吏，再后面是西塞罗、图利娅和我乘坐的马车、骑马的小马库斯、仆从和一队驮载行李的驮骡，殿后的又是十个骑兵。卡拉布里亚平原一马平川、尘土飞扬、人烟稀少，偶尔才有几个牧羊人或种橄榄的农夫经过。我突然意识到，这支护卫队根本不是为了保护我们，而是为了确保西塞罗不会逃跑。我们在乌里亚住了一晚，第二天继续赶路。在快到下午时，在离他林敦只有两三罗里的时候，我们看到远处有一长列骑兵正向我们走来。

在升腾的热浪和尘埃中，他们的身影若隐若现。直到他们走近，我才通过他们头盔上的红缨和队伍中的旗帜认出他们是军人。队伍停了下来，打头的军官翻身下马，匆忙跑到西塞罗身边，告诉他前方的骑兵带着恺撒的个人旗帜。那是恺撒的卫队，独裁官本人也在。

西塞罗喃喃道："神啊，他是打算在路边把我做掉吗？"看到图利娅面露惊恐，他又补充道："只是开个玩笑，孩子。如果他想弄死我，我哪能活到现在。好了，快点了结这件事吧。你也来，提罗，记得把这一幕写进书里。"

西塞罗爬出马车，叫小马库斯一起过去。

恺撒一行有四五百人，停在百步之外，摆开蓄势待发的阵势。我们走了过去，西塞罗走在我和小马库斯之间。一开始我还不知道哪个是恺撒，直到一个高大的男人翻身下马，摘下头盔递给副手，一边用手捋平头发，一边朝我们走来。

看着他一步步走来，我有种恍如隔世的感觉。这么多年来，这个巨人一直是万众瞩目的焦点——他率领千军万马四处征战，将共和国碾为齑粉，仿佛只是砸碎了一只早已过时的破旧花瓶。每个人都在关注他、寻找他，但他其实也不过是一个需要呼吸的普通人类！他迈着短促的步伐。我一直觉得他很像一只鸟：有像鸟一样狭长的头颅，还有鸟眼般炯炯有神的一双黑眸。他走到我们面前，停住脚步。我们也停了下来。我离他很近，可以看到头盔在他柔软苍白的皮肤上留下了红色的压痕。

他上下打量西塞罗，用沙哑的声音说道："我很高兴看到你毫发无损地回来了——就像我预料的那样！我对你有点意见。"说着，他用手指戳了戳我。一时间，我感觉全身的血液都凝固了。"十年前你跟我说你的主人危在旦夕。我当时就对你说，他肯定会活得比我还长。"

西塞罗说："我很高兴听到你的预言，恺撒，如果你能让它成真的话。"

恺撒仰天大笑："啊是的，我很想念你！现在你看，我不辞路远出城来见你，不就是为了向你表示敬意吗？我们一起走一走，顺便再聊一聊吧。"

于是他们朝着他林敦方向走了大概半罗里，恺撒的士兵为他们让开道路。几名护卫走在他们后面，其中一人牵着恺撒的马。我和小马库斯也跟了上去。我听不清他们说了些什么，但能看到恺撒偶尔会一边挽着西塞罗的胳膊，一边用另一只手比画。后来西塞罗告诉我，那日他们相谈甚欢，主要对话如下：

恺撒："所以你想做什么呢？"

西塞罗："回罗马，如果你允许的话。"

恺撒："你能保证不给我惹麻烦吗？"

西塞罗："我发誓。"

恺撒："你干吗回那里？我还没想好让不让你在元老院演讲，而法院又都休庭了。"

西塞罗："噢，我的政治生涯已经结束了，我知道。我会隐退的。"

恺撒："隐退之后呢？"

西塞罗："可能写写哲学书吧。"

恺撒："很好。我喜欢搞哲学的政治家，这意味着他们放弃了权力争夺。你可以回罗马。你愿意边写边教吗？我想介绍几个有潜力的手下给你。"

西塞罗："你不怕我教坏他们吗？"

恺撒："有你在，我什么都不怕。你还有什么要求吗？"

西塞罗："唔，我想撤了这些执法吏。"

恺撒："没问题。"

西塞罗："不需要元老院表决吗？"

恺撒："元老院里我说了算。"

西塞罗："啊！所以你不打算恢复共和国了吗……"

恺撒："我总不能用朽烂的木头重建房屋。"

西塞罗："告诉我，这是不是就是你的目的？你想要独裁？"

恺撒："怎么可能！我只想得到应有的尊重。至于其他的，我不过是顺势而为。"

西塞罗："有时我在想，要是当初我接受了你的邀请，去高卢当你的军团长，这一切是不是都不会发生。"

恺撒："亲爱的西塞罗，这我们就不知道了。"

"他非常亲切，"西塞罗回忆道，"一脸平静，波澜不惊，让人看不透他内心的真实想法。"

谈话结束后，恺撒和西塞罗握手道别，接着翻身上马，向庞培庄园的方向疾驰而去。他的卫队猝不及防，急忙跟了上去，剩下的包括西塞罗在内的众人不得不跳进路边的沟渠里，以免被马踩到。

我们被马蹄扬起的尘土呛得不停咳嗽。等他们走后，我们重新爬上道路，把自己打理干净。我们站在原地，目送恺撒和他的追随者消失在热浪中，然后踏上了返回罗马的旅途。

第二部分

回归

公元前 47 年~前 43 年

Defendi rem publicam adulescens; non deseram senex.

我在年轻时就捍卫共和国，
到了老年也不会抛弃她。

——西塞罗，《反腓力辞》第二篇，公元前 44 年

XII

这一次，再没有人在路上为西塞罗加油鼓劲了。由于男丁都打仗去了，一路上只见田地荒芜、街道破败、市井萧条。大家要么闷闷不乐地盯着我们，要么就直接转身离开。

韦努西亚是此行的第一站。西塞罗在那里给特伦提娅留了信，语气十分冷淡：

> 我想我应该要去图斯库鲁姆。请务必做好准备。到时候还会有很多人和我一起住一段时间。如果浴室里没有浴缸，那就买一个吧；其他生活必需品也要买。再见。

没有任何爱称，没有表达任何期待，甚至没有邀请她见面。我当时就意识到，无论特伦提娅会有什么反应，他都已经打定主意要和她离婚。

我们在库迈待了两晚。庄园关着门，大部分奴隶已经被卖出。西塞罗穿过闷热的房间，试图回想少了哪些东西——餐厅里少了张柑橘木桌，会客室里少了座密涅瓦半身像，书房里还少了个象牙凳。他站在特伦提娅的卧室里，怔怔地看着光秃秃的书架和房间角落。这景象和当时在福尔米亚一样。她带走了她的全部家当——衣服、梳子、香水、扇子，还有阳伞。他说："我感觉自己就像一个游荡在故土上的幽灵。"

当我们到达图斯库鲁姆时，她已经在等我们了。我们知道她在屋子里面，因为她的女仆正在门口向外张望。

想到又要见证一出闹剧，就像西塞罗和他弟弟的那次不愉快，我不禁心生胆怯。但这次不同，她表现出的温柔超乎我的想象。在经历了漫长的分别后，她终于又见到了儿子。她跑到他面前，紧紧抱住他，这是过去三十年中我唯一一次看到她哭泣。接着她又和图利娅抱在了一起。最后，她看向她的丈夫。西塞罗后来告诉我，看到她走过来的那一刻，他心中的阴霾顿时一扫而空，因为她已经老了。她的脸上刻满了忧虑的皱纹，头发变得花白，曾经骄傲的脊背佝偻下来。"直到那一刻我才意识到，身为我的妻子，生活在恺撒的罗马一定让她吃了不少苦头。我不能说我对她还有爱，但我确实非常心疼，非常难过，我当时就决定在财务问题上保持缄默——在我看来，一切都结束了。"他们就像在海难中幸存的陌生人一样紧紧相拥，然后就分开了。就我所知，他们再也没有拥抱过对方。

*

离婚后，特伦提娅在第二天早上回了罗马。有些人认为，两个人不管结了多久的婚，都可以在不举行仪式或准备法律文件的情况下就随便离婚，这实在是有伤风化。但这就是罗马的自由，至少现在双方都希望结束这段关系。他们私底下谈话时我当然不在场。西塞罗表示气氛还算融洽："我们分开得太久了，在发生了这么多大事后，我们个人利益过去的共同基础已经消失了。"双方商定，特伦提娅在搬进她自己的房子前将一直住在罗马。同时，西塞罗将继续留在图斯库鲁姆。小马库斯选择和母亲一起回去，图利娅——她那花心的丈夫多拉贝拉正准备和恺撒一起去阿非利加对付加图——则和她父亲住在一起。

如果说做人的苦恼在于幸福随时会被夺走，那么做人的乐趣就在于它总会在不经意间回来。西塞罗早就看中了弗拉斯卡蒂的恬静清幽，现在没人前来打扰他了。此外，他心爱的女儿也陪着他。鉴于从此时开始，这里就是他的主要住所，我将对其进行详细描述。房子的上层有间锻炼室，和他的书房相连，为了纪念亚里士多德，他称其为"吕克昂"[①]：他早上会在这里散步、写信和接待访客，过去他还会在这里练习演讲。从这里可以看到十五罗里外连绵起伏的罗马七丘。但现在事情的发展已经完全超出了他的控制，他不再为罗马的事牵肠挂肚，可以潜心写书了——这样看来，独裁统治反而让他获得了自由。露台下有个花园，花园里有一些林荫道，为了纪念柏拉图，西塞罗将花园称为"阿卡德米"。吕克昂和阿卡德米这两个区域都装饰有大理石和青铜质地的精美希腊雕像，其中西塞罗最喜欢的是阿提库斯送给他的赫尔墨斯和雅典娜双头像。那是一尊标准的雅努斯式半身像，赫尔墨斯和雅典娜背对而立。花园中还建有几处喷泉，它们的潺潺水声再加上鸟鸣与花香，为这里营造出一种伊甸园般的宁静氛围。山上本来也很安静，因为住在附近的元老不是逃了就是死了。

西塞罗和图利娅在这里待了整整一年，偶尔也会去趟罗马。他认为这些日子是他人生中最幸福的时光，也是他创作欲最旺盛的时期，因为他兑现了对恺撒的承诺，不问世事，一心写书。他不再为法律和政治事务分神，而是专注于创作。在接下来的一年里，他写出了一本又一本哲学和修辞学著作，数量都赶得上其他

---

① 吕克昂（Lyceum）是亚里士多德于公元前 355 年创办于雅典的学校。——译者注

学者一生的产出了。他的目标是用拉丁语总结所有希腊哲学的主张。为此，他采用了一种非常有效率的创作方法。他会在黎明时分起床，直奔书房，查阅需要的资料，做好笔记（他的字迹很潦草，只有少数人能看懂，我就是其中之一），等一两个小时后我去找他时，他就在吕克昂走来走去，口述内容让我记录。他经常让我去查阅引文，甚至按他给出的框架写出整篇文章；一般他都不会去修改，因为我已经能够熟练地模仿他的风格。

他当年的第一份作品《布鲁图斯》是关于讲演术的对话录，他以马库斯·尤尼乌斯·布鲁图斯的名字为其命名，并把它献给了布鲁图斯。自当日在狄拉奇乌姆一别后，他再也没见过这个小朋友。但就连选这个主题都称得上一种挑衅，因为当国家的选举、元老院和法院都被独裁官握于手中时，讲演术就变得一文不值了：

> 我很难过，因为我这么晚才踏上人生之路，在我的人生旅程终结前，共和国的黑夜就已经降临。但当我看着你时，布鲁图斯，我哀叹不已，你本应有美好的前程，在掌声中春风得意，却因厄运而屡屡受挫。

厄运……我惊讶于西塞罗竟敢写出这样的文章，尤其考虑到布鲁图斯现在是恺撒政权的要员。法萨罗之战后，独裁官赦免了布鲁图斯，并于最近将其任命为内高卢行省总督，尽管这个年轻人从未出任裁判官，更别说执政官了。传言说那是因为他是恺撒的情妇塞维利娅的儿子，恺撒这样安排是为了讨好她，但西塞罗对这种说法不屑一顾："恺撒从来不会感情用事。他之所以给布鲁图斯这份工作，无疑有欣赏对方才能的原因，但主要是因为布鲁图斯是加图的外甥，这就是恺撒分化对手的手段。"

布鲁图斯不仅怀抱崇高的理想，而且继承了他舅舅的顽固和强硬。他并不喜欢这份以他名字命名的作品，也不喜欢它的姊妹篇《演说家》——西塞罗不久后就写下了《演说家》，同样把它献给了布鲁图斯。布鲁图斯从高卢寄来一封信，说西塞罗的写作风格在当年还不错，但现在看来实在是曲高和寡、矫揉造作，文中的炫技、笑料和包袱多得有点喧宾夺主，西塞罗真正需要的是返璞归真。我认为布鲁图斯过于自负，他居然在教这个时代最伟大的演说家如何在公众面前演讲，但西塞罗向来尊重他的诚实，并不觉得这是冒犯。

那段时间我过得非常快乐，几乎可以说是无忧无虑。隔壁鲁库卢斯空置已久的房子终于卖掉了，新邻居是恺撒无可挑剔的副官奥卢斯·希尔提乌斯，多年前我在高卢见过他一面。他现在当上了裁判官，不过法院很少开庭，所以大部分时间他和姐姐一起待在家里。一天早上，他来请西塞罗吃饭。他是出了名的老饕，每天都吃天鹅和孔雀之类的美食，体型比当年膨胀了不少。他才三十多岁，就和恺撒的其他许多心腹一样拥有完美的风度和出众的文学品位。据说恺撒《战记》的大部分内容就是由他完成的，而西塞罗在《布鲁图斯》中对《战记》给出了很高的评价（"它就像一丝不挂的裸体，除去了所有的矫饰，挺拔而美丽。"他口述道，然后加了一句，但后面这句没有被公开，"是的，就像婴儿在沙地上随手画出的一笔，平平无奇，毫无特色"）。西塞罗没有拒绝希尔提乌斯的好意。那天晚上，他带着图利娅赴约，从此开始了一段不同寻常的友谊；我也常在受邀之列。

一天，为了回报这些美味佳肴，西塞罗问希尔提乌斯有没有什么想要的。希尔提乌斯给出了肯定的回答：恺撒曾劝希尔提乌斯找机会"拜师"学习哲学和修辞，所以希尔提乌斯希望能得到西塞罗的指导。西塞罗同意了，开始给希尔提乌斯授课，教他怎么演讲，就像阿波罗尼乌斯·摩隆当年教授西塞罗那样。上课地点在水钟旁的阿卡德米里，讲授内容包括如何记住演讲稿，如何呼吸，如何运气发声，以及如何用手势帮助表达。希尔提乌斯向他的朋友盖乌斯·维比乌斯·潘萨炫耀自己的新技能，后者是曾在高卢为恺撒效力的年轻军官，计划在年底接任布鲁图斯的总督之位。因此，潘萨也在那年成了西塞罗庄园的常客，后来也跟随西塞罗学习如何更好地在公共场合演讲。

这所非正规学校的第三个学生是卡西乌斯·郎吉努斯。他骁勇善战，曾随克拉苏远征帕提亚，还统治过叙利亚。西塞罗最后一次见到他是在克基拉岛的战时会议上。和他的内兄布鲁图斯一样，他也向恺撒投降并得到了赦免。现在他急切地想要获得晋升。他沉默寡言、野心勃勃，我总觉得他是个难缠的人，西塞罗也不太喜欢他对伊壁鸠鲁主义的狂热信仰：他饮食有节、滴酒不沾、沉迷运动。他曾向西塞罗坦言，他一生中最大的遗憾就是接受了恺撒的赦免，这件事腐蚀了他的灵魂。庞培死后，也就是卡西乌斯投降后的第六个月，恺撒从埃及返回，那时卡西乌斯曾计划在赛德努斯河边杀死独裁官。要是恺撒当晚泊在他停靠战船的那一岸，他就成功了；但恺撒意外地选择了对岸，而且时值深夜，他又离得太远，因此没能得手。他的鲁莽让西塞罗这种处变不惊的人都变了脸色。西塞罗让卡西乌斯不要再说了，尤其不能在庄园里说，免得被希尔提乌斯和潘萨听到。

最后，我不得不提一下第四位访客，他也是最出人意料的访客——图利娅那不像话的丈夫多拉贝拉。她以为他在阿非利加，正和恺撒一起对付加图和西庇阿，但在开春时，希尔提乌斯接到报告称，战斗已经结束，恺撒大获全胜。希尔提乌斯提前结束了学习，匆匆赶回罗马，几天后，信使一大早就送来了一封信：

多拉贝拉致岳父大人：

我很荣幸地告知您，恺撒击败了敌军，而加图选择了自尽。我于今早抵达了罗马，向元老院汇报了这一消息。我回到家，听说图利娅和您住在一起。请问我可以前往图斯库鲁姆看望我在这世界上最爱的两个人吗？

"真是祸不单行。"西塞罗总结道，"共和国败了，加图死了，现在我的女婿还要来看他的妻子。"西塞罗目光黯然，越过原野向罗马的丘陵望去。正值初春时节，远山如黛。"没有了加图，这个世界也不一样了。"

他派奴隶去找图利娅，等她过来后，他把信拿给她看。她经常跟我们说多拉贝拉对她有多么残忍，所以我和西塞罗都以为她肯定不想再见到他。但她让父亲帮她决定，说自己怎么样都无所谓。

西塞罗说："好吧，如果你真的这样想，那我就让他过来了——这样我就可以和他聊聊他对你的态度。"

图利娅连忙说："不要，父亲，求您不要这样做。他这人很骄傲，根本经不起责骂。要怪就怪我自己吧——结婚前，所有人都向我警告过他是怎样的人。"

西塞罗拿不定主意。但他实在是太想听亲历者讲述加图的遭遇了，所以他克服了对这个无赖的厌恶——说多拉贝拉是无赖，不只是因为他对图利娅的所作所为，还因为他用上了喀提林和克洛狄乌斯曾经使用的政治手段——赞成取消所有债务，借此收买人心。西塞罗问我能不能马上去趟罗马，给多拉贝拉递封请帖。就在我离开前，图利娅把我拉到一边，问能不能把她丈夫的信给她；我自然是交给她了。后来我才发现，多拉贝拉从来没给她写过信，所以她才想把它留作纪念。

中午我就到了罗马——距离我上次踏入这座城市已经过去整整五年了。流亡时，我经常梦到城中宽阔的街道、精美的神庙、用大理石与黄金装饰的廊厅，以及出入这些地方的衣着优雅、文质彬彬的市民。但现在出现在我面前的是污水横流、尘土飞扬、坑坑洼洼的泥泞道路，比我记忆中的要窄很多。建筑物破败不堪、摇摇欲坠，广场上到处都有四肢不全、面目全非的老兵在乞讨。元老院会堂的外墙还是黑乎乎的。过去法院都是在神庙前开庭，现在这些地方都已经被荒弃了。罗马的空旷远远超出了我的想象。根据城里的人口调查，这一年的居民总数还不到内战前的一半。

我以为多拉贝拉会去参加元老院会议，但似乎没人知道元老院在哪里开会，甚至这几天有没有开会都是未知数。最后我按照图利娅给我的地址上了帕拉蒂诺山，她说她之前就是和丈夫住在那里的。我在那儿不仅见到了多拉贝拉，还见到了一位衣着华丽、举止优雅的女性，后来我认出他是克洛狄亚的女儿梅特拉。她表现得像是女主人一样，让人给我送点心、搬椅子，我一眼就看出图利娅没有希望了。

至于多拉贝拉，他身上有三个引人注目的特征：五官深邃俊美，体格强健有力，身材小巧玲珑。（西塞罗曾开玩笑说："谁把我的女婿绑在剑上了？"）虽然我从未见过这个袖珍版的阿多尼斯[①]，但对他和图利娅的相处方式早有耳闻，所以对这个人一直喜欢不起来。他看完请帖，表示会马上跟我回去。他说："我的岳父在请

---

① 希腊神话中掌管春天植物的男神，身材高大，相貌异常精致。在西方文化中，他的名字也是美男子的代名词。——译者注

帖上写道，来递请帖的人是他最信赖的朋友提罗。是那个发明了传说中的速记法的提罗吗？很高兴见到你！我妻子经常提起你，说你就像她的另一个父亲。我能和你握个手吗？"这就是这个流氓的魅力所在，我感觉自己的敌意瞬间消退了不少。

他让梅特拉派些搬行李的奴隶跟他一起走，然后和我一起坐上马车前往图斯库鲁姆。一路上他基本在睡觉。我们到达庄园时，奴隶正在准备晚餐，西塞罗让他们再加一个位子。多拉贝拉径直向图利娅坐着的沙发走去，把头枕在她腿上。过了一会儿，她开始抚摸他的头发。

那晚月白风清，夜莺的叫声此起彼伏。在这种氛围下，多拉贝拉的故事显得更加耸人听闻了。他首先讲述了塔普索斯之战，在这场战斗中西庇阿和努米底亚国王祖巴率领七万共和军迎击恺撒。他们企图用象兵冲破恺撒的防线，但面对铺天盖地的箭矢和燃烧弹，这些可怜的野兽惊恐奔逃、互相踩踏。历史重演：恺撒军的铁骑冲散了共和军的阵型，只是这次恺撒没有留下俘虏，而是将投降的上万人尽数屠戮。

"加图呢？"西塞罗问。

"加图没在，他当时正据守在乌提卡的要塞，那里距离塔普索斯有三天的路程。战斗结束后，恺撒直奔乌提卡而去。我和他一同骑马领军。恺撒很想活捉加图，然后赦免他。"

"白费心思，我可以告诉你：加图肯定不会接受恺撒的赦免。"

"恺撒相信他会。但你说的没错：加图在我们到达的前一晚就自杀了。"

"怎么回事？"

多拉贝拉板着脸。"如果你真的想知道，我可以告诉你，但这不适合女人听。"

图利娅语气坚定："谢谢你的体贴，但我很坚强。"

"我还是觉得你离开比较好。"

"我绝对不会那样做！"

"那么岳父大人，您怎么看呢？"

"图利娅比她看上去更坚强，"西塞罗意有所指，"她必须坚强。"

"既然您都这么说了，那好吧。据加图的奴隶说，得知恺撒将于次日到达后，加图用了餐，洗了澡，和同伴谈论了柏拉图，最后回了自己的房间。只有他一个人时，他拿出剑，冲这里砍了一下。"多拉贝拉伸手在图利娅胸骨下方比了比，"他的内脏都滑出来了。"

西塞罗打了个冷战，但图利娅说："那还好。"

"啊，"多拉贝拉继续说道，"还没完呢。伤口并不致命，剑从他血淋淋的手中滑落。随从听到他的呻吟，急忙跑了进来。他们叫来了医生。医生赶到后，将他的肠子推回腹内，并缝合了伤口。加图自始至终都是清醒的。他发誓不会再想不开，他的手下相信了，但以防万一，他们拿走了他的剑。他们一走，加图就徒手撕开伤口，把肠子又扯了出来。这才是故事的结局。"

*

加图的死对西塞罗造成了很大的影响。随着越来越多的人得知那些骇人听闻的细节，一些人认为加图疯了。希尔提乌斯就是这么认为的，但西塞罗不同意。"他本来可以选个更轻松的死法。他可以跳楼，可以割腕，可以服毒。但他最后选择掏出内脏，把自己做成祭品，以此来表现他坚定的意志和对恺撒的不屑。从哲学的角度来说，这其实是一种'善终'，是属于无惧之人的死亡方式。实际上我觉得他可以说是含笑九泉。无人可望其项背，恺撒不能，谁都不能。"

加图的死对布鲁图斯和卡西乌斯——两人都是加图的亲戚，一个是血亲，另一个是姻亲——造成了更大影响。布鲁图斯从高卢来信，问西塞罗是否愿意为他的舅舅写一篇悼词。在收到信的时候，西塞罗得知加图在遗嘱中将自己指定为他儿子的监护人。和其他接受恺撒赦免的人一样，加图的自杀让西塞罗羞愧不已。于是他不顾得罪独裁官的风险，答应布鲁图斯的请求，用一个多星期的时间完成了短作《加图颂词》。

> 思想坚定，为人正直，我行我素；视荣誉和功名如粪土，鄙薄追名逐利之徒；捍卫法律和自由；克己奉公；不屈于僭主之威；倔强、暴躁、苛刻、固执；一个理想主义者，一个狂热分子，一个谜一样的人物，一名军人；宁可剖腹抛肝也不愿向独裁者低头——只有罗马共和国才能孕育出这样的人物，这样的人物也只肯活在罗马共和国。

差不多就在这个时候，恺撒的军团从阿非利加班师而还。在不久后的盛夏时节，恺撒最终参加了四场凯旋式，以纪念他在高卢、黑海、阿非利加和尼罗河流域四地取得的胜利——这种自我吹嘘在罗马史上找不到先例。为了参加仪式，西塞罗搬回了帕拉蒂诺山。这并不是说他自己想要参加。正如在信中他曾告诉老朋友苏尔比基乌斯的，在内战中，胜者为王，败者为寇。城里举办了各种各样的表演。除了五场猎兽赛外，还有马克西穆斯竞技场中的模拟战（甚至有大象出场）、台伯河畔的人工小湖里的海战表演、每个城区的戏剧表演。运动员在战神广场上赛车、比赛，以纪念独裁官的女儿尤利娅。恺撒还用祭牲之肉宴请全城，向民众分发钱和面包。由士兵、战利品和战俘组成的游行队伍穿街而过。那个高贵的高卢首领维钦托利在被俘六年后，终于在卡塞尔被绞死。我们每天都能在阳台上听到军团士兵粗俗的歌声：

> 快藏起你们的妻子呀，罗马的市民们！
> 我们领来了秃头的淫棍。
> 他把你们借出的黄金，
> 全都用来在高卢鬼混！

　　尽管这些活动声势浩大——也可能正是因为这一点——加图的幽灵一直在罗马徘徊。在阿非利加凯旋式上，恺撒下令装饰了一辆象征加图自杀的彩车，让其跟着游行队伍前进。看到这一幕，围观民众低声饮泣，眼含热泪。据说加图的死有着特殊的宗教含义：他献祭自己，换取众神降怒于恺撒。就在那天，独裁官的车轴断了，恺撒从车上倒栽下来，众人认为这表明他惹怒了诸神。恺撒看在眼里，急在心里，下令举办了一场空前的盛会——晚上他乘着夜色登上了卡比托利欧山，左右有四十只大象随行，象背上的人举着火把。他跪在山坡上，请求朱庇特原谅他的不敬。

*

　　据说忠犬会躺在主人的坟前，无法接受主人已经死去的事实。同理，一些罗马人依然抱着希望，相信共和国还能死而复生。就连西塞罗也曾经对此抱有幻想。凯旋式结束后，他决定出席元老院会议，但无意发言。他之所以想要出席，一方面是出于念旧，另一方面是因为他知道恺撒新任命了数百位元老，他想知道他们都是些什么人。

"里面全是陌生人，"他后来和我说，"有些甚至是外国人，大部分不是被选举出来的，但在某种意义上，它仍是元老院。"旧元老院会堂被烧毁后，紧急会议曾被转移到战神广场上的庞培剧场里召开。这次的会议也在同一地点举办。恺撒甚至同意让庞培的大理石雕像留在原处。这位独裁官站在台上发言，身后却矗立着庞培的雕像，此情此景让西塞罗看到了未来的希望。这次会议的辩论主题是该不该允许前执政官马库斯·马凯鲁斯返回罗马。他是恺撒的死对头，在法萨罗之战后被处以流放，现居莱斯沃斯岛。他的兄弟盖乌斯（帮助我解除奴隶身份的那个官员）带头请求宽大处理。盖乌斯话音刚落，不知道从哪里冒出一只鸟，扑扇着翅膀从门口飞了出去。恺撒的岳父卢基乌斯·卡尔普尔尼乌斯·庇索立刻起身，宣布这是个预兆：众神同意让马凯鲁斯享有回家的自由。随后，包括西塞罗在内的全体元老都站了起来，向恺撒请求宽大处理；盖乌斯·马凯鲁斯和庇索甚至跪了下来。

恺撒示意他们回到座位上。他说："你们为之辩护的这个人，他对我的恶意比其他还活在世上的人都大。但你们的恳求打动了我，而且我觉得这个预兆挺吉利的。我没有必要把自己的尊严凌驾于元老院的共同愿望之上：我已经活得够久了，荣誉在我心中已经不那么重要了。马凯鲁斯可以回家，可以在故乡安居乐业。"

这番发言赢得了热烈的掌声，而坐在西塞罗身边的几名元老都催他站起来，代表大家表示谢意。这一幕深深地打动了西塞罗，他对独裁官毫不吝惜溢美之词，忘记了自己曾发誓不会在恺撒这不合法的元老院中讲话："你已经征服了胜利女神，你把战利品都

227

拱手让给了手下败将。你无人可敌!"

他突然觉得恺撒能够以"一把手"而不是僭主的身份统治罗马。我看到了恢复宪法自由的曙光。他在信中对苏尔比基乌斯说。第二天他请求赦免另一个被放逐者昆图斯·利加里乌斯,恺撒同样对此人恨之入骨。这次恺撒也同意了。

但这并不等于共和国的重生。几天后,独裁官不得不匆匆离开罗马,回到西班牙镇压庞培的儿子格涅乌斯和塞克斯都领导的起义。希尔提乌斯告诉西塞罗,独裁官大发雷霆。叛军中有许多他赦免过的人,当时他开出的条件是他们不再拿起武器,但他们辜负了他的一番好意。希尔提乌斯警告说,不会再有任何宽大处理了:没有慈悲,没有宽厚。他说西塞罗最好远离元老院,低调行事,专注于搞哲学:"这次将是殊死决战。"

*

图利娅又怀上了——就是多拉贝拉拜访图斯库鲁姆那次。起初她为这一发现欢喜不已,以为可以用此事挽救婚姻。多拉贝拉似乎也很开心。后来她和西塞罗回罗马参加恺撒的四次凯旋式,途中她去了趟和多拉贝拉一起住过的房子,打算给他一个惊喜,结果在床上发现了梅特拉。她受到了严重打击,直到今天我都非常愧疚,因为我没能在她去那里之前提醒她。

她问我该怎么办,我劝她立即和多拉贝拉离婚。孩子还有四个月就要出生了。如果孩子出生时她还没有离婚,根据法律,多拉贝拉就有权带走孩子;但如果她离婚了,情况就复杂多了。多拉贝拉必须和她对簿公堂,证明他是孩子的父亲,而作为西塞罗的孩子,她至少可以有最好的法律顾问。她和西塞罗谈了谈,他也赞成离婚：这个孩子将是他唯一的外孙，他不想有人把孩子从女儿身边夺走，交到多拉贝拉和克洛狄亚之女的手上。

因此，在多拉贝拉准备出发和恺撒一同去西班牙打仗的那天早晨，图利娅在西塞罗的陪同下前去他家，告诉他虽然他们的婚姻已经完蛋了，但她希望能自己照顾孩子。西塞罗向我描述了多拉贝拉的反应："那个家伙只是耸了耸肩，祝她和孩子都好，说孩子当然要留在母亲身边。然后他把我拉到一边，说他现在没办法归还她的嫁妆，希望这不会影响我们的关系！我能说什么？我不能和恺撒最亲近的副官为敌，而且我也不是完全不喜欢他。"

他痛心疾首，认为一切都怪他自己。"我在听到他的所作所为后就该坚持让他俩离婚。现在她该怎么办？她都三十一岁了，一个人带着孩子，身体虚弱，还没嫁妆，根本嫁不出去了。"

他意识到一个严峻的事实：如果有谁要结婚的话，那个人只能是他。但他一点也不想结婚。他很享受自己的单身生活，宁愿和书过一辈子也不想娶妻。他现在已经六十岁了，虽然身材还保持得不错，但性欲——年轻时他就不太在意——正在减退。随着年龄的增长，他和人调情的次数确实更多了。他喜欢参加有漂亮小姑娘的晚宴——他甚至还和马克·安东尼的情妇、裸体女演员伏卢蒙尼娅·赛蕾里斯同席，这在过去是完全不可能的事。但他们只是在餐榻上互相恭维，偶尔还在第二天派信使传递一首情诗，仅此而已。

不幸的是，他现在需要通过结婚来搞钱。特伦提娅暗地里收回了嫁妆，这让他陷入了经济困境；他知道图利娅的嫁妆是拿不回来了；虽然他有很多房产，而且刚在安提乌姆附近的阿斯图拉和那不勒斯湾的普特俄利又各买了一处，但他付不起维护费。你可能会问："那他怎么不卖几套？"因为这不是西塞罗的作风。他一直坚信应该"用多少赚多少，而不是赚多少用多少"。现在他已经不能通过法律业务来创收了，唯一可行的办法就是再次娶个有钱的老婆。

这事挺不光彩的，但我一开始就说过不会撒谎。有三个候选新娘。一个是希尔提乌斯的姐姐希尔提娅。她的弟弟在高卢时就非常富有，为了摆脱这个讨厌的女人，他准备把她和两百万赛斯特斯的嫁妆打包交给西塞罗。但正如西塞罗在写给阿提库斯的信中指出的，她实在是奇丑无比，如果说维护美丽的宅子的代价是在里面放一个丑陋的妻子，这也太荒谬了。

第二个候选人是庞培的女儿庞培娅。她的前夫是福斯图斯·苏拉，亚里士多德手稿的主人，最近在阿非利加为元老院的事业献出了生命。但如果西塞罗娶了她，格涅乌斯，也就是那个曾在克基拉威胁要杀西塞罗的人就成了他的内弟。这太离谱了。此外，她长得很像她的父亲。"你能想象，"他颤抖着对我说，"每天早上在庞培身边醒来的感觉吗？"

剩下的那位看上去是最不合适的。普布利莉娅只有十五岁。她的父亲马库斯·普布利乌斯是阿提库斯的骑士朋友，非常富有。他死后把钱委托给他人保管，让对方在普布利莉娅结婚后再交给她。主要受托人是西塞罗。和这个小姑娘结婚是阿提库斯的主意，他称其为"优雅的解决方案"。他建议西塞罗娶了普布利莉娅，借此拿到她的财产。一切都合情合理又合法。女孩的母亲和舅舅都很赞同，为能和这样一个杰出的男人成为亲家而受宠若惊。普布利莉娅自己则在西塞罗仍在犹豫时表示，如果能成为他的妻子，她将不胜荣幸。

"你确定吗？"他问她，"我比你大四十五岁——老得可以做你爷爷了。你不觉得这很……别扭吗？"

她神情坦然地看着他："不觉得。"

在她走后，西塞罗说："好吧，她说的应该是实话。我还以为她会很反感。"他重重地叹了口气，摇了摇头。"我想我最好还是把这事定下来。但其他人肯定会非常反对。"

我忍不住说了句："你要担心的不是其他人。"

"你想说什么？"

"当然是图利娅啊，"他竟然完全没有考虑过她的想法，这让我很惊讶，"你觉得她会怎么想？"

他眯着眼看着我，十分困惑。"图利娅为什么要反对？她也可以得到好处啊。"

"我觉得，"我温和地说，"她会介意的。"

她确实很介意。西塞罗对我说，他把这事告诉图利娅的时候，她晕倒了，一两个小时后才醒来。在此期间，他很担心她和孩子的健康。等她醒来后，她想知道西塞罗怎么会有这种想法。难道她要叫一个小姑娘继母吗？他们要住在一起吗？西塞罗没想到她的反应会这么大，但已经来不及了。他已经向放债人借了钱，就等着新妻子的财产了。他的两个孩子都没参加婚宴：图利娅快分娩了，所以搬到她母亲那里去了；小马库斯则请求父亲允许他随恺撒出征西班牙。西塞罗劝他说，这是对前战友的背叛，是不光彩的行径，于是小马库斯带上一大笔钱去了雅典，想要往自己的脑袋里灌输一些哲学知识。

不过我还是去参加了婚礼，它是在新娘家举行的。新郎方的亲友只有阿提库斯和他的夫人皮利娅——她比她丈夫小三十岁，但在普布利莉娅纤细的身影旁显得格外臃肿。新娘身穿一袭白色长裙，盘着发髻，腰间系着圣洁的腰带，如同一个精致的玩偶。也许有的人可以轻轻松松地接受这种事，比如说庞培，他肯定会毫无压力；但西塞罗显然很不自在，他在背诵誓词（"君若为盖娅，我当为盖乌斯"）时，把名字弄错了，这可不太吉利。

漫长的喜筵后，婚礼的队伍在渐渐暗淡的日光中来到了西塞罗家。他希望对这桩婚事保密，逃也似的穿过街道，避开路人的目光，紧紧抓住妻子的手，似乎想要把她拖走。但婚礼的队伍无论走到哪里都引人注目，且他的脸也太有名了，等我们到达帕拉蒂诺山的时候，身后至少跟了五十个人。屋外有很多人为这对幸福的新人鼓掌，准备向他们抛撒鲜花。我本来担心西塞罗会扭到腰，毕竟他要把新娘抱进房子。但他轻轻松松地把她抱起来送入室内，然后迅速转过头暗示我把门关上。她径直上了楼，进入特伦提娅住过的房间，女仆已经打开了她的行李，为新婚之夜做准备。西塞罗想让我多待一会儿，陪他喝点酒。我表示自己很累，然后就这么离开了。

*

这桩婚姻从一开始就是一场灾难。西塞罗不知道该如何和年轻的妻子相处。在他眼中，她就像前来玩耍的朋友的孩子。他有时扮演长辈的角色：她弹琴，他高兴；她刺绣，他鼓励。其他时候他又是严厉的导师，为她在历史和文学上的孤陋寡闻感到诧异。但大多数情况下，他不会主动找她。有次他对我说，维持这段关系的唯一方式就是情欲，但他完全没有感觉。可怜的普布利莉娅！她丈夫越是对她不理不睬，她就越是对他紧追不舍，然后他就越是恼怒。

最后西塞罗找上了图利娅，恳求她搬回来和他一起住。他说她可以在他家生孩子（她就要生了），他会送走普布利莉娅，或者让阿提库斯帮他送走，因为他觉得这段关系太让人心烦了。图利娅见父亲如此模样，心疼不已，便同意了。而可怜的阿提库斯不得不去跟普布利莉娅的母亲和舅舅解释，为什么这位年轻的女士结婚还不到一个月就要回家。阿提库斯提出，他希望图利娅的孩子出生后这对夫妻可以重修旧好，但现在要以图利娅的愿望为先。他们别无选择，只能同意。

图利娅搬回来时已是第二年的 1 月。她下了马车，在他人的搀扶下走进室内。那是个天朗气清的寒冷冬天。她艰难地挪动着身体，西塞罗手忙脚乱地跟在一旁，叫门房把门关上，让人多添点柴，生怕她会着凉。她表示想回房里躺着。随后西塞罗派人去请医生为她做检查。医生很快就走出房间说她马上要生了。特伦提娅也过来了，身后跟着一位接生婆和一群侍女。她们都进了图利娅的房间。

屋子里响起的尖叫声一点儿也不像图利娅发出的。事实上它一点儿也不像人类发出的声音。那是种粗犷的原始之声，痛苦抹去了里面所有的人类特质。我想知道西塞罗的哲学体系会对此做出怎样的解读。幸福难道能与这样的痛苦扯上关系吗？可能吧。但他听不下去了，便到花园里走了一圈又一圈，一小时又一小时，浑然不觉寒冷。等到屋里变安静了，他又走了进来。他看向我，我们一起等待着。似乎过了很久，有脚步声传来——特伦提娅出来了。她脸色难看，但声音很激动。

"是个男孩，"她说，"一个健康的男孩。图利娅也很好。"

*

图利娅也很好。对西塞罗来说，这才是最重要的事。孩子很强壮，名字随了他父亲，叫普布利乌斯·朗图路斯。但图利娅无力喂养婴儿，这项任务便落在奶妈头上。日子一天天过去，她的身体总不见好。那年冬天，罗马太冷了，所以柴火燃烧造成的浓烟随处可见，广场上的喧闹声也吵得她难以安睡。因此，她和西塞罗决定回图斯库鲁姆，回到他们曾度过愉快的一年的地方，图利娅可以在宁静的弗拉斯卡蒂山地中休养生息，西塞罗和我则可以继续进行哲学创作。我们带了个医生，还带了奶妈和一大群照顾婴儿的奴隶。

走这一趟让图利娅觉得非常艰难。她气喘吁吁、脸色潮红，但那双眼睛炯炯有神。她说她没事：她没有生病，只是累了。到了庄园后，医生让她赶紧上床休息。后来医生把我拉到一边，斩钉截铁地说，她现在是回光返照，撑不过这个晚上了：是他去通知她的父亲，还是让我去说？

我说交给我吧。我冷静了一会儿，在书房里找到西塞罗。他放了几本书在面前，但一本也没有翻开，只是坐在那里，直勾勾地盯着前方。他甚至都没有转身看我一眼。他说："她就要走了，对吗？"

"恐怕是的。"

"她知道吗？"

"医生没跟她说，但她这么聪明，肯定瞒不过的。不是吗？"

他点了点头。"所以她才坚持要回到这里，回到她过得最幸福的地方。她希望死在这里。"他揉了揉眼睛。"我现在应该去陪她坐坐。"

我呆坐在吕克昂，看着群山吞没太阳。几个小时后，天完全黑了，有个女仆拿着蜡烛过来找我，把我领到图利娅的房间。她躺在床上，昏迷不醒，头发散落在枕头上。西塞罗坐在床的一边，握着她的手。另一边，她的孩子已经睡着了。她的呼吸很浅，也很急促。房间里还有其他人——女仆、奶妈，还有医生，但他们都站在阴影里，我不记得他们都是谁了。

西塞罗看到我，招手让我过去。我俯下身，亲吻她湿漉漉的额头，然后退到暗处，和其他人站在一起。过了一会儿，她的呼吸慢了下来。呼吸间隔越来越长，每次我以为她走了，她都会又吸一口气。但结局到来的那一刻是那么的不同，那么的明确——一声长长的叹息后，她的身体轻轻地颤抖了一下，然后她进入了永恒，一切都静止了。

XIII

葬礼是在罗马举行的。只有一件好事：我们刚到达罗马时，昆图斯就过来表示慰问。自帕特雷的争执后，他就一直在疏远西塞罗。两人坐在棺材旁，手拉着手，相对无言。作为和解的标志，西塞罗邀请昆图斯在葬礼上致辞：西塞罗觉得自己无法硬撑着完成这个任务。

这是我见过的最凄凉的葬礼：寒冬的黄昏，送葬的长队走在埃斯奎利诺原野上；乐师奏响哀乐，乐声与利比蒂娜圣林中的鸦啼交织在一起；灵棺内躺着一具身材纤细的尸体；特伦提娅一脸憔悴，看上去就像因悲伤而化为石头的尼俄柏；在阿提库斯的搀扶下，西塞罗点燃了火堆；火焰冲天而起，它炙热的光芒照亮了所有人，每个人的表情都僵硬得像是戴上了希腊悲剧演员的面具。

第二天，普布利莉娅在她母亲与舅舅的陪同下出现在门口，闷闷不乐地表示她没有收到葬礼的邀请。她决定搬回来，还做了个小型演讲。演讲词明显是别人写的，但她把它背下来了："先生，我知道你的女儿很难接受我的存在，但现在这已经不是问题了，我希望我们能重新过上正常的婚姻生活，我会帮助你走出悲伤。"

但西塞罗并不想走出悲伤。他希望被悲伤包围，被悲伤吞噬。于是就在那天，他带着图利娅的骨灰盒逃出了家门，没有告知普布利莉娅自己的去向。他搬入了阿提库斯在奎里纳莱山上的房子，把自己关在书房里，一关就是好几天。他没有见任何人，而是编写了一本了不起的手册，里面收录了哲学家和诗人关于如何面对悲伤和死亡的作品。他称其为《安慰》。他告诉我，他奋笔疾书时可以听到阿提库斯五岁的女儿在隔壁的儿童房里玩耍的声音。这让他想起当年他还是个年轻律师的时候，图利娅也是这么玩的："那声音就像一根被火烧红的针一样，尖锐地扎在我的心上，让我专注地工作。"

后来普布利莉娅发现了他的下落，开始缠着阿提库斯放她进去，于是西塞罗又跑了，跑到他才买下的也是他手上最偏远的庄园。它地处阿斯图拉岛上的一个河口，离安提乌姆湾的海岸只有百步之遥。岛上完全没有人烟，到处都是树丛和灌木丛，以及树木之间的小径。在阿斯图拉，西塞罗独身一人，无人陪伴。每天清晨，他都会在茂密的荆棘林中冥想，直到傍晚才会离开。除了鸟儿的叫声，没有任何事物能打扰他。灵魂是什么？他在《安慰》中写道，它不是水，不是风，不是火，也不是地。这些元素都不能证明记忆、心灵或思想的力量，都不能回忆过去、预见未来或理解现在。灵魂必须被算作第五元素——它既神圣又恒久。

我留在罗马处理他的一切事务——财务、家务、文书甚至婚姻。现在轮到我去假装不知道他的下落，去应付不幸的普布利莉娅和她的亲人。我每天都得为编造理由绞尽脑汁，向他的妻子、他的客户和他的友人解释他的失踪。而且我也知道他的名声受到了影响，大家认为这种逃避的行为没有男子气概。我收到了很多慰问信，恺撒也从西班牙发来简短的问候，我把它们都转交给了西塞罗。

最后普布利莉娅还是找到了他的藏身之处，并写信告诉他，自己打算和母亲一起拜访他。为了躲避这场恶战，他放弃了小岛，手捧骨灰，鼓足勇气给妻子写了封信，提出离婚的请求。写信而不是面谈，这确实是懦夫的做法。但他觉得，面对图利娅的死，普布利莉娅表现得薄情寡义甚至幸灾乐祸，他无法和这样的人维持这样不合常理的关系。他让阿提库斯去解决财务问题，为此他不得不卖掉一套房子。然后他邀请我和他一起去图斯库鲁姆，称他有个计划想和我讨论。

我到达那里的时候，已经是 5 月中旬了。我已经有三个月没见到他了。我找到他时，他正坐在阿卡德米里看书。听到我的脚步声，他转身看向我，脸上露出悲伤的笑容。他的样子让我大吃一惊。他憔悴了许多，脖子深深地凹了进去。他的头发变得更加花白、更长，也更凌乱了。但最深刻的改变不是外表上的。他身上有种认命的感觉，从他缓慢的动作和温和的态度中可见一斑——他就像被回炉重造了一般。

吃晚饭的时候我问他，回到和图利娅待了那么久的地方，他会不会感到痛苦。

他答道："我当然害怕这个地方，但当我真的到了这里时，我又觉得它并没有那么糟糕。我相信，一个人解决悲伤的方式，要么是永远不去想它，要么是一直想着它。我选择后者，至少这里到处都有我和她的回忆。她的骨灰也被我安葬在花园里。我的朋友都很好，特别是那些有类似经历的朋友。你读过苏尔比基乌斯给我写的信吗？"

他隔着桌子把它递给我：

我想告诉你一件事，它给我带来了不小的安慰，希望也能减轻你的悲伤。当我从亚细亚回来的时候，在从埃伊纳岛驶向墨伽拉的途中，我开始留意周围的风景。我身后是埃伊纳，前面是墨伽拉，右边是比雷埃夫斯，左边是科林斯；曾经繁华的城镇，如今已成眼前的废墟。我不禁想道："啊！这里有这么多城镇的废墟，因此生命本就如此短暂的我们，凭什么要为一个人的死而愤愤不平？好好反省一下你自己吧，塞维乌斯，记住你生来就是个凡人。"这种想法，我向你保证，让我变得更加坚定。你真的是因为一个可怜的女人失去了脆弱的灵魂而大受触动吗？即使她现在没死，过些年也终究会离开，毕竟她只是个凡人。

"真没想到苏尔比基乌斯有这么好的文笔。"我评价道。

"我也没想到。看到了吗，我们这些可怜虫是如何努力让死亡变得有意义的？就连他这样的老法学家也不例外。我有个主意。我打算写部哲学作品，帮人们减轻对死亡的恐惧。"

"那会是部杰作。"

"《安慰》的目的是让我们接受所爱之人的死亡。而现在，让我们试着接受自己的死亡吧。如果我们成功了，告诉我，还有什么比这更能让人感到慰藉的呢？"

我没有回答。他的提议让人很难拒绝。我很好奇他会怎么做。于是《图斯库鲁姆论辩集》就这样诞生了。我们第二天就动工，西塞罗从一开始就把它构思成了五个部分：

1. 论对死亡的恐惧

2. 论忍受痛苦

3. 论减轻苦楚

4. 论对灵魂的其他干扰

5. 论美德与幸福生活

我们开始重复过去的写作流程。西塞罗笔下的主人公狄摩西尼每天天不亮就被勤劳的工匠打醒。西塞罗自己也一样：他会在黑暗中起身，在书房里点一盏灯，一直阅读到天亮；上午他会向我描述他的想法，我则通过提出问题来推敲他的逻辑；下午趁他睡觉的时候，我会把速记誊成书稿，以便他之后修改；晚餐时，我们会讨论并修改当天的手稿；睡觉前，我们会决定第二天上午的讨论主题。

夏季的白天很长，我们也进展得很迅速，主要是因为西塞罗决定把这部作品写成哲学家和学生间的对话。通常是我扮演学生，他扮演哲学家，但偶尔也会反过来。《图斯库鲁姆论辩集》现在仍广为流传，所以我认为没有必要详细描述它。它总结了西塞罗在长年遭受打击后形成的信念：灵魂拥有不同于身体的神性，所以是永恒的；即使灵魂不是永恒的，且等待我们的只有被遗忘的命运，我们也不需要害怕，因为我们不会有感觉，也不会感到痛苦或不幸（死亡并不是恶，活着才是）；我们应该不断思考死亡，从而适应它的必然到来（哲学家的一生，正如苏格拉底所说，都在为死亡做准备）；如果有足够坚定的决心，我们就可以像角斗士一样，学会蔑视死亡和痛苦：

> 哪怕是普通角斗士，他们中又有谁曾发出呻吟或改变表情？在被拖着脖子撂倒后，在即将遭受致命一击时，他们有谁能想到自己丢脸了？这就是训练、练习和习惯的力量。既然角斗士都能做到，难道一个为扬名而生的人不行吗？难道他会因为灵魂过于脆弱，而无法靠系统性的准备工作来让自己变强吗？

在第五个部分，西塞罗提出了实际方案。只有拥有高尚的道德，个体才能为迎接死亡做好准备。也就是说，做人不能贪得无厌，而应安于现状，同时内心要足够坚强，这样他无论失去什么，都能坚持下去。除此以外，无论如何都不能伤害他人，即便自己会受到伤害；要意识到生命是向自然讨来的无期限贷款，随时可能被收回，而世界上最悲惨的人莫过于打破了上述所有规则的僭主。

这就是西塞罗在生命中的第六十二个夏天前学到的经验，他希望将它们传授给世人。

*

6月中旬，也就是他开始创作《图斯库鲁姆论辩集》的一个月后，多拉贝拉前来拜访。他刚结束了和恺撒的并肩作战，正从西班牙返回罗马。独裁官大获全胜，庞培的残部不堪一击。但多拉贝拉在蒙达之战中受了伤，一条伤口从耳朵一直延伸到锁骨，他走起路来也一瘸一拐的：一杆标枪刺死了他的坐骑，害他被摔在地上，被马压在身下。但他还是一如既往地精力充沛。他特别想看看他的儿子（那孩子现在和西塞罗生活在一起），还想去图利娅的坟前祭拜一番。

四个月大的朗图路斯宝宝看上去身体结实、肤色红润，和他体弱多病的母亲完全不一样，就好像他吸干了她的生命力。这解释了为什么我从来没有看到西塞罗抱起他或者关心他——他不能原谅图利娅因生他而死。多拉贝拉从奶妈手中接过宝宝，像检查一只花瓶一样把他翻来翻去，然后宣布自己要带宝宝回罗马。西塞罗没有反对。"我已经在遗嘱中为他做了安排。如果你想讨论育儿经，随时可以过来找我。"

他们一起来到安放图利娅骨灰的地方，那是阿卡德米里一个向阳的区域，就在她最喜欢的喷泉旁边。西塞罗后来告诉我，当时多拉贝拉跪在坟前，放上一束花，哭了起来。"当我看到他的眼泪时，我对他的愤怒平息了。就像她常说的那样，她知道自己嫁的是什么样的男人。如果说她的第一任丈夫更像她的同学，第二任丈夫只是她逃避母亲的工具，那么至少第三任丈夫是她深爱的人，我很高兴她生前体验过爱情。"

晚饭时，多拉贝拉因为受伤而无法靠在椅背上，只能像蛮族那样直直地坐在椅子上。他和我们讲了西班牙的战役，坦言那简直是场灾难：有一次，军队的战线被敌人切断了，恺撒不得不亲自下马，拿起盾牌，重新召集逃走的士兵。"后来他和我们说，'今天是我第一次为自己的生命而战'。我们杀了三万敌军，没有留下俘虏。恺撒命人将格涅乌斯·庞培的头颅插在棍子上公开示众。我和你说，这真是个苦差事。恐怕你和你的朋友再也见不到像从前那样好说话的恺撒了。"

"只要他还让我写书，我就不会给他制造麻烦。"

"我亲爱的西塞罗，你是最不用担心的。恺撒敬重你。他总是说，你和他两人能活到最后。"

那年夏末，恺撒回到意大利，罗马所有野心家都蜂拥而至，迎接他的到来。但我和西塞罗还在乡下工作。我们完成了《图斯库鲁姆论辩集》，西塞罗把手稿交给阿提库斯，让他的奴隶抄写并分发副本。他专门提出要给恺撒送一份，然后他又开始动笔创作《论神性》和《论预言》。悲伤偶尔还是会刺痛他的内心，每当此时他便去找个偏僻的地方躲上几个小时。但他渐渐变得平静而满足："如果不和他人来往，就可以避开多少麻烦呀！不交际，专注于文学创作，这就是世界上最美妙的事。"

但即使身处图斯库鲁姆，我们也意识到独裁官的回归将掀起满城风雨。多拉贝拉说得没错，在从西班牙回来后，恺撒就像变了个人似的。他不仅仅是不容异己——他就像终于挣脱了缰绳一般，开始无所顾忌地清算旧账。他先是针对西塞罗为加图写的悼词写了篇《斥加图》，里面充满了污言秽语，说加图是酒鬼，是疯子。但加图献祭般的自戕让几乎所有的罗马人都不得不尊重甚至爱戴他，他的名声没怎么受到影响，倒是独裁官自己受到了广泛的诟病。（"他为什么这么不安分，总是想掌控所有人？"西塞罗啧啧称奇，"他连死人都不放过吗？"）恺撒决定再举行一次凯旋式，这次是为了庆祝他在西班牙取得的胜利。然而在大多数人看来，消灭庞培的儿子，消灭成千上万的罗马同胞，并不是一件值得庆祝的事情。他对克利奥帕特拉的迷恋也让众人不满：在台伯河畔金屋藏娇已经够糟了，但他竟然还在维纳斯神庙里为他的外国情妇塑了尊金像，此举同时激怒了虔诚的信徒和爱国的民众。他还自封为神（"神圣的尤利乌斯"），不仅有自己的祭司、神庙和神像，还开始像神一样插手大众生活的方方面面：限制元老出国，禁用奢侈的食物和物品，甚至在集市中安置眼线，在民众吃饭时破门而入，大肆搜查、没收和逮捕。

　　就好像因他的野心而发生的流血事件还不够多一样，他最后宣布自己将在春天率领三十六个军团出征。他准备先去消灭帕提亚，为克拉苏报仇，然后绕过黑海，征服希尔卡尼亚、里海周边、高加索、斯基泰、日耳曼及其邻国，最后经高卢返回意大利。他将离开三年。元老院对此没有任何话语权。他们就像那些为法老修建金字塔的工人，只是主人实现宏伟蓝图所需的奴隶。

　　时间来到12月，西塞罗提议换个更温暖的地方继续工作。他在那不勒斯湾有位富有的客户名叫马库斯·科鲁维乌斯，此人最近去世了，在普特俄利给西塞罗留下了一处房产。那里就是我们的目的地。一个星期后，我们终于赶在农神节前夕到了那里。庄园很大很豪华，建在海边，甚至比西塞罗在库迈的房子还要漂亮。随庄园一起赠送的还有普特俄利城里的一些商业地产和城外的一座农庄。来到新地盘让西塞罗高兴得像个孩子——他直接脱下鞋，撩起长袍，走到海滩上，把脚泡在水里。

第二天早上，他给所有奴隶都发了农神节礼物，然后把我叫到书房，递给我一个漂亮的檀木盒子。我以为它是给我的礼物，便向他道谢，他却让我打开它。里面有张地契，普特俄利城外的那处农庄已经被他转到我名下了。就像他放我自由的那天一样，我再次被他的做法惊呆了。

他说："我亲爱的老朋友，我本来想早点给你这样的礼物。现在我终于能拿出你一直想要的农庄了。希望它能给你带去快乐和慰藉，就像这些年你的陪伴之于我一样。"

*

虽然今天是节日，但西塞罗仍在伏案工作。他已经没有一起过节的家人了——女儿去世了，妻子离婚了，儿子和弟弟与他天各一方。我想，他应该是在用纸笔缓解自己的孤独吧。他并不忧郁。他开始投入新的工作，是一项关于老年的哲学研究，他乐在其中（那位老人真是可怜，在这漫长的一生中，他也没学会一个道理，那就是不应去追究死亡的责任）。但他坚持放我一天假，于是我沿着海滩散步，脑中浮想联翩。我现在也是有地产的人了——其实是农场主。我感觉是时候和过去的生活告别，翻开人生的新篇章了。我为西塞罗工作的日子快结束了，我们很快就会分开。

沿着那条海岸线一直走，就可以看到几座朝西面向米塞努姆海角的大庄园。西塞罗隔壁是前执政官卢基乌斯·马尔西乌斯·菲利普斯的庄园。此人比西塞罗要小上几岁，是加图的岳父，后来又娶了恺撒的外甥女阿提娅，所以他在内战时的处境很尴尬。双方放任他置身事外，保持谨慎的中立态度——这完全符合他略显神经质的性情。

当我走近他的庄园时，我看到海滩被士兵封锁了，他们禁止行人经过。最开始我不知道发生了什么事情。想明白后，我立马掉头，匆匆回去告诉西塞罗——发现他已经收到了消息：

独裁官恺撒致马库斯·西塞罗：

日安。

我正在坎帕尼亚检阅旧部，准备带我外甥女阿提娅去卢基乌斯·菲利普斯的庄园过农神节。如果方便的话，我们将在节日第三天上门拜访。请把回信交给我的属下。

我问他："你是怎么回复的？"

"我还能怎么回复一个神？当然只有同意了。"

他看上去受了委屈，但我知道他心里肯定觉得受宠若惊。但等他得知恺撒带了两千人，他还得负责他们的伙食时，他改变了主意。庄园里的所有人都不得不推迟假期。接下来的时间里，大家都为准备接待独裁官而忙疯了。我们把普特俄利的食品市场一扫而空，并从附近的庄园借来了沙发和桌子。屋后的平地上搭起了营房，派驻了哨兵。我们得到了一份赴宴名单，上面有二十个名字，以恺撒为首，后面是菲利普斯、卢基乌斯·科尔内利乌斯·加尔巴和盖乌斯·欧庇乌斯，后两人是恺撒的亲信，再后面的十几个军官我都没记住名字。这次会面就像一场军事演习，严格按照时间表走流程。有人告诉西塞罗，恺撒和其秘书会在菲利普斯的房子里工作到下午，接着他将在海边进行一个小时的剧烈运动，他希望能在晚餐前洗个澡。至于菜单，独裁官正在接受催吐疗法，所以吃什么都可以，要是有牡蛎和鹌鹑就再好不过了。

到了这个时候，西塞罗已经后悔了，他真心希望自己从没答应过这次来访："我上哪儿去找鹌鹑？现在可是 12 月。他以为我是鲁库卢斯吗？"但西塞罗还是决定"让恺撒瞧瞧我们知道该怎样生活"。看得出他为这场宴会煞费苦心，从浴室的芳香油到餐桌上的费乐纳斯葡萄酒①，他都要准备最好的。就在独裁官进门之前，菲利普斯忧心忡忡地赶来，称恺撒的总工程师马穆拉——就是他在莱茵河上架了一座桥——死于中风。有那么一会儿，我们都觉得这场宴会大概泡汤了。但当恺撒满面红光地疾步走来，从西塞罗这里得到这个消息后，他连眉头都没皱一下。

"太可惜了。浴室往哪儿走？"

恺撒没有再提起马穆拉——他可是恺撒十多年的老战友。恺撒在那一刻显露出的冷漠本性是那次宴会中我记忆最深刻的一件事，因为其他时候我都心不在焉。屋里人声鼎沸，大家吵吵嚷嚷地坐在三个餐厅里。我当然没有资格和独裁官同桌。我那一桌全是军人。那群粗人最开始表现得还挺有礼貌，但很快就喝多了。一帮人在院子里进进出出，还在海滩上呕吐。大家都在谈论帕提亚和接下来的战役。后来我问西塞罗，他和恺撒聊了些什么。

他说："这次谈话真是愉快得出乎意料。我们只谈风月，主要谈文学。他说他刚看了我们的《图斯库鲁姆论辩集》，对它赞

---

① 费乐纳斯葡萄酒（Falernian wine）是古罗马时代最为昂贵的葡萄酒，仅供达官贵人享用。——译者注

不绝口。'只不过,'他说,'我必须告诉你,我就是活生生的反例。''什么反例?''你说人只有过好自己的生活,才能战胜对死亡的恐惧。按照你的理论,我基本没过好生活,但也不畏惧死亡。你怎么看?'于是我回答说,是啊,一个不怕死的人,出门还要带一大堆护卫。"

"他笑了吗?"

"没有!他变得非常严肃,仿佛受到了侮辱。他说,身为国家元首,他有责任采取适当的预防措施,如果他出了什么事,国家就会陷入混乱,但这并不意味着他怕死,绝非如此。于是我多问了一句,想弄清他为何如此无所畏惧:他是相信灵魂是永恒的,还是说他认为灵魂会随着肉体的死亡而消散?"

"他的回答是什么?"

"他说他不知道别人怎么想,但他显然不会因为肉体的死亡而消失,因为他是神。我以为他在开玩笑,但当我看向他时,我突然就不确定了。说实在的,从那一刻起,我就完全不嫉妒他身上的权力和荣誉了。他都被它们逼疯了。"

那天晚上,我在恺撒离开的时候才又见了他一面。他从主餐厅里走出来,靠在西塞罗身上,被自己刚才的发言逗得直笑。他喝了酒,脸色微红。这对恺撒来说是很罕见的,因为他喝酒一向节制。士兵排成一排,组成仪仗队,他在菲利普斯的搀扶下走进了夜色,身后跟着他的军官。

第二天上午,西塞罗在信里向阿提库斯提起了此事:真是怪哉,接待这么一个难缠的客人居然不是什么糟糕的经历。但一次就够了。他不是那种能让人说出"下次到附近时一定要来看看"的人。

那是西塞罗最后一次与恺撒交流。

在回罗马前的那个晚上，我骑马去了我的农庄一趟。它并不好找，从沿海道路上几乎看不见它，要一直走，走到山脚下才能看清。农庄里有一栋古老的建筑，上面爬满了常春藤，从屋里可以看到卡普里岛的全景。这里还有一片橄榄树林和一个小葡萄园，周围围着低矮的石墙。山羊和绵羊在田野里和附近的山坡上吃草时，脖子上的铃铛会发出响声；但在其他时候，这里完全是一片寂静。

农庄虽小，但设施齐全。它有一个带廊厅的庭院、几间谷仓（里面有榨油器、牲畜棚和饲料架）、一个鱼塘、一个菜园、一间鸽棚、几只鸡，还有一个日晷。木门旁有几棵无花果树，树下是一个面朝大海的露台。走下石阶还可以看到，在赤土屋顶下，有一间宽敞干燥的阁楼，我可以在那里看书写作。我让工头搭了几个架子。有六个奴隶负责房屋的维护，大家看着都很健康，有饭吃，有衣穿，过着无拘无束的生活。工头有个孩子，他和妻子也住在这里，他们都识字。忘掉罗马和这个国家吧，对我来说，这里就足够了。我应该留下来，让西塞罗自己回去——我当时就意识到了这一点。但因为我想答谢他的慷慨，而且他还有工作需要我帮忙处理，所以我和我的小家道了别，承诺将尽快回来，然后骑马回到了山下。

*

斯巴达政治家吕库古在七百年前就说过：

> 人承神怒,
>
> 必先灭其理性。

这就是恺撒的命运。西塞罗说的没错:他已经疯了。成功让恺撒变得虚荣,虚荣吞噬了他的理智。

大约就是在这个时候恺撒为纪念自己的功绩,将一年里的第七个月重新命名为"July"(西塞罗曾就此戏言道,"因为一周七天的叫法都定下了")。恺撒自诩为神,并下令凡是有宗教游行,就必须安排一辆特殊的战车,把他的雕像放在上面。他的名字也和罗马诸神一同出现在就职宣誓词中。他甚至被任命为终身独裁官,自称皇帝和祖国之父。他身穿特制的绣有金线的紫色托加袍,坐在黄金宝座上主持元老院的工作。他在卡比托利欧山上的罗马七王雕像旁加上了第八座雕像——他自己的雕像。他还把自己的头像铸在钱币上——这是皇室的另一项特权。

现在再也没有人提出要恢复宪法自由了。恺撒称帝只是时间问题。在2月的牧神节上,马克·安东尼在众目睽睽之下将王冠戴在恺撒头上。没人能说清他这样做是出于嘲讽还是真心,但他的行为遭到了强烈抗议。在推翻罗马国王、建立执政官制度的布鲁图斯(我们现在这位布鲁图斯的远祖)的雕像上,出现了这样的涂鸦:真希望你还活着!有人在恺撒的雕像上留下了几行字:

> 布鲁图斯赶走了国王,
>
> 于是他被选为执政官;
>
> 恺撒赶走了执政官,
>
> 今天他要坐上王位。

恺撒计划在 3 月 18 日离开罗马，开始对世界的征服。离开前，他需要安排好未来三年的选举。他公布了一份名单：马克·安东尼和多拉贝拉将继续担任这一年的执政官，第二年由希尔提乌斯和潘萨出任，第三年则是德奇姆斯·布鲁图斯（我之后会称其为德奇姆斯，以区别于他的亲戚）和卢基乌斯·穆纳提乌斯·普兰库斯；布鲁图斯将出任城市裁判官①，之后将出任马其顿总督；卡西乌斯被任命为裁判官，之后将出任叙利亚总督；等等。名单上有上百个名字，俨然一份作战指令书。

西塞罗为恺撒的狂妄摇头叹息："看来神明尤利乌斯已经忘了政治家尤利乌斯永远不会忘的一件事——每次人事任命，你只能让一个人感激，但会有十个人怨恨。"恺撒出征前夕，罗马的很多元老都陷入了失望和愤怒，卡西乌斯就是其中一人。他本来就因无缘帕提亚之战而十分不满，现在资历比他浅的布鲁图斯居然还骑到了他的头上。但怨气最大的还是马克·安东尼，他没想到自己要和多拉贝拉共同执政。他一直没有原谅多拉贝拉和他妻子通奸的行为，而且他认为自己比多拉贝拉强多了。出于嫉妒，他甚至利用自己鸟卜师的身份，以不吉利为由驳回了对多拉贝拉的提名。离恺撒出征还有三天时，也就是 3 月 15 日，元老院在庞培剧场的廊厅里召开会议，准备一劳永逸地解决问题。有传言称，恺撒将在此次会议上正式登上王位。

西塞罗此前对元老院避之不及，看都不愿看它一眼。"听说恺撒这次任命了很多成名于高卢和西班牙的后起之秀，但他们连拉丁语都不会说。你知道这事吗？"他感觉自己年纪大了，和世界脱轨了。他的视力也很差。但他还是决定在月中出席会议——不只是

---

① 城市裁判官（urban praetor）是司法系统之首，职权高于所有裁判官，地位仅次于两位执政官。——作者注

出席，还要替多拉贝拉反对马克·安东尼，他认为安东尼也将成为僭主。他希望我像以前一样陪着他："去看看神圣的尤利乌斯对我们这个凡人的共和国做了什么。"

天亮两个小时后，我们坐着肩舆出发了。那天是公共假日，晚些时候庞培剧场将举行一场角斗士对决，现在街道上已经挤满了观众。恺撒精明地认为，弱势的雷必达可以很好地扮演副手角色，于是任命他为新的骑兵统帅，让他率军驻守台伯岛，准备前往西班牙（他在那儿当过总督）。雷必达的很多手下都去观看离开罗马前的最后一场角斗表演了。

内高卢总督德奇姆斯在廊厅内部署了约一百个角斗士。他们在光秃秃的树下练习拳脚功夫，旁边围着他们的主人和一群角斗表演爱好者。德奇姆斯曾是独裁官在高卢最出色的副手，据说恺撒几乎把他当成儿子来对待。但他在罗马并不出名，我就没怎么见过他。他身材魁梧、肩膀宽厚——他自己就可以去当角斗士。我当时感到很奇怪：这不过是几场小比试，他为什么要带这么多角斗士呢？在周边有树荫遮蔽的过道上，几个裁判官——包括卡西乌斯和布鲁图斯——设立了特别法庭（毕竟这里比广场更接近元老院），正在审理案件。西塞罗从肩舆中探出头，让脚夫把我们放在有阳光的地方，以便感受春天的温暖。他们照做了，于是当西塞罗倚在垫子上通读演讲稿时，我就在一旁享受洒在脸上的阳光。

现在，我半眯着眼睛，看着恺撒的黄金宝座被人抬着穿过廊厅，进入元老院议事厅。我向西塞罗示意，他卷起了演讲稿。几个奴隶把他扶了起来，我们顺着人流走了进去。这里起码有三百人。我曾经可以叫出元老院每一位成员的名字，指出他属于哪个部落和家族，说出他的癖好。但我认识的元老很多都死在了法萨罗、塔普索斯和蒙达的战场上。

我们陆续走进议事厅。和原来的元老院会堂相比，这里有充足的光线，空气流通也很好，建筑风格更时尚，正中间的过道是由黑白两色的马赛克瓷砖铺成的。过道两侧各有三层宽而浅的台阶，每一层上都放有面向走廊的长椅。走廊远端的高台上放着恺撒的宝座，旁边是庞培的雕像，有人在雕像头上放了一个月桂花环。恺撒的奴隶跳起来想把它打掉，但怎么跳也够不着，反倒让一众元老看了热闹。最后那奴隶搬来一个凳子，站在上面拿下了花环，换来众人嘲讽的掌声。西塞罗摇了摇头，翻了个白眼，然后就去找自己的位子了。我和其他观众一起待在门口。

又过了很久——至少有一个小时——恺撒的四个随从终于从廊厅回来了。他们沿着过道走向宝座，艰难地将它扛上肩（因为它是真金打造的），又把它搬了出去。人群中传来一阵愤怒的叹息。很多元老站起来活动身子，有些还离开了。没有人知道发生了什么事。西塞罗走了过来，说："我不想演讲了。我想我还是回家吧。你能不能帮我问问会议是不是取消了？"

我走向廊厅，角斗士还待在原处，但德奇姆斯不见了。布鲁图斯和卡西乌斯也没有审理案件，而是凑在一起聊天。贵族出身的哲学家布鲁图斯年近四十，看着还是很年轻。卡西乌斯和他同岁，但看上去更苍老也更强硬。我跟这两个人都很熟，所以直接走了过去。他们身边还围着十来个元老，里面有卡斯卡兄弟、提利乌斯·廷布尔、米努基乌斯·巴西卢斯，以及恺撒指定的亚细亚总督盖乌斯·特雷伯尼乌斯。我还认出了昆图斯·利加里乌斯，当年西塞罗曾为被流放的他向独裁官求情，恳求恺撒让他回家。同样获得恺撒赦免并因此耿耿于怀的马库斯·鲁布利乌斯·卢加也在这群人里面。当我走近时，他们停止交谈，转身看向我。我说："打扰了，但西塞罗想知道这是怎么了。"

元老们面面相觑。卡西乌斯疑惑地问："'这是怎么了'是什么意思？"

我也很困惑："什么？他就是想知道会还开不开。"

布鲁图斯答道："占卜结果不太吉利，所以恺撒拒绝出门。德奇姆斯去劝他了。让西塞罗再耐心等等。"

"我会告诉他的，但他想回去了。"

卡西乌斯语气坚定："那就劝他留下来。"

我感觉事情不太对劲，但还是把这话转告给西塞罗。他耸了耸肩："好吧，那我们再等一会儿。"

他回到座位上，继续检查演讲稿。其他人上前和他交谈了几句，然后转身离开了。他给多拉贝拉看了看他的演讲稿。接下来又是漫长的等待。一个小时后，恺撒的宝座又被重新抬到了高台上。德奇姆斯显然成功了。站着聊天的元老重新回到了自己的位子上，议事厅里弥漫着一种充满期待的气氛。

我听到了外面的欢呼声。我转过身，看到一群人正走进廊厅。恺撒的二十四个执法吏举着束棒走在人群之中，独裁官肩舆的金色华盖在他们头上飘扬。让我惊讶的是，他竟然没有带护卫。后来我才知道，恺撒把他以前总是带在身边的几百个士兵遣散了，宣称"死在叛徒手下，也好过活在对背叛的恐惧中"。我后来经常猜想，这或许和他三个月前与西塞罗的谈话有关。肩舆穿过空地，落在元老院外面。他钻出肩舆，人群离他很近。他们把请愿书塞到他手里，他立刻把它们转交给副官。他穿着特制的绣了金线的紫色托加袍，元老院规定只有他能穿这样的衣服。他看上去像个国王，就只差一顶王冠了。但我一眼就看出了他的不安。他左顾右盼，好像一只鸟在警惕灌木丛中的动静。在看到议事厅敞开的大门时，他似乎退缩了。但德奇姆斯拉住了他的手，迫于形势他不得不继续向前：临阵脱逃会让他颜面扫地，更何况已经有传言称他身体抱恙了。

他的执法吏在人群中为他开路，他走进了议事厅。他从距我只有三尺远的地方经过，我甚至可以闻到他身上香甜而辛辣的气味，那是他沐浴后抹的油膏的味道。德奇姆斯跟在他身后，马克·安东尼跟在德奇姆斯身后，但特雷伯尼乌斯突然把安东尼拦住并拉到一边。

元老们站了起来。在众人的沉默中，恺撒沿着中间的过道往前走，露出皱眉沉思的表情，右手转动着尖头铁笔。几个抄书吏抬着文件箱跟在他身后。西塞罗坐在前排，那是专门留给前执政官的位子。恺撒没有搭理西塞罗——实际上他谁也没理。他四处张望，用手指轻弹铁笔，接着登上高台，转身面对众元老，示意他们坐下，然后缓缓地坐在宝座上。

有好几人立刻起身向前，想要呈上请愿书。这举动很正常，因为此时辩论本身已经不再重要，元老院会议成了一个难得的机会，让人可以亲自交给独裁官一些东西。打头的是提利乌斯·廷布尔。他从左侧走上高台，伸出双臂，做出恳求的姿态。大家都知道他希望恺撒赦免他被流放的兄弟。但廷布尔没有亲吻恺撒的托加袍下摆，而是突然抓住他的衣领，用力拉扯厚厚的布料，把他的身子扯歪，让他动弹不得。恺撒发出愤怒的声音，但我没有听清，它听上去有点像"这是暴力！"这时，普布利乌斯·卡斯卡从另一边走来，手拿匕首，刺向恺撒的脖子。我简直不敢相信自己的眼睛：这一幕太不真实了，就像一出戏或者一场梦。

"卡斯卡，你这个混蛋，你在干什么？"虽然独裁官已有五十五岁，但还是很强壮。他用左手抓住刀刃——他的手指肯定受了伤——挣脱廷布尔的控制，把铁笔刺向卡斯卡的手臂。卡斯卡用希腊语喊道:"帮我,兄弟!"他的兄弟盖乌斯立刻冲恺撒的肋骨刺了一刀。独裁官的惊呼声在议事厅里回荡。他跪在地上,有二十多个身穿托加袍的身影走上了高台,把他团团围住。德奇姆斯也冲了过去。他们疯狂地攻击独裁官。元老们站起身,想要搞清楚情况。后来经常有人问我,为什么这好几百号人借着恺撒的东风成就功名,却没有一个人站出来帮他。我张口结舌,只能说一切都发生得太快、太出人意料,且场面过于血腥,让人根本来不及反应。

我已经看不到恺撒的身影了。后来西塞罗——他离高台更近——告诉我,凭借超人的意志力,恺撒曾短暂地站起来试图突破包围。但面对这样狂风骤雨般的近距离攻击,恺撒根本无路可逃。刺客们甚至误伤了自己人。卡西乌斯划伤了布鲁图斯的手,米努基乌斯·巴西卢斯刺中了鲁布利乌斯的大腿。据说,恺撒在临死前痛斥了骗他前来的德奇姆斯:"还有你?"也许这是真的,但我不知道他当时还能不能说话。后来医生在他身上发现了二十三处刀伤。

得手后,刺客们退了下去。刚才还生龙活虎的罗马第一人,现在已经成了一具尸体。他们双手沾满鲜血,高举还在滴血的凶器,大声喊道:"自由!""和平!""共和!"布鲁图斯甚至喊出了"西塞罗万岁!"。接着他们跑向廊厅,眼里闪烁着兴奋的光芒,身上的托加袍就像屠夫的围裙一样血迹斑斑。

他们的离开仿佛解除了现场的某种封印,议事厅里顿时乱作一团。元老们惊慌失措地爬过一排排长椅,还在逃跑途中互相推搡。一片混乱中我差点被人踩在脚下,但我无法丢下西塞罗不管。我奋力挤过人群,找到了还呆坐在原处的他。他盯着恺撒的尸体,而恺撒孤零零地——奴隶都跑光了——趴在地上,头朝大门,脚尖指向庞培雕像的底座,脑袋耷拉在高台的边缘。

我对西塞罗说我们得走了，但他似乎没有听见。他怔怔地盯着那具尸体，嘴里念念有词："看吧，没人敢靠近他。"

独裁官的脚上只剩一只鞋，其长袍的下摆卷到了股部，一双腿因而被暴露在空气中。他那身华贵的紫色托加袍被撕扯得破破烂烂的，还浸满了鲜血。他脸上有一道深可见骨的伤痕。他乌黑的眼睛喷射出怒火，死死地盯住空旷的议事厅。鲜血从他额头流过，滴在白色的大理石上。

四十年之后，我依然清楚记得当时的所有细节。有那么一瞬间，我想起了女巫的预言：罗马将迎来三位统治者，接着是两位，然后是一位，最后会没有统治者。我努力移开视线，抓住西塞罗的胳膊，把他拉起来。他仿佛还在梦游一般，任由我把他带离现场，带到阳光之下。

XIV

廊厅里一片混乱。德奇姆斯派角斗士护送刺客逃走了。没人知道他们去了哪里。平民匆匆忙忙地跑来跑去，想知道到底发生了什么。独裁官的执法吏扔掉了权力的象征，四散奔逃。剩下的元老也以最快的速度离开了；其中几人甚至脱了托加袍，试图混入人群。同时，在廊厅的另一端，一些在隔壁剧场观看角斗士对决的观众听到了动静，纷纷走出来想要一探究竟。

我意识到西塞罗的处境很危险。虽然他对刺杀计划一无所知，但布鲁图斯喊出了他的名字，而且大家都听到了，他成了摆在台面上供复仇者宣泄情绪的靶子。恺撒的拥护者甚至会认为他就是刺客头子。他们会让西塞罗血债血偿。

我对他说："我们必须离开这里。"

他点头同意了，这让我松了一口气，尽管他还是一副惊魂未定的样子。脚夫丢下肩舆逃跑了，于是我们只好步行离开廊厅。角斗表演还在继续，剧场内掌声雷动、气氛热烈。他们绝对想象不出刚才发生了什么事。离廊厅越远，气氛就越正常。我们进了卡尔门提斯门，回到了罗马。城里仍是祥和欢乐的节日氛围，仿佛刚才的刺杀只是一场可怕的噩梦。

然而，在我们看不见的地方，在背街处和市场中，在奔跑的脚步和恐慌的耳语的帮助下，消息传播的速度比我们想象中的更快——等我们抵达帕拉蒂诺山上的宅子时，流言早就传开了。昆图斯和阿提库斯先于我们赶到那里，等我们一到就你一句我一句地讲述了事情的经过。他们所知不多，只是听说元老院发生了袭击事件，恺撒受伤了。

"恺撒死了。"西塞罗向他们描述了刚才的经历，在他口中，整件事变得比发生时更加扑朔迷离了。两人起初都不相信，接着又因独裁官的死而大喜过望。就连阿提库斯这么有风度的人都高兴得手舞足蹈。

昆图斯问："你真的不知道会发生这种事吗？"

"真的，"西塞罗回答，"他们一定是故意瞒着我的。我本应感到被冒犯，但老实说，他们这样做倒是让我松了一口气。我就不可能有这么大的勇气。偷偷带着武器进入议事厅，一直耐心等候，绷紧神经，冒着被恺撒的拥护者杀害的风险，最后还要直视他的眼睛，把匕首插进他的身体——我承认，这些事我永远也做不到。"

昆图斯嚷道："我可以！"

西塞罗笑了出来。"是的，你比我见过更多的鲜血。"

"但你们没有一个人为恺撒感到悲哀吗？"我很疑惑。"毕竟，"我对西塞罗说，"三个月前，你和他还曾在酒桌上开怀畅饮。"

西塞罗一脸疑惑地看着我："你竟然会问我这个问题。我现在的感觉差不多就是你获得自由时的那种心情。恺撒是明主还是暴君根本不重要，重要的只有他是主人，而我们是他的奴隶。现在我们自由了。所以别说什么悲哀不悲哀的了。"

他派秘书去打听布鲁图斯和其他人的下落。很快就有消息传来：他们占领了卡比托利欧山。

西塞罗说："我必须马上赶去支援他们。"

"这样做明智吗？"我问他，"以目前的情况来看，你还不需要承担杀人的责任。但如果你公开表示对他们的支持，恺撒的拥护者肯定会把你当成布鲁图斯他们的同伙。"

"随他们去。我只是想感谢那些还我自由的人。"

昆图斯和阿提库斯表示同意。于是我们四人带着几个奴隶出发了——我们下了帕拉蒂诺山，沿着台阶走进谷底，穿过尤加里乌斯大街，来到塔尔皮亚巨岩 ① 下方。周边的环境安静得令人害怕，给人一种风雨欲来的感觉。平时牛车往来不断的街道上空无一人，只有广场那边还有稀稀拉拉的几个人影，他们的脸上写满了惊愕、茫然和恐惧。神庙上空乌云压顶，让人有种不祥的预感。在我们踏上陡峭的台阶时，一道闪电划过夜空。刹那间，雷声大作，暴雨如注，寒风刺骨。路面很滑，我们不得不在途中休息一小会儿。在我们身旁，一条小溪流过覆满苔藓的石头，转眼就成了一道瀑布。朝下，我可以看到蜿蜒流过的台伯河，可以看到城墙，还可以看到战神广场。我这才意识到，那些刺杀者选择藏身于这里是多么的明智：这陡峭的悬崖就是固若金汤的天然堡垒。

我们不停往前走，直到来到山顶神庙的大门前。门边守着威风凛凛的角斗士，其外貌特征显示他们来自内高卢。和他们站在一起的是德奇姆斯麾下的军官。德奇姆斯认出了西塞罗，下令放我们进去。然后他亲自带我们走进高墙围合的院落，经过一群拴着链子的负责守夜的狗，最后进入朱庇特神庙。神庙里至少有一百号人，他们正站在光线昏暗的地方躲雨。

西塞罗受到了众人的热烈欢迎。他走上前，和每个刺杀者握手问好，除了布鲁图斯——布鲁图斯的手上缠着绷带，因为卡西乌斯不小心伤到了他。他们已经脱掉了血衣，换上了洁净的托加袍，神

---

① 塔尔皮亚巨岩（Tarpeian Rock）是罗马卡比托利欧南峰峭壁上的一块岩石。罗马共和国时期，被判犯有谋杀罪、叛国罪、伪证罪、盗窃罪的人在这里被掷下处死。——译者注

色平静，甚至称得上表情严肃，毫无杀戮后的欣喜之情。我惊讶地发现，有很多与恺撒走得极近的追随者也前来加入他们。比如说恺撒第一任妻子的兄长、尤利娅的舅舅小卢基乌斯·科尔内利乌斯·秦纳最近被恺撒任命为裁判官，现在却和杀害他前妹夫的凶手站在一起。多拉贝拉也来了——善变的多拉贝拉。当恺撒受到攻击时，他选择袖手旁观，现在却搂着把老上司送上死路的德奇姆斯的肩膀。他走了过来，加入西塞罗、布鲁图斯和卡西乌斯的谈话。

布鲁图斯说："所以你赞成我们的做法？"

"赞成？这是共和国历史上最伟大的壮举！但你得告诉我，"西塞罗看了一眼昏暗的四周，"为什么你们要像罪犯一样待在这里？为什么你们不去广场上召集大家加入你们的事业呢？"

"我们是爱国者，和那些煽风点火的政客不同。我们的目标是除掉僭主，仅此而已。"

西塞罗惊讶地瞪着布鲁图斯："那谁来管理这个国家？"

布鲁图斯说："目前没有人选。下一步是成立新政府。"

"你们难道不应该宣布自己就是政府吗？"

"那样做是违法的。我们除掉僭主，不是为了让自己成为僭主。"

"那现在就召集元老院会议，就在这间神庙里。你是裁判官，你有这项权力。让元老院宣布进入紧急状态，直到我们可以举行选举。这样做完全合法。"

"我们认为应该让马克·安东尼以执政官的身份召集元老院会议，这样做更符合宪法。"

"马克·安东尼？"西塞罗面露惊恐，"你绝对不能让他插手此事。安东尼完美继承了恺撒的所有缺点，同时避开了他的所有优点。"他看向卡西乌斯，希望得到后者的支持。

卡西乌斯说："我和你看法一致。我认为我们应该把安东尼一并除掉。但布鲁图斯极力反对。所以特雷伯尼乌斯在安东尼去议事厅的路上拦住了他，让他得以脱身。"

"他现在在哪儿？"

"可能在家。"

"绝对不会，我十分了解他，"多拉贝拉反驳道，"他现在肯定在城里忙得不可开交。"

在他们讨论时，我注意到德奇姆斯一直在和几个角斗士聊天。现在他匆匆走了过来，表情严肃。"有消息说雷必达要把军队调离台伯岛。"

卡西乌斯接话道："从这里可以望到台伯岛。"

我们走到室外，跟着卡西乌斯和德奇姆斯从侧面绕过神庙，一路走到北面的高地上。从那里，我们可以看到战神广场和更远的景物，自然也能看到有支军队过了桥，正在离城最近的河岸上列队。

布鲁图斯焦虑地走来走去。"几个小时前我派了信使去找雷必达，但还没有得到回信。"

卡西乌斯一针见血："这就是他的回答。"

西塞罗说："布鲁图斯，我恳求你——我恳求你们——到广场去，告诉大家你们做了什么，以及为什么要这样做，用老共和国的精神感染他们。不然等到雷必达把你们困在此地，安东尼肯定会趁机把罗马收入囊中。"

就连布鲁图斯都知道接受建议才是明智之举，所以这些同谋者——或者说是刺客、自由斗士、解放者，没人知道该怎样定义他们——沿着曲折的下山小路，从卡比托利欧的山顶绕到萨图尔诺农神庙的背后，然后一路下行到广场。在西塞罗的建议下，他们没有带角斗士护卫："不要带武器，不要带护卫，这样才能体现出我们的诚意。如果出了什么问题，我们也好迅速撤离。"

雨已经停了。广场上来了三四百号市民，无精打采地站在水坑里，显然是在等待什么。在我们离广场还有一段距离的时候，他们发现了我们，于是走了过来。我不知道他们会做何反应。恺撒一直是暴民的宠儿，虽然后来就连他们也看不惯恺撒的所作所为了——他们不喜欢他不断扩大的征战，渴望回到选举还在举行的旧日时光，因为那时大批候选人会前来奉承并贿赂他们。他们此时会为我们鼓掌还是把我们撕碎？最后，他们两种做法都没有选。在我们走进广场时，他们只是安静地看着我们，然后让开一条路让我们通过。裁判官——布鲁图斯、卡西乌斯和秦纳——上台讲话，包括西塞罗在内的其他人则站在一旁观看。

第一个发言的是布鲁图斯，我只记得他那沉闷的开场白——"我高贵的祖先尤尼乌斯·布鲁图斯把僭主塔克文赶出了罗马，今天我也把僭主–独裁官恺撒赶走了"，剩下的全忘了。问题就出在这里。显然，他为这次发言还是下了挺大功夫，作为揭露专制之恶的演讲，它听上去还是不错的。但西塞罗早就和他说过，演讲是一种表演，而不是什么哲理论述：应该鼓动听众的情绪，而不是让其明理。一场充满激情的演讲可以扭转局势——可以鼓舞人们守卫广场并捍卫自由，一起对抗正在战神广场上集结的军队。但布鲁图斯的这篇演讲是七分历史加上三分政治理论。我可以听见西塞罗在我身旁不满地低语着。演讲中，布鲁图斯的伤口开始流血，大家都分神去看，没有人在认真听他说了些什么。这伤口时时刻刻都在提醒人们他之前做了什么。

似乎过了很久后，布鲁图斯终于在掌声中结束了演讲。接下来是卡西乌斯，他表现得不赖，毕竟他在图斯库鲁姆跟西塞罗学过演讲。但他是个职业军人，待在罗马的时间不长：他虽然受人

262

尊重，但毕竟声名不显，不是广受爱戴的名人。他得到的掌声甚至比布鲁图斯还要少。表现最糟的是秦纳。他使用的是那种浮夸的老派演讲风格。他会在演讲中做出夸张的举动，以此来调动听众的情绪，例如脱掉裁判官的托加袍，把它抛到台下，斥之为僭主所赐，让他耻于穿在身上。他虚伪得让人无法忍受。有人在下面大喊："你昨天可不是这么说的！"这句话引发了激烈的反响，也让听众更加有恃无恐："没有恺撒，你什么都不是，你这个老不死的！"在一片嘲笑声中，秦纳的声音消失了——一切都结束了。

西塞罗说："这是彻头彻尾的失败。"

"你是演说家，"德奇姆斯问，"你能不能上去说点什么来挽回局面？"没想到西塞罗居然动心了。但此时德奇姆斯又收到了一份新的报告，说雷必达的军队正在向城内移动。他立刻示意裁判官走下演讲台。我们抱着所剩无几的信心，回到了卡比托利欧。

*

只有布鲁图斯才会天真到以为雷必达不会犯法，不会率军穿过神圣的边界进入罗马。他向西塞罗保证他非常了解这位新上任的骑兵统帅：雷必达娶了他的姊妹尤尼娅·塞康达（就像卡西乌斯娶了他同父异母的姊妹尤尼娅·特尔提娅）。

"相信我，他身上流着贵族的血液，绝对不会做违法的事。他一直都很看重尊严和礼仪。"

一开始确实是这样。军队在过了桥，朝城墙移动一段距离之后，便停在了战神广场上，在罗马城半罗里外的地方扎营。但在夜幕降临之后，城外便响起了战斗的号角。他们把不住狂吠的狗留在院子里，让我们赶紧出去看个究竟。厚重的云层遮蔽了星月，但远处军队的火光在黑暗中清晰可见。在我们的注视下，火光分裂开来，排成了一条长蛇。

卡西乌斯说："他们打着火把。"

火光开始向卡尔门提斯门移动。在这个雨后的夜晚，空气还很潮湿，我们可以隐约听见士兵沉重的脚步声。卡尔门提斯门几乎就在我们正下方，但我们看不见他们，凸起的岩石挡住了我们的视线。先头部队发现城门上了锁，便一边捶门，一边叫门卫过来开门。但我猜门卫早就溜走了，因为过了很久后，仍是什么也没发生。于是他们架起了攻城锤。一连串的重击后，我们听到了木头裂开的声音。众人欢呼起来。我们倚在护栏上，看着雷必达的人举着火把鱼贯而入，在卡比托利欧山的山脚布防，随后进入广场，确保主要公共建筑的安全。

卡西乌斯问："你们觉得他们会在今晚攻击我们吗？"

"有必要吗？"德奇姆斯苦涩地回答，"他们可以在白天轻松解决我们。"他的语气中充满了愤怒，他认为这都是其他人的错，他认为自己和一堆蠢货凑在了一起。"布鲁图斯，你的妹夫比你之前介绍的要野心勃勃、胆大妄为多了。"

布鲁图斯跺了跺脚，没有回应。

多拉贝拉接话道："我同意，夜袭风险太大，他们应该会在明天行动。"

西塞罗开口了："现在的问题在于，雷必达是不是真的和安东尼结盟了。如果是，那我们就彻底没希望了。如果不是，那安东尼应该不会让雷必达独享消灭刺客的荣耀。先生们，恐怕我们只能寄希望于此了。"

西塞罗现在只能和他们一起碰碰运气了。逃走的风险太大了——外面很黑，城外有虎视眈眈的军队，城内又有兴风作浪的安东尼。

他们只能暂时安顿下来。幸好通往卡比托利欧山顶的路只有四条：东北面的墨涅塔梯、西南面的百步梯（我们下午走的路线），以及与广场相连的两条路——一条是阶梯步道，另一条是野径。德奇姆斯加强了各处的防守，随后我们回到了朱庇特神庙。

我们都没休息好。神庙里相当潮湿阴冷，座椅也很硬，白天发生的事情还盘旋在每个人的记忆中。灯烛发出的微光映在诸神严厉的脸庞上；木鹰藏在屋顶的阴影下，不屑地俯视众生。西塞罗同昆图斯和阿提库斯交谈了一会儿——他们把声音压得很低，以免被人听到。西塞罗不敢相信这次暗杀行动居然没有周密的计划。"还有比这更儿戏的壮举吗？还不如让我加入密谋呢！至少我会告诉他们，如果要消灭魔鬼，就得斩草除根。他们怎么能忘了雷必达和他的军队呢？他们怎么能白白浪费一整天，完全放弃夺取对政府的控制？"

坐在不远处的布鲁图斯和卡西乌斯可能是听到了他的话，也可能只是感受到了他的失望之情，所以他们看了过来，皱了皱眉头。西塞罗也注意到了他们。他陷入了沉默，扶着柱子坐了下来，裹紧托加袍，思考下一步计划。

天亮后，昨晚发生了什么便一目了然。雷必达调了一千多人进城，军营里的炊烟在广场上袅袅升起。还有三千多人留守在战神广场。

卡西乌斯、布鲁图斯和德奇姆斯凑在一起讨论接下来的行动。西塞罗前一天提出的建议，即在卡比托利欧召集元老开会，已经被抛诸脑后。他们决定派由前执政官（这些人都没有参与刺杀事件）组成的代表团去马克·安东尼家，正式邀请他以执政官的身份召集元老院会议。塞维乌斯·苏尔比基乌斯、盖乌斯·马凯鲁斯和雷必达的兄弟埃米利乌斯·保卢斯自愿前往，但西塞罗拒绝了，他认为最好还是直接和雷必达接触："我不相信安东尼，而且我们只需要得到雷必达的同意，他手上才有权力。所以为什么不去和他交涉，与他携手解决安东尼？"但布鲁图斯认为，安东尼虽然没有军权，但在法理上更占优势。上午，前执政官们跟在一个举白色休战旗的随从后面出发了。

我们现在什么也做不了，只能静静等待，观察广场上事态的发展——如果有人愿意爬到公共档案室的屋顶上，下面的一切就一览无余。广场上挤满了士兵和平民，他们都在听台上的演讲。他们占领了神庙的台阶，紧紧地抱住柱子。还有很多人正从圣道和阿尔吉来图姆路赶来，他们构成的长队让人一眼望不到头。可惜我们离得太远，听不清台上说了些什么。中午时分，一个身穿全套军装、身披红色将军袍的人走上演讲台，足足讲了一个多小时，赢得了经久不息的掌声。有人告诉我此人就是雷必达。之后不久，又一个军人走上了演讲台，那威风凛凛的步伐还有那又黑又浓密的须发表明他就是马克·安东尼。我还是听不清台上的讲话，但重要的是他出现在了那里，于是我急忙回去通知西塞罗，雷必达和安东尼结盟了。

卡比托利欧山上的气氛更加紧张了。大家一整天都没吃什么东西，也没怎么睡觉。布鲁图斯和卡西乌斯认为我们随时会受到攻击。我们的命运不在我们自己手中，但西塞罗表现得出奇平静。他认为自己属于正义的一方，愿意承担后果。

就在太阳开始落山的时候，前执政官代表团回来了。苏尔比基乌斯说："安东尼同意明天凌晨在武勒斯神庙召开元老院会议。"

好消息是安东尼同意召开元老院会议了；坏消息则是，那座神庙在罗马城另一头的埃斯奎利诺，离安东尼家很近。卡西乌斯当即表示："这是个陷阱，他想把我们引出去，他们一定会杀了我们。"

西塞罗说："你说得有道理。但我要走了，你们随便。我不知道他会不会杀我，但就算杀了，那又有什么关系呢？我已经老了，对我来说，没有比为捍卫自由而死更好的死法了。"

他的话让我们为之一振。捍卫自由不就是我们前来这里的目的吗？大家当即决定，刺杀者都留在卡比托利欧，西塞罗则带领剩下的人去元老院发言。同时，没有参与刺杀事件的人可以先回家休息，而不必再在神庙过上一晚。在依依不舍地与留下来的人告别后，我们举着休战旗，沿着百步梯走进渐浓的暮色。雷必达在台阶底部设立了检查点。士兵让西塞罗上前接受检查，幸运的是有人认出了他。在西塞罗的担保下，我们所有人都获准通过。

*

为准备演讲稿，西塞罗一直工作到深夜。在我睡觉前，他问我第二天能不能陪他去元老院，用速记法记下他的演讲。他认为这可能是他最后一次演讲了，希望有人能把它记录下来，以供后人阅读。它总结了他对自由和共和国的信念、政治家的治愈作用，以及谋杀僭主的道德依据。我并不喜欢这项任务，但我无法拒绝。

在过去的三十年里，西塞罗参加过数百次辩论，但它们都没有这次令人紧张。会议定在黎明时分召开，这意味着我们必须在深夜离家外出，穿过无人的街道——这件事本身就会让人紧张。元老院从未在忒勒斯神庙召开过会议。神庙周围驻守着士兵——不仅有雷必达的人，还有恺撒的旧部，他们听说老上司被杀的消息后，便全副武装地来到城里，决心对凶手实施报复。在我们的苦苦哀求下，士兵终于放我们进去了。里面非常拥挤，那些互相仇视的人都不得不挤在一起，我感觉稍有不慎这里就会发生血案。

然而就在安东尼开口的那一刻，整场辩论的走向完全脱离了西塞罗的预期。安东尼还不到四十岁——他年轻英俊，皮肤黝黑，拥有更适合穿盔甲而不是托加袍的身材。他的声音浑厚而深沉，他的发言令人信服。"诸位祖国之父，"他说道，"虽然这并非我希望看到的，但现在事情已经发生了。恺撒是我最好的朋友。我爱恺撒，但我更爱我的国家，如有可能，我们必须选择有利于国家的方向。昨晚我和恺撒的遗孀在一起，和善可亲的卡尔普尔尼娅女士含着泪水，伤心而痛苦地对我说：'告诉元老院，我只有两个愿望：一是让我丈夫能够风光下葬，二是不再有流血事件发生。'"

　　听众从喉咙里发出了响亮的赞叹声。让我惊讶的是，大家更想妥协，而不是报复。

　　"和我们一样，布鲁图斯、卡西乌斯和德奇姆斯，"安东尼继续道，"他们也是爱国者，也出身于国内最显赫的家族。我们鄙视他们的残忍手段，但也向他们高尚的目标致敬。我认为，过去五年里已经有太多伤亡了。我建议对刺杀者从轻发落，这也是恺撒推行的方针——为了国家的和平，我们将原谅他们，保障他们的安全，邀请他们走下卡比托利欧山，加入我们的讨论。"

　　安东尼表现得非常出色。他祖父是广受认可的——西塞罗也认可——罗马最伟大的演说家之一，所以他或许继承了其演讲天赋。他给自己的发言定下了一个高尚温和的基调——这基调定得太高了，让下一个发言的西塞罗很难接茬，只能称赞他的智慧和胸怀。西塞罗唯一的异议就是"从轻发落"这个表述。

　　"在我看来，从轻发落意味着特赦，特赦就表示有罪。谋杀独裁官并不是犯罪。我觉得可以换一种说法。你们还记得色拉西布洛斯的故事吗？三百多年前，他推翻了雅典的'三十僭主政府'，后来他宣布对对手实施大赦。大赦这个概念源自希腊语中表示忘记的词。我们应该效法雅典人——应该实施大赦，而不是赦免；应该遗忘，而不是原谅。让我们握手言和，共建共和国。"

西塞罗也赢得了热烈的掌声。多拉贝拉立马提议大赦那些参与刺杀的人，让他们到元老院来。只有雷必达表示反对：肯定不是出于原则问题反对，他就不是讲原则的人；他肯定是不想让到嘴的鸭子飞了，他还指望靠处置刺杀者立功呢。这项动议通过后，他们立马派人去卡比托利欧山送信。会议间隙，西塞罗到门口找我说话。我祝贺他发表了精彩的演讲，他说："还以为他们会把我撕成碎片，没想到气氛这么和谐。你觉得安东尼在玩什么把戏？"

"也许他没有玩把戏，也许他就是真心的。"

西塞罗摇了摇头。"不可能，他肯定有什么打算，但他藏得很深。他比我想象中的更狡猾。"

会议继续，但相比于辩论，与会者更像是在协商。首先，安东尼警告说，各行省特别是高卢得知刺杀的消息后，很有可能会掀起反抗罗马统治的叛乱："在这种危急关头，为了让强有力的政府维持运转，我提议元老院通过恺撒颁布的所有法律，以及他在3月15日前对执政官、裁判官和总督做出的所有任命。"

西塞罗站起来："肯定也包括对你本人的任命吧？"

安东尼的语气中带有一丝威胁："当然包括。你有意见吗？"

"也包括让多拉贝拉出任另一位执政官？我记得恺撒也有此意，但你用占卜把这事搅黄了。"

我看向神庙另一头的多拉贝拉，他突然向前倾身。

安东尼不得不咽下这枚苦果。"如果这是元老院的意思，那么为了我们的团结，是的，对多拉贝拉的任命也包括在内。"

西塞罗继续道："布鲁图斯和卡西乌斯也是吗？他们是否能继续担任裁判官，并于之后分别出任内高卢和叙利亚的总督？德奇姆斯是不是也能率领两个军团驻守内高卢？"

"是的，是的，是的。"人群中传来惊讶的口哨声，有人在叹气，还有人在鼓掌。"现在，"安东尼继续道，"贵方是否同意元老院通过恺撒死前颁布的所有法律和任命？"

后来西塞罗和我说，他在起身回答前，曾试着去想象如果加图在场会怎么做。"加图肯定会说，恺撒的统治是非法的，所以他的法律也不合法，我们应该重新选人。但看着门外的士兵，我就知道我不可能这样说——否则我们又将迎来一场屠杀。"

西塞罗慢吞吞地站了起来。"我不能代表布鲁图斯、卡西乌斯和德奇姆斯，但可以代表我自己。既然这利国利民、利人利己，那么是的，我同意通过独裁官的人事任命。"

"我不能后悔，"他事后对我说，"我没有别的选择。"

*

元老们继续审议。安东尼和雷必达也提出一项动议，要求元老院批准恺撒给士兵的拨款。鉴于外面还围着上百个老兵，西塞罗不敢有任何异议。同时，安东尼建议永远废除独裁官的头衔，该提议获得一致通过。日落前一小时左右，元老院向各行省的总督颁布了一系列法令，然后宣布休会。众人穿过烟雾缭绕、肮脏破败的苏布拉区，向广场走去。在那里，安东尼和雷必达向等待的民众交代了元老院刚刚商定的事情。消息一出，大家都松了口气，纷纷叫好。这种元老和民众和谐相处的景象，让人不禁产生重回老共和国时期之感。安东尼甚至邀请西塞罗登上演讲台。多年以前，结束流放生活的西塞罗曾在这里发言。自那以后，这是他第一次站在上面向民众发表演说。这位年迈的政治家一时间竟激动得说不出话来。

"罗马的人民，"他终于开口道，同时用手势示意大家安静下来，"在经历了过去几天和过去几年的痛苦和战争后，让我们握手言和，冰释前嫌。"就在此时，一束阳光穿透云层，为卡比托利欧山上的朱庇特神庙镀上一层金边。神庙中，刺杀事件同谋者身上的白色托加袍清晰可见。"愿自由的太阳，"西塞罗抓住机会，大声喊道，"再次照亮罗马广场！愿它那拥有治愈力的光芒温暖我们，温暖全人类。"

之后不久，布鲁图斯和卡西乌斯向安东尼传话，称他们愿意离开卡比托利欧，但他和雷必达必须送人质上去，让其在山上待一晚上，以便进一步保证他们的人身安全。安东尼走上演讲台，大声读出这句话，台下发出了欢呼声。"为了表示我的诚意，我愿意把我的儿子交给他们——他只有三岁，我爱他胜过一切。雷必达，"他说，然后向身旁的骑兵统帅伸出手，"你呢？"

雷必达只好同意。于是他们把两个男孩——一个还在蹒跚学步，另一个只有十几岁——和随从一起送上了卡比托利欧。黄昏时分，布鲁图斯和卡西乌斯出现在下山的台阶上，身边没有带任何护卫。众人再次欢呼起来。在他们与安东尼和雷必达握完手，接受与这两人共进晚餐的公开邀请，表示出和解的诚意后，欢呼声变得更加热烈了。西塞罗也受到了邀请，但他没有赴宴。他这两天累坏了，打算直接回家睡觉去。

*

第二天黎明，元老院再次在忒勒斯神庙召开会议。我再次和西塞罗一同前往。

271

布鲁图斯和卡西乌斯就坐在离安东尼和雷必达不远的地方，甚至离恺撒的岳父卢基乌斯·卡尔普尔尼乌斯·庇索也不远。这真是出人意料。门前晃悠的士兵少了很多，气氛也十分融洽，场面颇有黑色幽默的感觉。比如当安东尼起身宣布会议开始时，他单独点了卡西乌斯的名，说他希望这次卡西乌斯没有偷带匕首。卡西乌斯说自己没有带，但如果安东尼想当僭主的话，自己一定会为他准备一把大的。大家都笑了起来。

会上，元老们处理了各种事务。西塞罗提议感谢安东尼，因为他作为执政官的政治素养让大家不必走向内战。全票通过。接着安东尼提出一项补充动议，感谢布鲁图斯和卡西乌斯为维护和平做出的贡献。又是全票通过。最后庇索起身向安东尼表示感谢，感谢他在刺杀发生后的那个晚上派护卫保护他女儿卡尔普尔尼娅和恺撒的所有财产。

庇索继续道："现在就剩下该怎么处理恺撒的尸体和遗嘱了。尸体已经被人从战神广场送回大祭司的府邸，且被抹上了膏油，只等送去火化。至于遗嘱，我必须告诉大家，六个月前，也就是 9 月 15 日，恺撒在拉比库姆附近的庄园里立了一份新的遗嘱，并将其封存，交到维斯塔女祭司长手中。没人知道里面写了什么。本着公开公正的精神，我提议为恺撒举行公葬，并公开宣读这份遗嘱。"

安东尼对该提议表示强烈支持。只有卡西乌斯起身反对。"这太危险了，还记得上次举行公葬时发生了什么吗？克洛狄乌斯的追随者烧毁了元老院会堂。现在的和平局面还十分脆弱，只有疯了的人才会冒这个险。"

安东尼反驳道："据我所知，克洛狄乌斯葬礼上的闹剧是有人故意为之。"他停了一下，笑了笑——大家都知道他现在娶了克洛狄乌斯的遗孀富尔维娅。"身为执政官，我将主持恺撒的葬礼，我向你们保证，绝对不会出乱子。"

卡西乌斯做出一个愤怒的手势，表示自己仍然反对。冲突一触即发。随后布鲁图斯起身说："恺撒的旧部就在城里，不举办公开葬礼，他们是不会善罢甘休的。而且你们考虑过正在酝酿叛乱的高卢人吗？如果我们直接把恺撒，也就是他们的征服者的尸体扔进台伯河，他们会怎么想？我和卡西乌斯一样不安，但事实是我们别无选择。为了维护和谐、和睦的关系，我支持这项提议。"

西塞罗什么也没说，动议通过。

*

会议最后决定于第二天在安东尼山上的房子里宣读恺撒的遗嘱。西塞罗对这里很熟悉。庞培在搬去那座俯瞰战神广场的大宅之前就主要住在这里。安东尼负责处置被没收的财物，便以底价买下了它。这里变化不大。庞培从海战中获得的战利品，也就是海盗的三层战船使用过的攻城锤，仍然镶嵌在房子的外墙上。室内精美的装饰也几乎没被动过。

回到这里让西塞罗感到很不舒服——当他看见新任女主人富尔维娅那张狰狞的脸时，这种感觉更加强烈了。她嫁给克洛狄乌斯的时候就恨他，现在她嫁给了安东尼，因此再次恨上他了，而且恨得毫不掩饰。一看到西塞罗，她就故意背过身去，开始和别人说话。

"好一对无耻的盗墓贼，"西塞罗小声对我说，"好一个凶悍的泼妇。她来干吗？连恺撒的遗孀都不在场。读遗嘱同富尔维娅有什么关系？"

但那是富尔维娅，她比罗马任何其他妇人都更喜欢插手政治，甚至恺撒的情妇塞维利娅也赶不上她，因为塞维利娅至少愿意在幕后工作。看着她在访客间穿来穿去，把他们领去宣读遗嘱的房间，我心中突然涌起一阵不安：给安东尼出主意，让他做出妥协姿态的人会不会是她？如果是这样，就得换一个角度解读安东尼的做法了。

庇索站在一张低矮的桌子上，让大家都能看到他。他的两侧分别站着安东尼和维斯塔女祭司长。他面向所有到场的共和国头面人物，先展示了蜡封，表示里面的内容没有被篡改，接着展开文件开始宣读。

这份遗嘱中充斥着法律术语，显得完全无害。恺撒把全部财产都留给了自己的儿子。但由于他没有儿子，他的财产将由他已经过世的姐姐的三个男性后代继承：卢基乌斯·纳里乌斯和昆图斯·佩迪乌斯各继承八分之一的遗产，剩下的四分之三由盖乌斯·屋大维继承；他还把屋大维收为义子，因此后者又名盖乌斯·尤利乌斯·恺撒·屋大维……

庇索停了下来，皱着眉头，似乎不敢确定自己刚才念了什么。义子？西塞罗看向我，眯起眼睛，试图从记忆中找到这个名字，"屋大维？"安东尼一副被雷劈了的样子。不像西塞罗，他一下就想起屋大维是谁了——恺撒外甥女阿提娅的儿子，现年十八岁。安东尼肯定非常失望：他想成为独裁官的第一继承人，但他只是第二继承人，只有在第一继承人去世或放弃遗产时他才有继承资格。连德奇姆斯这个刺客都是第二继承人！除了上面的内容外，恺撒还赠予每个公民三百赛斯特斯，并把台伯河畔的庄园作为公园留给民众。

散会后，众人带着满腹疑问离开了。回家的路上，西塞罗说他有种不祥的预感："那份遗嘱就是潘多拉的盒子，一份被包装成礼物的毒药，肯定会引出各式各样的邪恶。"他想的并不是那个没什么人知道的屋大维——屋大维现在只是一个无关紧要的人，甚至不在国内，而是远在伊利里库姆。困扰他的是遗嘱中竟然提到了德奇姆斯的名字，还有恺撒送给民众的礼物。

接下来的两天里，恺撒葬礼的准备工作在广场上如火如荼地进行着。西塞罗就在露台上看着他们行动。他们仿造维纳斯胜利女神神庙里的祭坛，在演讲台上搭建了一座金色祭坛，用于安放恺撒的尸体。演讲台的周围架起了用来隔开人群的栅栏。演员和乐手在排练。数百个恺撒的老兵走上大街，手里拿着武器，有人为了参加老上司的葬礼赶了好几百罗里的路。阿提库斯走了过来，指责西塞罗放任他们乱来："你，布鲁图斯，还有其他人，你们都疯了。"

"动动嘴皮当然容易，"西塞罗回应道，"但我要怎么阻止他们？我们管不了罗马城，也管不了元老院。早在暗杀行动前，大错就已经铸成——就连孩子都知道除掉恺撒的后果。现在我们还要解决独裁官遗嘱的问题。"

布鲁图斯和卡西乌斯派人前来通知说，葬礼当天，他们打算一直待在家里。他们雇了护卫，并建议西塞罗也这样做。德奇姆斯和角斗士在房子周围设置了路障，打造出一个防备森严的堡垒。西塞罗拒绝采取类似做法，但他不打算在公共场合露面。不过他建议我去参加葬礼，以便之后向他汇报那里的情形。

我倒是无所谓，反正没有人会认出我。我的确也想去看看。我对恺撒有种敬意，这么多年来，他一直对我很客气。因此我在天亮前来到了广场。（此时离暗杀事件已经过去五天了——在忙乱中记住时间并不是一件容易的事。）城市的中心区域挤满了人，有男人也有女人，但大部分是老兵、城市贫民和奴隶。到场的还有一大群犹太人，他们十分尊敬恺撒，因为他允许他们重建耶路撒冷的城墙。我绕过这一大群人来到圣道路口，送葬队伍待会儿会经过这里。天亮后又过了几个小时，我看到远处的队伍离开了大祭司的府邸。

送葬队伍从我面前走过，安东尼在这上面投入的心思让我震惊。安东尼和富尔维娅（我敢肯定她插手了此事）没有放过任何可以用来煽动民众的事物。走在最前面的是乐师，他们演奏着令人难忘的旋律。乐师后面跟着扮成冥界亡魂的舞者，他们尖叫着冲向人群，做出悲痛欲绝的表情。接着是抬着恺撒半身像的家奴和释奴。在他们后面，五个演员——代表着恺撒的五场胜利——戴上了蜜蜡制成的面具，面具的样子和独裁官十分相似，让人不禁以为他爬出了死人堆。再后面是一顶无盖的肩舆，里面放着一具真人大小的假尸体。除了一根腰带外，它可谓一丝不挂。每一道刀伤——包括脸上的那一道——都得到了还原。看见它，围观民众号啕大哭，一些女人还晕了过去。在这顶肩舆后面，元老和士兵抬着一张象牙沙发，上面是恺撒裹着紫金托加袍的身体。沙发后面跟着恺撒的遗孀卡尔普尔尼娅和外甥女阿提娅，她们戴着黑色的面纱，互相搀扶，身边还陪伴着各自的亲人。走在队末的是安东尼、庇索、多拉贝拉、希尔提乌斯、潘萨、巴尔布斯、欧庇乌斯以及恺撒的其他重要拥护者。

在这队人抬着尸体走上演讲台时，时间仿佛凝固了。无论是此前还是此后，我都没在白天的罗马中心区域感受过这种死寂。在这种不祥的寂静中，送葬者陆续走上平台。当终于看到尸体时，恺撒的旧部开始用刀剑敲打盾牌，他们从前肯定常在战场上这样做。他们弄出的动静震耳欲聋、战意盎然、令人生畏。众人小心翼翼地将尸体放上祭坛。安东尼上前致悼词，扬起手示意众人噤声。

"我们今天不是来向僭主告别的！"安东尼响亮的声音在神庙和雕像间响起，"我们是来向一位伟人告别的！那些被他赦免和提拔的人，在神圣的元老院会议中将他残忍杀害了！"

安东尼曾向元老院保证他会有分寸地发言，但一开口他就违反了承诺。在接下来的一个小时里，他的演讲让民众激愤不已、悲痛欲绝。他挥舞双臂，几乎就要跪倒在地。他捶打胸膛，然后手指天空。他向台下听众讲述恺撒的功绩，讲述恺撒的遗嘱——恺撒给每个公民都留有礼物，还留下一座公园，而且非常讽刺的是，里面还提到了德奇姆斯的名字。"啊，说到这位德奇姆斯，恺撒可是把他当成儿子对待。还有布鲁图斯、卡西乌斯、秦纳和其他人，他们发过誓，他们许下了神圣的诺言，说会永远忠于恺撒，永远保护他！元老院批准了大赦，但我以朱庇特之名起誓，若非为了慎重起见，我一定会为恺撒复仇！"总之，他使出浑身解数，用上了严谨的布鲁图斯拒绝使用的所有演讲技巧。接着，他使出了他的——或者是富尔维娅的？——绝招。他把一个演员叫上台。那演员脸上戴着栩栩如生的面具，用沙哑的声音向众人朗诵了巴库维乌斯的悲剧《武器的辩驳》中的名句：

> 我这样一个不幸的人
> 竟然救了那些把我送进坟墓的卑鄙小人！

此人的表演无可挑剔。这句话就像恺撒本人从冥界发出的声音。接着，在痛苦的叹息声中，恺撒的蜡像被某个机关举了起来，向众人展示上面的伤口。

从那一刻起，恺撒的葬礼就走上了克洛狄乌斯那一次的老路。战神广场上已经准备好了火堆，尸体本该在那里火化。但当众人将它从演讲台上搬下时，有人怒喊道，应该去案发地，也就是庞培剧场的议事厅，不然就去阴谋者曾经藏身的卡比托利欧山。接着，暴民们突发奇想，决定当场火化尸体。安东尼并没有制止的意图，而是眼看着阿尔吉来图姆路上的书店再次被洗劫一空，法院里的长椅再次被拖到广场中心，堆成一座小山。恺撒的灵柩被放上火葬架，然后被一把火点燃。演员、舞者和乐师脱下他们的长袍和面具，把它们扔进火里。其他人也跟着起哄，歇斯底里地撕扯自己的衣服，把它们和其他易燃物扔进火堆。看到暴民举起火把四处奔走，决心找到一干刺杀者的踪迹，我终于失去了留下来继续观察的勇气，回到了帕拉蒂诺山。路上我遇到了可怜的赫尔维乌斯·秦纳。他只是诗人和保民官，但暴民误把他当成了安东尼提到的那个裁判官科尔内利乌斯·秦纳。他们用绳子套住他的脖子，在他的尖叫声中把他强行拖走。后来他们把他的头挑在长矛上游街。

我步伐不稳地回到屋里，向西塞罗讲述了事情的经过，他把脸埋进手里。那天晚上，毁灭之声不断回荡。暴民们四处点火，熊熊火光照亮了夜空。次日，安东尼向德奇姆斯发出警告，说自己已经无法保证刺杀者的生命安全，敦促他们尽快离开罗马。西塞罗建议他们听从安东尼的指示：毕竟对安东尼来说，他们活着比死了更有用。德奇姆斯去了内高卢，特雷伯尼乌斯也绕道去了亚细亚。布鲁图斯和卡西乌斯退守安提乌姆。西塞罗则去了南方。

XV

　　他的政治生涯结束了，他说。意大利待不下去了。他打算去希腊，和他儿子一起留在雅典，在那里写他的哲学著作。

　　从罗马和图斯库鲁姆的书房中收拾出他需要的大部分书籍后，我们便带着一大批随从——包括两位秘书、一个厨子、一名医生和六个护卫——动身了。刺杀事件后，天气变得异常寒冷潮湿，有人认为这是众神在表达对恺撒被杀的不满。那些日子里，让我记忆最深刻的是这样一幕：构思作品的西塞罗坐在马车上，用毯子盖住膝盖，与此同时，绵绵细雨敲打在薄薄的马车木顶上。我们在马蒂乌斯·卡尔维纳骑士家住了一晚，后者对国家的未来感到绝望："像恺撒这样的天才都找不到出路，还有谁能找到呢？"和罗马城里的情形不同，除了他外，大家都很高兴能摆脱独裁官。"可惜的是，"正如西塞罗所说，"他们中没有一个人手上握有军队。"

　　他选择从工作中寻求慰藉。4月15日，也就是我们到达普特俄利时，他写完了一本书（《论预兆》），有一本写了一半（《论命运》），还开始了下一本的写作（《论荣誉》）。这三本著作都很好地展现了他的才华，肯定能成为流芳百世的经典。等他下了马车，在海边舒展身体时，他又开始在脑中勾勒第四部作品的框架。它就是《论友谊》（我倾向于认为，除了智慧外，友谊是不朽的诸神送给人类的最好礼物），他打算把这本书献给阿提库斯。对他来说，现实世界可能充满敌意、危机四伏，但在他的内心深处，他过着自由而安宁的生活。

元老院进入休会期，那不勒斯湾周边的庄园开始住进罗马的头面人物。大部分刚来的人，例如希尔提乌斯和潘萨，还沉浸在恺撒之死带给他们的震撼中。这两人理应在年底接任执政官，为此他们还让西塞罗继续教他们演讲技巧。但西塞罗不是很愿意——这会让他无法专心写作，而且他们总是提到恺撒，听到这个名字让西塞罗心烦不已。但他最终还是不忍心把他们拒之门外。他带着他们在海滩上练习演说技巧，让他们像狄摩西尼一样，把小石子含在嘴里说话，还让他们迎着风浪演讲，以此训练他们的发音技巧。饭桌上，他们总是谈论安东尼的高压手段；谈论他如何在刺杀当天的晚上骗取卡尔普尔尼娅的信任，让她把亡夫的私人文件和财产交给他保管；谈论他如何假称里面的一些文件是具有法律效力的法令，而事实上所谓的法令都是他为了获取巨额贿赂而伪造出来的。

西塞罗问："所以他把钱都弄到手了吗？不是有四分之三属于那个叫屋大维的小伙子吗？"

希尔提乌斯翻了个白眼："可能吧。"

潘萨补充道："他得先去找安东尼把它拿到手，不过安东尼不会给他机会的。"

两天后，当我在廊厅里一边避雨，一边读老加图关于农业的作品时，管家走过来告诉我，卢基乌斯·科尔内利乌斯·巴尔布斯来了，他想见西塞罗。

"那就告诉主人他来了。"

"但我不知道该不该说——主人让我不要打扰他，不管来者是谁。"

我叹了口气，把书放到一边。此人还是值得一见的。这个西班牙人一直负责打理恺撒在罗马的商业事务。西塞罗和他很熟，还在法庭上为他辩护过，当时控方主张剥夺其公民身份。他现在五十多岁，在附近有一处大庄园。我在会客室找到他的时候，发现他身边还跟着一位身披托加长袍的青年。我起初以为那是他的儿子或孙子，但仔细观察一阵后，我立马否决了这种想法，因为巴尔布斯长得黑不溜秋的，旁边的小伙子却留着一头看起来湿漉漉的凌乱金发，而且他看着瘦瘦小小的，面容俊俏但肤色苍白，脸上还长着粉刺。

"啊，提罗，"巴尔布斯喊道，"能不能帮个忙，把西塞罗从工作中拉出来？就说我带着恺撒的义子，也就是盖乌斯·尤利乌斯·恺撒·屋大维来见他了。"

小伙子朝我腼腆地笑了笑，露出一口不太整齐的牙齿。

这个年轻人对罗马政坛而言，可谓从天而降的"异界生物"。在好奇心的驱使下，西塞罗自然立刻赶来了。巴尔布斯向西塞罗介绍了这个年轻人，后者鞠躬说："见到您是我此生最大的荣幸。我拜读过您所有的演讲稿和哲学著作。这一刻让我实现了多年来的梦想。"他的声音很悦耳，既柔和又显得很有教养。

听到他的恭维，西塞罗颇为自得："你太客气了。在我们继续谈话之前，我能问问该怎么称呼你吗？"

"在公共场合请叫我恺撒，在朋友和家人面前我是屋大维。"

"到了我这个年纪，就很难适应第二个恺撒了。所以如果可以的话，我也叫你屋大维吧？"

年轻人又鞠了一躬："我的荣幸。"

接下来的两天里，他们出人意外地很谈得来。原来屋大维就和他的母亲阿提娅、继父菲利普斯住在隔壁，他可以轻轻松松地在两个庄园间往来。虽然他从伊利里库姆带来了些朋友和士兵，还在那不勒斯湾结识了更多人，但他一般独自前来。他和西塞罗会在庄园里聊天，或趁着雨停的间隙到海滩上散步。看着他们，我想起了《论老年》中的一句话：正如我钦佩老成的青年一样，我也钦佩有朝气的老年……奇怪的是，屋大维的严肃、客气、恭谨和精明有时让他看上去更像年长的那个人，经常说笑和打水漂的人反而是西塞罗。西塞罗和我说，屋大维没有和他闲聊，而是希望得到他政治方面的忠告。在屋大维看来，即使西塞罗和杀他义父的凶手公开结盟，也无关紧要。他该在什么时候前往罗马？他该如何面对安东尼？他该对那些在家里无所事事的老兵说些什么？他该如何避免内战？

西塞罗十分欣赏他："我完全能理解恺撒对他的青睐——他有着和年龄不相符的冷静。他会成为一个伟大的政治家，只要他活得够久。"但他身边的人就是另一回事了。其中有几个曾经效力于恺撒的军官，他们有着职业杀手般冷酷的眼神；还有几个傲慢的年轻朋友，特别是马库斯·维普撒尼乌斯·阿格里帕和盖乌斯·希尔尼乌斯·梅塞纳斯。阿格里帕还不到二十岁，但已经有在战场上出生入死的经历。他不爱说话，即使在休息的时候也会散发出危险的气息。梅塞纳斯更年长一些，有点娘娘腔，喜欢傻笑，还有些愤世嫉俗。"对他们，"西塞罗说，"我一点都不关心。"

迄今为止，我只获得了一次近距离观察屋大维的机会。那是在他离开前的那天晚上，他同他的母亲、继父、阿格里帕和梅塞纳斯前来与西塞罗共进晚餐。西塞罗还邀请了希尔提乌斯和潘萨。我是桌上的第九人。用餐时我注意到，这个年轻人从来不碰酒杯，并且在其他人说话时，他那双淡灰色的眼睛会跟着移动。他听得非常专注，仿佛想把他们说的一切都记在心里。阿提娅表现得就像一个完美的罗马式家庭主妇，十分忌讳在公共场合发表政治观点。但菲利普斯在喝了酒后变得更加健谈，并在最后宣布："如果有人想听听我的意见，我认为屋大维应该放弃继承权。"

梅塞纳斯小声对我说："真的有人想听他的意见吗？"他咬着餐巾，努力忍住笑意。

屋大维语气温和："你为什么会这么想，父亲？"

"说实话，我的孩子，你可以叫自己恺撒，但这并不能让你成为恺撒。越接近罗马，你的处境就越危险。你真的以为安东尼会把这几百万塞斯特斯拱手相让吗？你凭什么认为，恺撒的旧部会放着在法萨罗指挥左翼的安东尼不要，转而前来追随你呢？恺撒的名字只会让你成为一个靶子。还没等你走出五十罗里，你或许就会丢掉性命。"

希尔提乌斯和潘萨点头表示赞同。

阿格里帕悄声说："不，我们可以让他安全抵达罗马。"

屋大维看向西塞罗："您怎么看？"

西塞罗用餐巾仔细地擦了擦嘴，然后说："四个月前，你的义父就坐在你现在的座位上，向我保证他不惧死亡。事实上，我们都可谓命悬一线。哪里都不安全，谁都不知道会发生什么。我像你这么大的时候，脑子里想的都是该如何赢取荣誉。如果我是你，我愿意付出任何代价！"

"所以说如果是你，你会前往罗马？"

"是的。"

"去做什么？"

"去参选。"

菲利普斯反驳道："但他只有十八岁，甚至都不够资格投票。"

西塞罗继续道："现在保民官的职位恰好有个空缺。秦纳在恺撒的葬礼上被暴民杀害了——可怜的家伙，他们杀错人了。你可以毛遂自荐。"

屋大维问："但安东尼不会同意吧？"

西塞罗回答道："那不重要。这一步只是为了向大家表明，你会延续恺撒的惠民政策：平民会很开心的。如果安东尼反对你——他肯定会——他就是在反对平民。"

屋大维缓缓点头："听上去不错。您要和我一起去吗？"

西塞罗笑了："不，我打算退休了，去希腊研究哲学。"

"真可惜。"

当晚饭吃完，客人准备离开时，我无意中听到屋大维对西塞罗说："我是认真的。我需要您的智慧。"

西塞罗摇了摇头："抱歉，我的忠诚属于那些除掉你义父的人。但如果你能与他们和解的话——到那个时候，为了这个国家的利益，我会尽我所能地帮助你。"

"我不反对和解。我想要的不是复仇，而是遗产。"

"我可以把这话告诉他们吗？"

"当然，不然我也不会这样说了。再会，我会给您写信的。"

他们握了握手，然后屋大维走到了门外的道路上。那是一个春天的傍晚，天还没全黑，雨停了，但空气仍然很潮湿。我惊讶地发现，百来个士兵静静地站在街对面的阴影中。他们一看见屋大维就用刀剑敲打盾牌，就像之前在恺撒的葬礼上有人做过的那样：原来他们是来自高卢战场的老兵，住在离这里不远的坎帕尼亚。屋大维和阿格里帕走过去跟他们交谈。西塞罗看了一会儿，然后躲回屋里，免得被人看到。

关上门后，我问道："为什么你要劝他去罗马？你不是不想见到又一个恺撒吗？"

"如果他去罗马，就会给安东尼制造麻烦。他能让他们那帮人起内讧。"

"但要是他成功了呢？"

"不可能。菲利普斯说得对。他是个好孩子，我希望他能活下来，但他不是恺撒——看看他你就知道了。"

但他还是对屋大维能做什么事抱有兴趣，并决定推迟去雅典的计划。他开始考虑要不要参加安东尼召集的 6 月 1 日的元老院会议。但 5 月底我们到达图斯库鲁姆后，大家都劝他不要去。瓦罗在信中警告说有人准备谋杀他。希尔提乌斯表示赞同。他说："就算我不去，也不会有人指责我对恺撒不忠。但街上有很多老兵，他们如果想要动手，那可是很容易的事——想想秦纳的下场吧。"

与此同时，屋大维已经顺利抵达罗马，并给西塞罗写了封信：

盖乌斯·尤利乌斯·恺撒·屋大维致马库斯·图利乌斯·西塞罗：

您知道吗，昨天安东尼终于同意在家里，就是那栋庞培住过的房子里见我了。他让我足足等了一个多小时——他这么做也太蠢了，这不就更显得他怕我吗。我首先感谢他替我看管义父的财产，让他从中任选一样作为纪念，但必须马上把剩下的交给我。我告诉他，我需要这笔钱，有了它我才能按义父的遗嘱给三十万市民发放现金。我还要求用国库贷款来偿付其余开支。我告诉他，我打算竞选保民官，并让他出示证据，证明他在我义父的文件中发现了多项法令。

他非常愤怒，他说恺撒还没当上国王，也没把国家大权交给我，所以他不必向我解释他的行为；至于那些钱，我义父没有那么多财产，国库也破产了，拿不出钱；至于保民官，我没有参选资格，所以我当不了。

他以为我年纪小，经不起吓。他错了。我们不欢而散。

不过其他人，包括我义父的旧部，对我相当友善，但对安东尼就很冷淡。

安东尼和屋大维之间的针锋相对让西塞罗很高兴，他把信拿给好几个人看："看看这只小狮子是怎么拨弄老狮子的尾巴的。"他让我在6月1日代他前往罗马，回来后向他汇报元老院会议的情况。

正如其他人警告过的那样，罗马城里到处都是士兵，大部分是恺撒的旧部，安东尼把他们叫去，让他们成为他自己的私兵。他们成群结队地站在街角，闷闷不乐，饥肠辘辘，吓唬那些可能是富人的人。因此，几乎没有元老前去参会，去了也没人敢反对安东尼的大胆提议：解除德奇姆斯的内高卢总督职务，而他安东尼将在接下来的五年里接管内外高卢及其所有军队。这显示他和恺撒一样走上了独裁的道路。他还宣布他已经召回并接管了驻扎在马其顿的三个军团（在恺撒的计划中，他们本应随其出征帕提亚）。不出众人所料，多拉贝拉并没有反对，因为他将接管叙利亚，时间也是五年。至于雷必达，安东尼许诺让他接任恺撒的大祭司之位。最后，鉴于这项提议让布鲁图斯和卡西乌斯失去了本应属于他们的行省，安东尼给他们安排了庞培过去粮食供应督办官的职务——一人负责亚细亚，另一人负责奇里乞亚，但两人都没有实权。这是一种羞辱，这就是安东尼口中的和解。

元老院通过了这些议案。第二天，安东尼把它们带到广场上，由公民投票表决。天气仍然很恶劣。中途甚至还下起了雷阵雨。面对如此可怕的征兆，众人本该立刻解散的，但安东尼自己就能占卜，他声称自己没有看到闪电，所以投票可以继续进行。黄昏时分，他得到了想要的结果。屋大维全程都没有现身。我转身离开时，看到富尔维娅就坐在肩舆里，探身出来观察情况。她被雨淋湿了，但完全没有在意，一心扑在她的丈夫身上，看着他走上人生巅峰。我留了个心眼，打算回去提醒西塞罗：这个女人在过去只是个麻烦，但现在已是一个危险的对手。

第二天早上，我前去看望多拉贝拉。他把我带到婴儿室，让我见到了西塞罗的外孙。小朗图路斯还在蹒跚学步。现在距离图利娅去世已经过了十五个月，但多拉贝拉还是没有归还她的嫁妆。在西塞罗的要求下，我抛出了这个话题（"一定要礼貌，毕竟我现在惹不起他"），但多拉贝拉立刻打断了我的话。

"恐怕我没法还他了。你可以把这个给他，它的价值远远超过那笔嫁妆。"接着他把一份系着红色丝带、盖有红色蜡封章的文件扔了过来。"我邀请他出任我在叙利亚的军团长。别担心，告诉他，他什么都不用做。但这意味着他可以光荣地离开罗马，并获得未来五年的豁免权。你和他说，我建议他尽快离开。形势越来越严峻，我们保证不了他的安全。"

我回到图斯库鲁姆，在图利娅的坟墓旁找到了西塞罗，一字不漏地向他转告了这个消息。他接过委任状，仔细研究了一会儿。"所以这张破纸值一百万赛斯特斯？他真的以为在喝得半醉的文盲士兵面前挥舞这个，就能阻止对方把剑插进我的喉咙吗？"他已经听说了元老院和公民大会①上发生的事情，但他想听我的总结。最后他问："所以没有人反对？"

"没有。"

---

① 罗马人自己组成的公民大会（public assemblies）是罗马的最高权力机构和立法机构，无论其是部落大会（comitia tributa，投票表决法律、宣布开战或停战、选出保民官）还是百人团会议（comitia centuriata，选出高级政务官）。——作者注

"你完全没见到屋大维？"

"没有。"

"没有，当然没有。你怎么可能看到他呢？安东尼有钱、有人、有权，但屋大维除了借来的名字，什么都没有。而我们呢？我们都不敢在罗马露面。"他绝望地靠在墙上，"我和你说，提罗，你可别说出去——我开始希望3月15日的事从来没发生过了。"

布鲁图斯和卡西乌斯将于6月7日在安提乌姆召开家庭会议，决定他们下一步的行动。西塞罗收到了邀请，还让我陪他去。

我们早早地出发了，在太阳刚刚升起的时候就下了山，沿着海岸的方向穿过沼泽地。起雾了。牛蛙和海鸥在周围鸣叫，西塞罗一路上基本没说话。我们在中午前到了布鲁图斯的庄园。那里环境优美，看上去古色古香的。它就建在海岸线上，沿着石阶可以直接走到海边。一位强壮的角斗士把守着大门，其他角斗士在巡逻，海滩上还可以看到很多人——我猜这里至少有一百个武装人员。布鲁图斯和其他人待在一间摆满希腊雕像的小木屋里。他看上去很紧张——他跺脚的声音比平时更响了。他说他已经两个月没出过门了——要知道他现在可是城市裁判官，每年离开罗马的时间不该超过十天。坐在上首的是他母亲塞维利娅。布鲁图斯的妻子波尔西娅和嫁给卡西乌斯的特尔提娅也在场。最后还有前裁判官马库斯·法沃尼乌斯，他和布鲁图斯的舅舅加图走得很近，所以又被戏称为加图的影子。特尔提娅说卡西乌斯已经在路上了。

西塞罗建议我详细说说前不久元老院和公民大会上的辩论，反正等着也是等着。就在此时，之前对我不理不睬的塞维利娅凶狠地看向我："噢，这就是你那著名的密探？"

她简直就是女性版的恺撒——这是我能想到的最准确的描述。她思维敏捷，模样姣好，高傲自大，顽固强硬。独裁官送了她很多礼物，包括从敌人那里没收的财产和在战争中掠夺的珠宝。但正是她的儿子策划了对他的刺杀。在得知消息时，她的双眼就和他送给她的宝石一样，一滴眼泪也没有。在这一点上这两人很像。西塞罗被她说得有些不安。

在塞维利娅的注视下，我结结巴巴地念完了笔记。最后她非常轻蔑地说道："亚细亚的粮食供应督办官！就这样？刺杀恺撒就换来这个？我儿子要去做粮食生意了？"

"即便如此，"西塞罗说，"我也认为他应该接受。这总比什么都没有强——至少好过留在这里。"

布鲁图斯接话道："我同意你的最后一句话。我不能再躲下去了。每过一天，我的声望就下降一点。但亚细亚？不，我真正需要做的是回到罗马，履行城市裁判官的职责。每年的这个时候，城市裁判官都要准备阿波罗神节的竞技活动，我应该去罗马露个脸。"他的脸上写满了痛苦。

"你不能回罗马，"西塞罗反驳道，"太危险了。听着，我们其他人都是可有可无的，但你不是，布鲁图斯——你的名字和荣誉让你注定会对追求自由者形成强大的号召力。我建议你接受这项任命，安全地离开意大利，做一些光荣的公共工作，等待时机。世事难料，这就是政治。"

这时卡西乌斯来了，塞维利娅让西塞罗把刚才的话重复一遍。如果说这项任命只是让布鲁图斯陷入了痛苦，那么卡西乌斯的反应堪称勃然大怒。他激动地拍打桌子："我从卡莱的大屠杀中活了下来，从帕提亚人手中夺回了叙利亚——我做这些，不是为了去西西里当一个破收粮的！这是对我的侮辱。"

西塞罗问："那你打算怎么办？"

"离开意大利，去希腊。"

"希腊呀，"西塞罗说，"那里很快就会变得拥挤起来了。我建议你还是去西西里。首先，西西里很安全；其次，你会像一位出色的立宪派那样尽职尽责；最后也是最重要的，西西里离意大利更近，等机会来了，你就可以第一时间抓住它。你一定会成为伟大的军事指挥官。"

"什么机会？"

"比如说屋大维还可以给安东尼制造各种麻烦。"

"屋大维？你在开玩笑吧！我相信他更愿意追杀我们，而不是去找安东尼的碴。"

"我没有开玩笑——我在那不勒斯湾见过那孩子，而且他对我们的态度并没有你想的那么恶劣。'我想要的不是复仇，而是遗产'——这是他的原话。他真正的敌人是安东尼。"

"然后安东尼就会像碾死一只蚂蚁一样干掉他。"

"但安东尼必须先干掉德奇姆斯。等安东尼准备从他手中夺走内高卢时，他们就会开战。"

"德奇姆斯，"卡西乌斯苦笑着说，"是最让我们失望的人。想想看，要是他能在3月带着两个军团南下，我们的处境要比现在好多少呀！但现在说什么都晚了：安东尼的马其顿军团是他兵力的两倍。"

一提到德奇姆斯，众人就打开了话匣子。所有人都开始谴责他，特别是法沃尼乌斯，这位前裁判官强调恺撒在遗嘱中提到了德奇姆斯："这件事最能引起民众的不满。"

西塞罗越听越失望。他插话说，木已成舟，哭也无用，但又忍不住多说了一句："另外，如果你们想讨论失误，那就不要再提德奇姆斯了——我们现在面临的困境都是你们自己种下的苦果，是你们自己没有召集元老院会议，是你们自己没有凝聚民心，也是你们自己放弃了对共和国的控制。"

"省省吧！"塞维利娅喊道，"我从来没听说过这样的事！你这种人竟然也敢指责别人动摇决心！"

西塞罗瞪了她一眼，哑口无言。他的脸一下子变红了，要么是气红的，要么是羞红的。没过多久，会议就结束了。我的本子上只记了两件事。在塞维利娅以最隆重的方式宣布，她会让元老院换种说法，让这项任命变得好看一点后，布鲁图斯和卡西乌斯才勉强同意接受粮食供应督办官的职位。布鲁图斯也勉强同意不去罗马，同意不出席阿波罗神节的活动。除此之外，这次会议堪称失败，没能做出任何决定。在回家的路上，西塞罗口述了一封信给阿提库斯，说现在就是典型的"各自为政"：这支队伍要散了。没有计划，没有想法，没有出路。我现在更加坚定了逃离这里的决心，而且要尽快。

骰子已经掷下。他准备去希腊。

*

至于我，我快六十岁了，现在是时候离开西塞罗，过上自己的生活了。从他说话的样子我就知道，他并不希望我们分开。他以为我们会一起住在雅典的庄园里，一起写哲学，直到我们中的一人先接受死神的召唤。但我不想再离开意大利了。我的身体不好，而且我也厌倦了做他大脑的附属物，尽管我仍然爱他。

我一直不敢告诉他我的打算。他一路向南，在各个庄园里重温旧日时光，和它们依依惜别，最后在 7 月（西塞罗仍然坚持称这个月份为 Quintilis 而不是 July）初来到了普特俄利。他还有最后一处庄园想看，就在那不勒斯湾边上的庞贝城里。而且他打算从那儿出发，贴着海岸线一路航行至西西里岛，然后再在叙拉古登船（他认为从布隆迪西乌姆启航太危险了，因为马其顿军团随时会到）。为了运他的书籍、财产和仆役，我雇了三艘十桨船。他开始思考我们在海上该写点什么，这样他就可以暂时不去想即将到来的海上航行有多可怕。他现在手上有三本书要完成——《论友谊》《论义务》《论美德》，可以随意切换工作对象。有了这些，他就能实现他的伟大计划，即让拉丁文化充分吸收希腊哲学，并在这个过程中把希腊哲学从一套抽象的概念变为生活的原则。

他说："我想像亚里士多德一样写自己的《论题篇》，但不知道该不该现在就动笔。让我们面对现实吧：在这个混乱的时代，有必要教会人们如何使用辩证法来构建合理论点。还有什么比这更有用的事呢？可以用对话体的形式，就像《图斯库鲁姆论辩集》那样，你演一人，我演另一人。你觉得呢？"

我有些犹豫："我的朋友——如果我可以这么叫你的话——我有话想对你说，但不知道该怎么开口。"

"听上去不太妙啊。你说吧。你又病了？"

"不是。我想说，我决定不陪你去希腊了。"

"啊。"他盯着我看了很久，下巴微微动了动，这说明他正在组织语言。最后他说："那你打算去哪儿？"

"去你送我的那个农庄。"

他的声音很平静："这样啊。你打算什么时候去呢？"

"随时都可以，只要你方便的话。"

"越快越好？"

"我无所谓。"

"明天？"

"可以，但没必要。我不想给你添麻烦。"

"那就明天。"然后他就又去研究他的亚里士多德了。

我犹豫了一会儿。"我能不能借用你的小马厄洛斯，再借辆小马车来运东西？"

他头都没抬："当然可以。要用什么就拿什么。"

我离开了房间，用剩下的时间去打包自己的东西，把它们搬到院子里。他没有出来吃晚饭，第二天早上也没有现身。小昆图斯希望为布鲁图斯做事，所以在伯父把他引荐给布鲁图斯之前，他都和我们住在一起。他说西塞罗早就离开了，他前往尼西斯岛找鲁库卢斯去了。小昆图斯把手臂搭在我的肩膀上，安慰道："他让我跟你说再见。"

"他没说别的吗？只是再见？"

"你知道，他就是这样的人。"

"是的，我知道。请告诉他过几天我会回来好好道别的，可以吗？"

我很难受，也很坚决。我已经下定了决心。厄洛斯带着我前往农庄。虽然它离西塞罗的庄园只有两三罗里，但我感觉像是从一个世界到了另一个世界。

工头和他妻子没想到我这么快就回来了，但他们还是很高兴。他们从谷仓叫来一个奴隶，帮我把行李搬进农舍。我们把装着书和文件的箱子直接抬上楼，放进之前被我选定为书房的阁楼。阁楼的窗户是关着的，房间里很凉快。书架已经按我的要求搭好了。它们看上去粗糙而简陋，但我并不在意。我当即开始整理行李。西塞罗有次在信中向阿提库斯讲述了搬家的经历，其中有句话很精彩：我把书放了进去，房子便有了灵魂。这就是我清空箱子时的感觉。然后，我居然在里面找到了《论友谊》的原稿。我疑惑地打开那卷文件，以为是不小心拿错了。但后来我看到卷首有这本著作里讨论交友重要性的一段文字，是西塞罗用他颤抖的手抄下的。我意识到这其实是一份告别礼物。

> 假如一个人升到天上，清楚地看到宇宙的秩序和天体的美景，那奇异的景观并不会使他感到愉悦，因为他必须找另一个人述说他所见到的壮景，才会感到愉快。因此，人的本性的确是厌恶孤独。

*

两天后，我回到普特俄利庄园，正式向西塞罗辞行：我需要用一定时间来确定我的决心不会被他人动摇。但管家告诉我西塞罗已经动身去庞贝了，于是我立刻回到农庄。我站在露台上，看见整个海湾都躺在我面前。我经常站在那里，遥望远方，从卡普里模糊的轮廓，看到米塞努姆的岬角，不知视野中的船只里是否有一艘属于他。但后来我被农庄忙碌的日常工作缠住了。快到葡萄和橄榄的收获季了，尽管我的膝盖嘎吱作响，手也只拿过纸笔，但我还是换上短袍，戴上宽边草帽，和其他人一起在室外干活，日出而作，日落而息，每天都忙得筋疲力尽，没有思考的力气。渐渐地，过去的生活模式在我的脑海中变得越来越不清晰，就像地毯在阳光下会褪色一般。或者说我是这么认为的。

我完全不想离开这里，一切都让人心满意足，除了一件事：这个地方没有浴室。除了和西塞罗交流外，我最想做的就是好好洗个澡。我无法忍受冰冷的山泉水，所以我让人在谷仓中修了浴室。但它要等到收获季结束后才能完工，于是我每隔两三天就得骑马去海边的公共浴场。我去过很多家——普特俄利的、巴乌利^①的，还有巴亚^②的。巴亚最好，那里有远近闻名的天然温泉。公共浴场里什么样的客人都有。有些元老的释奴在附近有庄园，所以他们也会前来，里面还有我认识的人。于是我在不经意间开始搜集罗马的最新传言。

布鲁图斯的竞技活动已经圆满落幕了：尽管城市裁判官本人不在场，但一切都进行得很顺利。布鲁图斯为这次活动准备了数百头野兽。他渴望赢得民众的赞誉，便下令将每一头都用于斗兽和狩猎。节日期间还有音乐表演和戏剧，包括阿基乌斯的悲剧《忒琉斯》，里面多次提到了僭主的罪行，赢得了满堂喝彩。但对布鲁图斯来说，他虽然慷慨地安排了各项活动，但其风头很快就被屋大维盖过，因为屋大维为了纪念恺撒，举办了更加奢华的赛会。赛会举行期间，有颗明亮的彗星每天都在正午前一个小时出现在天空，甚至当碰上万里无云的晴天时，坎帕尼亚的人也能看到它。屋大维声称它是恺撒升天的灵魂，据说恺撒的旧部对此坚信不疑。年轻的屋大维自此声名鹊起。

不久后的一个下午，当我正躺在露台上的热水池里眺望大海时，突然有人进入了这个池子，后来我从他们的谈话中得知他们是卡尔普尔尼乌斯·庇索的幕僚。庇索在二十罗里外的赫库兰尼姆有座豪华的大宅，我猜他们应该正在赶往罗马，中途决定休息一日，准备第二天再继续赶路。我没打算偷听，但我闭着眼睛，所以他们可能以为我在睡觉。我很快从他们的谈话中拼凑出一条

惊人的消息：恺撒的岳父庇索在元老院公然抨击安东尼，指责他偷窃、伪造和叛国，目的是建立新的独裁政权，让国家再次走上内战的道路。这群人中的一个说："是啊，罗马的其他人都没胆子站出来，因为我们所谓的解放者不是在哪儿躲着就是逃到国外去了。"我一下子就想到了西塞罗，他一向自诩为自由卫士，肯定不想让这个名头落到庇索头上。

我等他们走后才爬出池子，打算在按摩的时候认真思考刚才听到的内容，于是便向阴凉处的按摩床走去。这时，一个女人抱着一堆刚洗好的毛巾出现在我面前。其实我第一眼并没有认出她，毕竟我和她已经有十五年没见过面了。但我刚从她身边经过，就停下脚步，转身看去。她也一样。那时我便认出了她。她是那个女奴阿加特，在和西塞罗一起流亡前，我帮她赎了身。

*

当然，这本书讲的是西塞罗的故事，而不是我的，当然也不是阿加特的。但我们三人的生活本身就有交集，所以在回归主线之前，我认为可以先讲一讲她的故事。

我第一次见到她是在米塞努姆，在鲁库卢斯的大庄园里，当时她才十七岁，是浴场里的奴隶。她和她已逝的父母在希腊被抓去当奴隶，后来作为鲁库卢斯的战利品被带到意大利。她的美丽、温柔和苦难深深地打动了我。我第二次见到她是在罗马，她当时是六个为鲁库卢斯出庭做证的家奴之一，鲁库卢斯指控他的前内弟克洛狄乌斯在米塞努姆和他的前妻乱伦通奸。在那之后我又见了她一次，当时我正陪即将被流放的西塞罗拜访鲁库卢斯。在我看来，她那时已经精神崩溃、半死不活了。正好我身上攒了一些小钱，便在逃离罗马那晚把钱给了阿提库斯，让他帮我从鲁库卢斯手上买下她，放她自由。这些年来，我一直留意着她的去向，但从来没有见过她。

她现在三十六岁，虽然劳苦的工作让她脸上布满皱纹，双手干瘪枯瘦，但在我眼中她还是那么美丽。她似乎很不好意思，不停用手向后扒拉几绺松散的灰发。尴尬的寒暄之后，我们陷入沉默，我只能没话找话说："抱歉耽误你工作了——你东家会找你麻烦的。"

"这倒不用担心，"她回答道，脸上第一次露出笑容，"我自己就是东家。"

后来我们的话就多起来了。她说她恢复自由身后有想过找我，但那时候我已经去塞萨洛尼卡了。最后她还是回到了那不勒斯湾，因为这是她最熟悉的地方，让她想起了希腊。得益于在鲁库卢斯家工作时的经历，她在当地的很多浴场都当过工头。十年后，一些常常照顾她生意的普特俄利商人让她在这里工作，现在这个地方已经归她所有了。"但我有这一切都是因为你。我该怎么报答你呢？"

西塞罗说过：好好生活，须知美德是通往幸福的唯一道路。当我们坐在长椅上享受阳光时，我感觉他说的这句话是对的。

*

我在农庄逗留了四十天。

第四十一天，也就是火神节前一天的傍晚，当我在葡萄园里干活时，一个奴隶叫住我，指了指外面。路上驶来一辆马车，有二十个人骑马跟在旁边。阳光洒在从路面扬起的尘土上，让人觉

297

得那马车仿佛行驶在金色的云朵中。马车在农庄外停下，西塞罗从车里走了出来。我知道他肯定会来找我，我也不会逃避。我向他走去，一边摘下草帽，一边暗暗发誓，无论他说什么，我都不会陪他回罗马。我口中念念有词："我不听……我不听……我不听……"

他转身和我打招呼的姿态完全没了之前那种萎靡不振、垂头丧气的样子。他双手叉腰，放声大笑："我放你自己待了一个月，看看你现在的样子！你变得和老加图一样了！"

我给他的随从准备了些点心，和他一起去了有树荫遮蔽的露台，在那里和他一起喝了点儿去年酿的酒。他说这酒的味道一点儿也不差。"风景真好！"他感叹道，"真是个养老的好地方！自己酿酒，自己种橄榄……"

"是的，"我小心翼翼地回答道，"这里很适合我。我不想出远门。你呢？在希腊怎么样？"

"我啊，我刚到西西里岛，海上就刮起了南风，一直把我们吹回港口，我甚至在想这会不会是诸神的旨意。被困在雷吉乌姆时，我听说了庇索对安东尼突然发难的事。你也应该听说了。在那之后，布鲁图斯和卡西乌斯来信说，安东尼的力量肯定正在减弱——他们毕竟还是分到了其他行省，然后安东尼曾写信给他们，说希望他们能尽快回罗马。他让元老院在 9 月 1 日开会，布鲁图斯给所有前执政官和裁判官都写了信，让他们前去参加。

"所以我对自己说：现在还有机会，我真的要在这个时候逃跑吗？我真的要以懦夫的身份在历史中留名吗？我和你说，提罗，当时我感觉笼罩在眼前的团团迷雾突然散去，我清楚地看到了我的职责。我马上掉头，原路返回。布鲁图斯恰巧就在韦利亚，正准备启航，他简直要跪下来感谢我了。他被派去了克里特，卡西乌斯接手的是昔兰尼加。"

我不得不指出，他们分到的行省远远比不上马其顿和叙利亚。

"当然比不上，"西塞罗回答道，"所以他们才决定无视安东尼和他非法的法令，直接回了原来的行省。毕竟布鲁图斯在马其顿有拥护者，卡西乌斯则是叙利亚的英雄。他们将起兵反抗安东尼。我们心中燃起了全新的信念，它的火焰既纯白又崇高。"

"那么，你会去罗马吗？"

"是的，为了九天后的元老院会议。"

"你的任务是三个人中最危险的。"

他摆了摆手，面露不屑："最坏的情况是什么？我可能会没命。这也没什么大不了的。我已经六十多岁了，已经基本跑完了我的人生之路，因这件事丧命至少算是善终。你知道的，这就是好好生活的终极目标。"他倾身向前，"告诉我，你觉得我幸福吗？"

"幸福。"我承认了。

"那是因为被困雷吉乌姆时，我意识到自己终于战胜了对死亡的恐惧。哲学——我们共同的工作成果——替我战胜了恐惧。我知道你和阿提库斯不会相信。你们认为我只是把恐惧藏在了内心深处，实际上还是和过去一样胆小。但我真的不再恐惧了。"

"那你是来找我陪你一起去罗马的吗？"

"不，不是这样的——正好相反！你要照顾你的农庄，还要搞文法研究。我不希望你把自己暴露在任何风险中。但我想重新和你道别，不然我以后可能就进不了你家的门了。"他站了起来，张开双臂，"再会，我的老朋友。语言不足以表达我的感激之情。希望我们今后还能重逢。"

他紧紧抱住我，我可以感受到他心脏强有力的跳动。然后他放开我，挥了挥手，转身向马车和护卫走去。

我看着他离开，看着他做出熟悉的动作：挺直胸膛，调整短袍上的褶皱，不假思索地伸出手，让人扶他上马车。我环顾四周，看着我的葡萄树和橄榄树、我的山羊和鸡、我的干石墙、我的绵羊。我忽然觉得一切都索然无味。

我叫住他："等等！"

XVI

要是西塞罗恳求我和他一起回罗马，我极有可能会拒绝他。正是因为他不打算在人生的最后一次冒险中带上我，才激起了我的胜负心，让我追了上去。当然，我的回心转意并没有让他意外。他太了解我了。他只是点了点头，让我赶紧收拾行李，动作要快："我们要在天黑之前多赶点儿路。"

我把小农庄里的仆役都叫到院子里，预祝他们丰收。我告诉他们我会尽快回来。他们对政治和西塞罗都一无所知，一脸茫然地目送我离开。在农庄离开我的视线前，我转身冲他们挥手，但他们已经回到了地里。

我们花了八天时间才抵达罗马，路上的每一罗里似乎都危机四伏。尽管布鲁图斯给西塞罗派来了护卫，但我们自始至终都在提防一种威胁：恺撒的旧部。他们发誓要追杀那些参与刺杀的人，尽管西塞罗事发前对刺杀计划一无所知：他后来为刺杀者说了话，这在那些老兵看来就是有罪。路上我们经过了分给老兵耕种的肥沃平原，至少有两次被警告前方有埋伏——一次是从阿奎努姆穿城而过时，另一次是经过弗雷杰莱时。我们不得不停下来，等待前方道路的安全得到确认。

我们见到了被烧毁的别墅、被烧焦的田地和被屠杀的牲畜；有次还看到树上挂了具尸体，其脖子上挂着一块牌子，上面写有"叛徒"的字样。恺撒的旧部像在高卢时那样，分成小队在意大利游荡。我们听说了许多关于抢劫、强奸和施暴的故事。每当有人认出西塞罗，平民就会蜂拥而至，亲吻他的手和衣服，请求他把他们从恐怖中解救出来。我们在开会前一天到达罗马城门时，发现罗马城里的民众比其他地方的还要热情。西塞罗受到了比当年结束流放归来时还要热烈的欢迎。上访、请愿、问候、握手、为神献上感谢的祭品——西塞罗应接不暇，他花了将近一整天的时间才从城门走到家里。

我相信西塞罗现在是这个国家最有声望的人。他的老对手——庞培、恺撒、加图、克拉苏和克洛狄乌斯——都已惨遭不幸。"他们不是为了感谢我个人才这样做的，而是觉得我代表了他们关于共和国的记忆。"回家后，他对我说，"我无意自夸——我只是最后一个留下来的人而已。当然，表达对我的支持也是一种比较安全的抗议安东尼的方式。不知道他会怎么看今天的事。他肯定想弄死我。"

反对安东尼的元老纷纷上山拜访西塞罗。虽然来访者不多，但其中有两人我想专门说一说。第一个是普布利乌斯·塞维利乌斯·瓦提亚·伊索里库斯，他父亲是最近以九十岁高龄去世的前执政官，而他一直是恺撒最坚定的支持者，刚从亚细亚卸任回来。他是个难缠又傲慢的人，对安东尼在这个国家的主导地位嫉妒不已。安东尼的第二个反对者我之前提起过，就是恺撒的岳父卢基乌斯·卡尔普尔尼乌斯·庇索，第一个站出来反对新政权的人。他面色蜡黄，有点驼背，满脸胡子，一口坏牙。他在西塞罗被流放时曾出任执政官。多年来，他和西塞罗一直相互仇视，但现在他们有了安东尼这个共同的敌人，所以他们成了政治上的盟友。当然还有其他人，但这两位是最重要的反对者。他们都警告西塞罗，让他第二天离元老院远点儿。

"安东尼给你设了个圈套，"庞索说，"他计划明天提出一项动议，要求授予恺撒一项新的荣誉以示对恺撒的纪念。"

"新的荣誉！"西塞罗喊道，"那个男人都已经成神了，他还需要什么荣誉？"

"动议的内容是，从今往后，每次公祭日都要向恺撒献祭。安东尼会询问你的意见。恺撒的旧部会围观这场会议。如果你支持，你重出江湖的计划就要破产了——那些到城门欢迎你回来的人会视你为叛徒。但你要是反对，就不能活着离开会场了。"

"可拒绝参加是懦夫的行为。这算哪门子元老？"

伊索里库斯说："那就说你太累了，已经上年纪了，大家会理解的。"

"我们都不会去，"庞索补充道，"我们将无视他的号召。我们要向他证明，没有人愿意服从一个僭主。这能让他出丑。"

不去出席会议和西塞罗计划的回归方式完全不符，他也不想躲在家里。但他知道他们是对的，便于次日派人告诉安东尼，自己十分疲惫，身体软弱无力，无法出席此次会议。这让安东尼非常气愤。据塞维乌斯·苏尔比基乌斯说，安东尼当着元老院的面，威胁要派工人和士兵到西塞罗家里去，把他的门拆掉，把他拖过来开会。安东尼差点就这样做了，直到多拉贝拉指出，庞索、伊索里库斯及其他一些人也没有来，他没法把他们都带过来。于是辩论继续，参会元老也通过了安东尼的提议，只不过是在胁迫下通过的。

听了苏尔比基乌斯的转述，西塞罗愤怒不已。他不顾风险，坚持第二天要去元老院发表演讲："我回罗马不是为了躲在毯子下面瑟瑟发抖！"消息传来传去，最后他们都同意参会，理由是安东尼总不敢把他们全杀了。第二天早上，在护卫的保护下，他们一行人——西塞罗、庞索、伊索里库斯、塞维乌斯·苏尔比基乌斯和维比乌斯·潘萨（希尔提乌斯没在，因为他真的病了）——走下帕拉蒂诺山，穿过欢呼的人群，走向他们的目的地，即位于广场另一头的协和女神孔科耳狄亚的神庙。多拉贝拉从贵人凳①上起身，走下台阶，来到西塞罗面前，宣布安东尼病了，他将暂代主持工作。

西塞罗笑了。"现在生病的人真多啊——整个国家怕是都要病了！安东尼果然有所有霸凌者都有的特点：热衷于施加惩罚，但无法接受惩罚。"

多拉贝拉冷冷地答道："我相信你今天不会说出有损我们友谊的话：我已经和安东尼和解了，攻击安东尼就是在攻击我。别忘了，我给了你机会，让你去叙利亚当我的军团长。"

"你是给了，虽然我更想拿回亲爱的图利娅的嫁妆，如果你不介意的话。说到叙利亚——我年轻的朋友，我是得赶紧过去，不然卡西乌斯会比你先到安条克。"

多拉贝拉瞪着他："看来你是不打算像从前那样走和蔼可亲的路子了。很好，但小心点儿，老头。较量越来越激烈了。"

他走开了。西塞罗满意地看着他离开的身影："我早就想这么说了。"他就像在打仗前把马送到后方的恺撒一样，准备背水一战。

当年西塞罗还是执政官的时候，曾在协和神庙召集元老院会议，讨论对喀提林同谋者的惩罚；他亲自把他们送入刑场接受处决。从那以后，我再也没有来过这里。我感到这里鬼气森森的，气氛十分压抑。但西塞罗完全没有受到影响。他坐在庇索和伊索里库斯之间，耐心地等待多拉贝拉叫他的名字。多拉贝拉极尽侮

---

① 贵人凳（curule chair）扶手很低，没有靠背，通常由象牙制成，属于拥有统帅权的政务官，特别是执政官和裁判官。——作者注

辱之能事，在程序快走完时才叫了他。

西塞罗像以前那样不动声色地开始演讲："在谈论公共事务之前，我要先向你们简单抱怨一下安东尼昨天对我的态度。我为什么要被人如此痛斥？有什么议题这么紧急，连病人都必须赶来出席会议？是汉尼拔到城门之下了吗？一名元老因无法参与关于公祭的讨论，就被人威胁要拆了他的房子，你们有谁听说过这样的事吗？

"就我个人而言，你们难道认为我只要来了就会支持他的提议吗？我会说：如果要向死者谢恩，那就去感谢老布鲁图斯吧，他把这个国家从国王的独裁统治中拯救出来。可以说，过去五百年中，没有哪个人的美德和功绩赶得上他！"

元老们倒吸一口气。一般来说，人越老，声音就越小；但西塞罗不是这样的。

"我要继续说下去，我并不畏惧死亡。我很伤心，因为7月卢基乌斯·庇索在元老院谴责普遍存在的暴行时，曾经出任执政官的元老竟然都没有表示支持。没有一个前执政官用自己的发言声援他——甚至没有人露出赞同的表情。这与奴隶制有何区别？这些人没有达到他们所处的地位对他们的要求！"

他双手叉腰，瞪大双眼扫视了一圈。大多数元老不敢直视他的眼睛。

"3月，我认为应该通过恺撒的法令，不是因为我认同它们的内容——有谁真的认同吗？——而是为了促成双方的和解，维护社会的和谐。至于安东尼反对的那些规定，例如总督任期不能超过两年，都被废除了。神奇的是，恺撒的法令在他死后还在不断出现。因此一个死人让流放中的罪犯回归家园；一个死人让整个部落和整个行省获得了公民权；一个死人征收了许多新税。

"我希望马克·安东尼今天能够来到这里做出解释——当然，他现在身体不好，而身体欠佳是他昨天不允许我拥有的一项权利。我听说他对我很生气。我要提出建议，一项公平的建议。如果我说了任何不利于他的生活或冒犯他本人的话，那么他可以宣称他是我的死敌。如果觉得有必要，他可以雇用武装护卫来保护自己，但那些护卫不得威胁任何想要为这个国家发声的人。这提议再公平不过了吧？"

他的话第一次得到了大家的低声附和。

"先生们，回归罗马后，我已经得到了我应得的奖励，那就是站在这里像这样发言。所以，无论今后我将迎来怎样的命运，我都做到了忠于自己的信念。如果还能再次站在元老院里安全地发言，我还会这样做。如果不能，我会做好准备，以便随时接受国家的召唤。我已经活了很多年，获得了足够多的名声。不管我还能活多久，剩下的岁月都不属于我自己，而是将被奉献给我们的国家。"

西塞罗在一片赞许声和少许跺脚声中坐了下来。身边的人拍了拍他的肩膀。

会议结束后，多拉贝拉带着执法吏夺门而出，肯定是去给安东尼传信了。西塞罗和我一起回了家。

*

接下来的两个星期，元老院没有开会，西塞罗也一直把自己关在帕拉蒂诺山上的房子里。他雇了更多护卫，买了条凶猛的看门狗，用铁窗和铁门加固了这栋房子。阿提库斯借给他一些抄书吏，我让他们把西塞罗在元老院的发言抄下来，送给他能想到的所有人——马其顿的布鲁图斯、正在前往叙利亚的卡西乌斯、内高卢的德奇姆斯、外高卢的雷必达和卢基乌斯·穆纳提乌斯·普兰库斯，等等。西塞罗半开玩笑地将这次演讲称为他的《反腓力辞》，这里他借用了狄摩西尼用来反对马其顿僭主的著名系列演说之题。安东尼肯定也收到了一份演讲稿。他想在元老院做出回应，于是召集元老们在 9 月 19 日开会。

西塞罗当然不会亲自参会：不怕死是一回事，自寻死路却是另一回事。他问我能不能帮他记下安东尼到时候说了什么。我同意了，毕竟没什么人认识我，我很安全。

甫一踏进广场，我就庆幸还好西塞罗没有来，因为每个角落里都挤满了安东尼的私兵。安东尼甚至在协和神庙的台阶上派驻了一小队弓箭手。他们都来自叙利亚边境的蛮族部落以土利亚，素以野蛮著称。他们紧紧地盯着每位进入广场的元老，不时张弓搭箭，假装在瞄准。

我好不容易挤到后排，刚拿出纸笔，安东尼就来了。除了庞培在罗马的房子，他还征用了梅特卢斯·西庇阿在蒂布尔①的宅子，据说安东尼就是在那里准备演讲的。他从我身边经过时，我觉得他看上去像是才经历了严重宿醉。一上发表演讲的高台，他就往前一倾身子，朝过道呕吐起来。他的支持者哄堂大笑，不断鼓掌：他们都知道他在当众发言前会紧张得想吐。在我身后，他的奴隶把门闩上了。以这种方式挟持元老院完全违反了公序良俗，毫不遮掩地传递出了恐吓的意图。

至于他关于西塞罗的长篇大论，实际上和地上的呕吐物没什么差别。他倒出了多年的苦水。他指向协和神庙，提醒一众元老，西塞罗正是在这栋建筑里非法处决了五位罗马公民，其中就有他

的继父普布利乌斯·朗图路斯。西塞罗甚至拒绝归还他的尸体，让他无法体面地下葬。安东尼指责西塞罗策划了对恺撒的刺杀（"这个杀人不眨眼的屠夫"），称这件事和他之前对克洛狄乌斯的谋杀如出一辙。安东尼认为西塞罗狡猾地挑拨了庞培和恺撒之间的关系，从而导致内战爆发。我知道这些话都是假的，但也知道它们会对西塞罗造成怎样的影响，特别是那些针对他个人的指控——西塞罗从身到心都是懦夫，是虚荣又自大的伪君子，善于见风使舵，总是周旋于各大势力之间，是个反复无常的小人，就连他的亲弟弟和亲侄子都抛弃了他，选择向恺撒告发他。安东尼甚至还把西塞罗被困布隆迪西乌姆时写给恺撒的私人信件读了出来：我将从始至终、毫不犹豫、全心全意地为你的愿望和利益尽我所能。神庙里响起了笑声。安东尼甚至还提到了西塞罗和特伦提娅的离婚以及他后来和普布利莉娅的婚姻："这位高尚的哲学家在新婚之夜用他那颤颤巍巍、放荡贪婪的手指为他十五岁的新娘脱下了衣服，软弱无力地履行了作为丈夫的职责。面对这种情况，那个可怜的孩子不久后就惊恐地从他身边逃走了。而他自己的女儿宁愿死也不愿意带着这种耻辱活下去。"

这番发言给人留下了极为深刻的印象。等大门打开，我们得以重新感受阳光后，我甚至不敢回去向西塞罗复述这些话。但他坚持要一字不漏地听完。每当我试图跳过一段话或一个词时，他都会立刻察觉，并让我重新讲一遍。最后他看起来相当沮丧。"这就是政治。"他说，假装满不在乎。但我看得出来，他已经动摇了。他知道他必须以牙还牙，否则就要屈辱退场。但要亲身上阵，在安东尼和多拉贝拉控制下的元老院发起报复，实在是太危险了。因此他打算用书面的形式进行反击，而书面的东西一经发布，就无法回头。对付安东尼这样的疯子，就要做好殊死一搏的准备。

10 月初，安东尼离开了罗马，他打算前往布隆迪西乌姆去检视城外马其顿军团的忠诚度。安东尼走后，西塞罗也决定离开几周，专心准备他的反击，他称其为第二篇《反腓力辞》。他只身去了那不勒斯湾，留下我负责相关事宜。

这是个忧郁的季节。和往常一样，一到深秋，罗马的上空就被无数只从北方迁来的椋鸟占领了。它们叽叽喳喳的叫声似乎预示着某种灾难即将降临。它们会聚集在台伯河河畔的树上，就像一面巨大的黑旗在众人头上展开，且一旦它们受惊，这面旗帜就会来回扫荡。白天变得很冷，夜晚变得越来越长。寒冬将至，战火一触即发。屋大维在坎帕尼亚，离西塞罗此时的住处很近。他在卡西利努姆和卡拉提亚招兵买马，大部分是恺撒的旧部。安东尼则打算收买布隆迪西乌姆的士兵。德奇姆斯在内高卢组建了一个新的军团。雷必达和普兰库斯正率领部队守在阿尔卑斯山上。布鲁图斯和卡西乌斯分别在马其顿和叙利亚举起了大旗。这样一来，总共就有七支军队。现在就看谁先动手了。

这种荣誉——如果称得上荣誉的话——最后落在了屋大维身上。他用每颗人头两千塞斯特斯的巨额赏金，成功集结了军团中的精锐力量——巴尔布斯会帮他出这笔钱。屋大维想听听西塞罗的意见。西塞罗把这个惊人的新闻写信告诉我，让我转告给阿提库斯。

屋大维的目标很明确：和安东尼开战，自己任主帅。所以在我看来，大概几天后我们就要战斗了。但我们追随的这个人是谁呢？想想他的名字，想想他的年龄。他想听我的意见：是带着三千老兵直奔罗马，还是守住卡普亚，拦住安东尼的去路，抑或是加入正在沿亚得里亚海海岸行军的三个马

其顿军团，以此让他们站在他那边？他说他们拒绝了安东尼的赏金，狠狠地嘲笑他，让他一个人在那里慷慨陈词。简而言之，这个年轻人自诩为领袖，希望我能支持他。我建议他前往罗马。我想他会得到城里下层人士的支持，还有那些老实人的，只要他们相信他的诚意。

屋大维听取了西塞罗的建议，于 11 月 10 日进入了罗马。他派士兵占领了广场，并在中心区域进行部署，保护神庙和公共建筑的安全。当天晚上和第二天，他们都留在原地，屋大维则在巴尔布斯家设立了指挥部，打算安排一次元老院会议。但高级政务官都离开了：安东尼正在努力争取马其顿军团的支持；多拉贝拉去了叙利亚；半数裁判官，包括布鲁图斯和卡西乌斯，都逃离了意大利。这座城市现在可谓群龙无首。这下我明白了为什么屋大维会恳求西塞罗的加入。他每天给西塞罗写一封信，有时甚至写两封。只有西塞罗有足够的权威召集元老院会议。但他并不想听一个小孩的指挥，领导一场成功可能性不高的武装起义。他谨慎地躲开了。

作为西塞罗留在罗马的耳目，我 12 日到广场上去听了屋大维的演讲。他直接放弃了召集元老院会议的计划，而是说服了认同他的保民官提比略·卡努提乌斯，让对方帮忙召集了一次公民大会。天空阴沉沉的，他站在演讲台上，等待自己的名字被叫到。他像芦苇一样纤细，顶着一头金发，脸色苍白，神情紧张。正如我在信中为西塞罗描述的，那场面"既荒谬又引人注目，就像某种传说中才会出现的情节"。他的演说技巧同样不差，他对安东尼的斥责取悦了西塞罗（"他伪造了法令，颠覆了法律，偷窃了他人的合法遗产，甚至还想对整个国家发动战争……"）。但得知他如何赞美了演讲台上的恺撒雕像后，西塞罗就不那么高兴了——"他是史上最伟大的罗马人，我以众神之名起誓，我将为他报仇，我将实现他的愿望"。说完，屋大维在热烈的掌声中走下演讲台，带着士兵逃离了城市，因为据说安东尼带着大军正在逼近。

一切都发展得非常迅速。安东尼把大军——包括恺撒著名的第五"云雀"军团——留在离罗马仅十二罗里的蒂布尔，然后带着一千名护卫进城。他准备在 24 日召集元老院会议，表示在会上希望他们能对屋大维发布公敌宣告。没出席会议的人会被视为屋大维叛国罪行的纵容者，将被处以死刑。只要安东尼一声令下，他的军队就会直接进城。罗马被笼罩在了大屠杀的阴影下。

24 日到了，元老院开会了，安东尼自己却没有现身会场。驻扎在六十罗里外的阿尔巴富森斯的"玛尔斯"军团——曾经对安东尼表示不满的马其顿军团之一——突然宣布将效忠于屋大维，因为屋大维开出的赏金是安东尼的五倍。安东尼想重新争取他们的支持，他们却公开嘲笑他的吝啬。他回到罗马，召集元老院于 28 日晚上召开紧急会议。元老院从来没有在夜里开过会，这不符合任何一项风俗和任何一条神圣的法律。当我来到广场，打算为西塞罗做记录时，我发现广场上全是打着火把的军人。这一幕太恐怖了，我失去了勇气，不敢走进神庙，只能和外面的人站在一起。我看到安东尼步履匆匆地从阿尔巴富森斯赶了回来，旁边是他的兄弟卢基乌斯。在长相上，卢基乌斯比安东尼更蛮横，他在亚细亚做过角斗士，曾割断一个朋友的喉咙。一个小时后，我看到他们匆匆离开了。我永远不会忘记安东尼冲下神庙台阶时脸上露出的惊恐表情。他刚刚得知，第四军团效仿"玛尔斯"，也宣布了对屋大维的效忠。现在他才是那个寡不敌众的人。他连夜逃到城外，逃到蒂布尔去召集军队和征募新兵。

*

　　与此同时，西塞罗完成了他的第二篇《反腓力辞》，把它寄给我，让我向阿提库斯借二十个抄书吏，等他们抄好就马上把副本送出去。它采用了长篇演讲的形式（演说者至少要讲两个小时），因此我没有让每个人各抄一份，而是把文章分成二十份，让每人抄写其中的一部分。这样一来，把他们抄完的部分拼在一起后，我们每天就能向外送出四五份。我们把这些副本送到了朋友和盟友手中，让他们制作更多副本，或者至少召开会议并在会上把其内容大声读出来。

　　文章很快就传开了。在安东尼撤出罗马的第二天，它就被贴在了广场上。每个人都想看，一个重要的原因是里面充满了最毒辣的秘闻，比如安东尼年轻时做过男妓，每天都喝得醉醺醺的，还养了个裸体女演员当情妇。但我认为它受欢迎的原因还在于，它公开了很多从前没人敢揭露的小事：安东尼从奥普斯神庙偷走了七亿赛斯特斯，动用了其中一部分来偿还四千万的个人债务；他和富尔维娅伪造了恺撒的法令，向加拉太国王勒索了一千万赛斯特斯；这对夫妇抢走了珠宝、家具、庄园、农庄和现金，把这些财物分给了自己和随从，包括演员、角斗士、占卜师和江湖医生。

　　12 月 9 日，西塞罗终于回到了罗马。我没想到他会回来。我听到看门狗的叫声，走了出去，发现房子的主人和阿提库斯就站在过道上。他离开了近两个月，身体和精神看上去都还不错。他还没来得及脱下斗篷和帽子，就把前一天从屋大维那里收的信递给我。

我已经拜读了您的《反腓力辞》，真是一篇巨作——简直是狄摩西尼再世。我真想看看现在这个腓力读到它时的表情。我听说他决定暂时不和我开战了，显然是担心他的部下会拒绝与恺撒的儿子对阵。他目前正在迅速向内高卢进军，打算从您朋友德奇姆斯手上夺权。

亲爱的西塞罗，我现在的立场比当时我们在普特俄利见面时还要坚定。我现在正在伊特鲁里亚征募新兵。他们蜂拥而至。但我还是需要您的明智建议。我们能不能见一次面？我十分渴望和您交流。

"好吧，"西塞罗笑着说，"你觉得怎么样？"

我回答说："很欣慰。"

"欣慰？来吧——发挥你的想象力！不止这样！我拿到这信后就一直想着它。"

一个奴隶上前脱掉他的外衣，他招手示意我和阿提库斯跟他进书房，并叫我把门关上。

"我觉得现在的情况是这样的。要不是屋大维，安东尼早就拿下罗马了，我们的事业也就完蛋了。但出于对屋大维的恐惧，安东尼放弃了唾手可得的猎物，转而溜向北方，打算吞掉内高卢。如果他能在这个冬天打败德奇姆斯，拿下内高卢——的确有可能——他就会获得充足的资金和兵力，在春天回到罗马干掉我们。现在立在他和我们之间的所有障碍就是屋大维。"

阿提库斯怀疑地看着他："你真的以为屋大维组建军队是为了守护共和国？"

"不。但同样的，让安东尼拿下罗马对他有好处吗？当然没有。在这个节骨眼上，安东尼才是他真正的敌人——是安东尼窃取了他的遗产，并否认了他的主张。如果我能说服屋大维明白这一点，我们就可以幸免于难。"

"也许吧——但这不过是刚出虎口，又入狼窝，且这匹狼还自称恺撒。"

"噢，我不知道这小子是不是僭主，不过我可以利用自己的影响力，在解决掉安东尼之前让他站在美德这边。"

"他在信中表现得很听你的话。"我说。

"没错，相信我，阿提库斯，我可以给你展示三十封这样的信，如果我愿意去找的话，从4月起我就开始收到它们了。他为什么这么想听我的建议？因为他的人生中缺少父亲的角色——生父死了，继父是个蠢货，义父给他留下了有史以来最大的一笔遗产，却没有教他该如何使用它。不知怎么的，我似乎就扮演起了这个父亲的角色。这是一种幸运——与其说是我的幸运，不如说是共和国的幸运。"

阿提库斯问："那你打算怎么做？"

"我要去见他。"

"大冬天的去伊特鲁里亚，以你这样的年纪？那可是一百罗里的路呢。你简直是疯了。"

我说："但你不能指望屋大维会来罗马。"

西塞罗挥手让我们别说了。"那我们就在半路上见面吧。阿提库斯，你去年买了沃尔西尼湖边的庄园，它是完美的会面地点。里面住人了吗？"

"没有，但我不保证它住着舒服。"

"那没事。提罗，给屋大维写封信，约他尽快在沃尔西尼见一面。"

阿提库斯说："可元老院呢？执政官当选人呢？你无权代表共和国与任何人谈判，更别说和叛军首领谈判了。"

"但现在没有人掌权了。权力就放在那儿，看谁敢去捡。为什么我不行？"

阿提库斯无言以对，一小时后，西塞罗的邀请就发出去了。经过三天的焦急等待，西塞罗收到了屋大维的回复。没有什么比能再次见到您更让我高兴。我可以在 16 日和您见面，除非有变故发生。我建议对这次会面保密。

*

为了不让人猜到他的目的，西塞罗坚持在 12 月 14 日早上天还没亮的时候就摸黑出发。我不得不贿赂丰提那门的哨兵给我们开门。

我们将冒险进入一个没有法纪的地区，里面全是成群结队的武装分子。所以我们带了一大群护卫和随从，乘坐了一辆封闭式马车。过了米尔维安大桥，我们沿着台伯河岸左转，驶上卡西亚大道，我以前从没去过那里。中午时分，我们已经来到了丘陵地带。阿提库斯说那里的景色很美。但自从恺撒遇刺之后，意大利的天气仿佛受到了诅咒，一直不见好转，远处松树丛生的山峰被薄雾笼罩了。路上的两天里，天都是阴沉沉的。

西塞罗的热情已经消退。他一反常态地安静下来，意识到这是一次决定共和国未来的见面。第二天下午，我们到了湖边，目的地近在眼前。他开始抱怨说觉得冷，哆哆嗦嗦地向手上呵气，但当我用毯子盖住他的膝盖时，他像个烦躁的孩子一样把它甩开了，说他是老了，但还不是废人。

阿提库斯买下这个庄园作为投资，之前只来过一次；但他绝对不会忘记和钱有关的事，所以很快便想起了它的具体位置。它

315

庞大而破旧（有些部分可以追溯到伊特鲁里亚时代），矗立在沃尔西尼城的城墙外，就位于水边。铁门开着，潮湿的院子里堆满了腐烂的枯叶，黑色地衣和苔藓爬满了赤土屋顶。只有从烟囱里冒出的袅袅青烟才能看出这里有人居住。外面没有马车，所以我们以为屋大维还没到。但我们一下马车，管家就急忙上前，说有个年轻人在里面等着。

屋大维和他的朋友阿格里帕坐在会客室里。一看到我们进来，他便立刻站起身。我想看看命运的巨变有没有在他的言谈举止和身体上留下痕迹，但他看上去就和以前一样：安静、谦逊、机警，顶着一头乱发，脸上还长着粉刺。他说，除了两个车夫外，他没有带任何人，车夫已经去城里给马匹喂食喂水了。（"没有人知道我长什么样，所以我不想引人注目。大隐隐于市，您觉得呢？"）他非常热情地和西塞罗握手。介绍环节结束后，西塞罗说："我想让提罗把我们商定的东西记下来，这样我们可以一人拿一份。"

屋大维说："所以您获得了谈判的授权吗？"

"没有，但可以把它给元老院的上层看，这样就有用了。"

"如果您不介意的话，我个人更希望什么都别记下来，这样我们才不会感到拘束。"

因此我没有逐字逐句地记录他们的会面，虽然事后我立马准备了份摘要，供西塞罗个人使用。首先屋大维对他掌握的军事形势做了总结。他手上有——或者说很快就会有——四个军团：坎帕尼亚的老兵、从伊特鲁里亚招募的新兵、"玛尔斯"和第四军团。安东尼有三个军团——有"云雀"，但也有一支新兵。安东尼正在向德奇姆斯逼近。有消息称，德奇姆斯已经退守穆提那城，在那儿宰杀牛群、腌制牛肉，做好应对长期围攻的准备。西塞罗说元老院在外高卢有十一个军团：雷必达七个，普兰库斯四个。

屋大维说："是的，但他们在阿尔卑斯山的那头，我们需要他们镇守高卢。况且我们都知道指挥官不一定可靠，特别是雷必达。"

"我不和你争辩，"西塞罗说，"现在的情况是这样的：你手里有兵，但没有合法性；我们合法，但手里没兵。但我们有一个共同的敌人——安东尼。这就是我们达成协议的基础。"

阿格里帕说："你刚刚说你没这个权力订立协议。"

"年轻人，听我一言，如果你们想和元老院谈条件，我就是你们最大的希望。我再多说一句——即使对我来说，说服他们也不是件容易事。到时会有很多人说：'我们除掉恺撒不是为了和另一个恺撒结盟。'"

"是的，"阿格里帕反驳道，"我们这边也会有很多人说：'我们为什么要保护谋杀恺撒的凶手？这不过是收买我们的把戏，等他们强大起来，就会除掉我们。'"

西塞罗将手放在椅子扶手上。"如果你们是这样想的，那我们这一趟就白来了。"

他正准备起身，屋大维就俯过身按住他的肩膀。"别急，我亲爱的朋友。不要生气。我同意您的分析。我唯一的目标就是打败安东尼，而我更愿意通过元老院，利用元老院的法定权力来做成这件事。"

西塞罗说："我们先说清楚吧：你愿意去救德奇姆斯，就是那个把你的义父领上死路的人吗？"

屋大维用他那双冷灰色的眼睛盯着西塞罗。"我没有问题。"

从那时起，我就丝毫不怀疑西塞罗和屋大维会达成协议。就连阿格里帕都松了口气。双方约定，应由西塞罗向元老院提议：虽然屋大维年纪尚轻，但仍应授予其统帅权和对安东尼发动战争的权力。同时屋大维应听从执政官的指令。至于解决安东尼之后该怎么办，那就太难说了。我什么都没有记下来。

西塞罗说："看完我的演讲稿——我到时候会给你寄一份——及元老院通过的决议，你就可以看出我有没有做好我的工作。当然，我也会根据你们军团的行动来了解你们是否履行了约定。"

屋大维说："在这一点上，您不用怀疑。"

阿提库斯去找管家，回来时拎着一壶托斯卡纳葡萄酒和五个银杯。他把杯子一一倒满，分给大家。西塞罗觉得很感动，开始长篇大论："今天，年轻人和老年人、军人和政客在这里齐聚一堂，庄严起誓，共救祖国。让我们从这里出发，各司其职，为共和国尽自己的力量。"

"敬共和国。"屋大维说完，举起了杯子。

"敬共和国！"大家异口同声，随即一饮而尽。

西塞罗邀请屋大维和阿格里帕留宿，但他们婉言谢绝了：他们要在天黑前回到附近的营地，因为第二天是农神节，屋大维要为手下分发礼物。在经过一番互相恭维和互诉衷情后，西塞罗和屋大维道了别。我现在还记得屋大维的临别赠言："您的演说和我的刀刃将结成最强大的联盟。"等他们走后，西塞罗走到露台上，在雨中来回踱步，以平复自己的紧张情绪，我则习惯性地去收拾酒杯。我注意到屋大维一滴酒也没碰。

XVII

西塞罗本来打算等到 1 月 1 日希尔提乌斯和潘萨接任执政官时，再在元老院发表演讲。但等我们回罗马后才得知，保民官召集众人在两天后召开紧急会议，讨论安东尼和德奇姆斯之间即将爆发的战争。西塞罗决定尽早兑现对屋大维的承诺，于是一大早就去了协和神庙，表示他有话要说。和往常一样，我站在门口记录他的发言。

众人闻风而至。那些原本不打算参会的元老也决定来听听西塞罗的演讲。不到一个小时，椅子上就坐满了人。执政官当选人希尔提乌斯也位列其中。他病了好几周，这是他第一次离开病榻。他一现身就引来了阵阵惊呼。那个曾经帮恺撒写《战记》，招待过西塞罗吃天鹅和孔雀的年轻老饕，如今瘦得只剩一副骨架了。我想他患上的应该是希腊医学之父希波克拉底所说的"癌症"。他刚切除了脖子上的赘生物，原处留下了一道伤疤。

主持会议的保民官是西塞罗的朋友阿普列乌斯。阿普列乌斯先是宣读了德奇姆斯发布的法令。德奇姆斯拒绝安东尼进入内高卢，再次重申他对元老院的忠诚，并承认他已将军队调入穆提那。多年前，我在那里将西塞罗的信交给了恺撒。我想起了它那坚固的城墙和沉重的城门：我们的未来在很大程度上取决于这座城市是否能承受安东尼优势兵力的长期围攻。宣读完毕后，阿普列乌斯说："几天后共和国将再次陷入内战，甚至可能已经开战了。问题是：我们该怎么办？我想请西塞罗谈谈他的看法。"

西塞罗在数百人期待的目光中站了起来。

"尊敬的先生们，在我看来，这次会议的召开时间并不算早。我们一度以为战争离我们还很遥远，但实际上我们早已身陷其中，身陷于这场针对我们的炉灶与祭坛，针对我们的生活与命运的不义之战中。那个骄奢淫逸的家伙已经动手了，我们没有必要等到1月1日再采取行动。安东尼可不会等我们。他早就开始攻打我们卓尔不群的德奇姆斯了，还威胁要从内高卢一路向罗马进军。事实上，要不是因为一个年轻人，或者说一个男孩，凭借自己惊人的、神一般的智慧和勇气举兵救国，他可能早就得逞了。"

他停顿了一下，让众人消化他的发言。元老们开始与左右讨论，看自己是不是理解对了。神庙里一阵喧哗，不时有人发出愤怒和兴奋的喘息。他刚才是不是说那孩子拯救了国家？过了一会儿，西塞罗才继续说下去。

"是的，先生们，这就是我的看法，这就是我的判断：如果不是那个年轻人站出来反抗安东尼那个疯子，这个国家早就被消灭了。正是因为有这个年轻人，我们今天才能在这里畅所欲言。我们必须授予他保卫共和国的权力。这不仅是他主动承担的责任，还是我们委托他完成的任务。"

安东尼的追随者发出了"不！"和"你被他收买了！"的呼声，但这些呼声被其他元老的掌声淹没了。西塞罗指向大门："难道你们看不到广场上密密麻麻的人群，看不到罗马人民眼中对自由的渴望吗？他们等了这么久，不就是为了看到我们能以自由人的身份在这里开会吗？"

这后来成了第三篇《反腓力辞》。它将罗马政治导回正轨。西塞罗在演讲中对屋大维大加赞赏，甚至第一次称他为恺撒。（"谁能比这个年轻人更纯洁？谁能比这个年轻人更谦虚？我们的古代典范中有哪个年轻人比他更聪慧？"）这次演讲指出了一条拯救共和国之路。（"不朽的诸神为我们的安全提供了保障——他们为这座城市提供了恺撒，为高卢提供了德奇姆斯。"）但更重要的是，对那些因长年累月的苟安与默从而深陷疲惫和忧虑的人来说，它再次激发了元老院的斗志。

"今天，我们终于再次踏上追寻自由的旅途。我们本就是为了荣耀和自由而生，如果共和国的终曲已经奏响，至少让我们表现出斗士的风范，光荣赴死。让我们，让这些立于世界之巅的人庄严地死去，而不是屈辱地苟活。"

当西塞罗坐下来时，大部分元老立刻围了过来，向他表示祝贺。这番演讲的感染力可见一斑。显然他已经达成了目的。西塞罗提出了一项动议，要求褒奖德奇姆斯捍卫内高卢的行为，赞扬屋大维的"帮助、勇敢和判断"，保证在次年新执政官召集的元老院会议中赐予这个年轻人更多荣誉。该动议以压倒性的优势通过了。最出人意料的是，保民官邀请西塞罗——而非现任政务官——到广场上向大家宣布元老院的决定。

在去见屋大维之前他曾经说，罗马的权力就放在那儿，看谁敢去捡。他今天做到了。在元老院的注视下，他走上了演讲台，面对数以千计的民众。"聚集在这里的人的数量，还有这个集会的规模——这是我记忆中最大的一次——不仅激励着我为共和国而战，而且让我见到了重整旗鼓的希望！

"你们知道吗，那个盖乌斯·恺撒，那个曾经守护，并将一直守护共和国和你们的自由的人，刚刚得到了元老院的感谢！"人群中响起了热烈的掌声。"我很欣慰，"西塞罗大喊着，努力让人们听到他的声音，"我很欣慰你们为这个最高尚的年轻人献上了最热烈的掌声。他为这个国家做出了神圣而不朽的贡献，理应得到神圣而不朽的荣誉！

"罗马人啊，你们正在和一个不可能与之讲和的敌人战斗。安东尼不仅仅罪大恶极，他简直就是一个怪物、一只凶残的野兽。问题不在于我们应该如何活下去，而在于我们是应该活下去，还是要在折磨和耻辱中死去！

"至于我，我将不遗余力地为你们发声。在等待了这么久之后，今天，我们终于又燃起了获得自由的希望！"

他后退了一步，示意自己讲完了。众人欢呼雀跃，跺脚称好。西塞罗政治生涯中的最后一个也是最辉煌的阶段开始了。

*

我根据速记誊写了两份演讲稿，并让抄书吏轮流誊抄。演讲稿会被贴在广场上，还会被分别寄给布鲁图斯、卡西乌斯、德奇姆斯和其他为共和国而战的头面人物。屋大维当然也有份。他一拿到手就读完了它，并在一周内给出了回复：

盖乌斯·恺撒致朋友和导师马库斯·西塞罗：

您好！

我很喜欢您最新的这篇《反腓力辞》。"纯洁……谦虚……纯粹……神一般的智慧"——我的耳朵都要烧起来了！说真的，别把话说得太满了，老伙计，不然我只会让您失望！我真希望有一天能和您聊聊演讲的精妙之处——我知道我可以从您那里学到很多东西。就这样——请继续！只要我的军队合法了，只要我有权发动战争，我就会把军团调到北边去打安东尼。

322

现在所有人都在焦急地等待下一次元老院会议，也就是将在1月1日召开的那次。西塞罗觉得他们是在浪费宝贵的时间："政治上最重要的规则是永远不要停下来。"他去见了希尔提乌斯和潘萨，催促他们提前召开会议；但他们拒绝了，说他们没有法定权力。但西塞罗还是相信自己得到了他们的信任，相信他们三个是站在同一条战线上的。但就在新年第一天，他受到了严重打击。1月1日的清晨，祭祀活动照常在卡比托利欧山上举行，然后元老院回到朱庇特神庙，就国家的现状进行辩论。主持会议并致开幕词的潘萨和接下来发言的希尔提乌斯都表示，虽然形势很严峻，但他们还是希望找到同安东尼和平共处的方法。这根本不是西塞罗想要听到的。

身为资深的前执政官，他本以为接下来他们会让他发言，于是站了起来。但潘萨无视了他，转而点了自己的岳父昆图斯·卡列努斯的名字。卡列努斯是克洛狄乌斯的忠实追随者，也是安东尼的亲信。他从来没有当选过执政官，而是被独裁官直接任命为执政官。他的身材像铁匠一样结实魁梧。他不是什么伟大的演说家，但大家怀着敬意听完了他直白的发言。

"学识渊博的西塞罗，"他说，"把这次危机说成一场战争，交战双方分别是共和国和马克·安东尼。诸位，这是不对的。这其实是三股势力的战争，他们分别是由元老院和人民投票选出的内高卢总督安东尼、拒绝交出指挥权的德奇姆斯，以及一个养了一支私军、出尽了风头的小孩。在这三个人中，我只了解安东尼，我个人也比较喜欢他。也许我们可以给他外高卢的管理权作为妥协？但如果你们认为这样太过了，我建议我们至少保持中立。"

在他坐下后，西塞罗又站了起来。但潘萨还是无视他，转而让恺撒的岳父卢基乌斯·庇索发言。西塞罗本来也把庇索当作盟友。庇索说了很多，大意是他一直认为安东尼是威胁国家安全的存在。他经历了一次内战，并有幸活了下来，但他不想经历第二次。他认为元老院应该再试一次，派代表团去找安东尼，看能不能和平解决问题。"我提议让他服从元老院和人民的意愿，放弃对穆提那的围攻，把军队撤回位于意大利一侧的卢比孔河河畔，但距离罗马不能少于两百罗里。如果他照做了，我们就可以避免内战。但如果他没有这样做，然后战争爆发了，至少我们还知道该找谁负责。"

等庇索说完，西塞罗连站都懒得站了，只是低头坐在椅子上，对着地板发呆。接下来发言的是他另一个所谓的盟友，普布利乌斯·塞维利乌斯·瓦提亚·伊索里库斯，此人与布鲁图斯和卡西乌斯有姻亲关系。他说的全是陈词滥调，先是对安东尼的所作所为抱怨一通，然后又对屋大维大肆批评。他问了一个很多人都想问的问题："在来到意大利后，屋大维发表了激进的演讲，发誓要为他所谓的父亲报仇，将凶手绳之以法。他这种做法对国内一些最杰出人士的安全构成了威胁。在讨论是否为恺撒的义子授予荣誉前，有人征询过他们的意见吗？如果我们让这个野心勃勃但乳臭未干的未来僭主如高尚的西塞罗建议的那样，成为'元老院的剑与盾'，那我们要怎么保证他不会反过来对付我们呢？"

开幕式、两位执政官的发言，再加上上述三人的演讲——1月1日就这样过去了。西塞罗带着他准备好的演说稿回到家里。"和平！"他愤愤地吐出这个词。过去他一直是和平的倡导者，但现在不是了。他一边愤怒地抱怨执政官，一边挑衅地扬起下巴。"两个没有骨气的庸人！我花了那么多时间去教他们该如何正确地发言！结果呢？早知道就去教他们如何清醒地思考了。"至于卡列努斯、庇索和伊索里库斯，他们分别是"头脑发热的劝解者"、"懦夫"和"政治怪胎"——之后的辱骂我就没有记下来了。他回到书房重写演讲稿。第二天早上，他就像一艘全副武装的战舰，向第二天的辩论会发起冲击。

他从会议开始就一直站在那里，示意众人他接下来想要发言，不接受拒绝。在他身后，他的支持者高呼他的名字。最后潘萨没有办法，只能请西塞罗发言。

"先生们，"他开始了，"对这新年的第一天，对这场元老院会议，我已经等了太久了。我们在等，但那些发动战争的人不会。你们说马克·安东尼渴望和平？那就让他放下武器，让他主动求和，让他前来乞求我们的宽恕。但你们居然打算派遣使者，向那个让你们在十三天前对其做出最激烈、最严厉的批判的人派遣使者！这不是能够闹着玩的事情。恕我直言，你们全都疯了！"

西塞罗就像强力的投石机一样，用语言一一驳倒了反对者的论点。安东尼无权出任内高卢总督，因为他的法律是在一个不合法的集会上通过的，通过时天还打雷了。他是个伪造者。他是个小偷。他是个叛徒。给他外高卢就是把"战争的命脉，即无限的财富"拱手送到他手上。这太荒谬了。"神啊，我们居然满心欢喜地准备向这个人派遣使者？他根本就不会听使者的话！因为我知道这家伙有多疯狂、多嚣张。更何况我们已经没有时间可以浪费了。派遣使者后，你们就会放松对战争的准备——备战工作本来就一直进行得拖拖拉拉的。如果我们能早点行动，现在就不会有战争。罪恶在摇篮中才容易被扼杀；放任它发展，它就会积蓄力量。

"所以，先生们，我的建议是，我们不要派遣使者。相反，我们应该宣布国家进入紧急状态，关闭法院，穿上军装，开始征兵。

整个罗马和整个意大利都应该取消免役待遇，并宣布安东尼为公敌……"

掌声和跺脚声淹没了他的话语，但他还是继续讲了下去。

"……如果我们能这样做，他就会意识到自己是在和这个国家开战。他将体会到，上下一心的元老院有多么强大的力量。他说这是一场党派间的战争。什么党派？这场战争和党派没有任何关系，全都是他一个人挑起的！

"现在我想谈谈盖乌斯·恺撒。我的朋友伊索里库斯对他心存怀疑并嗤之以鼻。但要是没有他，我们中有谁现在还能活在这世间？是哪位神在这个时候把这个身负天命的男孩送到罗马人面前的？多亏了他的保护，安东尼的暴政才没有得逞。因此，让我们给恺撒必要的指挥权，没有指挥权他就不能处理军务，就不能团结军队，就不能发动战争。让他享有正常任命能带给他的最大权力。

"他是我们获得自由的希望。我了解这个年轻人。对他来说，没有什么比共和国更加珍贵，没有什么比你们的权威更加重要，没有什么比良善之人的意见更加可取，也没有什么比真正的荣耀更加甜蜜。先生们，对你们和罗马的人民，我敢说——我保证，我承诺，我郑重宣誓：盖乌斯·恺撒现在是，也会一直是我们心中祈求他成为也最渴望他成为的那种公民。"

那场演讲，特别是他的保证，改变了一切。我可以断言，如果西塞罗没有发表第五篇《反腓力辞》，历史就会走上不同的轨迹，因为元老院里持不同意见的两方阵营几乎是势均力敌的，而且在他发言之前，辩论一直朝着有利于安东尼的方向发展。但这一切都被他的演讲阻止了，主战派又占了上风。事实上，如果不是一个叫萨尔维乌斯的保民官用反对票把辩论延长到第四天，让安东尼的妻子富尔维娅有机会在神庙门口向众人求情，西塞罗早已大获全胜了。她不是一个人来的，一同前来的还有她的幼子（就是作为人质被送上卡比托利欧山的那个孩子）和安东尼的老母亲尤利娅。尤利娅是恺撒的堂亲，气质高贵，备受敬重。他们都穿着黑色的衣服，场面非常感人：三代人在元老院的过道上走来走去，双手合十，低声哀求。大家都知道，如果安东尼被列为公敌，他的财产就会被没收，他们就会被扔到大街上。

"不要让我们受到这样的羞辱，"富尔维娅喊道，"求求你们！"

因此宣告安东尼为公敌的计划落空了，而派遣代表团，向他提出最后的和平协议的动议得以通过。剩下的决议则满足了西塞罗的要求：屋大维的军队已获得合法性，现在和德奇姆斯的军团一起被收归元老院旗下；屋大维年纪轻轻就当上了元老，被任命为代行裁判官，获得了统帅权；为适应未来的需要，执政官的年龄要求降低了十岁（虽然屋大维还要过十三年才有资格当选）；收买普兰库斯和雷必达的忠诚，他们中的一人将出任次年的执政官，另一人则获得了在演讲台上竖立镀金骑马雕像的荣誉；立刻开始组建新的军队，让罗马和整个意大利立刻进入军事备战状态。

保民官再次邀请西塞罗代替执政官向聚集在广场上的数千人传达元老院的决定。当西塞罗告诉他们要向安东尼派遣和平使者时，人群中响起一片哀号。西塞罗做了一个安抚的手势："罗马人，我想你们肯定同我一样，有充分的理由反对这种做法。但我们只能耐心点。我想告诉你们我在元老院前说过的话：我认为马克·安东尼会无视使者，大搞破坏，围攻穆提那，增加兵力。我也不怕有人把这话转告他，然后他为了驳斥我，决定改变计划，服从元老院的要求。他肯定做不到。我们会失去一些宝贵的时间，但千万不要害怕。我们会取得最终的胜利。其他民族可以忍受被奴役的命运，但在罗马人心中，自由是无价之宝。"

*

和平代表团第二天就从广场出发了。西塞罗也去送了他们，但态度不善。被选为使者的是三位前执政官：卢基乌斯·庇索，这是他出的主意，所以他不得不加入；马尔西乌斯·菲利普斯，屋大维的继父，西塞罗认为他的加入是"恶心而可耻的"；还有西塞罗的老朋友塞维乌斯·苏尔比基乌斯，他的健康状况很差，西塞罗希望他能重新考虑一下——"你要在隆冬走上二百五十罗里的路，穿过雪地、狼群和土匪窝，最后只能住在军营。我亲爱的塞维乌斯，用生病当借口，让他们去找别人吧。"

"别忘了，法萨罗之战时我就跟在庞培身边，我就站在那里，看着共和国精英被大肆屠杀。我只想为共和国尽最后一次力，努力阻止这种情况再次发生。"

"你的品性还是那么高洁，但你对现实的理解很有问题。安东尼只会当面嘲笑你。你们遭受的苦难只会延长战争。"

塞维乌斯悲伤地看着他。"我那个憎恶战争、热爱看书的老朋友去哪儿了？我很想他。我喜欢原来的他，而不是现在这个想要挑起流血事件的好事者。"

说完，他动作僵硬地爬上了肩舆，和其他人一起踏上了漫长的旅程。

就像西塞罗警告的那样，战争的准备工作现在进行得很慢、很敷衍，罗马人都在等待代表团交涉的结果。虽然意大利各地都开始征兵，以组建四个新的军团，但既然眼前的威胁似乎已经解除了，大家也就没有很强烈的紧迫感。同时元老院能动用的只有驻扎在罗马附近的两个宣布效忠于屋大维的军团——"玛尔斯"和第四军团。在得到屋大维的允许后，他们将在其中一位执政官的指挥下向北行军，解救德奇姆斯。依照法律，具体是哪位执政官负责将由抽签决定。而众神开了个残酷的玩笑，让任命落到了病恹恹的希尔提乌斯头上。这个披着红色斗篷的幽灵般的身影痛苦地登上卡比托利欧山的台阶，按传统向朱庇特献祭白牛，接着奔赴沙场。看着这一幕，西塞罗有种不祥的预感。

*

将近一个月后，传令兵才宣布和平使者们快要回城了。在他们抵达罗马当日，潘萨就召集众元老开会听取其报告。只有两个人进入了神庙——庇索和菲利普斯。庇索用低沉的声音宣布，勇敢的塞维乌斯还没抵达安东尼的指挥部就因劳累去世。由于路途遥远，加上冬季行车缓慢，他们不得不将他就地火化。

"我必须告诉你们，元老院的诸位，我们发现安东尼已经用非常强力的攻城器具包围了穆提那。当我们待在他的营地里时，他一直在攻击那座城市。他拒绝放我们过去和德奇姆斯交流。他还拒绝了我们提出的条件，但他自己提了一些。"庇索拿出一封信，"他可以放弃内高卢总督的职位，但作为补偿，他要外高卢五年的管理权和德奇姆斯军队的指挥权，这样他就总共有六个军团了。他还要求，他以恺撒的名义颁布的所有法令都应被宣布为合法；应停止调查奥普斯神庙的失窃案；应该赦免他的追随者；最后，他的士兵应该得到他们应得的报酬和土地。"

庇索卷起文件，把它塞回袖子里。"元老院的诸位，我们已经尽力了。我很失望。恐怕我们必须认识到，共和国和马克·安东尼之间必有一战。"

西塞罗站了起来，但潘萨又让他的岳父卡列努斯先说："我反对使用'战争'这个词。相反，元老院的诸位，我相信我们可以获得体面的和平。我当时就提议把外高卢交给安东尼，我很高兴他接受了这个条件。我们的主要目的达到了。德奇姆斯还是总督。穆提那的居民将免于战火。罗马人不用再自相残杀。西塞罗在摇头，看来他不同意我的话。他是个愤怒的人，但我敢说，他更是个愤怒的老人。要知道，在这场战争中死去的不会是我们这一辈人，而是他的儿子，我的儿子，还有你们的儿子，你的，你的，还有你的。我们和安东尼休战吧，和平地解决分歧，就像我们勇敢的同僚庇索、菲利普斯和令人怀念的塞维乌斯所展示的那样。"

他的讲话受到了热烈欢迎。元老院里显然还有安东尼的拥护者，包括他的军团长科提拉，此人一直在给安东尼传递罗马城里的消息。在潘萨叫了一个又一个人——包括安东尼的舅舅卢基乌斯·恺撒，他认为自己有责任为外甥辩护——进行发言后，科提拉煞有介事地记下他们的言论，大概是为了方便向他的主子汇报吧。元老院里的气氛令人不安。到了最后，包括潘萨在内的多数元老投票决定，将动议中的"战争"二字去掉，改为宣布国家处于"骚乱"状态。

潘萨直到第二天早上才同意让西塞罗发言。但这次发言还是对西塞罗有利。空气中充满了强烈的期待感，而且他还可以攻击前几个发言者的论点。他选择先拿卢基乌斯·恺撒开刀："他这样投票是因为他是安东尼的舅舅，没毛病。那你们呢，你们也是安东尼的舅舅吗？"

他又把观众逗得哈哈大笑。在缓和了现场的氛围后，他继续在嬉笑怒骂中将对手的观点碾得粉碎。"德奇姆斯遭受攻击了，你们说没有战争。穆提那被围攻了，你们仍然说没有战争。高卢都要成废墟了，而你们心心念念的竟然还是和平？各位，这是一场前所未有的战争！我们要捍卫不朽诸神的神庙、我们的城墙、我们的家园和罗马人的人权，要捍卫祭坛、炉灶和祖先的坟墓。我们要捍卫我们的法律、法庭、自由、妻儿和祖国。而马克·安东尼正在破坏这一切，想把我们的国家掠夺一空。

"这时，我勇敢热情的好友卡列努斯和我说起了和平的好处。但我想问你，卡列努斯，你是什么意思？你把奴役叫作和平吗？外面正在进行激烈的战斗。我们派出了三位重量级元老，安东尼对他们不屑一顾。而你，你居然还在为他辩护！

"还记得过去我们受到了怎样的羞辱吗？'噢，可如果他要休战呢？'休战？他就在我们的使者面前，就在众目睽睽之下，用他的攻城器具猛攻穆提那。虽然使者就在现场，但围攻一刻也没有停止。向这种人派遣使者？同这种人和平相处？

"我没有生气，只是感到悲哀。先生们，我们被抛弃了，被我们的领袖抛弃了。看看我们都对科提拉，对马克·安东尼的军团长做出了怎样的妥协？这座城市不欢迎他的到来，他却能走进神庙，走进元老院，在本子中记下你们的投票和说过的话。就连坐上高位的人也在讨好他，真丢人。神啊！前人的精神都去哪儿了？让科提拉滚回安东尼身边，永世不得返回罗马。"

整个元老院都震惊了。自加图时代以来，他们还没有被这样羞辱过。最后，西塞罗提出了一项新的动议：曾与安东尼一起作战的人可以在 3 月 15 日之前放下武器；所有在此之后仍留在安东尼军中的人，或再加入其麾下的人，都将被视为叛徒。提案以压倒性优势通过。没有休战，没有和平，没有交易。西塞罗得到了他想要的战争。

恺撒遇刺一周年（除了摆在他坟前的几朵花外，他的周年忌日就这样过去了）的一两天后，潘萨跟随其执政官同事希尔提乌斯的脚步上了战场。他带着四个军团向战神广场骑行而去：他们几乎找遍了整个意大利才召集到两万人。西塞罗和其他元老一起看着他们列队而过。这支军队并不厉害，其成员大多是新得不能再新的新兵——农民、马夫、面包师和洗衣工，他们完全跟不上队伍。他们只是凑数的，象征着整个共和国都正拿起武器对抗僭取者安东尼。

两位执政官都离开了，城内职位最高的是城市裁判官马库斯·科尔努图斯——因忠诚和谨慎而被恺撒挑中的前军人。他只有很少的政治管理经验，却发现自己竟然还要主持元老院的工作。他很快就把这些事甩给了西塞罗。于是，二十年前曾出任执政官的西塞罗在六十三岁时又一次成了罗马的实际统治者。所有总督都要向西塞罗汇报工作。元老院会议的召集时间都由他决定。所有主要任命都由他做出。他的房子里每天都挤满了上访者。

他用风趣的语言和屋大维说起他的"回归"：

> 我不是在自夸，如今这座城市离了我还真不行。实际上这比当执政官好，没人知道我的权力范围到底有多大，因此，为了不得罪我，大家什么事都找我商量。其实想想看，这比当独裁官还要好，因为即使出了问题也没有人追究我的责任！这也证明了，千万不要把职务上的装饰当成实权——我的孩子，你忠实的老朋友和导师又给你说了条建议。

*

屋大维在 3 月底回信说，他正在履行他的承诺：他召集了近万人，正在博洛尼亚南部的艾米利亚大道旁安营扎寨，准备前去与希尔提乌斯和潘萨的军队会师，以解穆提那之围。

> 我现在要听从执政官的指挥。我们计划在未来两周内和安东尼大打一仗。我保证，我将努力在战场上英勇拼杀，就像您在元老院中那样。斯巴达战士是怎么说的？"要么带着盾牌凯旋，要么战死沙场，躺在上面被抬回。"

大约在这个时候，东边发生的事开始传到西塞罗耳中。他从马其顿的布鲁图斯那里得知，多拉贝拉带着一小队人马前往叙利亚，现在已经到达爱琴海东岸的士麦那，在那儿遇上了亚细亚总督特雷伯尼乌斯。后者对他以礼相待，还放他继续前进。但当晚多拉贝拉就秘密折返回城，趁特雷伯尼乌斯熟睡时把他抓了起来，对他进行了两天两夜的严刑拷打，用上了鞭子、刑架和热铁，逼他说出金库在哪儿。之后，多拉贝拉下令扭断他的脖子。他的头被砍了下来，被多拉贝拉的士兵在街道上来回踢，直到被彻底踩碎。他的尸体则被肢解，然后被公开展示。"谋杀恺撒的刺客死了一个了，"多拉贝拉宣布，"这是第一个，但不会是最后一个。"

特雷伯尼乌斯的遗体被运回罗马接受验尸，等确认其死亡原因后才被交给家人火化。他的悲惨命运为西塞罗和共和国的其他领导人敲响了警钟。他们现在知道落入敌人手中会是什么下场了，特别是安东尼还向执政官写了封公开信，保证自己对多拉贝拉的忠诚，并对特雷伯尼乌斯的下场表示高兴：罪犯受到惩罚是一件值得庆幸的事情。西塞罗在元老院大声宣读了这封信，这让大家更加坚定了决不妥协的立场。多拉贝拉被宣布为公敌。西塞罗不敢相信，他的前女婿居然这么残忍。后来他对我感叹道："想到这样一个怪物居然曾住在我的家里，和我可怜的女儿同床共枕；想到我居然喜欢过这个男人……谁能想到我们身边的人的身体里竟藏着这么一头怪物呢？"

4月的头几天，他一直极度紧张地等待着穆提那的消息。首先来了一个好消息。在失联了好几个月后，卡西乌斯终于来信说他就要完全掌控叙利亚了：各路人马，包括凯撒利亚人、共和主义者和所剩不多的庞培旧部都蜂拥而至，他麾下现在有至少十一个军团。我想让你知道，你和你在元老院的朋友并不是没有强大的后盾，所以你可以尽你所能地捍卫国家。布鲁图斯也快成功了：他在马其顿又组建了五个军团，有总共约两万五千人。小马库斯和他在一起，负责招募和训练骑兵：你的儿子凭借他的精力、耐力、勤奋和无私的精神——基本上凭借他的所有表现——赢得了我的认可。

但随后传来了一些噩耗。德奇姆斯在穆提那被困长达四个多月，已经陷入了绝境。他只能通过信鸽和外界联系，只有少数几只成功飞出了，带出的是饥饿、疾病和士气低落的消息。与此同时，雷必达军的移动方向预示着他们即将与安东尼军开战。雷必达敦促西塞罗和元老院重新考虑和谈。西塞罗被这个软弱而傲慢的家伙激怒了，他口述了一封信，它当晚就被送走了：

　　西塞罗致雷必达：

　　　　我很高兴你能想到在公民之间建立和平，但前提是你能区分和平与奴役。你应该明白，所有明事理的人都宁死不屈。你最好不要再插手这件事。无论对元老院还是对人民，抑或是对任何一个诚实的人来说，这都是不可接受的。

西塞罗不抱任何幻想。城里和元老院里还藏着数百个安东尼的支持者。如果德奇姆斯投降了，或者希尔提乌斯、潘萨和屋大维败了，他知道自己会是第一个被扣押并被杀死的人。为了安全起见，他把驻扎在阿非利加的三个军团调回两个，让他们保护罗马。但他们要到仲夏才会到达。

4月20日，危机终于到来了。那天早上，城市裁判官科尔努图斯匆匆上山，身边跟着潘萨六天前派出的信使。科尔努图斯的表情很严肃。"把你刚才对我说的，"他对信使说，"告诉西塞罗。"

信使用颤抖的声音说道："维比乌斯·潘萨让我告诉你们，他们不幸地遭遇了惨败。他和他的军队在加洛鲁姆峡谷被马克·安东尼打了个措手不及。我方缺乏经验的缺点马上就暴露出来了。战线溃败，我军惨遭屠杀。执政官成功逃脱，但受了伤。"

西塞罗的脸变得惨白。"希尔提乌斯和恺撒呢？有他们的消息吗？"

科尔努图斯说："没有。潘萨正打算和他们会和，但被安东尼截住了。"

西塞罗发出一声呻吟。

科尔努图斯继续道："我是否应该召集元老院会议？"

"天啊，不！"西塞罗对信使说，"告诉我——罗马还有人知道这件事吗？"

信使低下头。"我先去了执政官家里，他岳父也在。"

"卡列努斯！"

科尔努图斯阴沉着脸。"真不幸，他什么都知道了。他现在就在庞培的廊厅里，站在恺撒被刺倒的地方。他在告诉所有人，我们要为无耻的杀戮付出代价。他指责你打算以独裁官的身份夺取政权。我想他应该找了不少人。"

我对西塞罗说："我们得把你送出罗马。"

西塞罗摇了摇头。"不，不。他们是叛徒，我又不是。该死，我不会逃走的。找到阿普列乌斯，"他马上对城市裁判官说，就像在命令他的大管家一样，"让他召开公民大会，然后来接我。我得面向大家发言，我要稳住他们。必须让他们知道，战争总是会带来坏消息的。而你，"他对信使说，"最好不要向别人透露一个字，知道吗，别逼我把你抓起来。"

我从来没有这样敬佩过西塞罗，他眼看着就要完了，还表现得这么冷静。他走进书房为演讲做准备，而我在露台上看着市民慢慢挤满了广场。恐慌自有其规律，我研究好几年了。人们跑来跑去，人群形成和散开。外面空无一人。这种情绪就像暴风雨来临前的一团尘土，在空中飘忽不定。

阿普列乌斯如约赶到，我带他进书房见西塞罗。他报告说，目前传开的谣言是，西塞罗将获得独裁官的束棒。当然，这是个骗局，一个可以用来挑衅其他人杀死西塞罗的借口。安东尼的人会像布鲁图斯和卡西乌斯刺杀恺撒那样杀了西塞罗，随后退守卡比托利欧，直到安东尼前去解救他们。

西塞罗问阿普列乌斯："如果我下山演讲，你能保证我的安全吗？"

"我不能保证，只能尽量。"

"能派多少护卫就派多少吧。给我一个小时的准备时间。"

保民官离开了。出乎意料的是，西塞罗居然提出要洗个澡，刮刮胡子，然后换一套新衣服。"你一定要把待会儿的演讲记下来，"他对我说，"让你的书能好好收尾。"

他带着贴身奴隶离开了。等一个小时后他回来时，阿普列乌斯已在街上集结了一支庞大的队伍，他们大部分是角斗士，但队伍里也有他的保民官同事及其随从。西塞罗僵硬地站直了身体。门打开了，他刚要跨过门槛，城市裁判官的执法吏就急匆匆赶来，为科尔努图斯清出一条路。科尔努图斯手上拿着一封信，满脸泪水。他气喘吁吁，激动得说不出话，直接把信塞进西塞罗手里。

希尔提乌斯致科尔努图斯，于穆提那：

我急急忙忙地发出了这封信。感谢诸神，我们因祸得福，大败敌军。中午失去的场子晚上就找回来了。我带着第四军团的二十支大队去救潘萨，正好撞见安东尼的手下在庆祝胜利。我们斩获了两面鹰旗和六十面军旗。安东尼和他的残兵败将退回营地，被困在了那里。现在轮到他尝尝被围攻的滋味了。他失去了大部分旧部，只剩骑兵了。他的处境毫无希望。穆提那得救了。潘萨受伤了，但很快就能康复。元老院万岁！罗马人民万岁！把这件事告诉西塞罗。

XVIII

接下来，西塞罗迎来了一生中最辉煌的时刻——比他战胜西西里前总督维勒斯更来之不易，比他当选执政官更令人振奋，比他打倒喀提林更令人欢欣鼓舞，比他结束流放归来更具历史意义。和拯救共和国相比，这些胜利都显得微不足道。

那一天，我多日的劳动和不眠的夜晚终于得到了最丰厚的回报。西塞罗在给布鲁图斯的信中写道，所有罗马人都争先恐后地挤入我家，把我护送到卡比托利欧，然后用热烈的掌声将我送上演讲台。

他之前遭受的痛苦和绝望让这颗胜利果实变得更加甜美了。"这是你们的胜利！"他从演讲台上对广场上的数千民众喊道。"不，"他们喊了回来，"是你的胜利！"第二天，他在元老院提议，应以潘萨、希尔提乌斯和屋大维的名义举行十五天的公共感恩活动，他们配得上这种荣誉。此外，他还提议修建一座纪念碑："自然赋予我们的生命是短暂的，但人们对献出生命的高贵灵魂的记忆是永恒的。"就连他的敌人也不敢反对他：他们要么不参加会议，要么按他的要求投票。每次走出家门，他都会收获欢呼。他此时的风头一时无二。现在他只需要等官方确认安东尼已经死了。

一周后，屋大维寄来了一封信：

338

盖乌斯·恺撒致他的朋友西塞罗：

21 日，我在营中的灯火下写下了这封信。我想第一个告诉您，我们第二次大败敌军了。整整一周，我的军团和希尔提乌斯手下英勇的士兵紧密合作，四处探查安东尼阵营防线的弱点。昨晚我们终于找到了合适的突破口，并于今天早上发起了攻击。战斗非常激烈，双方僵持不下。我当时就在军中，我的旗手死在了我身旁。我扛起鹰旗，激励了我方的士气。德奇姆斯见决定性的时刻已经到来，终于率军离开穆提那，投身于激烈的战斗。安东尼的主力部队已经被消灭了，但他本人带着骑兵逃走了。从逃跑路线来看，他应该是要越过阿尔卑斯山。

发生了很多令人惊叹的好事，但现在我必须告诉您最艰难的部分。希尔提乌斯尽管身体不适，但勇往直前，直扑敌军核心。他在冲到安东尼的帐篷前方时，被一把剑刺中了脖子，当场毙命。我收殓了他的遗体，准备将他送回罗马。他是个勇敢的执政官，得到了他应得的荣誉。等我有空时再写信给您。也许您可以转告他的姐姐。

看完后，西塞罗把信递给我，然后握紧拳头，抬眼望天。"感谢上苍让我看到这一刻。"

"但希尔提乌斯的事还是令人惋惜。"我补充道。我想起了当年我们在图斯库鲁姆的星空下共进晚餐的日子。

"是啊——我很难过。还是那句话：在战场上光荣地死去，胜过在病床上苟延残喘。这场战争需要英雄。我要把希尔提乌斯送上这个位置。"

当天上午，他带着屋大维的信去了元老院，打算把它大声读

339

出来，发表一篇总结性的悼词，并提议为希尔提乌斯举行国葬。他对一个执政官的死亡如此轻描淡写，表明他的精神现在正处于兴奋的状态。在协和神庙的台阶上，他遇到了城市裁判官，后者也刚到不久。元老们纷纷入座。占卜正在进行。科尔努图斯面露微笑，说："从你的表情来看，你也听说了安东尼的战败吧？"

"我现在简直欣喜若狂。现在必须保证那家伙不会逃脱。"

"我听一个老兵说，我们的人完全可以抓到他。可惜的是，我们失去了一个执政官。"

"是的——真可惜。"两人并肩走向入口。西塞罗又说："如果你不介意的话，希望这次可以让我来致悼词。"

"当然可以，虽然卡列努斯问过我能不能让他说点什么。"

"卡列努斯！关他什么事？"

科尔努图斯停下脚步，看向西塞罗。他看上去很惊讶："呃，因为潘萨是他的女婿……"

"你在说什么？你搞错了吧。潘萨没死，死的是希尔提乌斯。"

"不，不，是潘萨，我向你保证。我昨天才收到德奇姆斯的消息。你看。"他把一封信递给西塞罗，"他说等穆提那一解围，他就直奔博洛尼亚，准备和潘萨商量该如何追击安东尼，结果发现潘萨已经因为在第一场战斗中受的伤而离世了。"

西塞罗不信。直到看完德奇姆斯的信，他才承认这件事是真的。"但希尔提乌斯也死了，死在攻打安东尼营地的过程中。小恺撒写信告诉我，他收殓了希尔提乌斯的尸体。"

"两位执政官都死了？"

"难以置信。"西塞罗被这个消息砸晕了，我甚至担心他会摔下台阶，"在整个共和国的历史上，只有八位执政官在任期内去世。在近五百年中只有八位！现在我们在短短一周内就失去了两位！"

路过的元老纷纷停下脚步。意识到有人偷听，西塞罗把科尔努图斯拉到一边，小声说："这是个艰难的时刻，但我们必须撑过去。什么都不能阻碍我们追捕安东尼。这就是我们的政策。肯定会有很多同僚利用这悲剧制造事端。"

"是的，但没了执政官，该由谁来指挥军队？"

西塞罗不知是呻吟还是叹息了一声，把手放在眉心。这把他所有的精心安排，以及他费心维护的权力平衡都打乱了！"好吧，没有其他选择了，只能是德奇姆斯。在年龄和经验上他是前辈，而且他还是内高卢的总督。"

"那屋大维呢？"

"把他交给我吧。但如果想拉拢他，我们就要给他特别的感谢和荣誉。"

"让他变得这么强大是正确的吗？我确信，总有一天他会背叛我们。"

"也许他会，但我们可以晚点再对付他。我可以抬高他，奖赏他，再抹杀他。"

这是西塞罗经常玩的文字游戏，仅此而已。科尔努图斯说："很好，我得记住这个——抬高，奖赏，抹杀。"然后两人开始讨论该如何向元老院透露消息，应该提出什么议案，又该如何表决。接着，他们进了神庙。

"这个国家在同一天迎来了一场胜利和一出悲剧。"西塞罗对安静的众人说道，"致命的危险已经解除，但代价也是致命的。我刚刚收到消息，我们在穆提那又一次取得了决定性的胜利。安东尼带着残部逃跑了，去哪儿了不知道——是向北，是进山，还是下地狱，对此我们并不在乎！"（我的笔记上写着此刻有欢呼声）"但是，元老院的诸位，我必须告诉你们：希尔提乌斯死了，潘萨也死了。"（喘息、哭泣、抗议）"诸神要求我们献上祭品，弥补我们近几个月和近几年来的软弱与愚蠢，两位勇敢的执政官已经替我们还清了。他们的遗体在适当的时候会被送回罗马。我们将以庄严的仪式安葬他们。我们将为他们的英勇壮举竖立一座高大的纪念碑，让千百年后的民众也能瞻仰。但最好的纪念方式还是完成他们马上就快完成的任务，一劳永逸地消灭安东尼。"（掌声）

"鉴于我们在穆提那失去了两位执政官，而且考虑到战争还在继续，我建议任命德奇姆斯·尤尼乌斯·阿尔比努斯为元老院军队的统帅，盖乌斯·尤利乌斯·恺撒·屋大维为他的副手。为了表彰他们的杰出表现、英雄气概和伟大胜利，应在罗马历中把德奇姆斯·尤尼乌斯·阿尔比努斯的生日定为纪念日；盖乌斯·尤利乌斯·恺撒·屋大维应在回到罗马后，被授予举行小凯旋式的荣誉。"

接下来的辩论充满恶意。正如西塞罗写给布鲁图斯的那样，那一天我意识到，在元老院，人们因感恩投出的票要远远少于因怨恨投出的票。伊索里库斯像嫉妒安东尼一样嫉妒屋大维，因此反对授予屋大维小凯旋式的殊荣，因为这意味着后者可以带着军团在罗马游行。最后，为了让这项提议被通过，西塞罗只得同意授予德奇姆斯举行凯旋式的更大荣誉。元老们成立了一个十人委员会，负责解决与士兵的报酬和土地补偿有关的问题。他们的目的是遣散屋大维的军队，减少给他们的赏金，由元老院支付他们的薪酬。雪上加霜的是，屋大维和德奇姆斯都不在十人名单上。卡列努斯身穿丧服，要求逮捕女婿的医生格利科，以确定潘萨是否死于谋杀，称必要时可以大刑伺候："一开始都说他的伤势并不严重，更何况他的死让某些人获益匪浅。"很明显他是在影射屋大维。

总之这一天的工作进行得很不顺利，西塞罗不得不在晚上写信向屋大维解释发生了什么。

我会派同一位信使把元老院今天通过的决议交给你。希望你能理解，我们把你和你的士兵归于德奇姆斯麾下的理由和从前让你听从执政官指挥的原因是一样的。十人委员会的事没有道理，我会想办法取缔它，但请给我时间。你应该来元老院，我亲爱的朋友，在那里接受赞美！褒扬你勇气和忠诚的赞歌将响彻屋宇。我很高兴地告诉你，你将成为共和国历史上被授予小凯旋式的最年轻指挥官。继续追击安东尼，在你的心中为我留个位置，我也会为你留。

但他没有收到回信。

*

在之后很长一段时间里，西塞罗都没有收到任何消息。这并不奇怪。那是一个偏远、荒凉的地方。他只能靠想象安慰自己。他想象着安东尼带着所剩不多的手下在人迹罕至的山路上挣扎，德奇姆斯则迅速赶上，拦住其去路。直到 5 月 13 日，德奇姆斯的消息才开始传来——来的不是一封信，而是一次性三封。我把它们直接拿进书房，交给西塞罗。他急切地拆开它们，按时间顺序大声念了出来。第一封是 4 月 29 日的，西塞罗顿时警惕起来：我会尽量让安东尼无法在意大利立足。我会立刻前去追他。

"立刻？"西塞罗又看了看信头的日期，"他在说什么？他在安东尼逃离穆提那的八天后才写了这封信……"

第二封是在一周后写的，德奇姆斯终于出兵了：

亲爱的西塞罗，我没能立刻出发追捕安东尼的原因是这样的：我没有骑兵，也没有驮兽。我不知道希尔提乌斯的死讯。在没有见到恺撒，没有和他接触之前，我并不信任他，于是第一天就这样过去了。第二天一早，我收到了潘萨的消息，让我去博洛尼亚。我在路上得知了他的死讯。我急忙赶了回去。最可悲的是，由于缺乏必需品，军队人数锐减，情况非常糟糕。安东尼已经跑了两天了，而且行军时间远比我这个追赶者长。他走得很急，我却要按部就班地行动。他无论走到哪里，都会打开奴隶营房，把人带走。就这样，他一刻不停地赶到了瓦达撒巴提亚[①]。他似乎又纠集了一支规模相当庞大的军队。他可能会去找雷必达。

如果恺撒听了我的话，越过亚平宁山脉，我就能把安东尼逼入绝境，他就会因为缺乏补给而完蛋。但没有人给恺撒下达命令，恺撒也没有给他的军队下达命令——这两件事都非常糟糕。现在我该怎么办？我已经养不活我的人了。

第三封是在写完第二封的第二天写下的，是从阿尔卑斯山脚下寄出的：安东尼要去找雷必达，请注意罗马未来的动向，如果可以的话，帮我说几句好话。

"他让安东尼跑了。"西塞罗把头枕在手上，又把信读了一遍，"他让安东尼跑了！现在他又说屋大维不能或不愿听他这个统帅的话。真是个大麻烦！"

他当即写了一封信，让信使带给德奇姆斯：

---

① 瓦达撒巴提亚（Vada Sabatia）为意大利萨沃纳省城市瓦多利古雷的古称。——译者注

从你所写的内容来看，战火远远没有熄灭，反而烧得更旺了。我要是没理解错的话，安东尼带着手无寸铁、士气低落的残兵败将逃走了。如果你认为和他发生冲突是件危险的事，那我认为他根本不是从穆提那逃走了，而是把战火引到了另一个战场。

第二天，在屋大维派来的骑兵仪仗队的护送下，希尔提乌斯和潘萨的送葬队伍到达了罗马。他们在黄昏时分穿过街道，来到广场。围观民众站在一旁，现场的气氛安静又沉闷。元老院的人都穿着黑色的袍子，拿着火把，站在演讲台下面。科尔努图斯读了西塞罗写的悼词，随后浩浩荡荡的队伍就跟着灵柩来到了战神广场，执政官的遗体将在战神广场上被火化。为了表示对爱国者的尊重，送葬者、演员和乐师都没有拿报酬。西塞罗开玩笑说，如果送葬者不收你的钱，那就是个英雄。他表面上镇定无畏，内心却充满了烦恼。柴堆被点燃，火光冲上天，西塞罗显得老态龙钟、愁眉不展。

还有一件事让他放心不下，那就是面对德奇姆斯的指示，屋大维要么不愿意听从，要么不能听从。西塞罗给屋大维写信，恳请他遵守元老院的法令，服从政府的指挥；等取得胜利后再解决分歧；相信我，要想获得国家的最高荣誉，最可靠的方法就是尽最大的努力消灭国家最大的敌人。但他没有得到任何回复。这让他有了不祥的预感。

接着，德奇姆斯又寄来了封信：

拉贝奥·塞古利乌斯和我说，他之前跟屋大维在一起，他们说了很多关于你的事。塞古利乌斯说屋大维从来没有抱

345

怨过你，只有一句话，他认为是你说的："这个年轻人将被抬高、被奖赏、被抹杀。"他还说他没打算让自己被抹杀。至于那些老兵，他们对你十分不满，你得小心他们。他们打算恐吓你，然后让那个年轻人取代你。

我早就警告过西塞罗，他要是一直这样口无遮拦，总有一天会吃大亏。但他忍不住。他从小就因思维敏捷而受到赞誉，且随着年龄的增长，他只要一开口，人们就会簇拥过来，捧腹大笑。他很享受这种感觉，也因此发表了更多尖刻的言论。大家会干巴巴地重复他的评论，有些不是他说过的话也会被算在他头上——事实上，我已经把这些"假货"编成了一整本书。恺撒曾经很喜欢西塞罗的冷言冷语，即使他自己也是攻击的靶子。例如，独裁官更改历法后，有人问天狼星还会不会在同一天升起，西塞罗回答道："它必须得听命行事。"据说恺撒笑得前仰后合。他的义子尽管有诸多优点，但似乎没有继承他的幽默感。这次西塞罗接受了我的建议，写了一封道歉信。

我猜那个愚蠢的塞古利乌斯肯定在到处乱传我的玩笑话，现在你也听说了。我不记得我说过这句话，但我不会否认，因为它听上去确实很像我会说的话——在气氛到了时，我就会轻佻地说出一些话，只是一时兴起，而不是想发表严肃的政策声明，因此不宜较真。我知道你不需要我告诉你我有多么喜欢你，我是多么热心地捍卫着你的利益，以及我是多么坚定地打算让你来主导我们今后的来往。但如果我冒犯了你，真的很抱歉。

这次他收到了回复：

盖乌斯·恺撒致西塞罗：

　　我对您的感情没有改变。您不需要道歉，不过如果您愿意这样做的话，我自然也会接受。不幸的是，我的支持者并不是那么好说话。他们每天都在警告我，说我是个傻子，竟然相信您和元老院。您不经意间的每一句话都可能被他们当成把柄。还有元老院的法令！我怎么可能让害了我义父的人指挥我？我和德奇姆斯相互都很客气，但我们永远不可能成为朋友。我的部下，也就是我义父的旧部，也绝对不会追随他。他们说，只有在一种情况下，他们才会不遗余力地为元老院而战：我当上执政官。我是有机会的吧？毕竟两个位置都空出来了。我都可以在十九岁就当上代行裁判官，执政官怎么就不行？

　　看到这封信，西塞罗的脸色顿时变得煞白。他马上回信说，虽然屋大维得到了神启，但元老院绝对不会让一个不到二十岁的人当上执政官。屋大维同样迅速回信：

　　看来我的年纪不会影响我领兵作战，却会妨碍我出任执政官。如果只有年龄这一个问题，那我是不是可以找一个年纪较大的执政官同事，借用他的政治思维和经验来弥补我的不足？

　　西塞罗把信拿给阿提库斯看。"你怎么想？他是不是在暗示我想的那件事？"

　　"我觉得是。你会答应吗？"

　　"说实话，也不是说这种荣誉对我毫无意义，毕竟很少有人能两次出任执政官，这意味着不朽的荣耀。此外，反正现在相关工作都是我在处理，我离执政官就差个名头了。但代价呢！老恺撒不就是这样吗？在军队的支持下，要求非法的执政官身份，最后我们不得不向他宣战。难道这次历史又要重演？我们也要乖乖向这个恺撒投降吗？元老院会怎么想？布鲁图斯和卡西乌斯会怎么想？是谁给他出的主意？"

"也许没有人。"阿提库斯回答道，"也许是他自己想到的。"

西塞罗无言以对。他不敢思考这种可能性。

*

两周后，西塞罗收到了雷必达的来信，他带着七个军团在高卢南部的银桥边上扎营。看完后，西塞罗向前一倒，把头抵在桌子上，一手把信推给我。

> 我们是多年的朋友，但我毫不怀疑，在目前的暴力和意外的政治危机爆发后，我的敌人会告诉你些虚假的、不值一提的消息，以此动摇你的爱国之心。亲爱的西塞罗，我有一个恳切的请求。如果你认同我过去的生活和努力，以及我在处理公共事务时表现出的勤奋和诚意，觉得它们没有辱没我的名字，希望你在未来对我抱有更大的期待。我欠你的越来越多了。

"我不明白。"我问他，"你为什么会这么沮丧？"

西塞罗叹了口气，坐直了身子。我居然看到他的眼里有泪水。"因为这意味着他打算和安东尼联手，现在不过是提前为自己开脱罢了。他的表演简直拙劣到了让人怜爱的地步。"

他当然是对的。就在 5 月 30 日，在西塞罗收到雷必达来信的当天，因近四十天的逃亡而变得蓬头垢面的安东尼出现在了雷必达营地对面的河岸上。他穿着一件深色的披风，蹚过齐胸深的护城河，开始和军团里的人交谈。很多人是在高卢的战役和内战中认识他的，士兵们蜂拥而至。第二天，他把所有部下都带到河边，雷必达的手下对他们表示热烈欢迎。他们拆掉了防御工事，让安东尼的人长驱直入。安东尼对雷必达极为尊重，称其为祖国之父，并表示如果他能够加入自己一方，自己将为他保留作为将军的军衔和荣誉。士兵欢呼起来，雷必达同意了。

或者说，这只是他们一起编造的故事。西塞罗相信，他们一开始就是合作伙伴，他们的会合是事先安排好的。但如果假装是因为不可抗力才低头，雷必达至少看起来不那么像个叛徒。

雷必达汇报这些惊人进展的信件用了九天时间才抵达元老院，但消息早就传开了。科尔努图斯在协和神庙把信念了出来：

> 我恳求诸神和众人见证我是如何为共和国和自由的事业全身心地效力的。要不是命运女神逼我做出了其他决定，我早就该向你们证明这一点了。我的整支军队，那支曾经坚定地保护罗马人的生命与和平的军队，已经叛变了；说实话，我不得不加入他们。我不忍心和我的同胞发生冲突，我请求你们，我恳求你们，请不要将这种同情心视为犯罪。

*

城市裁判官读完后，众人的叹息汇成了一阵沉重的呻吟。整个元老院仿佛都屏住了呼吸，希望有人能告诉他们传言不是真的。

349

科尔努图斯示意西塞罗作为第一个发言者开始辩论。在众人的沉默中，西塞罗站了起来。与会者都像乞求抚慰的孩子般看向他，但西塞罗没有什么可以给他们的。

"元老院的诸位，对这个从高卢传来的令人不安的消息，我们早有所感，因此并不意外。唯一让人震惊的是，雷必达竟然把我们都当成了白痴。他请求，他恳求，他哀求——这个家伙！不，他甚至不是人，只是流着贵族血液的人形渣滓！——他请求我们不要把他的背叛当成犯罪。懦夫！他要是能坦坦荡荡地说出真相，承认他看到了实现自己畸形野心的机会，于是找了个小偷当同伙，我还会给他更多的尊重。我提议立即宣布他为公敌，没收他的所有财产和产业，作为组建新军团的资金来源，弥补被他从国家偷走的军团。"

这番话赢得了热烈的掌声。

"但我们还需要一段时间来组建新的军队；与此同时，我们必须面对一个事实：我们面临着极度危险的战略形势。如果高卢的叛乱之火蔓延到普兰库斯的四个军团中——恐怕我们必须为这种可能性做好准备了——我们至少要面对六万叛军。"

西塞罗在发言前就已经决定不再讳言危机有多严峻。从人群中传出了惊呼声。

"我们不应绝望，"他继续说，"因为高贵英勇的布鲁图斯和卡西乌斯召集了大量士兵，尽管他们在马其顿，在叙利亚，在希腊，就是不在意大利。我们在拉提乌姆有一个军团的新兵，海上还有两个阿非利加军团正在回国保卫首都的路上。德奇姆斯和恺撒的军队也是我们的后盾，尽管德奇姆斯力量虚弱，恺撒的人蛮横好斗。

"换句话说，我们完全有机会，但时不我待。

"我提议元老院命令布鲁图斯和卡西乌斯立刻派遣足够多的兵

力回意大利，让我们能够保卫罗马；我提议增加税收，以便组建新的军团；我提议对地产征收 1% 的紧急税，用税收购买武器和装备。如果我们做到了这一切，如果我们从祖先的精神和正义的事业中汲取了力量，我坚信，自由终究会取得胜利。"

他以一贯的力度和激情结束了演讲。但在他坐下后，听众掌声寥寥。空气中弥漫着绝望的气息，就像燃烧的沥青一样刺鼻。

接下来是伊索里库斯发言。这位傲慢而野心勃勃的贵族一直是元老院中屋大维最坚定的反对者。他曾谴责屋大维被提拔为特别裁判官，甚至还试图阻止屋大维被授予不那么夸张的小凯旋式。但他现在毫不吝惜对小恺撒的赞美之词，听得众人目瞪口呆。"现在安东尼得到了雷必达的支持，罗马要想粉碎安东尼的野心，就必须依靠恺撒的力量。仅凭他的名字就可以召集军队，让他们行军打仗。他的机敏能为我们带来和平。元老院的诸位，我必须告诉你们，为表示对他的信任，我打算把女儿嫁给他。我很高兴他接受了我的提议。"

西塞罗突然抖了一下，就像被某种无形的钩子钩住了。但伊索里库斯还没有说完："为了让这个优秀的年轻人进一步支持我们的事业，为了鼓励他的部下与马克·安东尼作战，我提出以下动议：鉴于雷必达的叛国行为导致了当前的严峻军事形势，同时为了铭记恺撒对共和国的贡献，我提议修改宪法，允许盖乌斯·尤利乌斯·恺撒·屋大维在缺席状态下出任执政官。"

后来西塞罗一直在咒骂自己，因为他居然没预想到会发生这种事。只要认真想想就知道，既然屋大维没能说服西塞罗作为其搭档参选执政官，那他一定会去找别人。但有时最精明的政治家也会忽视那些显而易见的事。现在西塞罗的处境就很尴尬了。他不得不假设屋大维已经和其准岳父达成了某种协议。他应该从善如流地接受这一事实，还是义正词严地反对？他没有时间去思考了。他周围的人都对此事议论纷纷。伊索里库斯正襟危坐，非常满意自己造成了如此轰动。科尔努图斯要求西塞罗对此做出回应。

西塞罗缓缓站了起来，整理长袍，环顾四周，清了清嗓子——这些都是他拖时间的惯用手段。"首先请允许我恭喜尊贵的伊索里库斯。我知道这个年轻人品格高尚、温和谦逊、稳重爱国、英勇善战、冷静善断，堪称完美的女婿人选。在元老院里，没有人比我更支持他。他在共和国的前途既光明又坦荡，我相信他早晚会成为执政官。但我们不能仅仅因为他有一支军队，就考虑让一个年纪不到二十岁的孩子出任执政官。

"元老院的诸位，我们与安东尼开战，是为了一个原则：任何人——无论他多有天赋，多有权势，多渴望荣誉——都不应该凌驾于法律之上。在我为国效力的过去三十年中，每当我们因为各种借口而无视法律，屈服于诱惑，我们就会离悬崖更近一步。为对抗海盗，我通过了特别立法，赋予了庞培前所未有的权力。战役大获全胜。但这场战役最为长久的影响不是打败海盗，而是开创了一种先例，让恺撒能够统治高卢近十年，最终发展出让这个国家没法压制的势力。

"我并不是说小恺撒会走上老恺撒的老路。我要说的是，如果我们让他成为执政官，让他指挥我们所有的军队，我们就会背叛我们为之奋斗的原则。正是这条原则让我放弃前往希腊，转头回到罗马。也是这条原则让罗马共和国，包括它的权力分立、每年的自由选举、法院和陪审团、元老院和人民之间的平衡、言论和思想自由，成了人类最崇高的造物。我宁愿躺在地上被自己的鲜血呛死，也不愿背叛这一切所倚仗的唯一且永恒的原则——法律高于一切。"

他的发言赢得了热烈的掌声，也把辩论导回正轨。这引得伊索里库斯冷冷地瞪视西塞罗。后来伊索里库斯撤回了提议，之后它再也没有被提起过。

*

我问西塞罗是否打算向屋大维写信解释他的立场。他摇了摇头。"我这样做的理由就摆在演讲中，他很快就可以得知——我的敌人会让他看到的。"

接下来的日子里，西塞罗一如既往地忙碌着：给布鲁图斯和卡西乌斯写信，催促他们前来拯救摇摇欲坠的共和国（由于雷必达的愚蠢罪行，我们的国家正处于水深火热之中）；为提高财政收入，监督税务稽查员的工作；参观铁匠铺，哄他们打造更多的武器；和被任命为罗马防御指挥官的科尔努图斯一同检阅新成立的军团。但他知道这一切都是徒劳，尤其是他还看到富尔维娅坐着肩舆公然穿过广场，身边跟着一大群随从。

"我以为我们至少摆脱了那个泼妇，"他在吃晚餐时抱怨说，"但她还在这里，还在罗马，还在四处耀武扬威，尽管她的丈夫早已被宣布为公敌了。你们不觉得奇怪吗？我们怎么会落入这般绝望的境地？她又是怎么做到这一切的？她的财产应该都充公了啊？"

过了一会儿，阿提库斯小声说道："我借了些钱给她。"

"你？"西塞罗从桌上俯过身子，像观察一个陌生人一样打量他，"你到底为什么要这么做？"

"我同情她。"

"不，不是这样的。你是想让安东尼欠你人情。你想给自己上一道保险。你认为我们会输。"

阿提库斯没有否认，然后西塞罗离开了餐桌。

353

7月末，元老院收到消息称，屋大维的军队已从内高卢拔营，跨过了卢比孔河，正向罗马进发。虽然西塞罗早就猜到了会发生这种事，但他还是深受打击。西塞罗曾向罗马人承诺，如果"这个身负天命的男孩"被授予统帅权，他就会成为一个模范公民。在这场战争中，我们遇到了所有我们想象得到的不幸。西塞罗在信中对布鲁图斯感叹道，我现在非常痛苦，因为我大概很难兑现我关于那个年轻人，那个被我带到共和国的男孩的承诺了。写这封信时他问我，他该不该为维护个人名誉而自裁。他不是在开玩笑。我回答说，我认为还没有到那个地步。

"也许吧，但我必须做好准备。我不想像特雷伯尼乌斯那样被恺撒的旧部折磨致死。问题是该怎么自杀。我不知道自己敢不敢用刀。如果我选择苏格拉底的死法，服毒自尽，后人会不会觉得这不像我？"

"肯定不会。"

他让我帮他买点毒药，于是我当天就去见了他的医生，医生给了我一个小罐子。医生没有问我为什么要买，我想他应该知道原因。虽然罐子有蜡封，但我还是能闻到里面老鼠屎般的恶臭。"是用种子做成的，"他解释说，"用植物毒性最强的部位，我把它们碾成了粉末。最小的剂量，不要超过一撮，和水吞服，这样应该就可以了。"

"多久能起效？"

"三个小时左右。"

"痛苦吗？"

"它会让人慢慢窒息——你说呢？"

我把罐子带回房间，放进一个盒子里，再把盒子藏到一个上锁的箱子里，就好像只要我把它藏起来，死神就会晚点上门。

第二天，屋大维的手下出现在了广场上。他派了四百人作为先头部队，打算威胁元老院授予他执政官的职位。只要见到一个元老，他们就会围过去，向对方展示他们的剑，尽管他们从未真正拔出武器。科尔努图斯身为一个老兵根本不怕威胁。这位城市裁判官把他们挤到一边，顺利登上帕拉蒂诺山，前来拜访西塞罗。但他建议西塞罗，除非有强大的护卫队，否则无论如何也不要冒险出门。"他们认为你也要为恺撒的死负责。"

"如果我真的要负责就好了！我会顺便宰了安东尼，然后我们就不会有现在的麻烦了。"

"其实我还有个好一点的消息：阿非利加军团昨晚到了，一艘船也没少。就在这一刻，有八千步兵和一千骑兵正在奥斯蒂亚登陆。至少在布鲁图斯和卡西乌斯派人前来拯救我们之前，我们应该可以抵挡一阵子了。"

"但他们忠诚吗？"

"他们的指挥官向我保证他们忠心不二。"

"那就尽快把他们带过来。"

军团离罗马只有一天的路程。他们接近罗马后，屋大维的人便溜进了附近的村子。当先头部队到达盐仓时，科尔努图斯为了鼓舞士气，命令他们在万众瞩目下排成纵队穿过城门，走过屠牛广场。然后他们在贾尼科洛山停了下来。他们占领了战略高地，把守着从西面进入罗马的道路。如此一来，在外敌入侵时，他们就能够迅速完成部署，把敌人拒之门外。科尔努图斯问西塞罗要不要用一场激昂的演讲来激励大家。西塞罗同意了，他坐着肩舆

355

出了城门，身边陪伴着五十个军团士兵。他们都是步行跟随，我则骑了头骡子。

那天天气闷热，没有一丝微风。我们从苏布里起亚斯桥过了台伯河，沿着一条干涸的泥巴路穿过梵蒂冈山丘间的平地。在我记忆中，这里就是贫民窟，一到夏天就会疟疾肆虐、害虫遍地。西塞罗的肩舆有蚊帐，但我没有，于是蚊子在我耳边嗡嗡作响。整个地方都散发着人类排泄物的味道。孩子们饿得面黄肌瘦，在倒塌的棚屋门口无精打采地望着我们。在他们周围有数百只乌鸦，它们无视人类的存在，只顾啄食地上的垃圾。它们是从附近的圣林里飞出来的。我们穿过贾尼科洛山下的大门，向山上走去。这里挤满了士兵。我们好不容易才找到个空位，将帐篷搭了起来。

在坡顶较平坦的地面上站着四个大队，总共近两千人。他们在高温下列队站立。在太阳的照射下，他们的头盔非常晃眼，我不得不遮住眼睛。西塞罗走出肩舆时，周围一片寂静。科尔努图斯把他带到祭坛旁的矮台上。祭坛上有一只绵羊，脏卜师把它的内脏掏了出来，宣布结果为吉："无疑会取得最终胜利。"乌鸦在头顶盘旋，祭司宣读了祈祷文，然后西塞罗开始发言。

我不记得他具体说了些什么，反正就是那些话，自由、祖先、炉灶和祭坛、法律和神庙什么的。这次我没有认真听他发言，而是把注意力都放在了士兵身上。他们肤色黝黑、身材瘦弱，看上去无精打采。有些人在嚼乳香。我从他们的眼中看到了这样的一幕幕：他们被恺撒雇来对抗祖巴王和加图的军队；他们屠杀了上千人，然后滞留在了阿非利加；他们挤在船上走了好几百罗里的海路，昨天又被迫行军一天；现在他们还要在罗马的炎炎夏日中列好队，听一个老人跟他们谈论自由、祖先、炉灶和祭坛——

完全没有意义。

西塞罗说完了。台下一片寂静。科尔努图斯命令他们欢呼三声。然后又是一片寂静。西塞罗走下平台，回到肩舆里。我们返回山下，再次经过了那群饿得双眼溜圆的孩子。

*

第二天早上，科尔努图斯前来告诉西塞罗说，阿非利加军团一夜之间叛变了。据说屋大维的人在夜色中悄悄地从村里回到罗马，潜入营地，承诺会给出两倍于元老院的赏金。同时，屋大维的主力军正沿着弗拉米尼亚大道南下，还有不到一天就要到了。

"你准备怎么办？"西塞罗问他。

"自杀。"当晚，他把剑尖对着肚子，狠狠地刺了进去。

他是个可敬的人，值得人们记住他，而且他是元老院中唯一这样做了的人。当屋大维快到罗马时，大部分贵族选择出城迎接他，护送他进城。西塞罗坐在书房里，把门窗关得紧紧的。屋里的氛围十分压抑，简直让人无法呼吸。我时不时朝里面看去，但他就坐在那里，一动也不动。他直视前方，在窗外微弱的光线下，他那颗高贵头颅的轮廓看起来就像荒庙里的大理石半身像。最后他注意到我，问我屋大维把指挥部设在哪里。

我说他去了奎里纳莱山，回到了他母亲和继父的家里。

"也许你可以给菲利普斯递个消息，问问他的建议。"

我照做了，信使带回了一张字迹潦草的回复，菲利普斯建议西塞罗去找屋大维谈谈："放心，你会发现他和我一样心肠很软。"

西塞罗疲惫地站起来。平日里人来人往的大房子现在却空无一人，感觉就像被闲置了很久一样。在夏日午后的阳光下，寂静

357

的公共房间熠熠生辉，仿佛是用黄金和琥珀搭成的。

我们带上一小队护卫，坐着肩舆到了菲利普斯家。哨兵把守着街道和前门，但他们肯定接到了命令，一见到我们就让出了道路。在我们进门的时候，伊索里库斯刚刚离开。我还以为屋大维的这位未来岳父会对西塞罗露出耀武扬威的笑容，但他只是冲西塞罗瞪了一眼便匆匆离开了。厚重的大门内，屋大维正站在会客室的角落，向秘书口述信件。他招手示意我们进去，似乎并不急于结束工作。他穿着简单的军人上衣，把护甲、头盔和宝剑都扔在沙发上。他看上去像一个年轻的新兵。最后他结束口述，送秘书离开了。

他盯着西塞罗的样子让我想起了他的义父。"您是最后一个前来欢迎我的朋友。"

"我还以为你很忙呢。"

"是这样吗？"屋大维笑了，露出不太整齐的牙齿，"我还以为您反对我的行动呢。"

西塞罗耸了耸肩。"世事难料，我放弃表达意见了。我的话还有意义吗？不管我怎么想，他们都想做什么就做什么。"

"那您想做什么？您想当执政官吗？"

有那么一瞬间，西塞罗的脸上似乎泛起了愉悦和欣慰，但他反应过来屋大维是在开玩笑，眼中的光彩立马消失了。他哼了一声："你这是在逗我。"

"是的，抱歉。我的执政官同事是昆图斯·佩蒂乌斯，是我一个不知名的亲戚，您肯定没听说过他。所以我才会选他。"

"不是伊索里库斯？"

"不是。这里面似乎有一些误会。我也不会娶他的女儿。我会在这里待一段时间，敲定一些事情，然后我必须离开，去对付安东尼和雷必达。如果您愿意的话，也可以离开罗马。"

"我可以吗？"

"是的，您可以离开罗马。您可以写哲学。您可以去意大利的任何地方，但是当我不在这里的时候，您不能回罗马，也不能参加元老院的会议。您不能写回忆录或任何和政治有关的东西。您不能离开这个国家，不能去找布鲁图斯或卡西乌斯。可以接受吗？您能向我保证吗？我敢打包票，我的手下可不会像我这么大方。"

西塞罗低下头。"的确很大方，可以接受。我向你保证。谢谢。"

"看在我们旧日友情的分上，我会保障您的安全。"他拿起一封信，示意会面结束了。"最后一件事，"在西塞罗转身离开时，他说，"虽然不重要，但我还是想知道：你是在开玩笑，还是真的打算把我抹杀？"

"我相信我的做法会和现在的你一样。"西塞罗回答道。

XIX

在那之后，他突然就苍老了很多。第二天他回到了图斯库鲁姆，一到就开始抱怨他的视力。他拒绝写书，甚至拒绝看书，说他不想头疼。花园也不能给他任何安慰。他没有拜访任何人，也没有人来拜访他，除了他弟弟。他们会在吕克昂的长椅上坐上几个小时，大部分时间相对无言。他们唯一的共同话题是遥远的过去——他们在阿尔皮努姆的童年和成长经历。这是我第一次听到西塞罗讲述这么多关于他父母的事。看到他这样的人现在如此不问世事，我感到很不安。他过去总想了解罗马的最新情况；但是现在，在我和他说起这些事——屋大维成立了一个特别法庭来审判暗杀恺撒的刺客，以及他率领了十一个军团去攻打安东尼——的时候，他没有发表任何意见，或者说他连想都懒得去想。我想，再过几个星期，他就活不成了。

经常有人问我，为什么他不逃跑，毕竟屋大维还没有把这个国家牢牢抓在手里。天气依然温和，港口也没人监视，西塞罗可以逃离意大利，去马其顿投奔他的儿子，我相信布鲁图斯一定很乐意为他提供庇护。但事实上，他只是没有这个意愿。"我不想再跑了。"他叹了口气。他甚至连那不勒斯湾都不想去。更何况屋大维已经保证了他的安全。

我们在图斯库鲁姆待了一个月后，有天早上他找到我，说他想重温以前的信件："和昆图斯聊了这么多从前的事情，让我有点怀念过去了。"我把他过去三十多年的信件全部保存下来了。不管是零零散散的信，还是有来有往的那些，我都分门别类地收好它们，按时间顺序整理成卷。我把它们搬进了书房，他躺在沙发上，听秘书给他念信。他的一生都在这些信里：早期为进入元老院而奋斗的经历，通过上百场官司渐渐打响名声的日子，让他在罗马声名鹊起的对维勒斯非同寻常的起诉，从市政官到裁判官最后到执政官的晋升之路，同喀提林和克洛狄乌斯的斗争，流放和回归，与恺撒、庞培、加图的关系，内战，刺杀，重回权力中心，图利娅和特伦提娅……

他花了一个多星期的时间来重温自己的一生，最后又恢复了一些往日的神采。"好一场冒险。"他自言自语道，在沙发上伸了个懒腰，"不管是好的还是坏的，是高尚的还是低贱的，过去的事都回来了。毫不谦虚地说，这些信加起来顶得上一个知名政治家对一个历史阶段所能做的最完整记录。这是一个怎样的时代啊！没有人比我见得更多，也没有人会这样及时地记下这一切。这不是由事后的回顾构成的历史，而是一边经历一边书写。有什么比得上它？"

"千年之后，它们一定会引起后人的浓厚兴趣。"我试着给他打气。

"噢！这可不仅仅是兴趣而已！这是我为自己做的辩护。我可能输掉了过去，输掉了现在，但有了这个，我肯定能赢得未来。"

有些信体现了他不好的一面，例如虚荣、两面派、贪婪、刚愎自用，我希望他能把它们挑出来让我销毁。但当我问他希望丢掉哪些信时，他回答说："全部保留。我不能只让后人觉得我是个不真实的完美人物——没有人会信的。如果要保留这些信件的真实性，我就必须像希腊雕像一样赤裸裸地站在掌管历史的缪斯面前。

就让后人尽情嘲笑我的愚蠢和自负吧——重要的是，他们最终会了解我，这样我就赢了。"

在所有与西塞罗有关的格言警句中，最著名、最有特色的是"生命不息，希望常在"。他还活着，至少表面上如此，所以现在他还有一丝希望。

从那天起，他把全部精力都放在了这些信的保存上。阿提库斯最终同意帮忙，条件是允许他收回他写给西塞罗的每一封信。西塞罗相当鄙视他的谨慎，但最后还是答应了："如果他想当影子，那是他自己的事。"我不情不愿地把我精心收藏了这么多年的信件还给阿提库斯，看着他点燃一个火盆，亲手烧掉它们。然后他为抄书吏安排了工作。他们一共抄了三套完整的信件，西塞罗留一套，阿提库斯留一套，我自己留一套。我把我的这套和上锁的箱子一起送到了农庄，箱子里装的是我关于数以千计的会议、演讲、对话、俏皮话和尖刻评论的速记，以及他口述的书稿。我让工头把它们都藏在谷仓里。如果我出了什么事，就把它们交给阿加特·利西尼娅，那个在巴亚经营了一家浴场的女人。我不知道她会怎么处理它们，但我感觉可以信任她。

11月底，西塞罗问我是否愿意回趟罗马，确保我们没有把什么文件落在书房里，并对那栋房子进行最后一次检视。房子是由阿提库斯代为出售的，很多家具都被搬走了。罗马刚刚进入冬季，早上的天气略显阴冷。我徘徊在空荡荡的房间里，仿佛一个无形的鬼魂。我在想象中重现了它们的过去。我看到会客室里再次坐满了政治家，他们热烈地讨论着共和国的未来；我听到图利娅在餐厅里发出笑声；我看到书房里西塞罗在他的哲学书后俯下身体，试图解释为什么对死亡的恐惧是不合逻辑的……我泪眼模糊，心口阵阵发疼。

一条狗突然叫了起来，那撕心裂肺的叫声让我瞬间就从想象中抽离出来了。我停下脚步认真倾听。我们的老狗已经去世了，那是邻居家的狗。它凄厉的哀号让其他狗也跟着叫了起来。我走到露台上。黑沉沉的天空中缀着点点繁星，全罗马城的狗都像狼一样嚎叫。后来有传言说，当时有一匹狼从广场上跑过，一座雕像流出了血一般的汗水，一个婴儿出生就会说话。我听到了奔跑的声音，低头看到一群人正在欢呼。他们一边互相抛掷着什么，一边向演讲台跑去。我开始以为他们扔的是球，后来才意识到那是个人头。有个女人开始在街上尖叫。我想都没想就直接了跑出去，希望弄清到底发生了什么。我看到我们的老邻居凯塞提乌斯·鲁富斯的妻子正跪在水沟里，一具无头尸体倒在她身后，尸体脖子上喷涌出的鲜血流过了门槛。她的管家正绝望地跑来跑去。我在慌乱中抓住他的胳膊，用力摇晃他，直到他告诉我事情的经过：屋大维、安东尼和雷必达结盟了，他们公布了一份名单，上面有数百个元老和骑士的名字，他们要杀了这些人，夺取他们的财富。每颗人头可换取十万赛斯特斯的赏金。西塞罗两兄弟和阿提库斯都在名单上。

　　"这不是真的，"我反驳他，"屋大维发过誓。"

　　"是真的，"他大喊，"我亲眼看到的。"

　　我跑回屋里，几个奴隶都吓得聚在中庭。"大家都撤。"我告诉他们，"如果被他们抓住，他们就会折磨我们，逼我们说出主人的下落。如果逃不过，就说他在普特俄利。"我潦草地给西塞罗写了张便条：你、昆图斯、阿提库斯都被通缉了，屋大维背叛了你，行刑小队在找你，立刻去岛上的房子，我会给你艘船。我把便条交给马夫，让他骑上最快的马，把它送到图斯库鲁姆，交到西塞罗手中。然后我在马厩里找到我的马车和车夫，让他立刻赶往阿斯图拉。

就在我们飞奔下山时，一帮人拿着刀棍跑上了帕拉蒂诺山，山上大有油水可捞。我把头撞向马车，为西塞罗没能抓住机会逃出意大利而懊恼不已。

我让那个不幸的车夫不断鞭打那两匹可怜的马，它们的血都被打出来了，不过我们终于在天黑之前赶到了阿斯图拉。我们找到了船夫，尽管大海已开始涨潮，光线也不好，但他还是把我们送到了一百码外的小岛上，西塞罗的别墅就隐蔽在岛上的树林里。他好几个月都没来过这里了，奴隶看到我很惊讶，但在听到我要求他们点火给房间加热时，他们没有表现出丝毫不满。我躺在潮湿的床垫上，听着风吹过屋顶，把树木吹得沙沙作响。每当海浪拍打石岸，房屋发出吱吱嘎嘎的响声时，我都满心恐惧，担心那是来杀西塞罗的人弄出的动静。要是带上那罐毒药就好了。我还以为我把它带了过来。

第二天早上，天气变好了。我走进树丛，凝视着那一望无际的灰色海面，看着白色的浪花拍打海岸，心底涌出一种苍凉的感觉。我在想这会不会是一个愚蠢的计划，我们是不是应该直接前往布隆迪西乌姆，至少它在意大利的东侧，从那里可以向东出海。但不管我们怎么走，消息肯定都会先一步到达。没有一个地方是安全的。西塞罗不可能活着抵达港口。

我打发车夫前往图斯库鲁姆的方向，让他再次给西塞罗带信，说我已经到了"岛上"（我说得很含糊，以免消息落入敌人手中），让西塞罗赶紧过来。然后我让船夫去安提乌姆，看能不能租艘船送我们出海。他看着我，就像在看一个疯子，只有疯子才会在天气如此多变的冬天提出这样的要求。但他抱怨了几句后还是动身了。第二天他回来说，他已经买了艘十桨帆船，把它停在了离安提乌姆七罗里的地方。做好这些安排后，除了等待，我真的什么都做不了了。

图利娅去世后，西塞罗在这里住过一段时间。他认为这里非常安静，只有大自然的声音，让人身心舒畅。但我觉得正好相反：这种安静让我紧张不已，特别是日子一天一天地过去了，事情却没有进展。我经常出去望风，但第五天午后，对岸才终于有了动静。一队奴隶扛着两顶肩舆穿过树林。我让船夫带我过去看看，靠岸后，我看到了站在海滩上的西塞罗和昆图斯。我跳下船，快步走过去迎接他们，却被他们的样子吓了一跳。两人都没换过衣服，也没刮过胡子，双眼都哭得通红。天上下着小雨，他们浑身湿漉漉的，像两个穷困的老人。昆图斯的状态比西塞罗还要糟糕。一番问候过后，昆图斯看了一眼海滩上的船，宣布他这辈子都不会再坐船了。

他看向西塞罗。"我亲爱的兄弟，这样行不通。我不知道自己为什么就这样跟着你来了这里，我这一辈子都在按照你的要求做事。看看我们！人老了，身体也不行。现在天气还那么糟。我们没有钱了。我们还是学阿提库斯的做法吧。"

我问："阿提库斯呢？"

西塞罗："他在罗马躲起来了。"他哭了起来，没有试图掩饰泪水，但很快就停止哭泣，就像什么事都没有发生过一样。"不，抱歉，昆图斯，我做不到。我不能忍受住在别人的地窖里，一听到敲门声就吓得浑身发抖。提罗的计划很不错。让我们看看我们能走多远吧。"

昆图斯说："那么恐怕我们必须分开了，我将祈祷与你再次相见。后会有期——希望是在这一世里。"

他们互相拥抱，然后昆图斯放开了西塞罗。他也拥抱了我。见到这一幕，没有人会不伤心落泪。我自然也被悲伤淹没了。之后，昆图斯又爬回他的肩舆，重新回到树林里。

天色已晚，不适合启航，所以我们乘船回了庄园。西塞罗一边在火堆旁擦干身子，一边解释说，他在图斯库鲁姆逗留了两天，不相信屋大维会出卖他，认为这里面一定有什么误会。后来他打听到了很多事情：屋大维、安东尼和雷必达在博洛尼亚的一个小河洲上碰了面——只有他们三个人和他们各自的秘书。他们没带护卫，还互相搜了身，确保没人偷偷携带武器。他们从早到晚忙了三天，不仅瓜分了共和国，还为军队拟定了一份死亡名单，上面有两千个富人，包括两百名元老，这些人的财产将被没收。"阿提库斯告诉我，他从执政官佩蒂乌斯那里听说，为了表示诚意，这三个罪人要各自抛弃一个看重的人。于是安东尼抛弃了他的舅父卢基乌斯·恺撒，即使卢基乌斯曾在元老院为他辩护；雷必达抛弃了他的兄弟埃米利乌斯·保卢斯；而屋大维抛弃了我——安东尼坚持让他选我，虽然佩蒂乌斯说那个孩子是被逼的。"

"你信吗？"

"不太信。我曾多次和那双淡灰色的、没有灵魂的眼睛对视。就像他不会被一只苍蝇的死影响一样，他也不会被任何人的死亡影响。"他叹了口气，似乎全身都在颤抖，"提罗啊，我太累了！我居然被一个毛都没长齐的小孩子给骗了！我让你拿的毒药呢，你带了吗？"

"毒药在图斯库鲁姆。"

"那我只能祈求不朽的诸神让我今晚在睡梦中死去了。"

但他没有死。他郁郁寡欢地醒来。第二天早上，当我们在小码头上等水手前来接我们时，他突然宣布他决定不离开了。然后

366

船开进了码头，一个水手冲我们喊道，他刚刚在路上看到一支军队，正从安提乌姆朝我们这个方向赶来，打头的是一个军事保民官。西塞罗顿时清醒了。他伸出手，让水手把自己拉上船。

我们很快就开始重复第一次流亡时的情形。意大利母亲仿佛不忍心让她最爱的儿子离开她——我们刚驶出三罗里，还没有完全离开岸边，地平线上突然涌起的滚滚黑云就遮蔽了天日。一阵大风把海面搅碎，我们的小船被海浪高高抛起，然后直直落入海里。我们全身都被海水打湿了。我们的处境比上次更糟，因为这次我们没有藏身的地方。我和西塞罗挤坐在兜帽斗篷下，其他人则努力避开迎面而来的海浪。船体开始漏水，海面离我们越来越近。我们都得帮忙舀水，就连西塞罗也不例外。我们疯狂地用手把冰冷的海水舀到船外，试图阻止船体下沉。我们的四肢和脸麻木了，嘴里只有咸味。雨水让我们睁不开眼。在与大海连续搏斗几个小时后，水手们筋疲力尽，说他们需要休息。我们绕过一个岬角，向一个小海湾划去，尽可能靠近海滩，最后跳到船下涉水上岸。西塞罗几乎被海水淹到了腰部，四个水手不得不把他抬到岸上。他们把他放在岸边，又去帮其他船员把船拖到沙滩上。他们把它侧翻过来，用附近桃金娘树的树干撑起它，然后用船帆和桅杆搭了一个临时避雨处。他们甚至点了火，尽管木头是湿的。我们被烟呛得睁不开眼睛。

黑夜很快降临，西塞罗似乎睡着了。他今天一句抱怨的话也没说。12 月 5 日就这么结束了。

一夜噩梦后，我在 6 日清晨醒来，发现天上晴空万里。我感到骨头都被冻住了。我的衣服湿透了，还被盐和沙子弄得很硬。我艰难地站了起来，环顾四周。大家都还在睡觉，除了西塞罗，他已经离开了。

我跑到海滩上，看了看海面，然后转身扫视树林。那里有个小缺口，里面是一条小径，我走了过去，口中叫着他的名字。小径尽头有一条路，西塞罗正沿着它蹒跚而行。我又喊了他一次，但他没有回应我，继续颤颤巍巍地朝我们来时的方向慢慢走去。我抓住他，凑到他身边，用一种我自己都没有察觉到的冷静态度和他说话。

"我们得回船上去，"我说，"家里的奴隶可能已经和军团的人说了我们的目的地。他们可能就在我们身后不远处。你要去哪里？"

"罗马。"他没有看我，继续往前走。

"去干什么？"

"去屋大维的门前自杀，让他羞愧得想要寻死。"

"他不会，"我抓住他的胳膊，"因为他不知羞耻，士兵会像对待特雷伯尼乌斯那样把你折磨死。"

他看了我一眼，停下了脚步。"你真的这么认为吗？"

"我知道他们会。"我拉着他的胳膊，轻轻拽了拽他。他没有反抗，而是低下头，任由自己像一个孩子一样被我牵着穿过树林，我们回到了海滩上。

*

回忆这一切是多么让人难过啊！但我没有选择，我要履行对他的承诺，讲完他一生的经历。

我们把他放回船上，再次把船推下水。天空苍苍茫茫的，和世界诞生之初一样。我们往前划了好几个小时。还好海上仍然有风，截至下午，我估计我们又航行了二十五罗里。我们路过了著名的阿波罗神庙，它矗立在加埃塔的岬角上，略高于海面。西塞罗一直趴在船上，眼神空洞地朝岸边张望。他突然认出了它，坐直了身子，说："我们到福尔米亚附近了，我在那儿有栋房子。"

"我知道。"

"我们就在那里过夜吧。"

"太危险了。大家都知道你在福尔米亚有个庄园。"

"我不介意。"西塞罗坚定地说，"我想睡在自己的床上。"

于是我们把船划向岸边，停靠在离庄园不远的码头上。当船下锚时，一群乌鸦高声啼叫着从树上飞来，仿佛是在发出警告。我请求西塞罗让我先上岸看看有没有敌人在庄园里等他。他同意了，于是我在几个水手的陪同下踏上了熟悉的林间小路，沿着这条小路可以走到阿庇安大道。此时已近黄昏，路上空无一人。我走了大约五十步，来到庄园的铁门前。我走上前，坚定地敲了敲门上的橡木。过了一会儿，门后响起了巨大的声音，有人在为我放下门闩。门卫出现了。看到我，他吓了一跳。我朝他身后看去，问他有没有前来找主人的陌生人。他向我保证说没有。他是个心地善良、思想单纯的人，我认识他很多年了，我相信他。

我说："既然如此，那就派四个奴隶带着肩舆去码头接主人，把他带回庄园，让他洗个热水澡，为他准备好食物和干净的衣服。他现在状态很差。"

我还派了两个奴隶骑快马去阿庇安大道上放哨，让他们警惕那队神秘而不祥的人马，那些人似乎正在跟踪我们。

西塞罗被抬进庄园，大门和小门在他身后锁上。

此后我就没怎么见着他了。他洗完澡后，拿了点吃的和葡萄酒回房间，然后就上床休息了。

我也睡了一觉，而且睡得很沉。尽管我很焦虑，但我实在是没有精力了。第二天早上，我被之前派去阿庇安大道的奴隶粗暴地叫醒。他气喘吁吁，惊恐万分。一支三十人的队伍，包括一名百夫长和一位骑着马的军事保民官，正从西北方向赶来，在半个小时内就会到达这里。

我跑去叫醒西塞罗。他不肯动弹，把被子拉到脸上，但我还是把它从他身上扯了下来。

"他们来了。"我俯下身，"他们快到了。我们得离开了。"

他对我笑了笑，把手放在我的脸上。"让他们来吧，老朋友。我不怕。"

我恳求道："为了我，为了你的朋友们，为了小马库斯——我们走吧！"

大概因为我提到了小马库斯，他叹了口气："好吧，但这其实没有意义。"

我退出房间让他自己换衣服，然后在房子里来回走动，向仆役发号施令：马上准备一顶肩舆；让水手们各就各位，把船准备好；我们一出庄园就把大门锁上；奴隶们都离开这里，自己找地方躲起来。

我仿佛可以听到军团士兵的脚步声越来越近……

过了很久——太久了！——西塞罗终于现身了。他浑身上下都十分洁净，就像准备去元老院进行演讲一样。他穿过庄园，跟大家道别。他们都泪流满面。他向周围最后看了一眼，仿佛在向这栋建筑和所有他心爱的财物告别。然后他爬上肩舆，合上帘子，这样就没人能看到他的脸。我们立刻向大门走去。但奴隶们并没有逃走，而是拿起他们能找到的武器——耙子、扫帚、梭子、菜刀，坚持要和我们一起走，在肩舆周围构成了一堵人墙。我们沿着大路走了一段，然后顺着小径拐进了树林。透过树叶间的缝隙，我可以看见在晨曦中闪耀的大海。就快成功逃脱了。但就在小径的尽头，十几个军团士兵突然冒了出来。

奴隶们惊叫起来，脚夫惊慌地调转肩舆的方向，差点把西塞罗甩下去。我们想原路返回，却发现身后有更多的士兵。

我们被困住了，且寡不敌众，眼看着就要完蛋了，但我们还是决定要拼一把。奴隶们把肩舆放下，把西塞罗团团围住。西塞罗拉开帘子，想看看发生了什么。他看到士兵向我们冲了过来，对我喊道："都不要动手！"然后他对奴隶们说："大家放下武器吧！你们的忠诚让我深感荣幸，但这里需要流血的人只有我。"

士兵们都拔出了剑。带头的军事保民官是个满脸胡须、皮肤黝黑的家伙。他的眉毛连在一起，成了一条黑色的粗线。他出声喊道："马库斯·图利乌斯·西塞罗，我有你的处决令。"

西塞罗还躺在他的肩舆里，一手托着下巴，非常平静地上下打量那人。"我认识你，"他说，"我敢肯定。你叫什么名字？"

军事保民官神色诧异："我的名字，如果你想知道的话，是盖乌斯·波比利乌斯·拉埃纳斯。是的，我们确实认识，但这并不能救你的命。"

"波比利乌斯，"西塞罗喃喃道，"我想起来了。"然后他转身看向我："你还记得这个人吗，提罗？他是我们的客户——那个杀了父亲的十五岁孩子，那时我刚刚开启为人辩护的职业生涯。要不是我，他就会因弑父罪被判处死刑了。看来他后来去当兵了。"他笑了，感慨说："这也是一种正义吧。"

我看了看波比利乌斯，我确实记得他。

波比利乌斯说："说够了吧。宪法委员会的判决是，立即执行死刑。"他示意士兵从肩舆里拖出西塞罗。

"等等，"西塞罗说，"放开我。我已经想好了要以这种姿势死去。"然后他像一个战败的角斗士那样，用手肘撑起自己，把头向后仰，让喉咙对着天空。

"如果这就是你想要的。"波比利乌斯说。他看向百夫长："让我们把这件事了结了吧。"

百夫长站好位置。他绷紧双腿，挥出长剑。剑锋一闪，在那个瞬间，困扰西塞罗一生的谜团解开了，自由也从这世间消失了。

*

之后他们把他的头和手砍了下来，装在一个袋子里。在做这一切时，他让我们坐在一旁观看。做完后，他们便离开了。我听说这些额外的战利品让安东尼喜出望外，他多给了波比利乌斯一百万赛斯特斯的奖金。据说富尔维娅用针刺破了西塞罗的舌头。我不知道这件事的真假。我只知道在安东尼的命令下，这颗想出《反腓力辞》的头和这双写出《反腓力辞》的手被钉在了演讲台上，以警告那些想反对新的"三头同盟"的人。它们在那里放了很多年，直到最后因腐烂而脱落。

刽子手走后，我们把西塞罗的尸体抬到海滩上，搭了一个火堆，在黄昏时把它火化了。之后我一路向南，回到了那不勒斯湾的农庄。

渐渐地，我知道了更多的事情。

昆图斯不久后就和他的儿子一起被处死了。

阿提库斯离开藏身处后，安东尼赦免了他，因为他帮助过富尔维娅。

很久很久以后，在被屋大维打败后，安东尼和他的情妇克利奥帕特拉一起自杀了。那孩子现在成了奥古斯都大帝。

但我已经写得够多了。

现在距离我叙述的那些事已经过去了很多年。起初我以为自己永远不会从西塞罗的死亡中缓过来，但时间会抹平一切，甚至是悲伤。我甚至觉得，是否悲伤完全取决于看待问题的角度。最初几年里，我常常唉声叹气、胡思乱想："他要是还在，应该仍是六十多岁。"然后十年后，我会带着惊讶感叹："我的天啊，他应该有七十五岁了。"但现在我只会想："反正他早就去世了，为什么还要去想他活着会怎么样？"

我的工作已经完成了。我的书已经写完了。很快我也会死亡。

夏日的夜晚，我会和妻子阿加特坐在露台上——她缝衣服，我看星星。每到这种时候，我总是会想起《论共和国》中，西庇阿那个关于过世政治家归宿的梦：

我眺望远方，一切都是那么美丽。那些在地球上看不到的星星比我们想象中的更大。它们的体积远远大于地球。在它们的衬托下，地球看上去如此渺小，更别说我们的帝国了——它仅仅是地球表面上的一个点。

"要是你愿意从高处俯瞰，"那个年迈的政治家告诉西庇阿，"并观察这处永恒的家园和安息之地，你就不会再因民众的意见而感到困扰，也不会再把建立事业的希望寄托于人间的奖赏。任何人的名声都无法长存，因为人类的话语会和他们一起离去，终究会因后人的遗忘而消失。"

我们能够留下的，只有写下来的东西。

致　谢

　　我在"西塞罗三部曲"的创作上投入了十二年时间，在此期间，哈佛大学出版社"洛布古典丛书"中的西塞罗演说集、书信集和作品集给了我最大的帮助。我不得不对西塞罗的话进行调整和删减，但我尽我所能地保持了原意。"洛布古典丛书"就是我的"圣经"。

　　我还参考了 William Smith 编写的 *Dictionary of Greek and Roman Antiquities*、*Dictionary of Greek and Roman Biography and Mythology*（三卷）和 *Dictionary of Greek and Roman Geography*（两卷）。它们都可以从网上免费获得。T. Robert S. Broughton 的作品 *The Magistrates of the Roman Republic, Volume II, 99 BC – 31 BC*，以及 Richard J. A. Talbert 编写的 *The Barrington Atlas of the Greek and Roman World* 也是无价之宝。我也尽量参照了原始史料中的事实和描述，包括普鲁塔克、阿庇安、萨卢斯特、恺撒的作品。感谢所有能让我获得这些资料并加以利用的学者和译者。

　　西塞罗的传记和其他相关著作给我带来了无数的灵感，它们包括：*Cicero: A Turbulent Life* by Anthony Everitt; *Cicero: A Portrait* by Elizabeth Rawson; *Cicero* by D. R. Shackleton Bailey; *Cicero and his Friends* by Gaston Bossier; *Cicero: The Secrets of his Correspondence* by Jérôme Carcopino; *Cicero: A Political Biography* by David Stockton; *Cicero: Politics and Persuasion in Ancient Rome* by Kathryn Tempest; *Cicero as Evidence* by Andrew Lintott; *The Hand of Cicero* by Shane Butler; *Terentia, Tullia and Publia: the Women of Cicero's Family* by Susan Treggiari; *The Cambridge Companion to Cicero* edited by Catherine Steel; 以及最通俗易懂也最有用的 *The History of the Life of Marcus Tullius Cicero*。最后一本书出版于 1741 年，作者为 Conyers Middleton (1683—1750)。

我也参考了与西塞罗生活于同一时代的人物的传记，我觉得以下作品尤为有用：*Caesar* by Christian Meier; *Caesar* by Adrian Goldsworthy; *The Death of Caesar* by Barry Strauss; *Pompey* by Robin Seager; *Marcus Crassus and the Late Roman Republic* by Allen Ward; *Marcus Crassus, Millionaire* by Frank Adcock; *The Patrician Tribune: Publius Clodius Pulcher* by W. Jeffrey Tatum; 以及 *Catullus: A Poet in the Rome of Julius Caesar* by Aubrey Burl。

关于罗马的整体环境，也就是它的文化、社会和政治结构，我参考了 Peter Wiseman 的作品 *New Men in the Roman Senate*、*Catullus and His World* 及 *Cinna the Poet and other Roman essays*。除此之外，Fergus Millar 的 *The Crowd in Rome in the Late Republic* 也值得一提，它分析了在西塞罗生活的时代，罗马的政治是如何运作的。以下作品同样很有价值：*Intellectual Life in the Late Roman Republic* by Elizabeth Rawson; *The Constitution of the Roman Republic* by Andrew Lintott; *The Roman Forum* by Michael Grant; *Roman Aristocratic Parties and Families* by Friedrich Münzer（由 Thérèse Ridley 翻译）；当然还有 *The Roman Revolution* by Ronald Syme 和 *History of Rome* by Theodore Mommsen。

关于罗马共和国的娱乐活动，我主要参考了以下作品：*A New Topographical Dictionary of Ancient Rome* by L. Richardson jr;

A Topographical Dictionary of Rome by Samuel Ball Platner; *Pictorial Dictionary of Ancient Rome* by Ernest Nash; 以及 Lothar Haselberger 主持的 *Journal of Roman Archaeology* 项目 *Mapping Augustan Rome*。

我想在此特别感谢 Tom Holland，他 2003 年的大作 *Rubicon: The Triumph and Tragedy of the Roman Republic* 用小说的笔法讲述了西塞罗、恺撒、庞培、加图、克拉苏等人之间的恩怨情仇，给了我很大的灵感。

《独裁者》是我对古代世界的第四次进军，这段旅程始于《庞贝》（2003）的创作。这些年来，我最大的乐趣就是结识研究罗马史的学者，他们都非常支持我的工作，甚至在 2008 年将我选为 Classical Association 的主席，我非常自豪。我得到了相当多的鼓励和建议，我想特别感谢 Mary Beard、Andrew Wallace-Hadrill、Jasper Griffin、Tom Holland、Bob Fowler、Peter Wiseman、Andrea Carandini。我向那些我忘记列出名字的人表示歉意。当然，我在上面提起的人不用为我写下的内容负责。

最早委托我写关于西塞罗的小说的出版商是伦敦的 Sue Freestone 和纽约的 David Rosenthal。虽然他们后来都离开了这段旅程，但我要感谢他们最初的热情和持久的友谊。感谢 Jocasta Hamilton 和 Sonny Mehta 一直以来的明智建议和热忱。同时感谢 Gail Rebuck 和 Susan Sandon 的坚持不懈。我的经纪人 Pat Kavanagh 没能活着看到这本书完成，我和她手下的所有作者都很难过。我希望她会喜欢《独裁者》。此外，我还要感谢纽约 Inkwell Management 公司的 Michael Carlisle，以及伦敦 ILA 公司的 Nicki Kennedy 和 Sam Edenborough。感谢我的德语翻译 Wolfgang Müller 再次出色地完成了工作。感谢意大利 Mondadori 出版公司的 Joy Terekiev 和 Cristiana Moroni，他们陪我拜访了图斯库鲁姆和福尔米亚。

最后——最后——我要感谢我的妻子 Gill 和我们的孩子 Holly、Charlie、Matilda 和 Sam。对这些孩子来说，他们截至目前的一半人生都活在西塞罗的阴影下。尽管如此——甚至可能正因为如此——Holly 仍拿了个古希腊与古罗马文化的学位。她现在对古代世界的了解远远超过了她的老父亲，所以这本书就是献给她的。

图书在版编目（CIP）数据

独裁者 / (英) 罗伯特·哈里斯（Robert Harris）
著；汪潇译. -- 北京：社会科学文献出版社，2021.4
　　书名原文：Dictator
　　ISBN 978-7-5201-8134-1

　　Ⅰ.①独…　Ⅱ.①罗…②汪…　Ⅲ.①长篇小说-英
国-现代　Ⅳ.①I561.45

中国版本图书馆CIP数据核字（2021）第048846号

独裁者

著　者 /〔英〕罗伯特·哈里斯（Robert Harris）
译　者 / 汪　潇

出 版 人 / 王利民
组稿编辑 / 董风云
责任编辑 / 廖涵缤　张冬锐

出　　版 / 社会科学文献出版社·甲骨文工作室（分社）（010）59366527
　　　　　　地址：北京市北三环中路甲29号院华龙大厦　邮编：100029
　　　　　　网址：www.ssap.com.cn
发　　行 / 市场营销中心（010）59367081　59367083
印　　装 / 北京盛通印刷股份有限公司

规　　格 / 开　本：889mm×1194mm　1/32
　　　　　　印　张：12.5　字　数：288千字
版　　次 / 2021年4月第1版　2021年4月第1次印刷
书　　号 / ISBN 978-7-5201-8134-1
著作权合同
登 记 号 / 图字01-2017-9455号
定　　价 / 72.00元

让 我 们 一 起 追 寻

罗伯特·哈里斯（**Robert Harris**）

英国小说家、皇家文学会会员，现居于英国西伯克郡，著有多部畅销小说，被翻译成 37 种文字。代表作包括《祖国》《影子写手》《军官与间谍》《秘密会议》《慕尼黑》《庞贝》等。其中，《军官与间谍》为他赢得了包括沃尔特·司各特历史小说奖在内的四项大奖，著名导演罗曼·波兰斯基的《我控诉》便改编自这部作品。

汪潇

毕业于上海外国语大学英语语言文学专业，现从事翻译工作。

Dictator by ROBERT HARRIS

Copyright © Robert Harris 2015

This edition arranged with INTERCONTINENTAL LITERARY AGENCY LTD (ILA)

through BIG APPLE AGENCY, LABUAN, MALAYSIA.

Simplified Chinese edition copyright:

© 2021 SOCIAL SCIENCES ACADEMIC PRESS (CHINA)